周国平 著

善良丰富高贵

周国平经典散文

浙江文艺出版社

图书在版编目（CIP）数据

善良丰富高贵／周国平著. — 杭州：浙江文艺出版社，2013.3

ISBN 978-7-5339-3501-6

Ⅰ.①善… Ⅱ.①周… Ⅲ.①散文集－中国－当代 Ⅳ.①I267

中国版本图书馆CIP数据核字(2012)第250933号

责任编辑 陈 坚 童洁萍
特约监制 何勇斌 马百岗 李丹丹
特约编辑 徐 芳
封面设计 颜森设计

善良丰富高贵
周国平 著

出版 浙江文艺出版社
地址 杭州市体育场路347号 邮编 310006
网址 www.zjwycbs.cn
经销 浙江省新华书店集团有限公司
印刷 北京慧美印刷有限公司
开本 710毫米×1000毫米 1/16
字数 370千字
印张 19.5
版次 2013年3月第1版 2013年3月第1次印刷
书号 ISBN 978-7-5339-3501-6
定价 29.90元

目 录

第三辑 心智的品质

第四辑 / 希腊的智慧

第五辑 / 有灵魂的写作者

第六辑／哲学家的思和艺术家的看

第七辑／可持续的快乐

第八辑 / 让教育回归常识

第九辑 / 把我们自己娱乐死？

第十辑 批评空间

第十一辑 人物印象

第十二辑 / 本命年纪事

第十三辑 / 自序·访谈·杂记

序

本书收入了我自2002年8月到2006年12月所写的文章，是《守望的距离》、《各自的朝圣路》、《安静》之后我的第四个散文结集。我一向不高产，前三次结集，间隔是三年上下，这次超过了四年。四年多的文字往这里一堆，内容显得芜杂，我自己看了也惭愧。

这四年多里，含我的一个本命年，而且是岁满甲子的大本命年。有一天，我去单位，人事干部把一个崭新的退休证交给我，没有让我填任何表格、办任何手续，我欣赏这不同寻常的效率。我也欣赏我那个研究室的主任，他知道我的脾气，免去了例行的嗑瓜子、讲客套话的告别会。总之，我清清爽爽地退休了。常有人不平，说我这样的学者，精力正旺盛，不该这么早让退休。他们真是不了解国情。其实，在现行体制下，如我之辈，对学术机构里的官场规则、潜规则不感兴趣也一窍不通，单位里早已没有我什么事了，从这一点讲，我早已退休。另一方面呢，既然我一如既往地做着我喜欢做的事，从这一点讲，我又未尝退休。在我近年的生活中，退休实在是对我影响最微小的一件事。

不过，本命年到底是本命年，让我这个不曾上过法庭的人一下子遭遇了三个官司。其中一个，我当原告，赢了，但被告躲了起来，无法执行，没有尝到赢的快乐。另两个，我当被告，也赢了，人家不依不饶，都上诉，最终仍是我赢，但耗掉了许多时间和心情，也没有尝到赢的快乐。打官司费钱又累心，绝无快乐可言，只是落到了我头上，不得不承受，据说是做名人的代价。收获自然是有的。从大里说，官司分别涉及与伪书作斗争和捍卫言论自由，是尽一份社会责任。从小里说，接触了从前陌生的人和事，长了见识。曾经有写一部《本命年纪事》的打算，事过境迁，现在只是把若干资料收在了本书中，留一份简单的记录。

读者会发现，与以前比，本书中批评社会现实的文字多了。部分的原因是，《新京报》约我为“时事评论”版面写专栏文章，促使我更多地关注社会上正在发生的“时事”，书中这类文章基本上缘此而写。当然，前提是我自己有话要说，尤其对于今天的教育界和学术界，因为身在此界之边缘，耳闻目睹的怪现状太多，便把心中的愤懑喊了一些出来。不过，我自己对这些文字并不满意，不认为它们能够对革除弊端起多大作用。我最喜欢做的事情，仍是静心读大师们的书，在其引领下深入思考人类精神生活的问题，从精神层面上关注今天的现实。这决不是自私，因为我相信，中国的前途最终将取决于中国人的精神状况。

通过阅读经典，我始终生活在人类伟大心灵所建造的那个世界里。这些伟大心灵使我坚定地相信，人的心灵应该是善良、丰富、高贵的。我最不能原谅今天教育界和学术界的，也正是本应以传承这些心灵品质为主要使命的领域，现在竟也不把它们当一回事。然而，不管现实多么令人失望，每次重温历史上伟大心灵的榜样，我便恢复了对未来的信心。正如歌德的诗所说：“人的榜样教我们相信神的存在。”他所说的“人的榜样”，就是指拥有善良、高贵品质的人，这样的人的存在证明了人是有神性的。在今天的时代，有一些人的灵魂已经彻底堕落，我们不能再指望他们，但是，我们必须指望善的种子会在广大的人心中培育和繁衍，这便是希望之所在。

本书的书名原是书中一篇文章的标题，我以之为全书的总题，因为这六个字是我这些年思考的一个总结，表达了我在本书出版时最想说的话。

周国平

2007年4月10日

第一辑

经典和我们

| 走进一座圣殿 |

一

那个用头脑思考的人是智者，那个用心灵思考的人是诗人，那个用行动思考的人是圣徒。倘若一个人同时用头脑、心灵、行动思考，他很可能是一位先知。

在我的心目中，圣埃克絮佩里就是这样一位先知式的作家。

圣埃克絮佩里一生只做了两件事——飞行和写作。飞行是他的行动，也是他进行思考的方式。在那个世界航空业起步不久的年代，他一次次飞行在数千米的高空，体味着危险和死亡，宇宙的美丽和大地的牵挂，生命的渺小和人的伟大。高空中的思考具有奇特的张力，既是性命攸关的投入，又是空灵的超脱。他把他的思考写进了他的作品，但生前发表的数量不多。他好像有点儿吝啬，要把最饱满的果实留给自己，留给身后出版的一本书，照他的说法，他的其他著作与它相比只是习作而已。然而他未能完成这本书，在他最后一次驾机神秘地消失在海洋上空以后，人们在他留下的一只皮包里发现了这本书的草稿，书名叫《要塞》。

经由马振骋先生从全本中摘取和翻译，这本书的轮廓第一次呈现在了我们面前。我是怀着虔敬之心读完它的，仿佛在读一个特殊版本的《圣经》。在圣埃克絮佩里生前，他的亲密女友B夫人读了部分手稿后告诉他："你的口气有点儿像基督。"这也是我的感觉，但我觉得我能理解为何如此。圣埃克絮佩里写这本书的时候，他心中已经有了真理，这真理是他用一生的行动和思考换来的，他的生命已经转变成这真理。一个人用一生一世的时间见证和践行了某个基本真理，当他在无人处向一切人说出它时，他的口气就会像基督。他说出的话有着异乎寻常的重量，不管我们是否理解它或喜欢它，都不能不感觉到这重量。这正是箴言与隽语的区别，前者使我们感到沉重，逼迫我们停留和面对，而在读到后者时，我们往往带着轻松的心情会心一笑，然后继续前行。

如果把《圣经》看作唯一的最高真理的象征，那么，《圣经》的确是有许多不同的版本的，在每一思考最高真理的人那里就有一个属于他的特殊版本。在此意义上，《要塞》就是圣埃克絮佩里版的《圣经》。圣埃克絮佩里自己说："上帝是你的语言的意义。你的语言若有意义，向你显示上帝。"我完全相信，在写这本书时，他看到了上帝。在读这本书时，他的上帝又会向每一个虔诚的读者显示，因为也正如他所说："一个人在寻找上帝，就是在为人人寻找上帝。"圣埃克絮佩里喜欢用石头和神殿作譬：石头是材料，神殿才是意义。我们能够感到，这本书中的语词真有石头一样沉甸甸的分量，而他用这些石头建筑的神殿确实闪放着意义的光辉。现在让我们走进这一座神殿，去认识一下他的上帝亦即他见证的基本真理。

二

沙漠中有一个柏柏尔部落，已经去世的酋长曾经给予王子许多英明的教诲，全书就借托这位王子之口宣说人生的真理。当然，那宣说者其实是圣埃克絮佩里自己，但是，站在现代的文明人面前，他一定感到自己就是那支游牧部落的最后的后裔，在宣说一种古老的即将失传的真理。

全部真理围绕着一个中心问题：生命的意义是什么？因为，人必须区别重要和紧急，生存是紧急的事，但领悟神意是更重要的事。因为，人应该得到幸福，但更重要的是这得到了幸福的是什么样的人。

沙漠和要塞是书中的两个主要意象。沙漠是无边的荒凉，游牧部落在沙漠上建筑要塞，在要塞的围墙之内展开了自己的生活。在宇宙的沙漠中，我们人类不正是这样一个游牧部落？为了生活，我们必须建筑要塞。没有要塞，就没有生活，只有沙漠。不要去追究要塞之外那无尽的黑暗。“我禁止有人提问题，深知不存在可能解渴的回答。那个提问题的人，只是在寻找深渊。”明白这一真理的人不再刨根问底，把心也放在围墙之内，爱那嫩芽萌生的清香，母羊剪毛时的气息，怀孕或喂奶的女人，传种的牲畜，周而复始的季节，把这一切看作自己的真理。

换一个比喻来说，生活像汪洋大海里的一只船，人是船上的居民，把船当成了自己的家。人以为有家居住是天经地义的，再也看不见海，或者虽然看见，仅把海看作船的装饰。对人来说，盲目凶险的大海仿佛只是用于航船的。这不对吗？当然对，否则人如何能生活下去。

那个远离家乡的旅人，占据他心头的不是眼前的景物，而是他看不见的远方的妻子儿女。那个在黑夜里乱跑的女人，“我在她身边放上炉子、水壶、金黄铜盘，就像一道道边境线”，于是她安静下来了。那个犯了罪的少妇，她被脱光衣服，拴在沙漠中的一根木桩上，在烈日下奄奄待毙。她举起双臂在呼叫什么？不，她不是在诉说痛苦和害怕，“那些是厩棚里普通牲畜得的病。她发现的是真理。”在无疆的黑夜里，她呼唤的是家里的夜灯，安身的房间，关上的门。“她暴露在无垠中无物可以依傍，哀求大家还给她那些生活的支柱：那团要梳理的羊毛，那只要洗涤的盆儿，这一个，而不是别个，要哄着入睡的孩子。她向着家的永恒呼叫，全村都掠过同样的晚间祈祷。”

我们在大地上扎根，靠的是日常生活中的牵挂、责任和爱。在平时，这一切使我们忘记死亡。在死亡来临时，对这一切的眷恋又把我们的注意力从死亡移开，从而使我们超越死亡的恐惧。

人跟要塞很相像，必须限制自己，才能找到生活的意义。“人打破围墙要自由自在，他也就只剩下了一堆暴露在星光下的断垣残壁。这时开始无处存身的忧患。”“没有立足点的自由不是自由。”那些没有立足点的人，他们哪儿都不在，竟因此自以为是自由的。在今天，这样的人岂不仍然太多了？没有自己的信念，他们称这为思想自由。没有自己的立场，他们称这为行动自由。没有自己的女人，他们称这为爱情自由。可是，真正的自由始终是以选择和限制为前提的，爱上这朵花，也就是拒绝别的花。一个人即使爱一切存在，仍必须为他的爱找到确定的目标，然后他的博爱之心才可能得到满足。

三

生命的意义在最平凡的日常生活之中，但这不等于说，凡是过着这种生活的人都找到了生命的意义。圣埃克絮佩里用譬喻向我们讲述这个道理。定居在绿洲中的那些人习惯了安居乐业的日子，他们的感觉已经麻痹，不知道这就是幸福。他们的女人蹲在溪流里圆而白的小石子上洗衣服，以为是在完成一桩家家如此的苦活。王子命令他的部落去攻打绿洲，把女人们娶为己有。他告诉部下：必须千辛万苦在沙漠中追风逐日，心中怀着绿洲的宗教，才会懂得看着自己的女人在河边洗衣其实是在庆祝一个节日。

我相信这是圣埃克絮佩里最切身的感触，当他在高空出生入死时，地面上的平凡生活就会成为他心中的宗教，而身在其中的人的麻木不仁在他眼中就会成为一种亵渎。人不该向要塞外无边的沙漠追究意义，但是，“受威胁是事物品质的一个条件”，要领悟要塞内生活的意义，人就必须经历过沙漠。

日常生活到处大同小异，区别在于人的灵魂。人拥有了财产，并不等于就拥有了家园。家园不是这些绵羊、田野、房屋、山岭，而是把这一切联结起来的那个东西。那个东西除了是在寻找和感受着意义的人的灵魂，还能是什么呢？“对人唯一重要的是事物的意义。”不过，意义不在事物之中，而在人与事物的关系之中，这种关系把单个的事物组织成了一个对人有意义的整体。意义把人融入一个神奇的网络，使他比他自己更宽阔。于是，麦田、房屋、羊群不再仅仅是可以折算成金钱的东西，在它们之中凝结着人的岁月、希望和信心。

“精神只住在一个祖国，那就是万物的意义。”这是一个无形的祖国，肉眼只能看见万物，领会意义必须靠心灵。上帝隐身不见，为的是让人睁开心灵的眼睛，睁开心灵眼睛的人会看见他无处不在。母亲哺乳时在婴儿的吮吸中，丈夫归家时在妻子的笑容中，水手航行时在日出的霞光中，看到的都是上帝。

那个心中已不存在帝国的人说："我从前的热忱是愚蠢的。"他说的是真话，因为现在他没有了热忱，于是只看到零星的羊、房屋和山岭。心中的形象死去了，意义也随之消散。不过人在这时候并不觉得难受，与平庸妥协往往是在不知不觉中完成的。心爱的人离你而去，你一定会痛苦。爱的激情离你而去，你却丝毫不感到痛苦，因为你的死去的心已经没有了感觉痛苦的能力。

有一个人因为爱泉水的歌声，就把泉水灌进瓦罐，藏在柜子里。我们常常和这个人一样傻。我们把女人关在屋子里，便以为占有了她的美。我们把事物据为己有，便以为占有了它的意义。可是，意义是不可占有的，一旦你试图占有，它就不在了。那个凯旋的战士守着他的战利品，一个正裸身熟睡的女俘，面对她的美丽只能徒唤奈何。他捕获了这个女人，却无法把她的美捕捉到手中。无论我们和一个女人多么亲近，她的美始终在我们之外。不是在占有中，而是在男人的欣赏和倾倒中，女人的美便有了意义。我想起了海涅，他终生没有娶到一个美女，但他把许多女人的美变成了他的诗，因而也变成了他和人类的财富。

四

所以，意义本不是事物中现成的东西，而是人的投入。要获得意义，也就不能靠对事物的占有，而要靠爱和创造。农民从麦子中取走滋养他们身体的营养，他们向麦子奉献的东西才丰富了他们的心灵。

"那个走向井边的人，口渴了，自己拉动吱吱咯咯的铁链，把沉重的桶提到井栏上，这样听到水的歌声以及一切尖利的乐曲。他口渴了，使他的行走、他的双臂、他的眼睛也都充满了意义，口渴的人朝井走去，就像一首诗。"而那些从杯子里喝现成的水的人却听不到水的歌声。坐滑竿——今天是坐缆车——上山的人，再美丽的山对于他也只是一个概念，并不具备实质。"当我说到山，意思是指让你被荆棘刺伤过，从悬崖跌下过，搬动石头流过汗，采过上面的花，最后在山顶迎着狂风呼吸过的山。"如果不用上自己的身心，一切都没有意义。贪图舒适的人，实际上是在放弃意义。

你心疼你的女人，让她摆脱日常家务，请保姆代劳一切，结果家对她就渐渐失去了意义。"要使女人成为一首赞歌，就要给她创造黎明时需要重建的家。"为了使家成为家，需要投入时间。现在人们舍不得把时间花在家中琐事上，早出晚归，在外面奋斗和享受，家就成了一个旅舍。

爱是耐心，是等待意义在时间中慢慢生成。母爱是从一天天的喂奶中来的。感叹孩子长得快的都是外人，父母很少会这样感觉。你每天观察院子里的那棵树，它就渐渐在你的心中扎根。有一个人猎到一头小沙狐，便精心喂养它，可是后来它逃回了沙漠。那人为此伤心，别人劝他再捉一头，他回答："捕捉不难，难的是爱，太需要耐心了。"

是啊，人们说爱，总是提出种种条件，埋怨遇不到符合这些条件的值得爱的对象。也许有一天遇到了，但爱仍未出现。那一个城市非常美，我在那里旅游时曾心旷神怡，但离开后并没有梦魂牵绕。那一个女人非常美，我邂逅她时几乎一见钟情，但错过了并没有日思夜想。人们举着条件去找爱，但爱并不存在于各种条件的哪怕最完美的组合之中。爱不是对象，爱是关系，是你在对象身上付出的时间和心血。你培育的园林没有皇家花园美，但你爱的是你的园林而不是皇家花园。你相濡以沫的女人没有女明星美，但你爱的是你的女人而不是女明星。也许你愿意用你的园林换皇家花园，用你的女人换女明星，但那时候支配你的不是爱，而是欲望。

爱的投入必须全心全意，如同自愿履行一项不可推卸的职责。"职责是连接事物的神圣钮结，除非在你看来是绝对的需要，而不是游戏，你才能建成你的帝国、神庙或家园。"就像掷骰子，如果不牵涉你的财产，你就不会动心。你玩的不是那几颗小小的骰子，而是你的羊群和金银财宝。在玩沙堆的孩子眼里，沙堆也不是沙堆，而是要塞、山岭或船只。只有你愿意为之而死的东西，你才能够藉之而生。

五

当你把爱投入到一个对象上面，你就是在创造。创造是"用生命去交换比生命更长久的东西"。这样诞生了画家、雕塑家、手工艺人等等，他们工作一生是为了创造自己用不上的财富。没有人在乎自己用得上用不上，生命的意义反倒是寄托在那用不上的财富上。那个瞎眼、独腿、口齿不清的老人，一说到他用生命交换的东西，就立刻思路清晰。突然发生了地震，人们害怕的不是死亡，而是自己的作品的毁灭，那也许是一只亲手制造的银壶，一条亲手编结的毛毯，或一篇亲口传唱的史诗。生命的终结诚然可哀，但最令人绝望的是那本应比生命更长久的东西竟然也同归于尽。

文化与工作是不可分的。那种只会把别人的创造放在自己货架上的人是未开化人，哪怕这些东西精美绝伦，他们又是鉴赏的行家。文化不是一件谁的身上都能披的斗篷。对于一切创造者来说，文化只是完成自己的工作，以及工作中的艰辛和欢乐。每个人生活中最重要的部分是自己所热爱的那项工作，他藉此而进入世界，在世上立足。有了这项他能够全身心投入的工作，他的生活就有了一个核心，他的全部生活围绕这个核心组织成了一个整体。没有这个核心的人，他的生活是碎片，譬如说，会分裂成两个都令人不快的部分，一部分是折磨人的劳作，另一部分是无所用心的休闲。

顺便说一说所谓“休闲文化”。一个醉心于自己的工作的人，他不会向休闲要求文化。对他来说，休闲仅是工作之后的休整。“休闲文化”大约只对两种人有意义，一种是辛苦劳作但从中体会不到快乐的人，另一种是没有工作要做的人，他们都需要用某种特别的或时髦的休闲方式来证明自己也有文化。我不反对一个人兴趣的多样性，但前提是有自己热爱的主要工作，唯有如此，当他进入别的领域时，才可能添入自己的一份意趣，而不只是凑热闹。

创造会有成败，这不重要，重要的是保持创造的热忱。有了这样的热忱，无论成败都是在为创造做贡献。还是让圣埃克絮佩里自己来说，他说得太精彩：“创造，也可以指舞蹈中跳错的那一步，石头上凿坏的那一凿子。动作的成功与否不是主要的。这种努力在你看来是徒劳无益，这是由于你的鼻子凑得太近的缘故，你不妨往后退一步。站在远处看这个城区的活动，看到的是意气风发的劳动热忱，你再也不会注意有缺陷的动作。”一个人有创造的热忱，他未必就能成为大艺术家。一大群人有创造的热忱，其中一定会产生大艺术家。大家都爱跳舞，即使跳得不好的人也跳，美的舞蹈便应运而生。说到底，产生不产生大艺术家也不重要，在这片生机勃勃的土地上，生活本身就是意义。

人在创造的时候是既不在乎报酬，也不考虑结果的。陶工专心致志地伏身在他的手艺上，在这个时刻，他既不是为商人、也不是为自己工作，而是“为这只陶罐以及柄子的弯度工作”。艺术家废寝忘食只是为了一个意象，一个还说不出来的形式。他当然感到了幸福，但幸福是额外的奖励，而不是预定的目的。美也如此，你几曾听到过一个雕塑家说他要在石头上凿出美?

从沙漠征战归来的人，勋章不能报偿他，亏待也不会使他失落。“当一个人升华、存在、圆满死去，还谈什么获得与占有？”一切从工作中感受到生命意义的人都是如此，内在的富有找不到、也不需要世俗的对应物。像托尔斯泰、卡夫卡、爱因斯坦这样的人，没有得诺贝尔奖于他们何损，得了又能增加什么？只有那些内心中没有欢乐源泉的人，才会斤斤计较外在的得失，孜孜追求教授的职称、部长的头衔和各种可笑的奖状。他们这样做很可理解，因为倘若没有这些，他们便一无所有。

六

如果我把圣埃克絮佩里的思想概括成一句话，譬如说“生命的意义在于爱和创造，在于奉献”，我就等于什么也没有说，只是在重复一句陈词滥调。是否用自己独特的语言说出一个真理，这不只是表达的问题，而是决定了说出的是不是真理。世上也许有共同的真理，但它不在公共会堂的标语上和人云亦云的口号中，只存在于一个个具体的人用心灵感受到的特殊的真理之中。那些不拥有自己的特殊真理的人，无论他们怎样重复所谓共同的真理，说出的始终是空洞的言辞而不是真理。圣埃克絮佩里说：“我瞧不起意志受论据支配的人。词语应该表达你的意思，而不是左右你的意志。”真理不是现成的出发点，而是千辛万苦要接近的目标。凡是把真理当作起点的人，他们的意志正是受了词语的支配。

这本书中还有许多珍宝，但我不可能一一指给你们看。我在这座圣殿里走了一圈，把我的所见所思告诉了你们。现在，请你们自己走进去，你们也许会有不同的所见所思。然而，我相信，有一种感觉会是相同的。“把石块砌在一起，创造的是静默。”当你们站在这座用语言之石垒建的殿堂里时，你们一定也会听见那迫人不得不深思的静默。

2003 年 6 月

直接读原著

叔本华在《作为意志和表象的世界》第二版序中说："只有从那些哲学思想的首创人那里，人们才能接受哲学思想。因此，谁要是向往哲学，就得亲自到原著那肃穆的圣地去找永垂不朽的大师。"对于每一个有心学习哲学的人，我要向他推荐叔本华的这一指点。

叔本华是在谈到康德时说这句话的。在康德死后两百年，我们今天已经能够看明白，康德在哲学中的作用真正是划时代的，根本扭转了西方哲学的发展方向。近两百年西方哲学的基调是对整个两千年西方形而上学传统的反省和背叛，而这个调子是康德一锤敲定的。叔本华从事哲学活动时，康德去世不久，但他当时即已深切地感受到康德哲学的革命性影响。用他的话说，那种效果就好比给盲人割治翳障的手术，又可看作"精神的再生"，因为它"真正排除掉了头脑中那天生的、从智力的原始规定而来的实在论"，这种实在论"能教我们搞好一切可能的事情，就只不能搞好哲学"。使他恼火的是当时在德国占据统治地位的是黑格尔哲学，青年们的头脑已被其败坏，无法再追随康德的深刻思路。因此，他号召青年们不要从黑格尔派的转述中、而要从康德的原著中去了解康德。

叔本华一生备受冷落，他的遭遇与和他同时代的官方头号哲学家黑格尔适成鲜明对照。但是，因此把他对黑格尔的愤恨完全解释成个人的嫉妒，我认为是偏颇的。由于马克思的黑格尔派渊源，我们对于黑格尔哲学一向高度重视，远在康德之上。这里不是讨论这个复杂问题的地方，我只想指出，至少叔本华的这个意见是对的：要懂得康德，就必须去读康德的原著。广而言之，我们要了解任何一位大哲学家的思想，都必须直接去读原著，而不能通过别人的转述，哪怕这个别人是这位大哲学家的弟子、后继者或者研究他的专家和权威。我自己的体会是，读原著绝对比读相关的研究著作有趣，在后者中，一种思想的原创力量和鲜活生命往往被消解了，只剩下了一付骨架，躯体某些局部的解剖标本，以及对于这些标本的博学而冗长的说明。

常常有人问我，学习哲学有什么捷径，我的回答永远是：有的，就是直接去读大哲学家的原著。之所以说是捷径，是因为这是唯一的途径，走别的路只会离目的地越来越远，最后还是要回到这条路上来。能够回来算是幸运的呢，常见的是丧失了辨别力，从此迷失在错误的路上了。有一种普遍的误解，即认为可以从各种哲学教科书中学到哲学，似乎哲学最重要最基本的东西都已经集中在这些教科书里了。

事实恰恰相反，且不说那些从某种确定的教条出发论述哲学和哲学史的教科书，它们连转述也称不上，我们从中所能读到的东西和哲学毫不相干。即使那些认真的教科书，我们也应记住，它们至多是转述，由于教科书必然要涉及广泛的内容，其作者不可能阅读全部的相关原著，因此它们常常还是转述的转述。一切转述都必定受转述者的眼界和水平所限制，在第二手乃至第三手、第四手的转述中，思想的原创性递减，平庸性递增，这么简单的道理应该是无须提醒的吧。

哲学的精华仅仅在大哲学家的原著中。如果让我来规划哲学系的教学，我会把原著选读列为唯一的主课。当然，历史上有许多大哲学家，一个人要把他们的原著读遍，几乎是不可能的，也是不必要的。以一本简明而客观的哲学史著作为入门索引，浏览一定数量的基本原著，这个步骤也许是省略不掉的。在这过程中，如果没有一种原著引起你的相当兴趣，你就趁早放弃哲学，因为这说明你压根儿对哲学就没有兴趣。倘非如此，你对某一个大哲学家的思想发生了真正的兴趣，那就不妨深入进去。可以期望，无论那个大哲学家是谁，你都将能够通过他而进入哲学的堂奥。不管大哲学家们如何观点相左，个性各异，他们中每一个人都必能把你引到哲学的核心，即被人类所有优秀的头脑所思考过的那些基本问题，否则就称不上是大哲学家了。

叔本华有一付愤世嫉俗的坏脾气，他在强调读原著之后，接着就对只喜欢读第二手转述的公众开骂，说由于“平庸性格的物以类聚”，所以“即令是伟大哲人所说的话，他们也宁愿从自己的同类人物那儿去听取”。在我们的分类表上，叔本华一直是被排在坏蛋那一边的，加在他头上的恶名就不必细数了。他肯定不属于最大的哲学家之列，但算得上是比较大的哲学家。如果我们想真正了解他的思想，直接读原著的原则同样适用。尼采读了他的原著，说他首先是一个真实的人。他自己也表示，他是为自己而思考，决不会把空壳核桃送给自己。我在他的著作中的确捡到了许多饱满的核桃，如果听信教科书中的宣判而不去读原著，把它们错过了，岂不可惜。

2002 年 11 月

经典和我们

我的读书旨趣，第一是把人文经典当作主要读物，第二是用轻松的方式来阅读。

读什么书，取决于为什么读。人之所以读书，无非有三种目的。一是为了实际的用途，例如因为职业的需要而读专业书籍，因为日常生活的需要而读实用知识。二是为了消遣，用读书来消磨时光，可供选择的有各种无用而有趣的读物。三是为了获得精神上的启迪和享受，如果是出于这个目的，我觉得读人文经典是最佳选择。

人类历史上产生了那样一些著作，它们直接关注和思考人类精神生活的重大问题，因而是人文性质的，同时其影响得到了许多世代的公认，已成为全人类共同的财富，因而又是经典性质的。我们把这些著作称作人文经典。在人类精神探索的道路上，人文经典构成了一种伟大的传统，任何一个走在这条路上的人都无法忽视其存在。

认真地说，并不是随便读点什么都能算是阅读的。譬如说，我不认为背功课或者读时尚杂志是阅读。真正的阅读必须有灵魂的参与，它是一个人的灵魂在一个借文字符号构筑的精神世界里的漫游，是在这漫游途中的自我发现和自我成长，因而是一种个人化的精神行为。什么样的书最适合于这样的精神漫游呢？当然是经典，只要我们翻开它们，便会发现里面藏着一个个既独特又完整的精神世界。

一个人如果并无精神上的需要，读什么倒是无所谓的，否则就必须慎于选择。也许没有一个时代拥有像今天这样多的出版物，然而，很可能今天的人们比以往任何时候都阅读得少。在这样的时代，一个人尤其必须懂得拒绝和排除，才能够进入真正的阅读。这是我主张坚决不读二三流乃至不入流读物的理由。

图书市场上有一件怪事，别的商品基本上是按质论价，唯有图书不是。同样厚薄的书，不管里面装的是垃圾还是金子，价钱都差不多。更怪的事情是，人们宁愿把可以买回金子的钱用来买垃圾。至于把宝贵的生命耗费在垃圾上还是金子上，其间的得失就完全不是钱可以衡量的了。

古往今来，书籍无数，没有人能够单凭一己之力从中筛选出最好的作品来。幸亏我们有时间这位批评家，虽然它也未必绝对智慧和公正，但很可能是一切批评家中最智慧和最公正的一位，多么独立思考的读者也不妨听一听它的建议。所谓经典，就是时间这位批评家向我们提供的建议。

对经典也可以有不同的读法。一个学者可以把经典当作学术研究的对象，对某部经典或某位经典作家的全部著作下考证和诠释的功夫，从思想史、文化史、学科史的角度进行分析。这是学者的读法。但是，如果一部经典只有这一种读法，我就要怀疑它作为经典的资格，就像一个学者只会用这一种读法读经典，我就要断定他不具备大学者的资格一样。唯有今天仍然活着的经典才配叫作经典，它们不但属于历史，而且超越历史，仿佛有一颗不死的灵魂在其中永存。正因为如此，在阅读它们时，不同时代的个人都可能感受到一种灵魂觉醒的惊喜。在这个意义上，经典属于每一个人。

作为普通人，我们如何读经典？我的经验是，无论《论语》还是《圣经》，无论柏拉图还是康德，不妨就当作闲书来读。也就是说，阅读的心态和方式都应该是轻松的。千万不要端起做学问的架子，刻意求解。读不懂不要硬读，先读那些读得懂的、能够引起自己兴趣的著作和章节。这里有一个浸染和熏陶的过程，所谓人文修养就是这样熏染出来的。在不实用而有趣这一点上，读经典的确很像是一种消遣。事实上，许多心智活泼的人正是把这当作最好的消遣的。能否从阅读经典中感受到精神的极大愉悦，这差不多是对心智品质的一种检验。不过，也请记住，经典虽然属于每一个人，但永远不属于大众。我的意思是说，读经典的轻松绝对不同于读大众时尚读物的那种轻松。每一个人只能作为有灵魂的个人，而不是作为无个性的大众，才能走到经典中去。如果有一天你也陶醉于阅读经典这种美妙的消遣，你就会发现，你已经距离一切大众娱乐性质的消遣多么遥远。

经典是人类精神财富的一个宝库，它就在我们身旁，其中的财富属于我们每一个人。阅读经典，就是享用这笔宝贵的财富。凡是领略过此种享受的人都一定会同意，倘若一个人活了一生一世，从未踏进这个宝库，那是遭受了多么巨大的损失啊。

2003 年 2 月

唱出了我们的沉默的歌者

20世纪上半叶，有两位东方诗人以美而富有哲理的散文诗（多用英文创作）征服了西方读者的心，继而通过冰心的汉译征服了中国读者的心，一位是泰戈尔，另一位就是纪伯伦。多年来，这两位诗人的作品一直陪伴着我，它们如同我的生活中的清泉，我常常回想到它们，用它们洗净我在人世间跋涉的尘土和疲劳。

纪伯伦说："语言的波涛始终在我们的上面喧哗，而我们的深处永远是沉默的。"又说："伟大的歌者是能唱出我们的沉默的人。"纪伯伦自己正是这样一位唱出了我们的沉默的歌者。

那在我们的上面喧哗着的是什么？是我们生命表面的喧闹，得和失的计较，利益征逐中的哭和笑，我们的肉身自我的呻吟和嚎叫。那在我们的深处沉默着的是什么？是我们生命的核心，内在的精神生活，每一个人的不可替代的心灵自我。

在纪伯伦看来，内在的心灵自我是每一个人的本质之所在。外在的一切，包括财富、荣誉、情色，都不能满足它，甚至不能真正触及它，因此它必然是孤独的。它如同一座看不见的房舍，远离人们以你的名字称呼的一切表象和外观的道路。"如果这房舍是黑暗的，你无法用邻人的灯把它照亮。如果这房舍是空的，你无法用邻人的财产把它装满。"但是，正因为你有这个内在的自我，你才成为你。倘若只有那个外在的自我，不管你在名利场上混得如何，你和别人都没有本质的区别，你的存在都不拥有自身的实质。

然而，人们似乎都害怕自己内在的自我，不敢面对它的孤独，倾听它的沉默，宁愿逃避它，躲到外部世界的喧嚣之中。有谁倾听自己灵魂的呼唤，人们便说："这是一个疯子，让我们躲开他！"其实事情正相反，如同纪伯伦所说："谁不做自己灵魂的朋友，便成为人们的敌人。"人间一切美好的情谊，都只能在忠实于自己灵魂的人之间发生。同样，如果灵魂是黑暗的，人与人只以肉身的欲望相对待，彼此之间就只有隔膜、争夺和战争了。

内在的孤独无法用任何尘世的快乐消除，这个事实恰恰是富有启示意义的，促使我们走向信仰。我们仿佛听到了一个声音："你们是灵魂，虽然活动于躯体之中。"作为灵魂，我们必定有更高的来源，更高的快乐才能使我们满足。纪伯伦是一个泛神论者，他相信宇宙是一个精神性的整体，每一个人的灵魂都是整体的显现，是流转于血肉之躯中的"最高之主的呼吸"。当我们感悟到自己与整体的联系之时，我们的灵魂便觉醒了。灵魂的觉醒是人生最宝贵的收获，是人的生存目的之所在。这时候，我们的内在自我便超越了孤独，也超越了生死。《先知》中的阿穆斯塔发在告别时如是说：“只一会儿工夫，在风中休息片刻，另一个女人又将怀上我。”

不过，信仰不是空洞的，它见之于工作。“工作是看得见的爱。”带着爱工作，你就与自己、与人类、与上帝联成了一体。怎样才是带着爱工作呢？就是把你灵魂的气息贯注于你制造的一切。你盖房，就仿佛你爱的人要来住一样。有了这种态度，你的一切产品就都是精神的产品。在这同时，你也就使自己在精神上完满了起来，把自己变成了一个上面住着灵性生物的星球。

一个灵魂已经觉醒的人，他的生命核心与一切生命之间的道路打通了，所以他是不会狂妄的。他懂得万物同源、众生平等的道理，“每一个人都是以往的每一个君王和每一个奴隶的后裔”。“当你达到生命的中心时，你将发现你既不比罪人高，也不比先知低。”大觉悟导致大慈悲和大宽容。你不会再说：“我要施舍，但只给那配得到者。”因为你知道，凡配在生命的海洋里啜饮的，都配在你的小溪里舀满他的杯子。你也不会再嘲笑和伤害别人，因为你知道，其实别人只是附在另一躯体上的最敏感的你。

在纪伯伦的作品中，随手可拾到语言的珍珠，我只是把很少一些串连起来，形成了一根思想的线索。当年罗斯福总统曾如此赞颂他：“你是从东方吹来的第一阵风暴，横扫了西方，但它带给我们海岸的全是鲜花。”现在我们翻开他的书，仍可感到这风暴的新鲜有力，受这风暴的洗礼，我们的心中仍会绽开智慧的花朵。

2005 年 11 月

麻木比瘟疫更可怕

瘟疫曾经是一个离我们多么遥远的词，无人能够预想到，它竟落在了21世纪的我们头上。在经历了SARS的灾难以后，现在来读《鼠疫》，我们会有异乎寻常的感受。

加缪的这部名作描写了一场鼠疫的全过程，时间是上个世纪40年代，地点是阿尔及利亚的奥兰市。事实上，那个时间那个地点并没有发生鼠疫，所以加缪描写的是一场虚构的鼠疫。一般认为，这是一部寓言性小说，鼠疫控制下的奥兰是喻指法西斯占领下的法国。然而，加缪对瘟疫的描写具有如此惊人的准确性，以至于我们禁不住要把它当作一种纪实来读。一开始是鼠疫的先兆，屋子里和街上不断发现死老鼠，第一个人死于怪病，接着是第二个、第三个，逐日增多。某一位医生终于鼓起勇气说出“鼠疫”这个词，其他人亦心存疑虑，但不敢承认。疫情迅速蔓延，成为无可否认的事实，市府怕惊动舆论，封锁消息。终于到了封锁不住的地步，于是公布疫情，采取措施，消毒，监控，隔离，直至封城。因为害怕传染，人人口含据说能防病的薄荷药糖，乘公交车时背靠背，怀着戒心疏远自己的邻居，对身体的微小不适疑神疑鬼。人们的心态由侥幸转为恐慌，又由恐慌转为渐渐适应，鼠疫本身终于成了一种生活方式。全市如同放长假一样，日常工作停止，人们唯一可做的事情是收听和谈论政府公布的统计数字，祈求自己平安渡过难关，等待瘟疫出现平息的迹象。商人乘机牟利，咖啡馆贴出“酒能杀菌”的广告招徕顾客，投机商高价出售短缺的物品，出版商大量印售占星术史料中的或临时杜撰的有关瘟疫的各种预言……凡此种种现象，我们现在读到都不觉得陌生了，至少可以凭自身的经验加以想象了。

然而，如果认为《鼠疫》所提供的仅是这些令我们感到半是亲切半是尴尬的疫期生活细节，就未免太停留在了它的表面。我们不该忘记，对于加缪来说，鼠疫的确只是一个象征。在最广泛的意义上，鼠疫象征的是任何一种大规模的祸害，其受害者是所及地区、民族、国家的所有人乃至全人类，瘟疫、灾荒、战争、专制主义、恐怖主义等等都可算在内。问题是当这类祸害降临的时候，我们怎么办？加缪通过他笔下主人公们的行为向我们说明，唯一的选择是站在受害者一边与祸害作斗争。一边是鼠疫，另一边是受害者，阵线截然分明，没有人可以做一个旁观者。医生逃离岗位，病患拒绝隔离，都意味着站到了鼠疫一边。这个道理就像二加二等于四一样简单。在这个时候，需要的只是一种最单纯的责任感，因而也是一种最基本的正义感。灾难是没有戏剧性可言的，所以加缪唾弃面对灾难的一切浪漫主义姿态。本书主角里厄医生之所以奋不顾身地救治病人，置个人安危于度外，与任何宗教信念、神圣使命、英雄壮举都无关，而只是因为他作为一个医生不能容忍疾病和死亡。在法西斯占领期间，从来对政治不感兴趣的加缪成了抵抗运动的干将。战后，记者问他为什么要参加抵抗运动，他的回答同样简单："因为我不能站在集中营一边。"

面对共同祸害时所做选择的理由是简单的，但人性经受的考验却并不简单。这是一个令加缪烦恼的问题，它构成了《鼠疫》的更深一层内涵。从封城那一天起，奥兰的市民们实际上开始过一种流放生活了，不过这是流放在自己的家中。在那些封城前有亲人外出的人身上，这种流放感更为强烈，他们失去了与亲人团聚的自由。在瘟神笼罩下，所有留在城里的人只有集体的遭遇，个人的命运不复存在。共同的厄运如此强大，以至于个人的爱情、思念、痛苦都已经显得微不足道，人们被迫像没有个人情感那样地行事。久而久之，一切个性的东西都失去了语言，人们不复有属于自己的记忆和希望，只活在当前的现实之中。譬如说，那些与亲人别离的人开始用对待疫情统计数字的态度来对待自己的境况了，别离的痛苦已经消解在公共的不幸之中。这就是说，人们习惯了瘟疫的境况。加缪认为，这才是最可怕的事情，习惯于绝望的处境是比绝望的处境本身更大的不幸。不过，只要身处祸害之中，我们也许找不到办法来摆脱这种不幸。与任何共同祸害的斗争都具有战争的性质，牺牲个性是其不得不付出的代价。

在小说的结尾，鼠疫如同它来临时一样突然地结束了。当然，幸存者们为此欢欣鼓舞，他们庆幸恶梦终于消逝，被鼠疫中断了的生活又可以继续下去了。也就是说，他们又可以每天辛勤工作，然后把业余时间浪费在赌牌、泡咖啡馆和闲聊上了。这是现代人的标准生活方式。可是，生活应该是这样的吗？人们经历了鼠疫却没有任何变化吗？加缪借小说中一个人物之口向我们提出了这个问题，并且说了一句发人深省的话："但鼠疫是怎么一回事呢？也不过就是生活罢了。"如果我们不把鼠疫仅仅看作一场噩梦和一个例外，而是看作反映了生活的本质的一种经历，也许就会获得某些重要的启示。我们也许会认识到，在人类生活中，祸害始终以各种形式存在着，为了不让它们蔓延开来，我们必须改变我们的生活方式。在一定意义上，这不也正是这次SARS之灾给予我们的教训吗？

真正可怕的不是瘟疫，而是麻木。在瘟疫流行之时，我们对瘟疫渐渐习以为常，这是麻木。在瘟疫过去之后，我们的生活一切照旧，这是更严重的麻木。仔细想想，麻木是怎样地普遍，怎样地比瘟疫更难抵御啊。

2003年5月

生命中不能错过什么

——《绿山墙的安妮》中译本序

安妮是一个十一岁的孤儿，一头红发，满脸雀斑，整天耽于幻想，不断闯些小祸。假如允许你收养一个孩子，你会选择她吗？大概不会。马修和玛莉拉是一对上了年纪的独身兄妹，他们也不想收养安妮，只是因为误会，收养成了令人遗憾的既成事实。故事就从这里开始，安妮住进了美丽僻静村庄中这个叫作绿山墙的农舍，她的一言一行都将经受老处女玛莉拉的刻板挑剔眼光——以及村民们的保守务实眼光——的检验，形势对她十分不利。然而，随着故事进展，我们看到，安妮的生命热情融化了一切敌意的坚冰，给绿山墙和整个村庄带来了欢快的春意。作为读者，我们也和小说中所有人一样不由自主地喜欢上了她。正如当年马克·吐温所评论的，加拿大女作家莫德·蒙格玛丽塑造的这个人物不愧是“继不朽的艾丽丝之后最令人感动和喜爱的儿童形象”。

在安妮身上，最令人喜爱的是那种富有灵气的生命活力。她的生命力如此健康蓬勃，到处绽开爱和梦想的花朵，几乎到了奢侈的地步。安妮拥有两种极其宝贵的财富，一是对生活的惊奇感，二是充满乐观精神的想象力。对于她来说，每一天都有新的盼望，新的惊喜。她不怕盼望落空，因为她已经从盼望中享受了一半的喜悦。她生活在用想象力创造的美丽世界中，看见五月花，她觉得自己身在天堂，看见了去年枯萎的花朵的灵魂。请不要说安妮虚无缥缈，她的梦想之花确确实实结出了果实，使她周围的人在和从前一样的现实生活中品尝到了从前未曾发现的甜美滋味。

我们不但喜爱安妮，而且被她深深感动，因为她那样善良。不过，她的善良不是来自某种道德命令，而是源自天性的纯净。她的生命是一条虽然激荡却依然澄澈的溪流，仿佛直接从源头涌出，既积蓄了很大的能量，又尚未受到任何污染。安妮的善良实际上是一种感恩，是因为拥有生命、享受生命而产生的对生命的感激之情。怀着这种感激之情，她就善待一切帮助过她乃至伤害过她的人，也善待大自然中的一草一木。和怜悯、仁慈、修养相比，这种善良是一种更为本真的善良，而且也是更加令自己和别人愉快的。

所以，我认为，这本书虽然是近一百年前问世的，今天仍然很值得我们一读。作为儿童文学的一部经典之作，今天的孩子们一定还能够领会它的魅力，与可爱的主人公发生共鸣，孩子们比我聪明，无须我多言。我想特别说一下的是，今天的成人们也应当能够从中获得教益。在我看来，教益有二。一是促使我们反省对孩子的教育。我们该知道，就天性的健康和纯净而言，每个孩子身上都藏着一个安妮，我们千万不要再用种种功利的算计去毁坏他们的健康，污染他们的纯净，扼杀他们身上的安妮了。二是促使我们反省自己的人生。在今日这个崇拜财富的时代，我们该自问，我们是否丢失了那些最重要的财富，例如对生活的惊奇感，使生活焕发诗意的想象力，源自感激生命的善良，等等。安妮曾经向从来不想象和现实不同的事情的人惊呼："你错过了多少东西！"我们也该自问：我们错过了多少比金钱、豪宅、地位、名声更宝贵的东西？

2003 年 4 月

与书结缘

我此生与书有缘，在书中度过了多半的光阴。不过，结缘的开端似乎不太光彩。那是上小学的时候，在老师号召下，班上同学把自己的图书凑集起来，放在一只箱子里，办起了一个小小图书馆。我从中借了一本书，书中主人公是一个喜欢恶作剧的男孩，诸如把苍蝇包在包子里给人吃之类，我一边看，一边笑个不停。我实在太想拥有这本有趣的书了，还掉后又把它偷了出来。从此以后，我对书发生了浓厚的兴趣，每一本书，不管是否读得懂，都使我神往，我相信其中一定藏着一些有趣的或重要的东西，等待我去把它们找出来。

小学六年级时，我家搬到了人民公园附近，站在窗前，可以望见耸立在公园背后的大自鸣钟。上海图书馆的这个标志性建筑对于我充满了诱惑力，我常常不由自主地走到那里，在图书馆的院子里徘徊，有一天终于鼓起勇气朝楼里走，却被挡驾了。按照规定，儿童身高一米四五以上才能进阅览室，我当时十岁，个儿小，还差得远。小学刚毕业，拿到了考初中的准考证，听说凭这个证件就可以进到楼内，我喜出望外。整个暑假，我几乎天天坐在上海图书馆的阅览室里看书。我喜欢阅览室里的气氛，寂静笼罩之下，一张张宽大的桌子旁，互不相识的人们专心读着不同的书，彼此之间却仿佛有着一种神秘的联系。这是知识的圣殿，我为自己能够进入这个圣殿而自豪。

我仍渴望占有自己所喜欢的书，毕竟懂事了，没有再偷，而是养成了买书的癖好。初中三年级时，我家搬迁，从家到学校乘电车有五站地，只花四分钱，走路要用一小时。由于家境贫寒，父亲每天只给我四分钱的单程车费，我连这钱也舍不得花，总是徒步往返。路途的一长段是繁华的南京西路，放学回来正值最热闹的时候，两旁橱窗里的商品琳琅满目，但我心里惦记着这一段路上的两家旧书店，便以目不旁视的气概勇往直前。这两家旧书店是物质诱惑的海洋中的两座精神灯塔，我每次路过必进，如果口袋里的钱够，就买一本我看中的书。当然，经常的情形是看中了某一本书，但钱不够，于是我不得不天天去看那本书是否还在，直到攒够了钱把它买下才松一口气。读高中时，我住校，从家到学校要乘郊区车，往返票价五角。我每两周回家一次，父亲每月给我两元钱，一元乘车，一元零用。这使我在买书时仿佛有了财大气粗之感，为此总是无比愉快地跋涉在十几公里的郊区公路上。

回想起来，从中学开始，我就已经把功课看得很次要，而把主要的精力用于读课外书。我是在上海中学读的高中，学校阅览室的墙上贴着高尔基的一句语录：

“我扑在书本上，就像饥饿的人扑在面包上一样。”这句话对于当时的我独具魔力，它如此贴切地表达了一个饥不择食的少年人的心情和状态，使我永远记住了它。不过，虽然我酷爱读书，却并不知道该读什么书，始终是在黑暗中摸索。直到进了北京大学，在郭沫若的儿子郭世英影响下，我才开始大量阅读世界文学名著。一开始是俄国文学，把屠格涅夫、托尔斯泰、陀斯妥耶夫斯基的中译本都读了，接着是西方文学和哲学，一发而不可收。我永远感谢我的这位不幸早逝的朋友，在我求知欲最旺盛的时候，他做了我的引路人，把我带到了世界文化宝库的大门前。那一年我十七岁，在我与书结缘的历史上，这是一个转折点。一个人一旦走进宝库，看见过了真正的珍宝，他就获得了基本的鉴赏力，懂得区分宝物和垃圾了。在那以后，我仿佛逐渐拥有了一种内在的嗅觉，能够嗅出一本书的优劣，本能地拒斥那些平庸的书，不肯再为它们浪费宝贵的光阴了。

我的读书旨趣有三个特点。第一，虽然我的专业是哲学，但我的阅读范围不限于哲学，始终喜欢看“课外书”，而我从文学作品和各类人文书籍中同样学到了哲学。第二，虽然我的阅读范围很宽，但对书籍的选择却很挑剔，以读经典名著为主，其他的书只是随便翻翻，对媒体宣传的畅销书完全不予理睬。第三，虽然读的是经典名著，但我喜欢把它们当作闲书来读，不端做学问的架子，而我确实在读经典名著中得到了最好的消遣。我的经验告诉我，大师绝对比追随者可爱无比也更加平易近人，直接读原著是通往智慧的捷径。这就像在现实生活中，真正的伟人总是比那些包围着他们的秘书和仆役更容易接近，困难恰恰在于怎样冲破这些小人物的阻碍。可是，在阅读中不存在这样的阻碍，经典名著就在那里，任何人想要翻开都不会遭到拒绝，那些爱读平庸书籍的人其实是自甘于和小人物周旋。

直接与大师交流，结识和欣赏人类历史上那些最优秀的灵魂，真是人生莫大的享受。有时候，我会拿起笔来，写下自己的收获，这就是我的写作。所以，我的写作实际上是我的阅读的一个延伸。曾有人问我，阅读和写作在我的生活中各扮演什么角色，我脱口说：阅读是我的情人，写作是我的妻子。事后一想，对这句话可有多种理解。妻子是由情人转变过来的，我的写作是由我的阅读转变过来的，这是一解。阅读是浪漫的精神游历，写作是日常的艰苦劳动，这又是一解。最后，鉴于写作已成为我的职业，我必须警惕不让它排挤掉阅读的时间，倘若我写得多读得少，甚至只写不读，我的写作就会沦为毫无生气的职业习惯，就像没有爱情的婚姻一样。对于我来说，这是最重要的一解，我要铭记不忘。

2006 年 8 月

做一个真正的读者

读者是一个美好的身份。每个人在一生中会有各种其他的身份，例如学生、教师、作家、工程师、企业家等，但是，如果不同时也是一个读者，这个人就肯定存在着某种缺陷。一个不是读者的学生，不管他考试成绩多么优秀，本质上不是一个优秀的人才。一个不是读者的作家，我们有理由怀疑他作为作家的资格。在很大程度上，人类精神文明的成果是以书籍的形式保存的，而读书就是享用这些成果并把它们据为己有的过程。质言之，做一个读者，就是加入到人类精神文明的传统中去，做一个文明人。在某种意义上，一个民族的精神素质取决于人口中高趣味读者的比例。相反，对于不是读者的人来说，凝聚在书籍中的人类精神财富等于不存在，他们不去享用和占有这笔宝贵的财富，一个人唯有在成了读者以后才会知道，这是多么巨大的损失。历史上有许多伟大的人物，在他们众所周知的声誉背后，往往有一个人所不知的身份，便是终身读者，即一辈子爱读书的人。

然而，一个人并不是随便读点什么就可以称作读者的。在我看来，一个真正的读者应该具备以下特征——

第一，养成了读书的癖好。也就是说，读书成了生活的必需，真正感到不可缺少，几天不读书就寝食不安，自惭形秽。如果你必须强迫自己才能读几页书，你就还不能算是一个真正的读者。当然，这种情形决非刻意为之，而是自然而然的，是品尝到了阅读的快乐之后的必然结果。事实上，每个人天性中都蕴涵着好奇心和求知欲，因而都有可能依靠自己去发现和领略阅读的快乐。遗憾的是，当今功利至上的教育体制正在无情地扼杀人性中这种最宝贵的特质。在这种情形下，我只能向有识见的教师和家长反复呼吁，请你们尽最大可能保护孩子的好奇心，能保护多少是多少，能抢救一个是一个。我还要提醒那些聪明的孩子，在达到一定年龄之后，你们要善于向现行教育争自由，学会自我保护和自救。

第二，形成了自己的读书趣味。世上书籍如汪洋大海，再热中的书迷也不可能穷尽，只能尝其一瓢，区别在于尝哪一瓢。读书是一件非常私人的事情，喜欢读什么书，不论范围是宽是窄，都应该有自己的选择，体现了自己的个性和兴趣。其实，形成个人趣味与养成读书癖好是不可分的，正因为找到了和预感到了书中知己，才会锲而不舍，欲罢不能。没有自己的趣味，仅凭道听途说东瞧瞧，西翻翻，连兴趣也谈不上，遑论癖好。针对当今图书市场的现状，我要特别强调，千万不要追随媒体的宣传只读一些畅销书和时尚书，倘若那样，你绝对成不了真正的读者，永远只是文化市场上的消费大众而已。须知时尚和文明完全是两回事，一个受时尚支配的人仅仅生活在事物的表面，貌似前卫，本质上却是一个野蛮人，唯有扎根于人类精神文明土壤中的人才是真正的文明人。

第三，有较高的读书品位。一个真正的读者具备基本的判断力和鉴赏力，仿佛拥有一种内在的嗅觉，能够嗅出一本书的优劣，本能地拒斥劣书，倾心好书。这种能力部分地来自阅读的经验，但更多地源自一个人灵魂的品质。当然，灵魂的品质是可以不断提高的，读好书也是提高的途径，二者之间有一种良性循环的关系。重要的是一开始就给自己确立一个标准，每读一本书，一定要在精神上有收获，能够进一步开启你的心智。只要坚持这个标准，灵魂的品质和对书的判断力就自然会同步得到提高。一旦你的灵魂足够丰富和深刻，你就会发现，你已经上升到了一种高度，不再能容忍那些贫乏和浅薄的书了。

能否成为一个真正的读者，青少年时期是关键。经验证明，一个人在这个时期倘若没有养成读好书的习惯，以后再要培养就比较难了，倘若养成了，则必定终身受用。青少年对未来有种种美好的理想，我对你们的祝愿是，在你们的人生蓝图中千万不要遗漏了这一种理想，就是立志做一个真正的读者，一个终身读者。

2004 年 7 月

名著在名译之后诞生

当今图书市场上的一个显著现象是，由于世界文学经典名著已无版权问题，出版成本低，而对这类书的需求又是持续不断的，销售有保证，因此，为了赚取利润，许多书商包括一些出版社匆忙上阵，纷纷组织对原著毫无研究的译手快速制作，甚至抄袭拼凑，出现了大量选题重复、粗制滥造的所谓名著译本。问题的严重性在于，这些粗劣制品的泛滥必定会对大批青少年读者造成误导，甚至从此堵塞了他们走向真正的世界文学的道路。

从什么样的译本读名著，这可不是一件小事。在一定的意义上可以说，名著是在名译之后诞生的。当然，这不是说，在有好的中译本之前，名著在作者自己的国家和在世界上也不存在。然而，确确实实的，对于不能直接读原著的读者来说，任何一部名著都是在有了好译本之后才开始存在的。譬如说，有了朱生豪的译本，莎士比亚才在中国诞生，有了傅雷的译本，罗曼·罗兰才在中国诞生，有了叶君健的译本，安徒生才在中国诞生，有了汝龙的译本，契诃夫才在中国诞生，如此等等。毫无疑问，有了名译并不意味着不能再有新的译本，只要新的译本真正好，仍会得到公认而成为新的名译，例如在朱生豪之后，梁实秋所译的莎士比亚，在郭沫若之后，绿原所译的《浮士德》，也都同样成了名译。可是，我想特别强调的是，一部名著如果没有好的译本，却有了坏的译本，那么，它就不但没有在中国诞生，相反可以说是未出生就被杀死了。坏译本顶着名著的名义，实际上所展示的是译者自己的低劣水平，其后果正是剥夺了原著在读者心目中本应占有的光荣位置，代之以一个面目全非的赝品。尤其是一些现代名著，包括哲学社会科学方面的重要著作，到了某些译者手下竟成了完全不知所云的东西。遇见这种情形，我们可以有把握地断定，正由于这些译者自己读不懂原著，结果便把无人读得懂的译本给了大家。只要我们直接去读原著，一定会发现原著其实明白易懂得多。

一部译著之能够成为名译，决不是偶然的。从前的译家潜心于翻译某一个作家的作品，往往是出于真正的喜爱乃至偏爱，以至于终生玩味之，不但领会其神韵，而且浸染其语言风格，所以能最大限度地提供汉语的对应物。傅雷有妙论：理想的译文仿佛是原作者的中文写作。钱锺书谈到翻译的“化”境时引述了一句话，与傅雷所言有异曲同工之妙：好的译作仿佛是原著的投胎转世。我想，之所以能够达于这个境界，正是因为喜爱，在喜爱的阅读中被潜移默化，结果原作者的魂好像真的投胎到这个译者身上，不由自主地说起中文来了。这样产生的译著成功地把世界名著转换成了我们民族的精神财富，于是能够融入我们的文化进程，世代流传下去。名译之为名译，此之谓也。在今天这个浮躁的时代，这样的译家是越来越稀少了。常见的情形是，首先瞄准市场的行情，确定选题，然后组织一批并无心得和研究的人抢译，快速占领市场。可以断言，用这种方式进行翻译，哪怕译的是世界名著，如此制作出来的东西即使不是垃圾，至多也只是迟早要被废弃的代用品罢了。

2003 年 1 月

《读者人文读本》按语

1　儿时的季节

在人的一生中，童年似乎是最不起眼的。大人们都在做正经事，孩子们却只是在玩耍，在梦想，仿佛在无所事事中挥霍着宝贵的光阴。可是，这似乎最不起眼的童年其实是人生中最重要的季节。粗心的大人看不见，在每一个看似懵懂的孩子身上，都有一个灵魂在朝着某种形态生成。

在人的一生中，童年似乎是最短暂的。如果只看数字，孩提时期所占的比例确实比成年时期小得多。可是，这似乎短暂的童年其实是人生中最悠长的时光。我们仅在儿时体验过时光的永驻，而到了成年之后，儿时的回忆又将伴随我们的一生。

2　那时花开

情窦初开的年龄，绽开的不只是欲望的花朵。初开的欲望之花多么纯洁，多么羞怯，多么有灵性，其实同时也是精神之花。所以，和青春一起，心灵世界一切美好的东西，包括艺术和理想，个性和尊严，也都觉醒了。这在人人都一样。区别在后来，有的花朵昙花一现，有的长开不败结出了果实。

3　童心就是力量

耶稣说，在天国里儿童最伟大。泰戈尔说，在人生中童年最伟大。几乎一切伟人都用敬佩的眼光看孩子，因为孩子对世界充满好奇心，做事只凭真兴趣，不受功利和习俗的支配。如果一个成人仍葆有这些品质，我们就说他有童心，而童心正是创造力的源泉。凡葆有童心的人，往往也善于欣赏儿童，二者其实是一回事。相反，那些执意要把孩子引上成人轨道的人，自己的童心往往也已经死灭。

4　人生一课

成长是一个不断学习的过程，学习如何做人处世，如何思考问题。不过，学习的场所未必是在课堂上。事实上，生活中偶然的契机，意外的遭遇，来自他人的善意或恶意，智者的片言只语，都会是人生中生动的一课，甚至可能改变我们人生的方向。

5　筹划“我”

人活在世上，应该活出自己的本色。然而，“自我”是一个复杂的概念，哲学家们尚且争论不清。一个人怎样才算拥有“自我”呢？有两个可靠的标志。一是看他有没有自己的真兴趣，亦即自己安身立命的事业，他能够全身心地投入其中，并感到内在的愉快和充实。如果有，便表明他正在实现“自我”，这个“自我”是指他的个性，每个人独特的生命价值。二是看他有没有自己的真信念，亦即自己处世做人的原则，那是他的精神上的坐标轴，使他在俗世中不随波逐流。如果有，便表明他拥有“自我”，这个“自我”是指他的灵魂，一个坚定的精神核心。这两种意义上的“自我”都不是每个人一出生就拥有的，而是在人生过程中不断选择和创造的结果。正因为此，每个人都要为自己成为怎样的人负责。

6　好运设计

在设计一个完美的人生方案时，人们不妨海阔天空地遐想。可是，倘若你是一个智者，你就会知道，最美妙的好运也不该排除苦难，最耀眼的绚烂也要归于平淡。原来，完美是以不完美为材料的，圆满是必须包含缺憾的。最后你发现，上帝为每个人设计的方案无须更改，重要的是能够体悟其中的意蕴。

7　生命至上

生命是宇宙间的奇迹，它的来源神秘莫测。是进化的产物，还是上帝的创造？这并不重要。重要的是用你的心去感受这奇迹。于是，你便会懂得欣赏大自然中的生命现象，用它们的千姿百态丰富你的心胸。于是，你便会善待一切生命，从每一个素不相识的人，到一头羚羊，一只昆虫，一棵树，从心底里产生万物同源的亲近感。于是，你便会怀有一种敬畏之心，敬畏生命，也敬畏创造生命的造物主，不管人们把它称作神还是大自然。

8　华夏记忆

在中华民族的历史上，“文革”是一场巨大的灾难，它的创伤烙刻在许多人的心灵上和记忆中。有人问得有理：我们不能原谅异族造成的灾难，却为何不肯反省自己造成的灾难？如果一个人患过某种重病，我们就会探寻病因，以求根治。一个民族也应如此，唯有具备深刻的反省精神，才能保持其机体的活力和健康。

9　母亲，在我心里

母爱是一个永恒的话题。对于每一个正常成长的人来说，“母亲”这个词意味着孕育的耐心，抚养的艰辛，不求回报的爱心。然而，要深切体会母爱的分量，是需要有相当阅历的。在年少时，我们往往心安理得地享受着母亲的关爱，因为来得容易也就视为当然。直到饱经了人间的风霜，或者自己也做了父母，母亲的慈爱形象在我们心中才变得具体、丰满而伟大。

10　黄土地的枷锁

在我国，对于农民和进城农民工的歧视比比皆是。这种歧视不但表现在人们的观念上和态度上，而且通过某些法规和制度得以合法化，突出的有城乡分类户籍、暂住证、收容等制度。在社会上正义呼声的压力下，民愤最大的收容制度已被废除。我们要看到，这类制度不只是套在农民头上的枷锁，其实也套在我们每一个人头上，因为其实质正是对人本身的不尊重。

11　爱国的尺子

常常有人举着爱国的尺子评判人，但这把尺子自身也需要受到评判。首先，爱国只是尺子之一，而且是一把较小的尺子。还有比它大的尺子，例如真理、文明、人道。其次，大的尺子管小的尺子，大道理管小道理，唯有从人类真理和世界文明的全局出发，知道本民族的长远和根本利益之所在，方可论爱国。因此，伟大的爱国者往往是本民族历史和现状的深刻批评者。那些手中只有爱国这一把尺子的人，所爱的基本上是某种狭隘的既得利益，这把尺子是专用来打一切可能威胁其私利的人的。

12　规则比人可靠

规则下的自由，这是西方政治经济成功的全部秘密之所在。亚当·斯密曾把由此形成的无形秩序形容为一只“看不见的手”，它引导着动机上自私的人们去做效果上有益于整个社会的事情。我国改革的成功也将有赖于形成这样一种秩序，而关键就在于确立规则的权威。当然，规则必须是公平的，对事不对人，政府和个人都必须服从它，否则就不成其为规则。对于几千年来习惯于人治的我们来说，要树立规则比人可靠的信念，这不啻是一场观念的革命。

13　权利是这样来的

在一个自由国家中，法律的主要职能是保障公民的权利。要做到这一点，光靠立法机关是不够的，还有赖于公民的觉悟。这种觉悟特别表现在，当公民的权利受到某种侵损时，公民就会联合起来，要求废除为这种侵损提供依据的某项旧法律，或者制定使所受侵损的权利得到保障的新法律。这是极其鲜明的权利意识和法律意识，权利是最高准绳，而权利必须落实到法律。甘地、马丁·路德·金等人所倡导的非暴力抵抗运动是体现这种觉悟的范例。中国的改革能否成功，除了别的条件之外，还将取决于这种觉悟的培育和普及。

14　站起来吧

人应该有一种基本的自信，就是做人的自信，作为人类平等一员的自信。在专制政治下，人们的这种自信必然遭到普遍的摧毁。当所有的人都被迫跪下的时候，那唯一站着的人就成了神。

在日常生活中，当一个人在某方面——例如权力、财产、知识、相貌等——处于弱势状态时，常常也会产生自卑心理。但是，只要你拥有做人的基本自信，你就比较容易克服这类局部的自卑，依然坦荡地站立在世界上。

15　向教育提问

是到全民向教育提问的时候了。中国现行教育的弊病有目共睹，有什么理由继续忍受？可以毫不夸张地说，在今日中国，教育是最落后的领域，它剥夺孩子的童年，扼杀少年人的求知欲，阻碍青年人的独立思考，它的所作所为正是教育的反面。改变无疑是艰难的，牵涉到体制、教师、教材各个方面。但是，前提是澄清教育的理念，弄清楚一个问题：教育究竟何为？

16　读书有味

人生有种种享受，读书是其中之一。读书的快乐，一在求知欲的满足，二在与活在书中的灵魂的交流，三在自身精神的丰富和生长。要领略读书的快乐，必须摆脱功利的考虑，有从容的心境。青少年时期是养成读书爱好的关键时期，一旦养成，就终身受用，仿佛有了一个不会枯竭的快乐源泉，也有了一个不会背叛的忠实朋友。

17　坐看云起时

人生的幸福主要不在于各种外在条件，而在于你是否善于享受生活乐趣。生活乐趣的大小，则正如蒙田所说，取决于你对生活的关心程度。你把你的心只放在名利上，你对生活就会视而不见，生活就毫无乐趣可言。相反，你热爱生命，你用心品味生活中的各种细节和场景，便会发现乐趣无所不在。

18　诺奖者说

我们最好忽略诺贝尔奖，用平常心听一听这些获奖者的话。你会发现，无论他们来自哪一个领域，他们所表达的都是人类最基本的价值理想，那就是和平、自由和创造。

2003 年 7 月

第二辑

谁来上哲学课

哲学与我们时代

萨特百年诞辰已经过去了。略具讽刺意味的是，围绕这个日子，最引人关注的不是萨特的作品和思想，而是他在今天遭遇到的冷清，这种冷清成了媒体上一个小小的热门话题。那些成长于上个世纪80年代的人对此感触尤深，他们经历过那个年代的所谓萨特热、尼采热、弗洛伊德热等等，曾被这些名字激动过，时过境迁，不免生出一种怀旧的情绪。的确，时代场景的变化实在太大了，当年以思潮为主角的精神浪漫已被今天以时尚为主角的物质浪漫取代，哲学曾是最有诗意的东西，今天似乎黯然失色了，让位给了金钱和财富。

一个普遍的疑问：哲学过时了吗？今天的时代还需要哲学吗？

我的回答是：需要，但未必是那种以思潮面貌出现的哲学。思潮式的哲学的确过时了，当然不排斥有朝一日它又会时兴。一般来说，只有在某些特殊的历史背景下，例如60年代法国的激进学生运动，80年代我国的社会转型初期，哲学才会以思潮的形式流行。

大体而论，哲学有四种不同的存在形式。一是作为形而上学的沉思和伟大思想体系的创造，它属于哲学史上的天才。二是作为学术，它属于学者。三是作为思潮或意识形态，它属于大众。四是作为人生思考，它属于每一个不愿虚度人生的人。前两种属于少数人，不过学者与天才之间有着天壤之别。同样，后两种属于多数人，而一个普通人是作为大众还是作为个人走向哲学，情况也迥然不同。在我看来，一个人不是作为大众追随一种思潮，而是作为独立的个人思考人生，这是更符合哲学之本义的状态，这时候他离哲学不是远了，而是近了。正是这一意义上的哲学在今天不但没有过时，而且格外为人们所需要。

哲学常常被定义为世界观和人生观，这个定义基本上可以接受，但我要强调“观”这个词：世界观就是“观”世界，人生观就是“观”人生。我们平时所做之事、所过之生活总是一个局部，哲学就是要我们从这个局部中跳出来，“观”世界和人生的全局。通过“观”全局，我们才能获得一个正确的坐标，用以衡量自己所过的生活有无意义，怎样生活才有意义。今天时代的一个显著特征是急功近利，人们似乎都很渴望成功，但对成功的理解十分狭隘，往往局限于谋职和发财之类，“励志”类书籍因之畅销。我想特别强调，所谓“励志”与哲学是正相反对的。“励志”只有一个功利的小坐标，把人生当作一种资本来经营，这样即使取得了成功，也只是一种渺小的成功。哲学则立足于人生全局的大坐标，它告诉人们，真正的成功首先应是做人的成功，即做一个精神上优秀的人，生活得有意义，而事业的成功不过是做人的成功的一个自然结果而已。

一个不问生活意义的人当然是不需要哲学的，可是，我相信，人毕竟是有灵魂的，没有谁真正不在乎活得有没有意义。事实上，人们越是被世俗化潮流胁迫着拼搏在功利战场上，生活在人生的表面，心中就越是为意义的缺失而困惑，而焦虑。因此，在今天的时代，我们比以往任何时候都更需要哲学来为自己的人生定位和定向，哲学仅在表面上似乎成了弃妇，实际上却是许多人的梦中情人。

2005 年 7 月

哲学不只是慰藉

德波顿的《哲学的慰藉》一书选择西方哲学史上六位哲学家，从不同角度阐述了哲学对于人生的慰藉作用。人生中有种种不如意处，其中有一些是可改变的，有一些是不可改变的。对于那些不可改变的缺陷，哲学提供了一种视角，帮助我们坦然面对和接受。在此意义上，可以说哲学是一种慰藉。但是，哲学不只是慰藉，更是智慧。二者的区别也许在于，慰藉类似于心理治疗，重在调整我们的心态，智慧调整的却是我们看世界和人生的总体眼光。因此，如果把哲学的作用归结为慰藉，就有可能缩小甚至歪曲哲学的内涵。

全书中，我读得最有兴味的是写塞内加的一章。部分的原因可能是，这一章比较切题，斯多葛派哲学家本身就重视哲学的慰藉作用，塞内加自己就有以《慰藉》为题的著作。作为罗马宫廷的重臣，此人以弄权和奢华著称，颇招时人及后世訾议。不过，他到底是一个智者，身在大富大贵之中，仍能清醒地视富贵为身外之物，用他的话来说便是："我从来没有信任过命运女神。我把她赐予我的一切——金钱，官位，权势——都搁置在一个地方，可以让她随时拿回去而不干扰我。我同它们之间保持很宽的距离，这样，她只是把它们取走，而不是从我身上强行剥走。"不止于此，对于家庭、儿女、朋友乃至自己的身体都应作如是观。塞内加的看法是：人对有准备的、理解了的挫折承受力最强，反之受伤害最重。哲学的作用就在于，第一，使人认识到任何一种坏事都可能发生，从而随时作好准备；第二，帮助人理解已经发生的坏事，认识到它们未必那么坏。坏事为什么未必那么坏呢？请不要在这里拽坏事变好事之类的通俗辩证法，塞内加的理由见于一句精辟之言："何必为部分生活而哭泣？君不见全部人生都催人泪下。"叔本华有一个类似说法：倘若一个人着眼于整体而非一己的命运，他的行为就会更像是一个智者而非一个受难者了。哲人之为哲人，就在于看到了整个人生的全景和限度，因而能够站在整体的高度与一切个别灾难拉开距离，达成和解。塞内加是说到做到的。他官场一度失意，被流放到荒凉的科西嘉，始终泰然自若。最后，暴君尼禄上台，命他自杀，同伴们一片哭声，他从容问道："你们的哲学哪里去了？"

蒙田是我的老朋友了，现在从本书中重温他的一些言论，倍感亲切。作者引用了蒙田谈论性事的片断，评论道："他把人们私下都经历过而极少听到的事勇敢地说出来……他的勇气基于他的信念：凡是能发生在人身上的事就没有不人道的"。说得好，有蒙田自己的话作证："每一个人的形体都承载着全部人的状况。"然而，正因为此，这一章的标题“对缺陷的慰藉”就很不确切了。再看蒙田的警句：“登上至高无上的御座，仍只能坐在屁股上。”“国王与哲学家皆拉屎，贵妇人亦然。”很显然，在蒙田眼里，性事、屁股、拉屎等等哪里是什么缺陷啊，恰好是最正常的人性现象，因此我们完全应该以最正常的心态去面对。一个人对于人性有了足够的理解，他看人包括看自己的眼光就会变得既深刻又宽容，在这样的眼光下，一切隐私都可以还原成普遍的人性现象，一切个人经历都可以转化成心灵的财富。想起最近我的自传所引起的所谓自曝隐私的非议，我倒真觉得蒙田是一个慰藉，但不是对我的缺陷的慰藉，而是对我的智慧的慰藉。

在当今这个崇拜财富的时代，关于伊壁鸠鲁的一章也颇值得一读。这位古希腊哲学家把快乐视为人生最高价值，他的哲学因此被冠以享乐主义的名称，他本人则俨然成了一切酒色之徒的祖师爷，这真是天大的误会。其实，他的哲学的核心思想恰恰是主张，真正的快乐对于物质的依赖十分有限，无非是食、住、衣的基本条件。超出了一定限度，财富的增加便不再能带来快乐的增加了。奢侈对于快乐并无实质的贡献，往往还导致痛苦。事实上，无论是伊壁鸠鲁，还是继承了他的基本思想的后世哲学家，比如英国功利主义者，全都主张快乐更多地依赖于精神而非物质。这个道理一点也不深奥，任何一个品尝过两种快乐的人都可以凭自身的体验予以证明，沉湎于物质快乐而不知精神快乐为何物的人也可以凭自己的空虚予以证明。

本书还有三章分别论述苏格拉底、叔本华、尼采，我觉得相比之下较差，就这些哲学家的精华而言，基本上是拣了芝麻丢了西瓜。部分的原因也许在于，这三人的哲学是更不能以慰藉论之的。尤其尼采，他的哲学的基本精神恰恰是反对形形色色的慰藉，直面人生的悲剧性质，以此证明人的高贵和伟大。作者从尼采著作中择取登山的意象，来解说“困难中的慰藉”，不但显得勉强，而且多少有些把尼采哲学平庸化了。

2004 年 8 月

谁来上哲学课

哲学课可以是最令人生厌的，也可以是最引人入胜的，就看谁来上这门课了。谁来上是重要的。与别的课以传授知识为主不同，在哲学课上，传授知识只居于次要地位，首要目标是点燃对智慧的爱，引导学生思考世界和人生的重大问题。要达到这个目标，哲学教师自己就必须是一个有着活泼心智的爱智者。他能在课堂上产生一个磁场，把思想的乐趣传递给学生。他是一个证人，学生看见他便相信了哲学决非一种枯燥的东西。这样一个教师当然不会拿着别人编的现成教材来给学生上课，他必须自己编教材，在其中贯穿着他的独特眼光和独立思考。

傅佩荣先生的《哲学与人生》就是这样的一本教材。他开设的这门课程在台湾大学受到热烈欢迎，被学生评为“最佳通识课程”，我读了以后觉得是名实相符的。傅先生对于哲学真有心得，而且善于作简洁清晰的表达。比如在讲解哲学是“爱智”时，他把“爱智”定义为“保持好奇的天性，探询一切事物的真相”的生活态度，把“智慧”概括为“完整”和“根本”两个特征，又将“爱智”的“爱”解释为温和而理性的“友爱”，而与狂热的“情爱”、浮泛的“博爱”相区别，令人感到既准确又颇具新意。我还欣赏傅先生眼界和心胸的开阔，没有门户之见，在他的课程中做到了两个打通。一是打通各个精神领域，讲哲学而不局限于哲学学科，分别列出专章论述神话、艺术、宗教、教育对于人生哲学的特殊贡献，把人生问题置于文化的大视野中来考察。二是打通中西哲学，西方的重点放在苏格拉底和存在主义，中国则着重阐述了儒道二家哲学的内在理路及其价值，博采众家之长，在建构现代人生哲学时对一切思想资源保持开放的心态。

人们是否赞同本书中的某些具体观点，这丝毫不重要。一个优秀哲学教师的本事不在于让学生接受他的见解，而在于让学生受到他的熏陶，思想始终处于活跃的状态。我对哲学课的最低和最高要求是把学生领进哲学之门，使他们约略领悟到哲学的爱智魅力，但这岂是一件容易的事！多少哲学教学的结果是南辕北辙，使学生听见哲学一词就头痛，看见贴着哲学标签的门就扭头，其实那些门哪里是通往哲学的呢。因此，在向读者推荐本书的同时，我期待我们通识课程的改革，从而出现一批真正能把学生领进哲学之门的哲学教师和哲学教材。

2004 年 10 月

做一个有灵魂的人

——与中学生谈学习哲学

最近，中国教育报对中学生的课外阅读做调查，结果显示，哲学类书籍在其中占据相当比重。同时，也发现不少人对哲学有误解。该报记者汇集了一些问题，希望我有针对性地与中学生谈一谈哲学的学习。这正是我乐意做的事情，因为我相信，中学生里一定有许多哲学的潜在知音，对他们说话决不会白费口舌。

一、哲学是什么？教科书上说是关于世界观的学问，这个定义好像太笼统。调查中发现，很多学生以为哲学就是马克思主义或政治课本，觉得枯燥，但他们却喜欢读哲理散文，例如您的文章。您如何看待这种现象？

哲学一词的本义是爱智慧，通俗地说，就是不愿糊里糊涂地活着，要活得明白。苏格拉底有一句名言："未经省察的人生没有价值。"就是这个意思。而要活得明白，就必须用自己的头脑去想世界和人生的根本问题。在此意义上，可以说哲学就是世界观和人生观。我不太赞同哲学是学问的提法，因为说学问就容易凝固化。严格地说，哲学不是一门学问，而是一种思考的状态。请注意"观"这个词，世界观就是"观"世界，人生观就是"观"人生，第一要用自己的眼睛去"观"，第二所"观"的应是世界和人生的全局。我们平时往往沉湎在身边的琐事之中，但有时也会从中跳出来，想一想世界究竟是什么、人生究竟有什么意义这样的问题，这时候就是在进行哲学思考了。哲学是"观"全局的活动，其最重要的特征，一是独立思考，二是思考根本问题。

马克思是一位大哲学家，马克思主义是一种在现代具有重要影响的哲学，这是现代许多哲学家都承认的。但是，马克思主义哲学是在西方哲学传统中产生的，脱离这个传统，就不可能正确理解。在我们的教科书中，它被孤立起来了，它的丰富内涵又被简单化为一些教条，这当然会使学生对哲学产生误解和厌倦。我本人认为，中学哲学教学的改革势在必行。

二、如今书店里最多的哲理读物是励志类书籍，您认为它们会给中学生带来何种影响？

的确，现在书店里充斥着所谓励志类书籍，其内容无非是教人如何在名利场上拼搏，出人头地，发财致富，如何精明地处理人际关系，讨老板欢心，在社会上吃得开，诸如此类。依我看，这类东西基本上是垃圾，与哲学完全不沾边。偏是这类东西似乎十分畅销，每次在书店看到它们堆放在最醒目的位置上，满眼是“经营自我”、“致富圣经”、“人生策略”、“能说会道才能赢”之类庸俗不堪的书名，我就为我们的民族感到悲哀，何以竟堕落到了这等地步。使我惊讶的是，对于这种东西，稍有灵性的人都会产生本能的厌恶，怎么还有人而且许多人把它们买回去读？事实上，它们大多是书商找写手胡乱编造出来的，目的是骗钱，写手自己绝非成功之人，读它们的人怎么就能成功？可见这个时代已经急功近利到了盲目的程度。这种书会不会对中学生带来不良影响？当然会。不过，我相信，就本性而言，青少年蓬勃向上的心灵是不会喜欢这种散发着腐朽气息的东西的，没有一个孩子愿意自己变得世故。如果他们中有人也读这种书，我敢断言，多半是庸俗的家长硬塞给他的。我希望广大中学生远离这种书，以读这种书为耻，因为这意味着年轻纯洁的心过早变老变平庸了。

这里我想顺便谈一谈为什么要学哲学。人是应该有进取心的，问题是朝什么方向进取。哲学让人综观世界和人生的全局，实际上就为人的进取方向提供了一个坐标。一个人活在世上只是追求世俗的成功，名啊利啊什么的，他的成功只是表面的，仍然是在混日子而已，区别只在混得好不好。真正的成功是做人的成功，即做一个有灵魂的人，一个精神上优秀的大写的人。这样的人即使在世俗的意义上不很成功，他的人生仍是充满意义的。可是，事实上，人类历史上一切伟大的成功者恰恰出于这样的人之中。不管在哪一个领域，包括创造财富的领域，做成大事业的决非只有一些小伎俩的精明之人，而必是对世界和人生有广阔思考和独特领悟的拥有大智慧的人。

三、您曾说您最乐意与孩子谈哲学，您的《哲学：对世界的认识》、《精神的故乡》二书也是为孩子写的。您能不能谈一谈，一个人在什么年龄学哲学最合适？中学生应该怎样学哲学？你能否推荐一些适合于中学生的哲学读物？

一个人在任何年龄都可以学哲学。在不同的年龄，学习的方式和感受是不同的。黑格尔说过，对于同一句格言，少年人和老年人会有很不同的理解。不过，就哲学是爱智慧而言，我觉得中学和大学低年级是开始学哲学的最佳年龄。有一本书的书名叫《孩子都是哲学家》，我很赞同这个说法。爱智慧开始于好奇心，而孩子的好奇心是最强烈的，面对一个全新的世界和人生，他们什么都要问，其中许多是真正哲学性质的。只是在小学时，年龄太小，好奇心虽然强烈，理性思维的能力毕竟还弱，应该鼓励孩子的自发兴趣，但不宜于正式学习。到了中学阶段，可以开始正式学习了。所谓正式学习，也不是一本正经地读教科书。你看在古希腊时代，苏格拉底整天在街头与人聊天，最喜欢听他聊天的正是一些高中生、大学生年龄的人，他也最喜欢与这样年龄的人聊，认为他们的心灵是最适宜播下哲学种子的肥土。就在这样的聊天中，这些青少年学到了哲学，其中好几位成了大哲学家，比如柏拉图。

可是，今天的中学生到哪里去找这样一个苏格拉底啊，主要还得靠自己阅读。一开始当然只能读一些比较通俗的入门书，在选择这类读物的时候，我想强调两条标准，第一要有趣，第二起点要高。既有趣起点又高，谈何容易，其实好的通俗哲学书是非常难写的，必出于大家之手。这方面有两本书值得推荐，一是罗素的《西方的智慧》，另一是杜兰特的《哲学的故事》。到了高中和大学阶段，如果你想深入学哲学，我建议你读一本比较可靠的哲学史，比如梯利的《西方哲学史》，然后，选择其中谈到的你感兴趣的哲学家，去看他们的原著。我这里说的是学习西方哲学，学习中国古代哲学的道理与此相同。根据我的经验，要真正领悟哲学是什么，最好的办法就是读大哲学家的原著，看他们在想什么问题和怎样想这些问题。你一旦读了进去，就再也不想去碰那些粗浅的启蒙读物了。

2005 年 5 月

鼓励孩子的哲学兴趣

在一定的意义上，孩子都是自发的哲学家。他们当然并不知道什么是哲学，但是，活跃在他们小脑瓜里的许多问题是真正哲学性质的。我相信，就平均水平而言，孩子们对哲学问题的兴趣要远远超过大多数成人。这一方面是因为，从幼儿期到青春期，正是一个人的理性开始觉醒并逐渐走向成熟的时期，好奇心最强烈，求知欲最旺盛。另一方面，展现在他们眼前的是一个全新的世界，在这个阶段内，生命的生长本身就不断带来对人生的新的发现，看世界的新的角度，使他们迷乱和兴奋，也使他们困惑和思考。哲学原是对世界和人生的真相之探究，童年和青少年时期恰是发生这种探究的最佳机会。

然而，在多数人身上，随着年龄和阅历增长，曾经有过的那种自发的哲学兴趣似乎完全消失了，岁月把一个个小哲学家改造成了大俗人。之所以发生这种情况，孩子周围的大人——包括家长和老师——要负相当的责任。据我所见，对于孩子提出的哲学问题，大人们普遍以三种方式处理，一是无动于衷，认为不值得理睬，二是粗暴地顶回去，教训孩子不要瞎想，三是自以为是，用一个简单的答案打发孩子。在大人们心目中，对世界和人生的思考太玄虚，太无用，功课、考试、将来的好职业才是正经事。在这种急功近利的氛围中，孩子们的哲学兴趣不但得不到鼓励，而且往往过早地遭到了扼杀。

哲学到底有用还是无用，要回答这个问题，关键是如何看待所谓用。如果你只认为应试、谋职、赚钱是有用，那么，哲学的确没有什么用。可是，如果你希望孩子成为一个真正优秀的人，那么，哲学恰恰是最有用的。人类历史上的一切优秀者，不管是哪一个领域的，必是对世界和人生有自己广阔的思考和独特的理解的人。一个人只有小聪明而没有大智慧，却做成了大事业，这样的例子古今中外都不曾有过呢。

所以，如果你真正爱孩子，关心他们的前途，就应该把你自己的眼光放得远一点。不要挫伤孩子自发的哲学兴趣，而要保护和鼓励，而最好的鼓励办法就是和他们一起思考和讨论。事实上，任何一个真正的哲学问题都不可能有所谓标准答案，可贵的是发问和探究的过程本身，使我们对那些根本问题的思考始终处于活泼的状态。

在这方面，我们亟需有水平的启蒙读物。好的启蒙书其实不但适合于孩子阅读，也适合于家长和孩子、老师和学生一同阅读。在相当程度上，大人也需要受启蒙，否则就当不好家长和老师。难道不是吗？

2005 年 5 月

轻视哲学的民族不可能优秀

今年高校招生工作已结束，如同近些年一样，许多学校哲学系考生稀少，门可罗雀。当然，这一情况完全是在意料之中的。在今日社会急功近利的总体氛围中，大学孜孜于与市场接轨，越来越成为职业的培训场，一般考生自然也就把就业前景树为选择专业的首要标准了。因此，毫不奇怪，不但文史哲一类人文学科，而且数理化一类自然科学基础学科，都在不同程度上成了冷门，而财经、法律、计算机等实用性强的学科则成了显学。

其实，依我之见，哲学系考生少并不足虑，反倒是正常的现象。我一向认为，一个国家不需要有许多以哲学为专业的人，就像不需要有许多数学家、理论物理学家一样。更确切地说，不是不需要，而是不可能、不应该。作为一门学科的哲学具有高度的抽象性和思辨性，对之真正有兴趣和能力的人是决不会多的，这种情况也正与数学、理论物理学领域相似。如果哲学成为热门专业，必定是出了问题，说明有利可图，使得许多对哲学并无真正兴趣和能力的人拥了进来。

彼特拉克有一句名言："哲学啊，你是贫困地光着身子走进来的。"尼采也曾在相同意义上建议，不给哲学家发薪金，让他们在野地上生长，藉此赶走那些想靠哲学牟利的假哲学家。这多少是愤激之言，哲学家毕竟也要吃饭，但基本意思是对的，就是哲学对于决心以之为终身志业的人有很高的要求，不容存名利之想。借用耶稣的话说，通向哲学的门是"窄门"，只有不畏寂寞、贫困——在今天还要加上失业——的人才能够进入。从这个角度看，哲学系考生少未必是坏事，因为其中真爱哲学的人的比例也许就提高了。

不过，这仅是一个角度。换一个角度看，考生少意味着缺乏竞争，录取分数较低，又可能导致素质较差者进入。解决这个问题的一个办法是，缩减哲学系的数量和招生名额。事实上，本来就不必每所大学都办哲学系。应该让有志于哲学的考生感到，不管哲学如何是冷门，考上哲学系就是优秀，就是光荣。

上面说的是哲学系考生少本身不足虑，接下来我要说一说这个现象反映出来的足虑的一面。一个国家不需要有许多以哲学为专业的人，这决不等于说一个国家不需要哲学。作为对世界和人类根本问题的思考，哲学代表了一个民族在精神上所站立的高度，决定了它能否作为一个优秀民族在世界上发挥作用。真正令人忧虑的是我们民族今天所表现出来的严重世俗化倾向，对于物质财富的热中和对于精神价值的轻蔑。如果青少年中智商较高的人都一窝蜂奔实用性专业而去了，我们就很难再指望哲学人文科学会出现繁荣的局面。其实，即如经济、法律等似乎偏于实用的学科，从业者若没有哲学的功底，也是决不会有大出息的。

轻视哲学无疑是目光短浅之举。一个世纪前，张之洞为清朝廷拟定大学章程，视哲学为无用之学科，在大学课程中予以削除，青年王国维即撰文指出："以功用论哲学，则哲学之价值失。哲学之所以有价值者，正以其超出乎利用之范围故也。且夫人类岂徒为利用而生活者哉，人于生活之欲外，有知识焉，有感情焉。感情之最高之满足，必求之文学、美术。知识之最高之满足，必求诸哲学。"这正是哲学的"无用之用"。王国维的话在当时是空谷足音，在今天仍发人深省。

写到这里，我仿佛听见一个声音在责问我：我们现在学校里所教授的哲学能够给人以"知识之最高之满足"吗？这就触及哲学系考生少的另一个原因了。在我们的学校里，中学生和非哲学专业的大学生是从政治课上获得对于哲学的概念的，这样的哲学不能使他们享受思考的快乐，反而使他们感到枯燥。因此，为了澄清对哲学的普遍误解，让人们感受到哲学的魅力，就有必要改革我们的哲学课程，第一步是把它从政治课中分离出来，恢复它作为爱智慧的本来面貌和作为最高问题之思考的独立地位。

2005 年 8 月

关于“纯粹哲学”

接近或进入哲学可以有三种方式。一是学术的方式，围绕哲学史或哲学理论中某一课题系统地搜集和整理材料，在此基础上对之作清晰的论述。二是思想的方式，对那些最基本的哲学问题进行独立思考，沉浸于其中。三是精神的方式，因自己灵魂中的困惑而发生追问，寻求理性的解决。这三种方式本身没有高低之分，如果一定要说高低，全在于那个从事哲学的人的心性和智性，由此而有了因循与创造、肤浅与深刻之分。

现在有人提倡“纯粹哲学”，我非常赞成。然而，哲学如何才是纯粹的呢？如果说纯粹就是不依赖于、超越于经验，这不过是重复了人所皆知的常识而已。上述三种方式中的每一种，都必须符合这个条件，才能称为哲学。追随康德知识论的思路游历一番，的确有助于我们体会纯粹的意味，但是，在此之后怎么办？总不能说，按照自己的理解叙述某位大哲学家的思想，这是从事“纯粹哲学”的唯一方式吧。

原来，提倡者坦言自己有着明确的针对性，“纯粹哲学”是针对“生活哲学”的。关于所谓“生活哲学”，举出的特征有二。一是已经脱离了哲学的基本问题和基本要求，没有“哲学味”了。二是不同于那些真正探讨哲学问题的作品之让人觉得“晦涩难懂”，想必是让人觉得明白易懂的了。

让我们来讨论一下这两个特征。

第一，毫无疑问，如果真是脱离了哲学的基本问题和基本要求，那就不再是哲学了，遑论纯粹。问题在于如何理解哲学的基本问题和基本要求。依我的理解，诸如人生意义、精神生活、价值观念这类问题无论如何是包括在哲学的基本问题之中的，而哲学的基本要求就是对它们作透彻的思考。在本来的意义上，纯粹哲学就是形而上学，是对世界和人生的根本问题的思考。其中，人生之思实为世界之思的原动力，由世界之思又引出了知识之思，即知识论。以“生活哲学”的罪名把人生之思革出教门，哲学殿堂里倒是纯粹了，可惜不是纯粹哲学，而是纯粹空无。

第二，对于表达的晦涩和明白不可一概而论。有康德《纯粹理性批判》那样的因为内容过于艰深而造成的晦涩，也有因为作者自己似懂非懂、思维混乱而造成的所谓晦涩。同样，有蒙田、叔本华那样的既富有洞见、又显示了非凡语言技巧的明白，也有内容苍白、让人一眼望见其浅薄的所谓明白。我相信，一个诚实的哲学家，无论思想多么深刻复杂，总是愿意在不损害表达准确的前提下力求明白的，决不会把晦涩本身作为一种价值来追求和夸耀。

事实上，中国历来缺乏纯粹，不但缺乏纯粹哲学，而且缺乏纯粹的学术兴趣和思想兴趣，纯粹的精神追求。这个缺点在当今时代表现得尤为突出，其远因可以追溯到中国文化包括中国哲学的实用品格，近因则是旧体制与尚不成熟的市场经济相结合所造成的腐败。今日中国有学术界吗？在现行体制内，在所有这些职称、博导、突出贡献、学科带头人、奖金、基金的评定和分配中，岂非只有一个腐败的官场，何尝有什么学术界？所谓的重点课题和优秀成果，其中有多少是真正有学术、思想、精神的含量的？如果说纯粹哲学乃至一切纯粹的精神之物在今天面临着危险，那么，在我看来，主要的危险就在这里，在学术和教育机构中的腐败，在学术界大量从业者的急功近利。所以，谁若诚心诚意要捍卫“纯粹哲学”，就应该有勇气站出来与这些现象斗争，至少是表明自己的态度。把所谓“生活哲学”当作“纯粹哲学”的主要敌人，不管“生活哲学”所指的是对人生和精神生活的思考，还是社会上的哲学外行的无根之论，我觉得都是找错了斗争对象。

对于今天仍然醉心于纯粹哲学的人，不论其方式是学术的、思想的还是精神的，我都十分欣赏，愿意引为同道。我自己对这三种方式也都怀有兴趣，知道每一种都能给人以不同的快乐。无论别人说什么，我都不会放弃其中的任何一种。

2003 年 2 月

第三辑

心智的品质

善良·丰富·高贵

如果我是一个从前的哲人，来到今天的世界，我会最怀念什么？一定是这六个字：善良，丰富，高贵。

看到医院拒收付不起昂贵医疗费的穷人，听凭危急病人死去，看到商人出售假药和伪劣食品，制造急性和慢性的死亡，看到矿难频繁，矿主用工人的生命换取高额利润，看到每天发生的许多凶杀案，往往为了很少的一点钱或一个很小的缘由夺走一条命，我为人心的冷漠感到震惊，于是我怀念善良。

善良，生命对生命的同情，多么普通的品质，今天仿佛成了稀有之物。中外哲人都认为，同情是人与兽的区别的开端，是人类全部道德的基础。没有同情，人就不是人，社会就不是人呆的地方。人是怎么沦为兽的？就是从同情心的麻木和死灭开始的，由此下去可以干一切坏事，成为法西斯，成为恐怖主义者。善良是区分好人与坏人的最初界限，也是最后界限。

看到今天许多人以满足物质欲望为人生唯一目标，全部生活由赚钱和花钱两件事组成，我为人们的心灵的贫乏感到震惊，于是我怀念丰富。

丰富，人的精神能力的生长、开花和结果，上天赐给万物之灵的最高享受，为什么人们弃之如敝屣呢？中外哲人都认为，丰富的心灵是幸福的真正源泉，精神的快乐远远高于肉体的快乐。上天的赐予本来是公平的，每个人天性中都蕴涵着精神需求，在生存需要基本得到满足之后，这种需求理应觉醒，它的满足理应越来越成为主要的目标。那些永远折腾在功利世界上的人，那些从来不谙思考、阅读、独处、艺术欣赏、精神创造等心灵快乐的人，他们是怎样辜负了上天的赐予啊，不管他们多么有钱，他们是度过了怎样贫穷的一生啊。

看到有些人为了获取金钱和权力毫无廉耻，可以干任何出卖自己尊严的事，然后又依仗所获取的金钱和权力毫无顾忌，肆意凌辱他人的尊严，我为这些人的灵魂的卑鄙感到震惊，于是我怀念高贵。

高贵，曾经是许多时代最看重的价值，被看得比生命还重要，现在似乎很少有人提起了。中外哲人都认为，人要有做人的尊严，要有做人的基本原则，在任何情况下都不可违背，如果违背，就意味着不把自己当人了。今天的一些人就是这样，不知尊严为何物，不把别人当人，任意欺凌和侮辱，而根源正在于他没有把自己当人，事实上你在他身上也已经看不出丝毫人的品性。高贵者的特点是极其尊重他人，他的自尊正因此得到了最充分的体现。人的灵魂应该是高贵的，人应该做精神贵族，世上最可恨也最可悲的岂不是那些有钱有势的精神贱民？

我听见一切世代的哲人在向今天的人们呼唤：人啊，你要有善良的心，丰富的心灵，高贵的灵魂，这样你才无愧于人的称号，你才是作为真正的人在世间生活。

善良，丰富，高贵——令人怀念的品质，人之为人的品质，我期待今天更多的人拥有它们。

2006 年 8 月

表达你心中的爱和善意

——皮特·尼尔森《圣诞节清单》中译本序

这是一本令人感到温暖的书，在一个人性迷失的时代，它试图重新唤起我们对人性的信心。它提醒每一个人：你心中不但要有爱和善意，而且要及时地、公开地表达你心中的爱和善意。这个道理似乎简单，却常常被我们忽视。

我们活在世上，人人都有对爱和善意的需要。今天你出门，不必有奇遇，只要一路遇到的是友好的微笑，你就会觉得这一天十分美好。如果你知道世上有许多人喜欢你，肯定你，善待你，你就会觉得人生十分美好，这个世界十分美好。即使你是一个内心很独立的人，情形仍是如此，没有人独立到了不需要来自同类的爱和善意的地步。

那么，我们就应该经常想到，我们的亲人、朋友、同学、同事，他们都有这同样的需要。这赋予了我们一种责任：对于我们周围的人来说，这个世界是否美好，在很大程度上取决于我们是否爱他们、善待他们。我们每一个人都有责任给世界增添爱和善意，如同本书的主人公所说，藉此"把世界变成一个更好的、值得留恋的地方"。

应该相信，世上绝大多数人是善良的，而在每一个善良的人心中，爱和善意原是最自然的情感。可是，在许多时候，我们宁愿把这种情感埋在心里，不向相关的人表达出来。有时候我们是顾不上表达，忙于做自己的事，似乎缺乏表达的机会。有时候我们是羞于表达，碍于一种反向的面子，似乎怕对方不在乎自己的表达甚至会感到唐突。我们中国人在这方面尤其有心理障碍，其根源也许可追溯到讲究老幼尊卑的传统文化，从小生活在连最亲的亲人——父母与子女——之间也缺乏情感语言交流的环境中，使得我们始终不习惯用语言表达情感。

当然，最重要的事情是爱和善意本身，而不是表达。当然，表达有种种方式，不限于语言。然而，不可低估语言的作用。有一个人，也许他正在苦闷中，甚至患了忧郁症，认为自己已被世上一切人抛弃，你的一次充满爱心的谈话就能救他，但你没有救他，他终于自杀了。其实，这样的事经常在发生。当亲友中的某个人去世时，我们往往会后悔，有些一直想对他说的话再也没有机会说了。事实上，每一个人都在不可避免地走向死亡，我们随时面临着太迟的可能性。一切真诚的爱和善意，在本质上都是给予，并不求回报，因此没有什么可羞于启齿的。那是你心中的财富，你本应该及时把它呈献出来，让那个与它相关的人共享。

今天的时代有种种弊病，包括人们过于看重功利，由此导致人情冷漠。我不主张对少年人隐瞒社会的实情，让他们把一切都想象得非常美好，这会使他们失去免疫力，或者陷入幻灭的痛苦。但是，我更反对那种一味引导他们适应社会消极面的实用主义教育。在一定意义上，少年人今天的精神面貌决定了社会明天的面貌。我愿意向少年人推荐本书，是期望他们成为珍惜精神价值的一代，珍惜爱和善意的价值的一代，期望他们每一个人从小就树立本书主人公所表达的信念："如果说学习如何给予爱、获得爱不是这个世界上重要的事，那么我就不知道什么是重要的了。"

2005 年 9 月

品味平凡生活

——关键《隐居法国》序

关键的经历颇为特别。从北京大学毕业后，她到巴黎闯荡。一个中国姑娘，置身于世界艺术之都的浪漫，心情当然很兴奋。那些年里，我两次去巴黎，看见她忙于找房子，开画廊，一付扎根巴黎搞事业的劲头。何尝想到，若干年后，她一头钻进法国南部阿尔卑斯山麓，在一个不知名的小村镇定居下来了。按照常理，一个中国人到法国，就好像从乡村来到都市，图的就是都市的繁华，关键一开始想必也是如此。可是，结果却是在法国的偏远乡村找到了自己的归宿，日子比在中国还冷清得多，并且义无返顾，心满意足。这不是很特别吗？

不过，对于关键自己来说，这又是自然而然的。在巴黎的十年里，她总听见一个声音在呼唤她，越来越清晰，告诉她都市不是她的家，叮嘱她去寻找真正的家。希腊哲人说：一个人的性格就是他的命运。这句话也可理解为：一个人最好的生活就是最适合于他的天性的生活。如果不适合，不管这种生活在旁人眼里多么值得羡慕，都不算好。因此，那个呼唤她的声音其实是她自己的天性在呼喊，而她也就听从了它的指引。

读了关键在乡居中写的这些文字，我相信，她不但回到了自己真正的家，而且回归了生活的本质。当然，生活的形相是千姿百态的，混迹都市、追逐功名、叱咤风云也都是生活，不一定要隐居山林。但是，太热闹的生活始终有一个危险，就是被热闹所占有，渐渐误以为热闹就是生活，热闹之外别无生活，最后真的只剩下了热闹，没有了生活。在人的生活中，有一些东西是可有可无的，有了也许增色，没有也无损本质，有一些东西则是不可缺的，缺了就不复是生活。什么东西不可缺，谁说都不算数，生养人类的大自然是唯一的权威。自然规定了生命离不开阳光和土地，规定了人类必须耕耘和繁衍。最基本的生活内容原是最平凡的，但正是它们构成了人类生活的永恒核心。乡村生活的优点在于，这个真理是直接呈现的，是一个每天都能感知到的事实。一个人长久受这个真理浸染，化做了自己的血肉，世间任何浮华就都不能再诱惑他了。

不过，地方毕竟不是决定性的。无论身在城市还是身在乡村，一个人都可能领悟生活的真谛，也都可能毫无感受，就看你的心静不静。我们捧着一本书，如果心不静，再好的书也读不进去，更不用说领会其中妙处了。读生活这本书也是如此。

其实，只有安静下来，人的心灵和感官才是真正开放的，从而变得敏锐，与对象处在一种最佳关系之中。但是，心静又是强求不来的，它是一种境界，是世界观导致的结果。一个不知道自己到底要什么的人，必定总是处在心猿意马的状态。关键一定知道她到底要什么，所以她的心很静。多年来，她安心地在欧洲山村里做一个普通人，细心地品尝每一个平凡日子的滋味，品出了许多美味。在法国南方的乡村，许多农家自酿葡萄酒，其味醇和而耐久，主人端出来款待过往客人，大商店里是买不到的。关键端给我们的正是她自酿的红酒。

近些年来，图书市场时常推出中国人写自己在国外经历的书，内容多为如何奋斗，如何惊险，如何成功，如何风光，仿佛国外真是冒险家的乐园似的。这本书提供了一个不同的版本，它告诉我们，不论中国外国，真实的生活都是平凡的，而平凡自有其动人之处。哪一种版本更符合真相，对国外有所了解的人是心中有数的，不了解国外但懂得生活的人也是心中有数的。

2005 年 2 月

从容中有一种神性

——宁子《灵魂的高度》序

读宁子的文字，最喜欢的是那一份内在的宁静和从容。宁子说，上帝的法则是从容而优美的。我相信，从容本身就是优美的，从容中自有一种神性。

我们都在这个世界上生活，同时，我们也都可以有一种内在的生活。习惯于过内在生活的人知道，心灵里的饥渴是不可能用外部世界里的任何东西解除的。一个人越是珍视心灵生活，他就越容易发现外部世界的有限，因而能够以从容的心态面对。相反，对于没有内在生活的人来说，外部世界就是一切，难免要生怕错过了什么似地急切追赶了。

人们说信仰，依我之见，一切信仰的核心就是对于内在生活的无比看重，把它看得比外在生活重要得多。这是一个可靠的标准，既把有信仰者和无信仰者区分了开来，又把具有不同信仰的真信仰者联结在了一起。

在现代社会里生活，忙也许是常态，甚至连有信仰者也难以完全避免。但是，常态之常，指的是经常，而非正常。倘若被常态禁锢，把经常误认做正常，心就会在忙中沉沦和迷失。警觉到常态未必正常，在忙中保持心的从容，这是一种觉悟，也是一种幸福。

凡是忙碌，一定是忙于人类的事务。生而为人，忙于人类的事务本无可非议，重要的是保持心的从容。在从容的心境中，我们仍得以领悟上帝的作品，并以之为榜样来创作人类的作品。没有从容的心境，我们的一切忙碌就只是劳作，不复有创造；一切知识的追求就只是学术，不复有智慧；一切成绩就只是功利，不复有心灵的满足；甚至一切宗教活动也只成了世俗的事务，不复有真正的信仰。没有从容的心境，无论建立起多么辉煌的物质文明，我们过的仍是野蛮的生活。

宁子在美国生活，想必也是忙的。然而，因为心是静的，她就能够忙中“偷”闲，“偷”得了许多美丽的片刻，在这些片刻中与神相会。她是一个作家，当她看到太阳照在绿茵茵的草地上，两个女儿正在那里分享一支融化着的紫雪糕，她便宁可放下手上正写的文章，走到太阳下，去和女儿们玩，因为她知道，此刻草地上的情景比文字更加属于永恒。她是一名基督徒，当她来到巴黎郊外的一个山庄，参加教友的宿营，会场已经敲过了钟，她仍静静地坐在山坡上享受阳光，因为她知道，此刻她如果离开阳光去会场，即便是以教会名义召集的会议，也是对上帝的不敬。

在这个集子里，宁子还谈到了爱、分享、沉默、幸福等等，而实际上她谈的始终是福音和信仰。在她的笔下，福音是美的，信仰是富有诗意的。我仿佛听到，神在她的宁静的心上弹奏着从容的乐曲。

2006年4月

一只有缺憾的圆

——简评谢尔《失落的一角》

南海出版公司新近推出美国畅销作家谢尔·希尔弗斯坦的绘本《失落的一角》。翻开这本书，第一个感觉是：谢尔这个美国佬可真取巧。每个对开页面上寥寥一两笔，简单到不能再简单的线条，短短的一行或几行文字，有时不落一字，空白占绝大部分，就这么弄成了一本书。这也算书？写书未免太容易了。然而，很快我就被吸引着往下看了，看一遍不过瘾，又看第二遍，慢慢地玩味。

一只圆缺了一角，因此而不快乐，出发去寻找那失落的一角。在寻找过程中，它历经辛苦、艰险和失误。但也因为缺了一角，它有了生活的目标，能够一路唱着歌去寻找。还因为缺了一角，滚得不快，得到了意外的乐趣，例如有机会停下来和虫儿说说话，闻闻花香，让一只蝴蝶落在自己身上歇脚。后来它找回了那失落的一角，却因此而失去了所有这些快乐。当然，它终于明白了，决定放弃找回的那一角。

这是一个耐人寻味的寓言，中心意思似乎很简单：有缺憾胜于完美。可是，为什么呢？你可以说因为有缺憾才有追求，也可以说因为缺憾从另一面看正是优点和机会，这要你自己去琢磨了。也许你一时说不清楚，但你不会不产生一种感想：完美是更可怕的缺憾，而缺憾倒往往是可爱的。

我和我五岁的女儿一起看这本书，这一只有缺憾的圆的故事把她迷住了，她一边看，一边笑个不停。第二天一早，她带着这本书去幼儿园，一心要和小伙伴们分享她的快乐。我知道，谢尔在她心中的地位从此不可动摇。

一只圆及其行动的线条当然是异常简单的，但能够把简单的线条画得如此传神而有味，正是大手笔。留白需要诚实，作者宁愿留下大片空白，只呈献思想的精华，不拿可有可无的图象和文字充数，故作洋洋洒洒状。留白也需要胆量，就像一个天才的舞蹈家，敢于不要任何布景和服饰，在广阔的空地上只凭自己的舞艺吸引观众。所以，我最后的结论是：谢尔这个美国佬可真老实，而这正是他的自信和魅力之所在。

2003 年 9 月

何必名校

现在的家长都非常在乎把自己的孩子送进名校，往往为此煞费苦心，破费万金。人们普遍相信，只要从幼儿园开始，到小学、中学、大学，一路都上名牌，孩子就一定前程辉煌，否则便不免前途黯淡。据我的经验，事情决非这样绝对。我高中读上海中学，大学读北京大学，当然都是名校，但是，小学和初中就全然不沾名校的边了。我读的紫金小学在上海老城区一条狭小的石子路上，入读时还是私营的，快毕业时才转为公立。初中读的是上海市成都中学，因位于成都北路上而得名。

记得在被成都中学录取后，我带我小学里最要好的同班同学黄万春去探究竟。因为尚未开学，校门关着，我们只能隔着竹篱笆墙朝里窥看，能隐约看见操场和校舍一角。看了一会儿，我俩相视叹道：真大啊！比起鸽笼般的紫金小学，当然大多了。当时黄万春家已决定迁居香港，所以他没有在上海报考初中。他用羡慕的眼光望着我，使我心中顿时充满自豪。我压根儿没有去想，这所学校实在是上海千百所中学里的一所普通得不能再普通的学校。

我入初中时刚满十一岁，还在贪玩的年龄。那时候，我家才从老城区搬到人民广场西南角的一个大院子里。院子很大，除了几栋二层小洋楼外，还盖了许多茅屋。人民广场的前身是赛马场，那几栋小洋楼是赛马场老板的财产。解放后，这位老板的财产被剥夺，现在寄居在其中一栋楼里，而我家则成了他的新邻居。那些茅屋是真正的贫民窟，居住的人家大抵是上海人所说的江北佬，从江苏北部流落到上海的。不过，也有一些江北佬住进了楼房。院子里孩子很多，根据住楼房还是住茅房分成了两拨，在住楼房的孩子眼里，住茅房的孩子是野孩子。好玩的是，在我入住后不久，我便成了住楼房的孩子的头儿。

我这一生没有当过官，也不想当官，然而，在那个顽童时代，我似乎显示了一种组织的能力。我把孩子们集中起来，宣布建立了一个组织，名称很没有想象力，叫红星组，后来大跃进开始，又赶时髦改为跃进组。组内设常务委员会，我和另五个年龄与我相仿的大孩子为其成员，其中有二人是江北佬的孩子，我当仁不让地做了主任。我这个主任当得很认真，经常在我家召开会议，每一次会议都有议题并且写纪要。我们所讨论的问题当然是怎么玩，怎么玩得更好。玩需要经费，我想出了一个法子。有一个摆摊的老头，出售孩子们感兴趣的各种小玩意儿，其中有一种名叫天牛的昆虫。于是，我发动我的部下到树林里捕捉天牛，以半价卖给这个老头。就用这样筹集的钱，我们买了象棋之类的玩具，有了一点儿集体财产。我还买了纸张材料，做了一批纸质的军官帽和肩章领章，把我的队伍装备起来。我们常常全副行头地在屋边的空地上游戏，派几个戴纸橄榄帽的拖鼻涕的兵站岗，好不威风。这种情形引起了那些野孩子的嫉妒，有一天，我们发现，他们排着队，喊着“打倒和尚道士”的口号，在我们的游戏地点附近游行。我方骨干中有两兄弟，和尚道士是他俩的绰号。冲突是避免不了的了，一次他们游行时，我们捉住了一个落伍者，从他身上搜出一张手写的证件，写着“取缔和尚道士协会”的字样。形势紧张了一些天，我不喜欢这种敌对的局面，便出面和他们谈判，提议互不侵犯，很容易就达成了和解。

我家住在那个大院子里的时间并不长。上初三时，人民广场扩建和整修，那个大院子被拆掉了，我们只得又搬家。现在回想起来，那两年半是我少年时代玩得最快活的日子。那时候，人民广场一带还很有野趣，到处杂草丛生。在我家对面，横穿广场，是人民公园。我们这些孩子完全不必买门票，因为我们知道公园围墙的什么位置有一个洞，可以让我们的身体自由地穿越。夏天的夜晚，我常常和伙伴们进到公园里，小心拨开草丛，用手电筒的灯光镇住蟋蟀，然后满载而归。在那个年代，即使像上海这样大城市里的孩子也能够玩乡下孩子的游戏，比如斗蟋蟀和养蚕。我也是养蚕的爱好者，每年季节一到，小摊上便有幼蚕供应，我就买一些养在纸盒里。伺弄蚕宝宝，给它们换新鲜的桑叶，看着它们一点点长大，身体逐渐透亮，用稻草搭一座小山，看它们爬上去吐丝作茧，在这过程中，真是每天都有惊喜，其乐无穷。

我想说的是，一个上初中的孩子，他的职责绝对不是专门做功课，玩理应是他的重要的生活内容。倘若现在我回忆我的初中时光，只能记起我如何用功学习，从来不曾快活地玩过，我该觉得自己有一个多么不幸的少年时代。当然，同时我也是爱读书的，在别的文章中我已经吹嘘过自己在这方面的事迹了，例如拿到小学升初中的准考证后，我立即奔上海图书馆而去，因为这个证件是允许进那里的最低资格证件，又例如在家搬到离学校较远的地方后，我宁愿步行上学，省下车费来买书。孩子的天性一是爱玩，二是富有好奇心和求知欲，我庆幸我这两种天性在初中时代都没有受到压制。让我斗胆说一句狂话：一个孩子如果他的素质足够好，那么，只要你不去压制他的天性，不管他上不上名校，他将来都一定会有出息的。现在我自己有了孩子，在她到了上学的年龄以后，我想我不会太看重她能否进入名校，我要努力做到的是，不管她上怎样的学校，务必让她有一个幸福自由的童年和少年时代，保护她的天性不被今日的教育体制损害。

2002 年 10 月

留住那个心智觉醒的时刻

一个五岁的男孩看见指南针不停转动，最后总是指向同一个方向。他心中顿时充满惊奇：没有一只手去拨动，怎么会发生这样的事呢？从这个时刻起，他相信事物中一定藏着某种秘密，等待着他去发现。爱因斯坦之成为伟大的科学家，就是从这个时刻开始的。在所有孩子的成长过程中，都会出现这样的时刻：好奇心觉醒了，面对成年人已经习以为常的世界，他们提出了绝大部分成年人没有想到也回答不了的问题。和好奇心一起，还有想象力和理解力，荣誉感和自尊心，心灵的快乐和痛苦，总之，人类精神的一切高贵禀赋也先后觉醒了。假如每个孩子生命中的这个时刻在日后都能延续下去，成为真正的起点，人类会拥有多少托尔斯泰、爱因斯坦、海德格尔啊。当然，这是不可能的，由于心智的惰性、教育的愚昧、功利的驱迫、生活的磨难等原因，对于大多数人来说，儿童时代的这个时刻仿佛注定只是昙花一现，然后不留痕迹地消失了。但是，趁现在的孩子们正拥有着这个时刻，我们能否帮助他们尽可能多地留住它呢？

《诺贝尔奖获得者与儿童对话》所做的也许就是这样一件有意义的工作。不妨说，获奖者们正是一些幸运地留住了那个心智觉醒时刻的人，在那个时刻之后，他们没有停止提问和思考，终于找出了隐藏在事物中的某个或某些重大秘密。比如1986年物理学奖得主宾尼希，在他小时候，由于父母不让他随便打电话，他就自己想办法，用两个罐头盒和一根紧绷的长绳子制作了一部土电话机。当孩子们能够用它在相邻房间清楚地通话时，他品尝到了成功的巨大快乐。后来他因研制可以拍摄到原子结构的光栅隧道显微镜而得奖，我相信这一成果与那部土电话机之间一定存在着某种联系。伟大的创造之路往往始于童年的某个时刻，不但科学家如此，其他领域的精神创造者很可能也是如此。1997年文学奖得主达里奥·福是一位大剧作家，他从小就喜欢和两个弟弟一起演戏给别的孩子看，不过当时他并不把这看作戏剧，而只是当作游戏。正是根据亲身经历，对于“究竟是谁发明了戏剧”这个问题，他给出了一个意味深长的答案：是儿童发明的，没有游戏就不会有戏剧，剧作家和演员不过是把儿童的游戏当作职业干的人而已。

为什么天空是蓝的？为什么树叶是绿的？为什么我们忘记一些事情而不忘记另一些事情？为什么有男孩和女孩？为什么1+1=2？为什么有贫穷和富裕？为什么会有战争？……这些诺奖获得者所回答的问题似乎都属于“十万个为什么”的水平，可是，请仔细想一想，不必说孩子，有多少大人能够说清楚这些貌似简单的问题？

他们的讲述还表明，他们每个人的特殊贡献往往就是建立在解决某一简单问题的基础之上的，是那个简单问题的延伸和深化。关于科学家工作的性质，1986年化学奖得主波拉尼有一个生动的说法：和小说家一样，科学家也是讲故事的人，他们用自己讲的故事来为看似杂乱的事物寻找一种联系，为原因不明的现象提供一种解释。的确，在一定意义上，一切创造活动都是针对问题讲故事，是把故事讲得令人信服的努力。譬如说，自然科学是针对自然界的问题讲故事，社会科学是针对社会的问题讲故事，文学艺术是针对人生的问题讲故事，宗教和哲学是针对终极问题讲故事。我由此想到，我们不但要鼓励孩子提问题，而且要鼓励他们针对自己提的问题讲故事，通过故事给问题一个解答。是对是错无所谓，只要是在动脑筋，就能使他们的思考力和想象力得到有效的锻炼。

请诺奖获得者与儿童对话，这是一个有趣的构想。对诺奖获得者自己来说，这是向童年的回归，不管这些大师们所发现的秘密在理论上多么复杂，现在都必须还原成儿童所能提出的原初的、看似简单的问题，仿佛要向那个儿童时代的自己做一个明白的交代。对读这本书的孩子们来说，这是很及时的鼓励，他们也许会发现，那些在成年人世界里备受敬仰的大师离他们却非常近，其实都是一些喜欢想入非非的大孩子。这本书当然未必能指导哪一个孩子在将来获得诺贝尔奖，但它可能会帮助许多孩子获得比诺贝尔奖更加宝贵的东西，那就是对提问权利的坚持、对真理的热爱和永不枯竭的求知欲，有了这些东西，他们就能够成长为拥有内在的富有和尊严的真正的人。

2003 年 4 月

养成写日记的习惯

不论在什么场合，只要是面对着中学生，我最经常提的一个建议就是：养成写日记的习惯。中学是人生的一个关键时期，许多好习惯和坏习惯都是在这个时期里养成的。有两种好习惯，一旦养成了，就终身受益。我指的是阅读的习惯和写日记的习惯。这里我只说一说写日记的好处。

第一，日记是岁月的保险柜。每个人都只拥有一次人生，而人生是由每天、每年、每个阶段的活生生的经历组成的。如果你热爱人生，你就一定会无比珍惜自己的经历，珍惜其中的欢乐和痛苦，心情和感受，因为它们是你真正拥有的东西。令人遗憾的是，这一切不可避免地会随着时间的流逝而失去。为了留住它们，人们想出了种种办法，例如用摄影和录像保存生活中的若干场景。但是，我认为写日记是更好的办法，与图像相比，文字的容量要大得多。通过写日记，我们仿佛把逝去的一个个日子放进了保险柜，有一天打开这个保险柜，这些日子便会历历在目地重现在眼前。记忆是不可靠的，对于一个不写日记的人来说，除了某些印象特别深刻的经历外，多数往事会渐渐模糊，甚至永远沉入遗忘的深渊。相反，如果有日记作为依凭，即使许多年前的细节，也比较容易在记忆中唤醒。在这个意义上，日记使人拥有了一个更丰富的人生。

第二，日记是灵魂的密室。人活在世上，不但要过外部生活，比如上学，和同学交往，而且要过内心生活。内心生活并不神秘，它实际上就是一个人自己与自己进行交谈。你读到了一本使你感动的书，你看到了一片使你陶醉的风景，你见到了一个使你心仪的人，你遇到了一件使你高兴或伤心的事，在这些时候，你心中也许有一些不愿或者不能对别人说的感受，你就用笔对自己说。当你这样做的时候，你是在写日记，同时也就是在过内心生活了。有的人只习惯于与别人共处，和别人说话，自己对自己无话可说，一旦独处就难受得要命，这样的人终究是肤浅的。人必须学会倾听自己的心声，自己与自己交流，这样才能逐渐形成一个较有深度的内心世界，而写日记正是帮助我们达到这一目的的有效手段。

第三，日记是忠实的朋友。我们在人世间不能没有朋友，真正的友谊使我们在困难时得到帮助，在痛苦时得到慰藉，在一切时候得到温暖和鼓舞。不过，请不要忘记，在所有的朋友之外，每个人还可以拥有一个特殊的朋友，那就是日记。在某种意义上，它是你的最忠实的朋友。没有人——包括你最亲密的朋友——是你的专职朋友，唯有日记可以说是。别的朋友总有忙于自己的事情而不能关心你的时候，而日记却随时听从你的召唤，永远不会拒绝倾听你的诉说。一个人养成了写日记的习惯，他仍会有寂寞的时光，但不会无法忍受，因为有日记陪伴他。在隐私权受到法律保护的社会里，日记的忠实还表现在它不会背叛你，无论你对它说了什么，它都只是珍藏在心里，决不违背你的意愿向外张扬。

第四，日记是作家的摇篮。要成为一个够格的作家，基本条件是有真情实感，并且善于用恰当的语言把真情实感表达出来。在这方面，写日记是最好的训练，因为日记是写给自己看的，一个人总不会把空洞虚假的东西献给自己。对于提高写作能力来说，日记有作文不可代替的作用。作文所起的作用在很大程度上取决于教师的水平，如果教师水平低，指导失当，甚至会起坏作用。与写作文不同，在写日记时，你是自由的，可以只写自己感兴趣的东西，不用为你不感兴趣的题目绞尽脑汁。你还可以只按照自己满意的方式写，不用考虑是否合乎某个老师的要求或某种固定的规范。按照自己满意的方式写自己感兴趣的题材，这正是文学创作的主要特征，所以写日记是比写作文更接近于创作的。事实上，许多优秀作家的创作就是从写日记开始的，而且，如果他们想继续优秀，就必须在创作中始终保持写日记时的那种自由心态。

我说了这么多写日记的好处，那么，是不是一个人只要随便怎样写一点日记，就能得到这些好处呢？当然不是。依我看，要得到这些好处，必须遵守三个条件。一是坚持，尤其开始时每天都写，来不及就第二天补写，决不偷懒，决不姑息自己，这样才能形成为习惯。二是认真，对触动了自己的事情和心情要仔细写，努力寻找确切的表达，决不马虎，决不敷衍自己，这样写出的日记才具有我在上面列举的这些价值。三是私密，基本上不给人看，这样在写日记时才能排除他人眼光的干扰，坦然面对自己，句句都写真心话。

写到这里，我不得不对天下的老师和家长们进一忠告，因为要遵守这第三个条件，必须有你们的理解和配合。你们一定要把日记和作文区别开来，语文老师当然可以布置学生写若干篇日记然后加以批改，但这样的日记实际上是作文，只不过其体裁是日记罢了。我现在提倡学生写的是名副其实的日记，这意味着老师和家长都必须尊重其私密性，如果不是孩子自愿，任何人不得查看。我不止一次听说这样的事情：有的孩子自发地写起私人日记来，家长和老师觉察后，便偷看或突击检查，一旦发现自以为不妥当的内容，就横加指责和羞辱。这是十足的愚蠢和野蛮，是对孩子正在生长的自由心灵和独立人格的摧残。我们应该把孩子的私人日记看作属于他们的一块不容侵犯的圣地，甚至克制我们的好奇心，鼓励孩子不给我们看。我们要相信，孩子的心灵隐私越是受到尊重，他们就越容易培养起真诚、自信、独立思考等品质，他们在精神上就越能够健康地成长。不必担心因此会互相隔膜，实际上，唯有在平等和尊重的氛围中，我们和孩子之间才可能产生实质性的交流。也无须靠检查日记来了解学生的语文水平，学生写日记是否认真，有无收获，必定会在作文中体现出来，而被有慧眼的教师看到。

2003 年 7 月

城市的个性和颜色

城市的颜色——这个题目是对想象力的一个诱惑。如果我是一个中学生，也许我会调动我的全部温情和幻想，给我所生活的城市涂上一种诗意的颜色。可是，我毕竟离那个年龄太远了。

十七岁的法国诗人兰波，年纪够轻了吧，而且对颜色极其敏感，居然能分辨出法语中五个元音有五种不同的颜色。然而，就在那个年龄，他却看不出巴黎的颜色，所看见的只是："所有的情趣都躲进了室内装潢和室外装饰"，"数百万人并不需要相认，他们受着同样的教育，从事同样的职业，也同样衰老。"那是一个多世纪以前的巴黎，那时巴黎已是世界艺术之都了，但这个早熟的孩子仍嫌巴黎没有个性。我到过今日的巴黎，在我这个俗人眼里，巴黎的个性足以登上世界大都市之榜首。不过，我认为兰波的标准是正确的：城市的颜色在于城市的个性，城市没有个性，颜色就无从谈起。

我们来到一个城市，感官首先接触的是那里的建筑和环境。某些自然环境的色彩是鲜明的，例如海洋的蓝，森林的绿，沙漠的黄，或者，热带的红，寒带的白。但是，如果用这些自然环境特征代表城市的颜色，仍不免雷同，比如说，世界上有许多城市濒海，它们就都可以称做蓝色城市了。城市的个性更多地体现在建筑的个性上，当然，建筑的个性不限于建筑的风格，其中还凝聚着一个城市的历史、传统和风俗，因而是独特的人文环境的物化形式。这就不得不说到城市保护的老话题了。

我出生在上海，童年是在城隍庙附近的老城区度过的。在20世纪前半叶，上海成为中国最西化的都市，一块块租界内兴建了成片的高楼大厦和小洋房。可是，老城区仍保留了下来。低矮的木结构房屋，狭小的天井，没有大马路，只有纵横交错的一条条铺着蜡黄色大鹅卵石的窄巷，这一切会使你觉得不像在大上海，而像在某个江南小镇。你可以说那里是上海的贫民区，但一个开埠以前的上海可能就保藏在那里。现在，在全上海，再也找不到哪怕一条铺着蜡黄色大鹅卵石的老街了。外滩和旧租界的洋楼当然是舍不得拆的，所以，在日新月异的上海新面孔上，人们毕竟还能读出它的殖民地历史。

上世纪60年代，我在北京上大学。那时候，城墙已经残破，但所有的城门还在，城里的民居基本上是胡同和四合院。在我的印象里，当年的北京城是秋风落叶下一大片肃穆的青灰色，环抱着中心紫禁城的金黄色琉璃瓦和暗红色宫墙。现在，城墙已经荡然无存，城门也所剩无几，大多数城门成了一个抽象的地名，取而代之的是气势吓人的立交桥。与此相伴随的是，胡同和四合院正在迅速消失。紫禁城虽然安然无恙，但失去了和谐的衬托，在新式高楼的密林里成了一个孤立的存在。

我不是在怀旧，也丝毫不反对城市的发展。我想说的是，一个城市无论怎样繁华，都不能丢失自己的个性。在今日的西方发达国家，维护城市的历史风貌不但已成共识，而且已成法律。凡是历史悠久的街道和房屋，那里的居民尽可以在自己的屋子里实现现代化，但决不允许对外观做一丝一毫改变。事实证明，只要合理规划，新城区的扩展与老建筑的保护完全可以并行不悖，相映成趣。城市的颜色——这是一个有趣的想象力游戏。我相信，即使同一个有鲜明特色的城市，不同的人对它的颜色也一定会有不同的判断，在其中交织进了自己的经历、性格和心情。但是，前提是这个城市有个性。如果千城一面，都是环城公路、豪华商场、立交桥、酒吧街，都是兰波说的室内装潢和室外装饰，游戏就玩不下去了。

巴黎的一个普通黄昏，我和一位朋友沿着塞纳河散步，信步走到河面的一座桥上。这座桥叫艺术桥，和塞纳河上的其他许多桥一样古老，兰波一定在上面行走过。桥面用原色的木板铺成，两边是绿色的铁栏杆。我们靠着栏杆，席地而坐，背后波光闪烁，暮霭中屹立着巴黎圣母院的巨大身影。桥的南端通往著名的法兰西学院。朋友翻看着刚刚买回的画册，突然高兴地指给我看毕沙罗的一幅风景画，画的正是从我们这个位置看到的北岸的景物。在我们近旁，一个姑娘也席地而坐，正在画素描。在我们面前，几个年轻人坐在木条凳上，自得其乐地敲着手鼓。一个姑娘走来，驻足静听良久，上前亲吻那个束着长发的男鼓手，然后平静地离去。又有两个姑娘走来，也和那个鼓手亲吻。这一切似乎很平常，而那个鼓手敲得的确好。倘若当时有人问我，巴黎是什么颜色，我未必能答出来，但是我知道，巴黎是有颜色的，一种非常美丽的颜色。

2002 年 11 月

自然的规定不可违背

人，栖居在大地上，来自泥土，也归于泥土，大地是人的永恒家园。如果有一种装置把人与大地隔绝开来，切断了人的来路和归宿，这样的装置无论多么奢华，算是什么家园呢？

人，栖居在天空下，仰望苍穹，因惊奇而探究宇宙之奥秘，因敬畏而感悟造物之伟大，于是有科学和信仰，此人所以为万物之灵。如果高楼蔽天，俗务缠身，人不再仰望苍穹，这样的人无论多么有钱，算是什么万物之灵呢？

人是自然之子，在自然的规定范围内，可制作，可创造，可施展聪明才智。但是，自然的规定不可违背。人不可背离土地，不可遮蔽天空，不可忤逆自然之道。老子曰："人法地，地法天，天法道，道法自然。"此之谓也。

一位英国诗人吟道："上帝创造了乡村，人类创造了城市。"创造城市，在大地上演绎五彩缤纷的人间故事，证明了人的聪明。可是，倘若人用自己的作品把自己与上帝的作品隔离开来，那就是愚昧。倘若人用自己的作品排挤和毁坏掉上帝的作品，那就是亵渎。

城市化的潮流不可阻挡，也不必阻挡。摆在我们面前的任务是，如何使城市化按照健康的方式进行，在城市与乡村之间，在人类的作品与上帝的作品之间，在人与自然之间，达成最佳的和谐。

2006 年 3 月

人间真情的个案

乌尔沁是我的朋友。不过，我和他见面并不很多。在我的印象里，他踪影无定，常常数月没有音信，然后一阵风似地出现在我的面前，又一阵风似地消失了。后来我悟到，其实这是因为他不想多打扰我。天下有一种人，你不需要和他相处多久，就很快会信任他，乌尔沁就是这样的人。所以，虽然见面不多，我仍觉得他是我的一个真朋友。

和乌尔沁相识之初，我就感觉到了他待人的诚恳。他是一个厚道人，遇事总是体贴地为别人想，替人办事十分细心周全。他的性格中也有明显的弱点，比如说太认真，甩不开，以至于你会觉得他有些迂。在今日的世风下，他的优点和弱点似乎都对他不利。他给一位大首长当了许多年秘书，谁都知道，这个职位在中国是晋升的捷径，可是在他身上丝毫没有发生这个效果，到头来依然一介布衣。他在择偶一事上屡屡不顺，依我看毛病也出在太顶真，几乎到了非白头偕老就不交女朋友的地步。有时候我禁不住想教他学坏一些，可惜他学不会。

在很长时间里，我只知道乌尔沁的汉名，不知道他是蒙古族人。直到有一天，他把他出版的自传体小说《不良父母》拿来送我了，我才从作者署名知道了这一点，也知道了他的一些身世。几天前，他带着《艾姑家书》的校样来看我，我读后对他的身世又多了一点了解。幼年父母离异，这一早期经历无疑在他的心理上投下了巨大的阴影。应该为他庆幸的是，他有这样一个爱他疼他的姑母，把他视同己出，从他四五岁起就像亲生母亲一样抚育他长大成人。令人感动的是，这位姑母不是亲母，胜似亲母，二十年中给他写了数百封家书，一封封情真意切，苦口婆心，向他证明了人间自有真情在。乌尔沁深知这种真情的价值，所以把这些家书精心保存，现在又把它们编选出版。心灵的健康生长是不能缺少爱的滋养的，我揣测，倘若没有姑母的爱，性格内向的乌尔沁不知会成为怎样孤僻的一个人呢。他之待人一腔真诚，表明他对人有相当的信心，在这信心中一定有姑母的爱起着作用。

艾姑是一个普通的知识女性，毕业于北京师范大学教育系，先后担任过幼儿园、中学、大学的老师和报社的编辑。从她的信中可以看出，她属于上个世纪50年代后成长的那一代人，受那个时代的浸染很深，观念上比较传统，生活上十分节俭，处世做人上极其本分。她的经历也很不顺遂，有过亲生女儿夭折的创痛，加上人生其他不如意事，使她的性格偏于郁闷。然而，唯其如此，她就更需要倾诉。不妨说，她之需要乌尔沁，并不亚于乌尔沁之需要她。自从乌尔沁离开她到异地上学和工作以后，她就把自己带大的这个侄儿当作最知心的朋友，通过书信和他谈心，向他讲述各种思绪、见闻、感想。从她的讲述中，我们不但能感觉到一种亲情的依恋，一种刻骨铭心的关爱，而且能看到一个正直的普通人在时代变迁下的真实心境。

出版物中多名人书信，而这只是一本凡人家书。毫无疑问，真正的伟人书信有其特殊的价值，能使我们欣赏伟大心灵中的思想的轨迹、智慧的闪光和隐秘的悲欢。但是，凡人家书也有不该忽视的价值。当今社会的特点是日益开放，就人与人的关系而言，一方面人们的交往范围极大地扩展了，另一方面某些亲密的情感纽带却明显地松弛了。我可以断定，认真的家书、情书、朋友通信在今日都已成为稀少之物。哈耶克是一位为开放社会热情辩护的自由主义思想家，然而，连他也对今日人们的责任感弱化表示担忧。他指出，责任必须明确、有限，才能有效，为此他提倡小范围内熟人之间的责任感。我们确实不能想象，一个对自己的亲人和朋友不负责任的人，他会有真正的博大爱心和社会责任感。因此，我认为，尤其在我们的时代，爱心和责任感的每一个具体的个案都是值得珍惜的，它们使我们感到，我们不是生活在一个不可捉摸的繁华世界上的孤魂。

2002 年 8 月

中国医疗界的良心和光明

——《吴孟超画传》序

在中国医学界，吴孟超的大名无人不知。自从获得2005年度国家最高科学技术奖之后，这位今年八十四岁的名医大德也引起了国人的普遍关注。本书是关于他的第一部传记，清晰地勾勒了他迄今为止的人生历程、科学业绩和品德风貌。我有幸成为这本书的最早读者之一，阅读之后，心中对传主充满敬意。在我眼前呈现的吴孟超大夫，是中国肝胆外科的开拓者和主要创始人，是医术高超的神刀手，更是一个拥有善良、高尚灵魂的大写的人，在他的身上，科学创新精神和医学人文精神达到了和谐的统一。

要了解吴孟超的研究工作的重大意义，只需提起一个众所周知的事实：在人类的疾病中，癌症仍是危害最大的一种，而肝癌又是癌中之王。中国是肝癌最高发的地区，全球每年约有一百万患者，其中一半左右在中国。由于早期诊断异常困难，迄今为止治疗肝癌的最有效方法是手术切除，但肝脏内血管密布，胆管、淋巴管叠合交叉，手术难度极大。五十年前，当吴孟超进军肝胆外科时，这个学科在中国尚是一片空白，肝脏手术无一例成功，在世界也是薄弱学科，手术成功率非常低。这样一个领域，重要、艰难、基本空白，召唤着既有责任感、又有探索的勇气和智慧的人去开拓，历史选择了吴孟超，偶然中有其必然。

最传为美谈的是吴孟超在手术室里的风采，这个身高只有一米六二的小个子此时如鱼得水，立刻进入最佳状态。“吴孟超从护士手中接过手术服，两手的拇指和食指捏着衣服的两边，用力一抖，然后潇洒地抛向空中，在衣服下落的时候，他敏捷而自如地将双手插入袖口，戴上无菌的橡胶手套。”这一段描写令人入迷，我仿佛看见了一位魔术大师登场。在护士和晚辈医生眼中，这时的吴孟超的确是一个魔术大师。最神奇的是他的那一双手，因为年迈，平时写字还会颤抖，一拿起手术刀，如此坚定、敏捷、准确，自始至终没有一个多余动作，手术成了令人赞叹的艺术。这一双手从开出的小窟窿伸进患者的腹腔里，好像长着眼睛一样，能够迅速确定癌肿的位置并进行分离，如果遇到大量出血，能够立即摸到破裂的血管并止血。当然，这缘于他对肝脏的构造了如指掌，也缘于他几十年练就的奇妙手感。

吴孟超有精湛的医术，但他始终把医德看得比医术更重要。他带学生时最强调两点，一是对工作要严谨、细致、有耐心，二是对病人要热情、善良、有爱心。按照我的理解，前者是科学的医风和学风，后者是人文的情怀和修养。事实上，无论中外，最优秀的医生都必定具备这两种品质，既是一丝不苟的科学家，又是博爱苍生的人道主义者。最令人感动的是，虽然技冠医界，名播四方，吴孟超仍然葆有最质朴美好的人性，善良而充满爱心。鉴于现代医学的非人性化倾向，这一点尤其可贵，为广大医生树起了一面鉴照自己的镜子。

合上这本书，我感到无比温暖。吴孟超，一个可敬可爱的医生，我在他身上看到了中国医疗界的良心和光明。

2006 年 9 月

第四辑

希腊的智慧

玩骰子的儿童

一

公元前6世纪左右，在希腊殖民的伊奥尼亚地区有两个最著名的城邦，一是米利都，一是爱菲索。这两个城邦都地处繁荣的港口，盛产商人。然而，它们之所以青史留名，则是因为出产了一个比商人稀有得多的品种——哲人。米利都向人类贡献了最早的哲学家泰勒斯、阿那克西曼德和阿那克西美尼，史称米利都学派。比较起来，哲学家在爱菲索就显得孤单，史无爱菲索学派，只有一位爱菲索的赫拉克利特（公元前535–前475）。

这倒适合赫拉克利特的脾气，他生性孤傲，不屑与任何人为伍。希腊哲学家讲究师承，唯独他前无导师，后无传承，仿佛天地间偶然蹦出了这一个人。他自己说，他不是任何人的学生，从自己身上就学到了一切。他也的确不像别的哲学家那样招收门徒，延续谱系。他一定是一个独身者，文献中找不到他曾经结婚的蛛丝马迹。世俗的一切，包括家庭、财产、名声、权力，都不在他的眼里。当时爱菲索处在波斯帝国的统治下，国王大流士一世慕名邀他进宫，他回信谢绝道："我惧怕显赫，安于卑微，只要这卑微适宜于我的心灵。"其实他的出身一点儿也不卑微，在爱菲索首屈一指，是城邦的王位继承人，但他的灵魂更是无比高贵，足以使他藐视人世间一切权力，把王位让给了他的弟弟。

在赫拉克利特的人际关系中，我们只知道他有过一个好友，名叫赫谟多洛。赫谟多洛是一位政治家，在城邦积极推进恢复梭伦所立法律的事业，结果被爱菲索人驱逐。这件事给赫拉克利特的刺激必定极大，使他对公众的愚昧和多数的暴力产生了深深的厌恶。针对此事，他悲愤地说："应该把爱菲索的成年人都吊死，把城邦交给少年人管理，因为他们驱逐了他们中间那个最优秀的人。"也许在这之后，赫拉克利特与全爱菲索人决裂了，过起了离群索居的生活，成了一个隐士。

在爱菲索城郊有一座阿耳忒弥斯神庙，供奉月亮和狩猎女神。赫拉克利特在世时，神庙处在第二次重建之中，这项工程历时一百二十年，终于建成为早期伊奥尼亚式最壮丽的建筑，到那时为止全希腊最大的神殿，被后人列为世界七大奇观之一。赫拉克利特的隐居所就在这座神庙附近。可以想象，当时由于正在施工，它实际上是一片工地，孩子们便常来这里玩耍。我们的哲学家也和孩子们一起玩耍，玩得最多的是掷用羊跖骨做的骰子。在爱菲索人眼里，一个成年人不干正事，成天和孩子们一起扔动物骨头，不啻是疯子的行径。于是，全城的人都涌来瞧热闹，起哄，嘲笑。这时候，疯子向喧嚣的人群抛出了一句无比轻蔑的话："无赖，有什么可大惊小怪的！这岂不比和你们一起搞政治更正当吗？"阿耳忒弥斯神庙建成后六十余年即毁于火灾，不复存在，而这一句警语却越过岁月的废墟，至今仍在我的耳边回响。

后来，赫拉克利特越发愤世嫉俗，竟至于不愿再看见人类，干脆躲进了深山，与禽兽为伍，以草根树皮为食，患了水肿病，在六十岁上死了。

二

哲学家往往和世俗保持相当的距离，站在这距离之外看俗界世相，或者超然而淡漠，或者豁达而宽容。古希腊哲人大多如此，他们生活在自己的世界里，懒得与俗人较真。苏格拉底虽然在最后时刻不向俗人屈服，从容就义，但平时的态度也十分随和，最多只是说几句聪明的挖苦话罢了。哲学家而愤世嫉俗，似乎有失哲人风度。在古希腊，常有城邦驱逐哲学家的事发生，然而，像赫拉克利特这样自我放逐于城邦的情形却绝无仅有。纵观西方哲学史，也能找出少数以愤世嫉俗著称的哲学家，例如叔本华和尼采，但都远没有弄到荒山穴居做野人的地步。在古今哲学家中，赫拉克利特实为愤世嫉俗之最。

赫拉克利特显然是一个有严重精神洁癖的人。他虽然鄙弃了贵族的地位和生活，骨子里却是一个贵族主义者。不过，他心目中的贵族完全是精神意义上的。在他看来，区分人的高贵和卑贱的唯一界限是精神，是精神上的优秀或平庸。他明确宣布，一个优秀的人抵得上一万人。他还明确宣布，多数人是坏的，只有极少数人是好的。他所说的优劣好坏仅指灵魂，与身份无关。"最美丽的猴子与人相比也是丑陋的。"我从这句话中听出的意思是：那些没有灵魂的家伙，不管在社会上多么风光，仍是一副丑相。

赫拉克利特生前有诸多绰号，其中之一是"辱骂群众的人"。他的确看不起芸芸众生，在保存下来的不多言论中，有好些是讥讽庸众的。他说："如果幸福在于肉体的快感，那么牛找到草料吃的时候便是幸福的"；"驴子宁要草料不要黄金"；"猪在污泥中取乐"。通常把这些话的含义归结为价值的相对性，未免肤浅。当他说着这些话的时候，他显然不只是在说牛、驴子和猪，而一定想到了那些除了物质享乐不知幸福为何物的人。庸众既不谙精神的幸福，亦没有真正的信仰。他们的所谓信仰，不过是世俗的欲望加上迷信，祭神时所祈求的全是非常实在的回报。即使真有神存在，也决不会如俗人所想象，能够听见和满足他们的世俗欲望。

看到人们站在神殿里向假想的神祈祷，赫拉克利特觉得他们就像在向房子说话一样愚蠢可笑。他是最早把宗教归于个人内心生活的思想家之一，宣称唯有“内心完全净化的人”才有真信仰，这样的人摈弃物质的祭祀，仅在独处中与神交流。

最使赫拉克利特愤恨的是庸众的没有头脑。“多数人对自己所遇到的事情不作思考，即使受到教训后也不明白，虽然自以为明白。”人们基本上是人云亦云，“相信街头卖唱的人”，受意见的支配，而意见不过是“儿戏”。更可悲的是，在普遍的无知之中，人们不以无知为耻，反以为荣。常常可以看见这样的人，他们脑中只有一些流行的观念和浅薄的常识，偏喜欢在大庭广众之中当作创见宣布出来。仿佛是针对他们，赫拉克利特说：“掩盖自己的无知要比公开表露好些。”理由不言而喻：无知而谦卑表明还知耻，无知而狂妄则是彻头彻尾的无耻了。

在赫拉克利特看来，多数人的灵魂是蒙昧的。不过，公平地说，他倒并不认为先天就是如此。他明确地说：“理性能力是灵魂所固有的”，“人人都有认识自己和健全思考的能力”。然而，人们不去发展灵魂中这种最宝贵的能力，运用它认识世界的真理，反而任其荒废，甘愿生活在内部和外部的黑暗之中。灵魂蒙昧的人如同行尸走肉，用一句谚语来说，便是“人虽在场却不在场”，在场的只是躯体，不在场的是灵魂。没有灵魂的引导，眼睛和耳朵就成了坏的见证，只会对真理视而不见、听而不闻了。“他们既不懂得怎样听，也不懂得怎样说”，“即使听见了，也不理解，就像聋子一样”。上帝不给你头脑倒也罢了，可恨的是给了你头脑而你偏不用，仍像没有头脑一样地活着。赫拉克利特实在是恨铁不成钢。铁本来是可以成为钢的，所以才恨铁不成钢，没有人会恨废料不成钢。可是，看来许多铁已与废料无异，不可能成为钢了。赫拉克利特经常用醒和睡作譬。举目四望，他是唯一的醒者，众人皆昏睡，唤也唤不醒。最后，他终于绝望了，抛弃了这些昏睡者，也抛弃了人类。

三

赫拉克利特不但蔑视群众，还蔑视在他之前和与他同时的所有哲学家。倘若他活到今天，我相信他还会蔑视在他之后的绝大多数哲学家。在他眼里，希腊自荷马以来几乎没有一个智慧的人。在说出“博学不能使人智慧”这句名言之后，他把赫西俄德、毕达哥拉斯、塞诺芬尼举做了例子。听了许多同时代人的讲演，他断定其中没有一个人知道何为智慧。那么，究竟什么是智慧呢？他说就是“认识那驾驭并贯穿一切的思想”，简要地说，就是“认识一切是一”。这听起来好像一点儿也不新鲜。寻找多中之一，原是哲学的题中应有之义，自泰勒斯以来，包括被他举作不智慧典型的毕达哥拉斯、塞诺芬尼在内，哲学家们都在做这件事。赫拉克利特的独特之处在哪里？

一切皆变，生命无常，这是人类生存所面临的一个基本事实。这个事实给人类生存的意义打上了问号，而人类之所以需要哲学，正是为了摆脱这个问号。绝大多数哲学家的办法是，在变易背后寻找一个不变的东西，名之为本原、本体、实体、本质等等，并据此把变易贬为现象。正是在这一点上，赫拉克利特显示了他的与众不同。他对变易极其敏感，任何静止的假象都骗不了他，他眼中的世界是一条永不停息的河流，人不能两次踏进去，甚至不能一次踏进去，因为在踏进的瞬间它已发生变化。他不但只看见变易，而且相信感官的证据，也只承认变易。即使从整体上把握，世界也仍是一个无始无终的变化过程。变是唯一的不变之事，在变的背后并不存在一个不变之物。所谓“一切是一”中的“一”，不是一个超越于变化的实体，而就是这个永恒的变化过程。当赫拉克利特用“永恒的活火”来称呼这个过程时，应该说是找到了一个确切的象征。火不是实体，而是燃烧和熄灭，作用和过程。“永恒的活火”就是永恒的变易，无始无终的创造和毁灭。总之，变易是世界的唯一真理，除了变易，别无所有。

可是，对于人类来说，这样一种世界观岂不太可怕了一些？如果变易就是一切，世界没有一个稳定的核心，一个我们可以寄予希望的彼岸，我们如何还有生活下去的信心？一个人持有这样的世界观，就不可避免地会厌世，看破了一切暂时之物的无价值。赫拉克利特也许就是这样。我听见他说出了一句冷酷的话：“时间是一个玩骰子的儿童，儿童掌握着王权！”如此看来，当他在阿耳忒弥斯神庙旁和孩子们一起玩骰子时，他哪里是在游戏，简直是在从事一种“行为哲学”。我仿佛看见他以鄙夷的目光望着围观的爱菲索人，又越过围观者望着人类，冷笑道：人类呵，你们吃着，喝着，繁殖着，倾轧着，还搞什么政治，自以为是世界的主人。殊不知你们的命运都掌握在一个任性的孩子手里，这孩子就是时间，它像玩骰子一样玩弄着你们的命运，使你们忽输忽赢，乍悲乍喜，玩厌了一代人，又去玩新的一代，世世代代的人都要被它玩弄，被它抛弃……

然而，对于这同一句话，有一个哲学家听出了另一种全然不同的意思。跨越两千多年的时空，尼采在赫拉克利特身上找到了他的唯一的哲学知己。他相信，当赫拉克利特和顽童们游戏时，心中所想的是宇宙大顽童宙斯的游戏。作为永恒变易过程的宇宙，它就是一个大顽童，创造着也破坏着，创造和破坏都是它的游戏，它在万古岁月中以这游戏自娱。我们如果感受到了它的游戏的快乐，就不会为生存的短暂而悲哀了。一切暂时之物都是有价值的，按照尼采的说法，即是审美的价值，因为孩子在游戏时就是艺术家，游戏的快乐就是审美的快乐。

有道理吗？也许有一点儿。永恒的活火对于我们的生存既是判决，又是辩护。它判决我们的生存注定是暂时的，断绝了通往永恒的一切路径。同时，正因为它废除了彼岸，也就宣告无须等到天国或来世，就在此时此刻，我们的生存已经属于永恒，是宇宙永恒变易过程的一个片段。然而，即便如此，做永恒活火的一朵瞬间熄灭的火苗，这算什么安慰呢？事实上，我在赫拉克利特身上并没有发现所谓的审美快乐，甚至可以说他是冷漠的。他超出人类无限远，面对人类仿佛只是面对着幻象，以至于尼采也把他比喻为“一颗没有大气层的星辰”。对于我来说，赫拉克利特的世界观是可信而不可爱的，因为我不可能成为玩骰子的宇宙大顽童本人，又不甘心只在它某一次掷骰子的手势中旋生旋灭。

四

“那个在德尔斐庙里发布谶语的大神既不挑明，也不遮掩，而只是用隐喻暗示。”赫拉克利特如是说。其实他自己与阿波罗神有着相同的爱好。

赫拉克利特著述不多，据说只有一部，不像后来的希腊哲学家，几乎个个是写作狂，作品清单一开百八十部。流传下来的则更少，皆格言式，被称为残篇，但我相信那就是他本来的写作形式。大约因为料定无人能读懂，他把作品藏在阿耳忒弥斯神庙里，秘不示人。身后不久，这些作品流散开来，使他获得了晦涩哲人的名号。苏格拉底读到过，承认自己只读懂了一部分，但意识到了这是一个宝藏，对欧里庇得斯说，若要领会其中妙处，就必须“像一个潜水探宝者那样深入到它的底部去”。亚里士多德也读到过，他的严格的修辞学头脑却接受不了这些神谕式的文字，抱怨读不懂甚至无法断句。

从保存下来的文字看，其实不可一概而论。其中，有一些十分通俗明白，例如：“不要对重要的事情过早下判断。”“获得好名誉的捷径是做好人。”“在变化中得到休息；服侍同一个主人是疲劳的。”有一些言简意赅，耐人寻味，例如：“我寻找过我自己。”“性格就是命运。”还有一些就很费猜测了，例如：“灵魂在地狱里嗅着。”“凡是在地上爬行的东西，都被神的鞭子赶到牧场上去。”其间明晦的差别，显然是因为话题的不同，本来简单的就不要故弄玄虚，本来深奥的就无法直白。不过，无论哪一种情况，我们都看到，共同的特点是简练。第欧根尼·拉尔修辑录的赫氏言行是后世了解这位哲学家的最主要来源之一，他虽也谈及了人们对其文风的非议，但仍赞扬道：“他的表达的简洁有力是无与伦比的。”这是公正的评价，在相当程度上至今仍然适用。我们至少可以把赫拉克利特看作西方哲学中格言体的始祖，而把奥勒留、帕斯卡尔、尼采等人看作他的优秀的继承者。

就哲学写作而言，我认为简练是一个基本要求。简练所追求的正是不晦涩，即用最准确因而也就是最少而精的语言表达已经想清楚的道理。不能做到简练，往往是因为思想本来不清晰，或者缺乏捕捉准确语言的能力，于是不得不说许多废话。更坏的是故弄玄虚，用最复杂的语言说最贫乏的内容，云山雾罩之下其实空无一物，转弯抹角之后终于扑了一空。然而，在不动脑子的读者眼里，简练很容易被看作晦涩。这也正是赫拉克利特的命运。简练之所以必要，理由之一恰恰是要让这样的读者看不懂，防止他们把作者的深思熟虑翻译成他们的日常俗见。一个珍爱自己思想的哲学家应该这样写作：一方面，努力让那些精致的耳朵听懂每一句话，另一方面，决不为了让那些粗糙的耳朵听懂——它们反正听不懂——而多说一句不必要的话。如此写出的作品，其风格必是简练的。

在涉及某些最深奥的真理时，晦涩也许是不可避免的。赫拉克利特说："自然喜欢躲藏起来。"这句话本身是隐喻，同时也阐释了隐喻的理由。我从中听出了两层含义：第一，自然是顽皮的，喜欢和寻找它的人捉迷藏；第二，自然是羞怯的，不喜欢暴露在光天化日之下。所以，在接近自然的奥秘时，一个好的哲人应当怀有两种心情，既像孩子一样天真好奇，又像恋人一样体贴小心。他知道真理是不易被捉到，更不可被说透的。真理躲藏在人类语言之外的地方，于是他只好说隐喻。

2005 年 2 月

未经省察的人生没有价值

一

公元前399年春夏之交某一天，雅典城内，当政的民主派组成一个五百零一人的法庭，审理一个特别的案件。被告是哲学家苏格拉底（公元前469－前399），此时年已七十，由于他常年活动在市场、体育场、手工作坊等公共场所，许多市民都熟悉他。审理在当天完成，结果是以不敬神和败坏青年的罪名判处死刑。这是人类历史上最怪诞的一页，一个人仅仅因为他劝说同胞过更好的生活，就被同胞杀害了。雅典是哲学的圣地，但看来不是哲学家的乐园，出身本邦的哲学家只有两个，苏格拉底被处死，年轻的柏拉图在老师死后逃到了国外。这又是人类历史上最光荣的一页，一个人宁死不放弃探究人生真理的权利，为哲学殉难，证明了人的精神所能达到的高度。正因为出了苏格拉底，雅典才不愧是哲学的圣地。

多亏柏拉图的生花妙笔，把当年从审判到执行的整个过程栩栩如生地记述了下来，使我们今天得以领略苏格拉底在生命最后时刻的哲人风采。柏拉图师从苏格拉底十年，当时二十八岁，审判时在场，还上台试图为老师辩护，法官嫌他年轻把他轰了下来。评家都承认，柏拉图太有文学才华，记述中难免有虚构的成分。他大约早就开始记录老师的言论，据说有一次朗读给苏格拉底听，苏格拉底听罢说道："我的天，这个年轻人给我编了多少故事！"尽管如此，评家又都承认，由于他自己是大哲学家，能够理解老师，他的证词远比色诺芬所提供的可靠。色诺芬也是苏格拉底的学生，但毫无哲学天赋，审判时又不在场，老师死后，深为扣在老师头上的两个罪名苦恼，要替老师洗清，在回忆录中把苏格拉底描绘成一个虔敬守法的平庸之辈。英国学者伯奈特说："色诺芬为苏格拉底做的辩护实在太成功了，如果苏格拉底真是那个样子，就决不会被判死刑。"英国哲学家罗素仿佛从中吸取了教训，表明态度："如果需要让人复述我的话，我宁愿选一个懂哲学的我的死敌，而不是一个不懂哲学的我的好友。"不过他倒不必有这个担忧，因为苏格拉底述而不作，他却惊人地多产，哪里还有别人复述的余地。

现在，我们主要依据柏拉图的记述，在若干细节上参考色诺芬的回忆，来察看这个案子的来龙去脉。原告有三人。跳在台前的是无名诗人美勒托，长一根鹰钩鼻，头发细长，胡须稀疏，一看就是个爱惹是生非的家伙。还有一个无名演说家，名叫莱康。实际主使者是皮匠安尼图斯，一个活跃的政客，终于当上了民主政权二首领之一。他的儿子是苏格拉底的热心听众，常常因此荒废皮革作业，使他十分恼火。在他政坛得势之后，苏格拉底曾挖苦他说："现在你用不着再让儿子做皮匠了吧。"更使他怀恨在心，遂唆使美勒托提起诉讼。事情的起因看上去小得不能再小，似乎是个别人泄私愤，何以竟能够掀起诺大波澜，终于要了苏格拉底的命？

其实，安尼图斯之流恼恨苏格拉底，多少代表了一般市民的情绪。苏格拉底喜在公共场所谈论哲学，内容多为质疑传统的道德、宗教和生活方式，听众又多是像安尼图斯的儿子这样的青年。雅典的市民是很保守的，只希望自己的孩子恪守本分，继承父业，过安稳日子。像苏格拉底这样整天招一帮青年谈论哲学，不务正业，在他们眼里就已经是败坏青年了，因此，一旦有人告状，他们很容易附和。当然，把一个哲学家——不管是不是苏格拉底——交给几百个不知哲学为何物的民众去审判，结局反正凶多吉少。

苏格拉底之处于劣势，还有一层原因，便是在场的审判员们早在年少时就听惯流言，形成了对他的成见。他对此心中有数，所以在申辩一开始就说，那些散布流言的人是更可怕的原告，因为他们人数众多，无名无姓，把他置于无法对质却又不得不自辩的境地。他说他只知道其中有一个喜剧作家，他未点名，不过谁都明白是指阿里斯托芬。二十四年前，阿里斯托芬在喜剧《云》中把苏格拉底搬上舞台，刻画成一个满口胡诌天体理论的自然哲学家和一个教青年进行可笑诡辩的智者。在观众心目中，前者所为正是不敬神，后者所为正是败坏青年，二者合并成丑化了的苏格拉底形象。真实的苏格拉底恰与二者有别，他把哲学从天上引回了人间，从言辞引向了实质，但观众哪里顾得上分辨。苏格拉底是阿里斯托芬的朋友，当年喜剧上演时，他还去捧场，台上的苏格拉底出场，观众席上的他凑趣地站起来亮相，实在憨得可以。他和阿里斯托芬大约都没有料到，爱看戏不爱动脑子的老百姓会把戏说当真，以讹传讹，添油加醋，终于弄到使他有口莫辩的地步。

二

平心而论，在审判之初，无论三个原告，还是充当判官的民众，都未必想置苏格拉底于死地。他们更希望的结果是迫使苏格拉底屈服，向大家认错，今后不再聚众谈论哲学，城邦从此清静。可是，苏格拉底仿佛看穿了他们的意图，偏不示弱，以他一向的风格从容议论，平淡中带着讥刺，雄辩而又诙谐。这种人格上和智力上的高贵真正激怒了听众，他申辩时，审判席上一阵阵骚动，矛盾越来越激化。

苏格拉底大约一开始就下定了赴死的决心。美勒托准备起诉的消息传开，有同情者见他毫不在乎，行为无异于往常，便提醒他应该考虑一下如何辩护，他回答：

“难道你不认为我一生都在做这件事，都在思考什么是正义，什么是非正义，在实行正义和避免非正义，除此之外什么也没有做吗？”他的确用不着准备，只须在法庭上坚持他一贯的立场就行了。当然，他完全知道，这样做的后果是什么。他比原告和法官更清醒地预见到了结局，审判实质上是遵照他的意志进展的。他胸有成竹，一步步把审判推向高潮，这高潮就是死刑判决。

按照程序，审判分两段。第一段是原告提出讼词，被告提出辩护，审判员投票表决是否有罪。在这一段，苏格拉底回顾了自己从事街头哲学活动的起因和经历，断言这是神交给他的使命。人们的愤恨本来集中在这件事上，倘若他想过关，至少该稍稍显示灵活的态度，他却一点余地不留，宣布道：“神派我一生从事哲学活动，我却因怕死而擅离职守，这才荒谬。雅典人啊，我敬爱你们，可是我要服从神过于服从你们。只要我一息尚存，就决不放弃哲学。”他把自己比作一只牛虻，其职责是不停地叮咬人们，唤醒人们，使人们对专注于钱财和荣誉、不在意智慧和灵魂的生活感到羞愧。

原则不肯放弃，还有一个方法能够影响判决。按雅典的惯例，被告的妻儿可以到庭恳求轻判，这种做法往往有效。苏格拉底有妻子，有三个儿子，其中两个还年幼，但他不让他们到庭。他不屑于为此，讽刺说：“我常见有声望的人受审时做出这种怪状，演这种可怜戏剧，他们是邦国之耻。”

投票的结果是以二百八十一票比二百二十票宣告他有罪。票数相当接近，说明在场不少人还是同情他的。审判进入第二段，由原告和被告提议各自认为适当的刑罚，审判员进行表决，在二者中择一。美勒托提议判处死刑。苏格拉底说：“我提议用什么刑罚来代替呢？像我这样对城邦有贡献的人，就判我在专门招待功臣和贵宾的国宾馆用餐吧。”说这话是存心气人，接下来他有些无奈地说：我每日讨论道德问题，省察自己和别人，原是于人最有益的事情。可是，一天之内就判决死刑案件，时间太短，我已无法让你们相信一个真理了，这个真理就是“未经省察的人生没有价值”。

要逃避死刑，有一个通常的办法，就是自认充分的罚款。只要款额足够大，审判员往往宁愿选择罚款而不是死刑。说到这一层，苏格拉底表示，他没有钱，或许只付得起一个银币。这是事实，他荒废职业，整日与人谈话，又从不收费，怎能不穷。不过，他接着表示，既然在场的柏拉图、克里托等人愿为他担保，劝他认三十个银币，他就认这个数吧。这个数也很小，加上他的口气让人觉得是轻慢法庭，把审判员们有限的同情也消除了。人们终于发现，最省事的办法不是听他的劝反省自己，而是把这个不饶人的家伙处死。

判决之后，苏格拉底作最后的发言。他说：我缺的不是言辞，而是厚颜无耻，哭哭啼啼，说你们爱听的话。你们习惯看到别人这样，但这种事不配我做。“逃死不难，逃罪恶难，罪恶追人比死快。我又老又钝，所以被跑慢的追上，你们敏捷，所以被跑快的追上。我们各受各的惩罚，合当如此。”然后，又以他特有的反讽委托判官们一件事：“我儿子长大后，如果关注钱财先于德行，没有出息而自以为有出息，请责备他们，一如我之责备你们。”这篇著名辩词用一句无比平静的话结束：“分手的时候到了，我去死，你们去活，谁的去路好，唯有神知道。”

三

每年的德利阿节，雅典政府要派出朝圣团乘船渡海，去阿波罗诞生地德洛斯祭祀，法律规定朝圣团未返回就不得行刑。对苏格拉底的审判是在船出发的第二天进行的，因此他必须在监狱里等候一些日子。趁着船没有回来，让我们就近观察一下这位哲学家，回顾一下他的身世和行状。

首先引起我们注意的是他的奇特长相。虽然他生在雅典，却完全不像是一个希腊人。他有一张扁平脸，一个宽大的狮鼻，两片肥厚的嘴唇。这张脸丑得如此与众不同，以至于一个会看相的异邦人路过雅典，看见了他，当面说他是一个怪物。他有一个大肚子，但身体壮实，与人谈话时总是侧低着头，目光炯炯，像一头公牛。

他出身贫贱，父亲是雕刻匠，母亲是接生婆。子承父业，他自己年轻时也以雕刻为业，据说雅典卫城入口处的美惠女神群像就是他的作品。不过，他对这门行业颇有微词，嘲笑雕刻匠尽力把石块雕刻得像人，在自己身上却不下功夫，结果使自己看上去像是石块而不是人了。为了维持起码的生计，他大约仍不免要雕刻石块，但更多的时候干起了雕刻人的灵魂的行当。在相同的意义上，他还继承了母业，乐于做思想的接生婆。

不像当时和后来的许多哲学家抱定独身主义，他在婚姻问题上倒是随大流的，而且娶了两个老婆。第一个老婆克珊西帕为他生有一子，后来，据说是因为战争，雅典人口锐减，当局允许讨小老婆，他又娶法官的女儿密尔多，再得二子。克珊西帕是有名的泼妇，一个众所周知的故事是，一次苏格拉底在挨了一顿臭骂之后，克珊西帕又把一盆脏水扣在他的头上，而他只是轻描淡写地自嘲道：“我不是说过，克珊西帕的雷声会在雨中结束？”他如此解释与悍妇相处的好处：一旦驯服了烈马，别的马就好对付了；与克珊西帕在一起，他学会了调整自己，从而可以适应任何人。其实他心里明白，和他这样一个不顾家计的人过日子，当妻子的并不容易，所以常常在挨骂后承认骂得有理。他是通情达理的，大儿子忍受不了母亲的坏脾气，向他抱怨，他总是站在母亲的立场上好言规劝。

苏格拉底的家境必定十分清贫。他在法庭上说："多少年来，我抛开自己的一切事务，只为你们忙，不取报酬，我的贫穷就是证据。"这一点无可怀疑。他自称"业余哲学研究者"，与人谈话只是出于爱好，任何人想听就听，自己不要老师的身份，所以也就不收费。当时一班智者靠哲学赚钱，他对此感到震惊，说自称教导德行的人怎么能索取金钱为报酬。他也决不收礼，认为一个人从任何人收取金钱，就是给自己树立了一个主人，把自己变成了奴隶。对于来自显贵和国王的邀请及礼物，他一概拒绝。一个有钱有势的崇拜者要送他一大块地盖房，他问道："假如我需要一双鞋子，你为此送给我一整张兽皮，而我竟然接受，岂不可笑？"其实他连鞋子也不需要，无论冬夏都光着脚丫，穿一件破衣。这也许有穷的原因，但更多是为了锻炼吃苦耐劳的能力。

苏格拉底的学生安提斯泰尼创立犬儒哲学，主张把物质需要减到最低限度，以求获得最大限度的精神自由。这个思想实际上肇始于苏格拉底。他常说，别人是为了吃而活，他是为了活而吃。他偶尔也出席朋友们的宴会，而且酒量无敌，但平时节制饮食，讨厌大吃大喝。荷马史诗《奥德修记》中的女巫喀耳刻用巫术把俄底修斯的同伴们变成了猪，他提出歪解：喀耳刻是通过大摆宴席把人变成猪的。有一天，他逛雅典市场，看完后叹道："原来我不需要的东西有这么多啊！"智者安提丰问他："哲学家理应教人以幸福，你却吃最粗陋的食物，穿最褴褛的衣服，岂不是在教人以不幸吗？"他答道："正相反，一无所需最像神，所需越少越接近于神。"

不过，他虽然鄙视物质，却十分注意锻炼身体。其实二者都是为了做身体的主人，使它既不受物欲牵制，又能应付严酷的环境。每天早晨，他都去体育场锻炼，身体健壮超于常人。雅典流行好几场瘟疫，他是唯一没有被感染的人。他的后半生在长达二十七年的伯罗奔尼撒战争中度过，参加过三次战役，他的强壮体魄——当然，还有他的勇敢——在战争环境中显出了优势。据当时与他一起参战的青年阿尔基比亚德回忆，他的身体具有惊人的适应能力，食品匮乏时比谁都能忍饥，供应充足时又比谁都吃得多。酷寒中，别人皆以毛毡裹身，他却光脚走在冰上。一次战败，全军溃逃，只有他一人从容撤退。他是重装步兵，身上挂满辎重，"昂首阔步，斜目四顾"，一看就不是好惹的，敌人也就不敢惹他。他还单独杀进重围，救出受伤的阿尔基比亚德，事后颁奖，又把奖章让给了阿尔基比亚德。

作为一个哲学家，苏格拉底抱定宗旨，不参与政治。然而，一旦违心地被卷入，他必站在一个正直公民的立场上坚持正义。六十三岁时，他曾代表本族人进入元老院，且在某一天值班当主席。这是他一生中唯一的一次做"官"。当时，雅典海军打了一个胜仗，撤退时，因狂风突起，未能收回阵亡士兵的尸体，人民群情激愤，要求集体判处为首的十将军死刑。就在他当主席的那一天，这个提案交到法庭，他冒犯众怒予以否决。可惜第二天别人当主席，十将军仍不免于死。若干年后，僭主上台，命他和另外四人去捉一个富翁来处死，别人都去了，唯有他抗命。

由上面勾画的轮廓，我们可以看到，苏格拉底具有自制、厚道、勇敢、正直等种种一般人也都称道的美德，这样一个人应该是人缘很好的。最后竟至于遇难，看来只能归因于他喜谈哲学了，似乎全是那张嘴惹的祸。那么，我们且看那张嘴究竟说了些什么，会惹下杀身之祸。

四

按照西塞罗的说法，苏格拉底是第一个将哲学从天上召唤到地上来的人，他使哲学立足于城邦，进入家庭，研究人生和道德问题。这个评价得到了后世的公认。苏格拉底之前的哲学家，从泰勒斯到阿那克萨戈拉，关心的是宇宙，是一些自然哲学家和天文学家。据他自述，他年轻时也喜欢研究自然界，后来发现自己天生不是这块料。所谓不是这块料，大约不是指能力，应是指气质。他责问那些眼睛盯着天上的人，他们是对人类的事情已经知道得足够多了呢，还是完全忽略了。他主张，研究自然界应限于对人类事务有用的范围，超出这个范围既不值得，也不应该。之所以不应该，是因为人不可去探究神不愿显明的事，违背者必受惩罚，阿那克萨戈拉就因此丧失了神智。

苏格拉底的思想发生根本转折，大约是在四十岁上下的时候。他在申辩中谈到了转折的缘由。有一回，他少年时代的朋友凯勒丰去德尔斐神庙求神谕，问是否有人比苏格拉底更智慧，神谕答复说没有。他闻讯大惊，认为不可能，为了反驳神谕，访问了雅典城内以智慧著称的人，包括政客、诗人、手工艺人。结果发现，这些人都凭借自己的专长而自以为是，不知道自己实际上很无知。于是他明白了：同样是无知，他们以不知为知，我知道自己一无所知，在这一点上我的确比他们智慧。由此进一步悟到，神谕的意思其实是说：真正的智慧是属于神的，人的智慧微不足道，在人之中，唯有像苏格拉底那样知道这个道理的人才是智慧的。从此以后，他便出没于公共场所，到处察访自以为智的人，盘问他们，揭露其不智，以此为神派给他的“神圣的使命”。“为了这宗事业，我不暇顾及国事家事；因为神服务，我竟至于一贫如洗。”而一帮有闲青年和富家子弟也追随他，效仿他这样做，使他得了一个蛊惑青年的坏名声。

苏格拉底盘问人的方式是很气人的。他态度谦和，仿佛自己毫无成见，只是一步一步向你请教，结果你的无知自己暴露了出来。这往往使被问的人十分狼狈。欣赏者说，他装傻，其实一大肚子智慧。怨恨者说，他是虚假的谦卑。常常有人忍无可忍，把他揍一顿，甚至扯掉他的头发，而他从不还手，耐心承受。最气人的一点是，他总是在嘲笑、质问、反驳别人，否定每一个答案，但是，直到最后，他也没有拿出一个自己的答案来。确有许多人向他提出了这一责备，并为此发火。他对此的辩解是："神迫使我做接生婆，但又禁止我生育。"这一句话可不是自谦之词，而是准确地表达了他对哲学的功能的看法。

上面说到，苏格拉底是从自知其无知开始他特有的哲学活动的。其实，在他看来，一切哲学思考都应从这里开始。知道自己一无所知，这是爱智慧的起点。对什么无知？对最重要的事情，即灵魂中的事情。人们平时总在为伺候肉体而活着，自以为拥有的那些知识，说到底也是为肉体的生存服务的。因此，必须向人们大喝一声，让他们知道自己对最重要的事情其实一无所知，内心产生不安，处于困境，从而开始关心自己的灵魂。"认识你自己"——这是铭刻在德尔斐神庙上的一句箴言，苏格拉底用它来解说哲学的使命。"认识你自己"就是认识你的灵魂，因为"你自己"并不是你的肉体，而是你的灵魂，那才是你身上的神圣的东西，是使你成为你自己的东西。

灵魂之所以是神圣的，则因为它是善和一切美德的居住地。因此，认识自己也就是要认识自己的道德本性。唯有把自己的道德本性开掘和实现出来，过正当的生活，才是作为人在生活。美德本身就是幸福，无需另外的报偿。恶人不能真正伤害好人，因为唯一真正的伤害是精神上的伤害，这只能是由人自己做的坏事造成的。在斯多葛派那里，这个德行即幸福的论点发展成了全部哲学的基石。康德用道德法则的存在证明人能够为自己的行为立法，进而证明作为灵魂的人的自由和尊严，这个思路也可在苏格拉底那里找到渊源。

人人都有道德本性，但人们对此似乎懵懂不知。苏格拉底经常向人说：让一个人学习做鞋匠、木匠、铁匠，人们都知道该派他去哪里学，让一个人学习过正当的生活，人们却不知道该把他派往哪里了。这话他一定说过无数遍，以至于在三十僭主掌权时期，政府强令他不许和青年人谈论，理由便是"那些鞋匠、木匠、铁匠什么的早已经被你说烂了"。其实他是在讽刺人们不关心自己的灵魂，因为在他看来，该去哪里学习美德是清清楚楚的，无非仍是去自己的灵魂中。原来，灵魂中不但有道德，而且有理性能力，它能引领我们认识道德。人们之所以过着不道德的生活，是因为没有运用这个能力，听任自己处在无知之中。在此意义上，无知就是恶，而美德就是知识。

至于如何运用理性能力来认识道德，苏格拉底的典型方法是辩证法，亦即亚里士多德视为他的主要贡献的归纳论证和普遍性定义。比如说，他问你什么是美德，你举出正义、节制、勇敢、豪爽等等，他就追问你，你根据什么把这些不同的东西都称作美德，迫使你去思考它们的共性，寻求美德本身的定义。为了界定美德，你也许又必须谈到正义，他就嘲笑你仍在用美德的一种来定义整个美德。所有这类讨论几乎都不了了之，结果只是使被问者承认对原以为知道的东西其实并不知道，但苏格拉底也未能为所讨论的概念下一个满意的定义。从逻辑上说，这很好解释，因为任何一个概念都只能在关系中被界定，并不存在不涉及其他概念的纯粹概念。但是，苏格拉底似乎相信存在着这样的概念，至少存在着纯粹的至高的善，它是一切美德的终极根源和目标。

现在我们可以解释苏格拉底式辩证法的真正用意了。他实际上是想告诉人们，人心固有向善的倾向，应该把它唤醒，循此倾向去追寻它的源头。然而，一旦我们这样做，便会发现人的理性能力的有限，不可能真正到达那个源头。只有神能够认识至高的善，人的理性只能朝那个方向追寻。因此，苏格拉底说：唯有神是智慧的，人只能说是爱智慧的。不过，能够追寻就已经是好事，表明灵魂中有一种向上的力量。爱智慧是潜藏在人的灵魂中的最宝贵特质，哲学的作用就是催生这种特质。这便是苏格拉底以接生婆自居的含义。但哲学家不具备神的智慧，不能提供最后的答案，所以他又说神禁止他生育。

苏格拉底所寻求的普遍性定义究竟是观念还是实存，他所说的神究竟是比喻还是实指，这是一个复杂的问题，我不想在这里讨论。在我看来，其间的界限是模糊的，他也无意分得太清。他真正要解决的不是理论问题，而是实践问题，即怎样正当地生活。宗教家断言神的绝对存在，哲学家则告诉我们，不管神是否存在，我们都要当作它是存在的那样生活，关心自己的灵魂，省察自己的人生，重视生活的意义远过于生活本身。

五

现在让我们回到被判了死刑的苏格拉底身边，他已经在狱中呆了快一个月了。在此期间，他生活得平静而愉快，与平时没有一点不同。在生命的最后时日，他还突发了文艺的兴趣，把伊索寓言改写成韵文，写了一首阿波罗颂诗。许多富裕朋友想出资帮助他逃亡，均被拒绝，他问道：“你们是否知道有什么死亡不会降临的地方？”一个崇拜者诉说：“看到你被这样不公正地处死，我太受不了。”他反问：“怎么，难道你希望看到我被公正地处死吗？”

监禁第二十八天，有人看见那艘催命船已经开过了附近一个城市，他的老朋友克里托得到消息，天不亮就来到监狱，看见他睡得很香。等他醒来，克里托作最后的努力，劝他逃亡。他举出了种种理由，诸如别人会怪自己不尽力，使自己名誉受污，你遗下孤儿，未尽为父的责任，等等，皆被驳斥。苏格拉底强调，虽然判决是不公正的，但逃亡是毁坏法律，不能以错还错，以恶报恶。

第三十天，行刑的通知下达，若干最亲近的朋友到狱中诀别。克珊西帕抱着小儿子，正坐在苏格拉底身边，看见来人，哭喊起来："苏格拉底啊，这是你和朋友们的最后一次谈话了！"苏格拉底马上让克里托找人把她送走。然后，他对朋友们说："我就要到另一个世界去了，谈谈那边的事，现在正是时候，也是现在可做的最合适的事。"整篇谈话围绕着死亡主题，大意是——

哲学就是学习死，学习处于死的状态。真正的哲学家一直在练习死，训练自己在活着时就保持死的状态，所以最不怕死。为什么这么说呢？因为死无非是灵魂与肉体相脱离，而哲学所追求的正是使灵魂超脱肉体。灵魂不受肉体包括它的欲望和感觉的纠缠，在平静中生存，只用理性追求真理，它的这种状态就叫智慧。不过，活着时灵魂完全超脱肉体是不可能的，所以得不到纯粹的智慧，唯有死后才能得到。

转述到这里，我们不能不提出一个疑问：上述见解要成立，前提是灵魂不随肉体一同死亡，苏格拉底相信灵魂不死吗？似乎是相信的，他做了种种论证，包括：生死互相转化，灵魂若死灭就不能再转为生；认识即回忆，证明灵魂在出生之前已存在；灵魂占有了一个东西，这个东西才有生命，可知灵魂与死不相容。接着他大谈灵魂的修炼，轮回和业报，哲学家的灵魂已经修炼得十分纯洁，因此死后将与天神交往。很难相信这是苏格拉底本人的思想，恐怕多半是柏拉图从东方教义中听来而安在老师头上的。法庭申辩时的一句话透露了苏格拉底的真实想法："没有人知道死后的情形，大家却怕死，仿佛确知死是最坏境界。我本人绝不害怕和躲避好坏尚不知的境界过于明知是坏的境界。"我们至少可以相信，他是怀着快乐的心情迎接死亡的。人们常把天鹅的绝唱解释为悲歌，他却说，它们是预见到另一个世界的幸福就要来临，所以唱出了生平最欢乐的歌。他的临终谈话正是一曲天鹅的绝唱。

最后的时刻来临了。克里托问他："我们怎么葬你？"他答："如果你能抓住我，随你怎么葬。"然后对其余人说："他以为我只是一会儿就要变成尸体的人，还问怎么葬我。喝下了毒药，我就不在这里了。"说完便去洗澡，回来后，遵照狱吏的嘱咐喝下毒药。众人一齐哭了起来，他责备道："你们这些人真没道理。我把女人都打发走，就为了不让她们做出这等荒谬的事来。"在咽气前，他说了最后一句话："克里托，别忘了向医药神阿斯克勒庇俄斯献祭一只公鸡。"这颗喜嘲讽的灵魂在脱离他所蔑视的肉体之际，还忍不住要与司肉体治疗的神灵开一个玩笑。

苏格拉底的悲剧就此落下帷幕，柏拉图在剧终致辞：“在我们所认识的人中，他是最善良、最有智慧、最正直的人。”的确，不管人们对他的学说作何评价，都不能不承认他为后世树立了人生追求上和人格上的典范。据说在他死后，雅典人忏悔了，给他立了雕像，并且处死了美勒托，驱逐了安尼图斯。也有人指出，所谓惩处了控告者纯属捏造。不过，这些都已经不重要了。重要的是，让我们记住苏格拉底的遗训，关心自己的灵魂，度一个有价值的人生。

2005 年 4 月

不要挡住我的阳光

一

公元前323年某一天，亚历山大大帝在巴比伦英年早逝，年仅三十三岁。同一天，第欧根尼（约公元前412–前323）在科林斯寿终正寝，享年九十。这两人何其不同：一个是武功赫赫的世界征服者，行宫遍布欧亚，被万众呼为神；另一个是靠乞讨为生的穷哲学家，寄身在一只木桶里，被市民称作狗。相同的是，他们都名声远扬，是当年希腊世界最有名的两个人。

在两千多年后的今天，提起第欧根尼，人们仍会想到亚历山大，则是因为一个脍炙人口的故事。亚历山大巡游某地，遇见正躺着晒太阳的第欧根尼，这位世界之王上前自我介绍：“我是大帝亚历山大。”哲学家依然躺着，也自报家门：“我是狗儿第欧根尼。”大帝肃然起敬，问：“我有什么可以为先生效劳的吗？”哲学家的回答是：“有的，就是——不要挡住我的阳光。”据说亚历山大事后感叹道：“如果我不是亚历山大，我就愿意做第欧根尼。”

这真是一个可爱的故事，大帝的威严和虚心，哲学家的淡泊和骄傲，皆跃然眼前。亚历山大二十岁登基，征服欧亚成为大帝更晚，推算起来，两人相遇时，第欧根尼已是垂暮老人了。这位哲学家年轻时的行状可并不光彩，与淡泊和骄傲才沾不上边呢。他是辛诺普城邦一个银行家的儿子，在替父亲管理银行时铸造伪币，致使父亲入狱而死，自己则被逐出了城邦。这是一个把柄，在他成为哲学家后，人们仍不时提起来羞辱他。他倒也坦然承认，反唇相讥说：“那时候的我正和现在的你们一样，但你们永远做不到和现在的我一样。”前半句强词夺理，后半句却是真话。他还说了一句真话：“正是因为流放，我才成了一个哲学家。”紧接着又是一句强词夺理：“他们判我流放，我判他们留在国内。”

离开辛诺普后，第欧根尼是否还到过别的地方，我们不得而知，反正有一天他来到了雅典。正是在这里，他找到了一个老师，开始了他的哲学之旅。老师名叫安提斯泰尼，是苏格拉底的学生。如果说柏拉图从老师的谈话中学到了概念和推理的艺术，把它发展成了一种复杂的观念哲学，安提斯泰尼则从老师的行为中学到了简朴生活的原则，把它发展成了一种简单的人生哲学。对于后世来说，这两种哲学同样影响深远。安提斯泰尼身教重于言教，自己节衣缩食，免费招收贫穷学生，怕苦的学生一律被他的手杖打跑。第欧根尼来拜师时，他也举起了手杖，没想到这个犟脾气的青年把脑袋迎了上去，喊道：“打吧，打吧，不会有什么木头坚硬到能让我离开你，只要我相信你有以教我。”拜师自然是成功了，老师更没想到的是，他创立的犬儒主义哲学在这个曾被拒收的学生手上才成了正果。

我们不知道第欧根尼在雅典活动了多久，只知道他的生活后来发生了一个转折。在一次航行中，他被海盗俘虏，海盗把他送到克里特的奴隶市场上拍卖。拍卖者问他能做什么，回答是：“治理人。”看见一个穿着精美长袍的科林斯人，他指着说：“把我卖给这个人吧，他需要一个主人。”又朝那人喊道：“过来吧，你必须服从我。”这个名叫塞尼亚得的人当真把他买下，带回了科林斯。第欧根尼当起了家庭教师和管家，把家务管得井井有条，教出的孩子个个德才兼备，因此受到了全家人的尊敬。他安于这个角色，一些朋友想为他赎身，被他骂为蠢货。他的道理是，对于像他这样的人，身份无所谓，即使身为奴隶，心灵仍是自由的。他在这个家庭里安度晚年，死后由塞尼亚得的儿子安葬。

犬儒派哲学家主张人应该自己决定死亡的时间和地点，第欧根尼是第一个实践者。据说他是用斗篷裹紧自己，屏息而死的。他太老了，这家人待他太好了，时间和地点都合适。科林斯人在他的墓前树一根立柱，柱顶是一只大理石的狗头。从前驱逐他的辛诺普人也终于明白，与这位哲学家给母邦带来的荣耀相比，铸造伪币的前科实在是小事一桩，便在家乡为他建造了一座青铜雕像，铭文写得很慷慨也很准确：“时间甚至可以摧毁青铜，但永远不能摧毁你的光荣，因为只有你向凡人指明了最简单的自足生活之道。”

二

在拉尔修的《名哲言行录》中，归在第欧根尼名下的有哲学著作十四种，悲剧七种，但拉尔修同时指出，第欧根尼也可能没有留下任何著作。从他那种露宿乞讨的生活方式看，后一种说法似乎更可信。事实上，犬儒派哲学家的确不在乎著书立说，更重视实践一种生活原则。

如同中国的老子，犬儒派哲学家是最早的文明批判者。他们认为，文明把人类引入了歧途，制造出了一种复杂的因而是错误的生活方式。人类应该抛弃文明，回归自然，遵循自然的启示，过简单的也就是正确的生活。第欧根尼尤其谴责对金钱的贪欲，视为万恶之源。鉴于他曾经铸造伪币，我们可以把这看作一种忏悔。仿佛为了找补，他又强调，他最瞧不起那些声称蔑视金钱却又嫉妒富人的人——不知道他是否指当年驱逐他的人。不过，我们或许同意，嫉妒是一块试金石，最能试出蔑视金钱的真假，嫉妒者的心比谁都更为金钱痛苦。人应该训练自己达于一种境界，对于物质的快乐真正不动心，甚至从鄙视快乐中得到更大的快乐。苏格拉底的另一学生阿里斯提波创立享乐主义，他的理论可概括为：“我役物，而不役于物。”一个人不妨享受物质，同时又做到不被物质支配。安提斯泰尼好像不这么自信，转而提倡禁欲主义，他的理论可概括为：“我不役物，以免役于物。”一个人一旦习惯于享受物质，离被物质支配就不远了。两人好像都有道理，从世间的实例看，安提斯泰尼更有道理一些。无论如何，财富的获取、保存、使用都是伤神的事情，太容易破坏心境的宁静。我们对物质的需求愈少，精神上的自由就愈多。第欧根尼喜欢说：“一无所需是神的特权，所需甚少是类神之人的特权。”

犬儒派哲学家是最早的背包客，从安提斯泰尼开始，他们的装束就有了定式，都是一件斗篷，一根手杖，一个背袋。安提斯泰尼的斗篷还很破烂，以至于苏格拉底忍不住说：“我透过你斗篷上的破洞看穿了你的虚荣。”相当一些犬儒派哲学家是素食主义者，并且滴酒不沾，只喝冷水。第欧根尼曾经有居室和仆人，仆人逃跑了，他不去追赶，说：“如果仆人离开第欧根尼可以活，而第欧根尼离开仆人却不能活，未免太荒谬了。”从此不用仆人。盗贼入室，发现他独自一人，问：“你死了谁把你抬出去埋葬呢？”他回答：“想要房子的人。”后来他连居室也不要了，住在一只洗澡用的木桶里，或者对折斗篷为被褥，席地而睡，四处为家。有一回，看见一个小孩用手捧水喝，他自惭在简朴上还不如孩子，把水杯从背袋里拿出来扔了。他在锻炼吃苦方面颇下功夫，夏天钻进木桶在烫沙上滚动，冬天光脚在雪地上行走，或者长久抱住积雪的雕像，行为很像苦修士，却又是一个无神论者。

对于这个一心退回自然界的哲学家来说，动物似乎成了简单生活的楷模。他当真模仿动物，随地捡取食物，一度还尝试吃生肉，因为不消化而作罢。他的模仿过了头，竟至于在光天化日之下交配，在众目睽睽之下自慰，还无所谓地说：“这和用揉胃来解除饥饿是一回事。”他振振有词地为自己的伤风败俗之行辩护：凡大自然规定的事皆不荒谬，凡不荒谬的事在公共场所做也不荒谬。既然食欲可以公开满足，性欲有何不可？自然的权威大于习俗，他要以本性对抗习俗。他反对的习俗也包括婚姻，在他眼里，性是最自然的，婚姻却完全是多余的。问他何时结婚合适，回答是：“年轻时太早，年老时太晚。”婚姻往往还是“战争之后的结盟”，其中有太多的利益计较。他主张通过自由恋爱和嫖妓来解决性的需要，并且身体力行。有人指责他出入肮脏之处，他答：“太阳也光顾臭水沟，但从未被玷污。”如同柏拉图和斯多葛派的芝诺一样，共妻是他赞成的唯一婚姻形式，在这种形式下，财产和子女也必然共有，就断绝了贪婪的根源。

倘若今天我们遇见第欧根尼，一定会把他当作一个乞丐。他一身乞丐打扮，事实上也经常行乞，一开始是因为贫穷，后来是因为他的哲学。他乞讨的口气也像一个哲学家，基本的台词是："如果你给过别人施舍，那也给我吧；如果还没有，那就从我开始吧。"不过，看来乞讨并非总是成功的，至少比不上残疾人，为此他尖刻地评论道：人们在施舍时之所以厚此薄彼，是"因为他们想到自己有一天可能变成跛子或瞎子，但从未想到会变成哲学家"。

安提斯泰尼经常在一个以犬命名的运动场与人交谈，据说犬儒派得名于此。但是，第欧根尼获得狗的绰号，大约与此无关，或者说是因为他自己的举止。他从地上捡东西吃，当众解决性欲，太像一条狗了，以至于像柏拉图这么文雅的人也称他是狗。他有时也欣然自称是狗，但更多的时候却愤愤不平。一群男童围着他，互相叮嘱："当心，别让他咬着我们。"他尚能克制地说："不用怕，狗是不吃甜菜根的。"在集市上吃东西，围观者喊："狗！"他就忍不住回骂了："你们盯着我的食物，你们才是狗！"在一次宴席上，有些人真把他当作狗，不断把骨头扔给他，他怒而报复，把一盆汤浇在了他们头上。对于狗的绰号之来由，他自己给出的最堂皇解释是：因为他"对施舍者献媚，对拒绝者狂吠，对无赖狠咬"。其实他的献媚常藏着讥讽，而遭他吠和咬的人倒真是不少。

三

犬儒派哲学家不但放浪形骸，而且口无遮拦，对看不惯的人和事极尽挖苦之能事。这成了他们的鲜明特色，以至于在西语中，"犬儒主义者"（cynic）一词成了普通名词，亦用来指愤世嫉俗者、玩世不恭者、好挖苦人的人。

安提斯泰尼即已十分蔑视一般人，听说有许多人在赞扬他，他叫了起来："老天啊，我到底做了什么错事？"第欧根尼更是目中无"人"。他常常大白天点着灯笼，在街上边走边吆喝："我在找人。"有人问他在希腊何处见过好人，他回答：没有，只在个别地方见过好的儿童。在奥林匹克运动会上，民众群情亢奋，他有时也会坐在那里，但似乎只是为了不错过骂人的好机会。传令官宣布冠军的名字，说这个人战胜了所有人，他大声反驳："不，他战胜的只是奴隶，我战胜的才是人。"回家的路上，好奇者打听参加运动会的人是否很多，他回答："很多，但没有一个可以称作人。"剧院散场，观众涌出来，他往里挤，人问为什么，他说："这是我一生都在练习的事情。"他的确一生都在练习逆遵循习俗的大众而行，不把他们看作人，如入无人之境。

第欧根尼有一张损人的利嘴，一肚子捉弄人的坏心思。一个好面子的人表示想跟他学哲学，他让那人手提一条金枪鱼，跟在他屁股后面穿越大街小巷，羞得那人终于弃鱼而逃。一个狗仗人势的管家带他参观主人的豪宅，警告他不得吐痰，他立刻把一口痰吐在那个管家脸上，说："我实在找不到更合适的痰盂了。"看见一个懒人让仆人给自己穿鞋，他说："依我看，什么时候你失去了双手，还让仆人替你擦鼻涕，才算达到了完满的幸福。"看见一个轻薄青年衣着考究，他说："如果为了取悦男人，你是傻瓜，如果为了取悦女人，你是骗子。"看见一个妓女的孩子朝人堆里扔石头，他说："小心，别打着了你父亲。"这个促狭鬼太爱惹人，有一个青年必定是被他惹怒了，砸坏了他的大桶。不过，更多的雅典人好像还护着他，替他做了一个新桶，把那个青年鞭打了一顿。这也许是因为，在多数场合，他的刻薄是指向大家都讨厌的虚荣自负之辈的。他并不乱咬人，他咬得准确而光明正大。有人问他最厌恶被什么动物咬，他的回答是：谗言者和谄媚者。

第欧根尼的刀子嘴不但伸向普通人，连柏拉图也不能幸免。柏拉图是他的老师的同学，比他大二十多岁，可他挖苦起这位师辈来毫不留情，倒是柏拉图往往让他几分。他到柏拉图家做客，踩着地毯说："我踩在了柏拉图的虚荣心上。"有人指出他乞讨，柏拉图不乞讨，他借用《奥德修》中的句子说：柏拉图讨东西时"深深地埋下头，以致无人能够听见"。他经常用一种看上去粗俗的方式与柏拉图辩论。柏拉图把人定义为双足无毛动物，他就把一只鸡的羽毛拔光，拎到讲座上说："这就是柏拉图所说的人。"针对柏拉图的理念论，他说："我看得见桌子和杯子，可是柏拉图呀，我一点儿也看不见你说的桌子的理念和杯子的理念。"为了反驳爱利亚学派否定运动的观点，他站起来夸张地到处走动。也许他是故意不按规则出牌，以此解构正在兴起的形而上学游戏。柏拉图对这个刺头一定颇感无奈，有人请他对第欧根尼其人下一断语，他回答："一个发疯的苏格拉底。"

几乎所有希腊哲学家都看不上大众宗教，犬儒派哲学家也如此。一个奥菲斯教派祭司告诉安提斯泰尼，教徒死后可获许多好处，他反问："你为什么不赶快死呢？"与此相似，有人也以死后可享特权为由劝第欧根尼入教，他回答道：如果俗人只因入教就享幸福，智者只因不入教就倒霉，死后的世界未免太荒唐了。一次海难的幸存者向神庙献了许多祭品，第欧根尼对此评论道："如果是遇难者来献祭的话，祭品就更多了。"看见一个女子跪在神像前祈祷，他对她说："善良的女人，神是无处不在的，难道你不怕有一个神就站在你背后，看见你的不雅姿势吗？"看见一些夫妻在向神献祭求子，他问道："可是你们不想求神保佑他成为怎样的人吗？"他常说："看到医生、哲学家、领航员，我就觉得人是最聪明的动物，看到释梦师、占卜家和他们的信徒，以及那些夸耀财富的人，我就觉得人是最愚蠢的动物。"在他看来，在宗教之中，除了美德的实践，其余都是迷信。人们往往不知道自己应该要什么，向神所求的都不是真正的好东西。说到底，德性本身就足以保证幸福，我们为善只应该为了善本身的价值，不应该为了邀神的奖赏或怕神的审判。

四

让我们回到第欧根尼与亚历山大相遇的时刻，他对大帝说出了那句著名的话："不要挡住我的阳光。"现在我们可以对这句话做一点也许不算牵强的诠释了。人在世上真正需要的是什么？无非是阳光——阳光是一个象征，代表自然给予人的基本赠礼，自然规定的人的基本需要，合乎自然的简朴生活。谁挡住了阳光？亚历山大——亚历山大也是一个象征，代表权力、名声、财富等一切世人所看重而其实并非必需的东西。不要挡住我的阳光——不要让功利挡住生命，不要让习俗挡住本性，不要让非必需挡住必需，这就是犬儒派留给我们的主要的哲学遗训。

除了简朴生活原理外，第欧根尼还有两个伟大发明。一是"世界公民"。有人问他来自何处，他答："我是世界公民。""世界公民"（Cosmopolite）应该读作"宇宙公民"，"世界"并不限于人类居住的范围。在他之前，阿那克萨戈拉已把宇宙称作自己的祖国，第欧根尼也说"唯一的、真正的国家是宇宙"，因此"万物都是智慧之人的财产"。另一发明是"言论自由"。有人问世界上最好的东西是什么，他的回答便是"言论自由"。在这两个发明之间也许还有某种联系，世界公民当然不会囿于群体利益，而群体利益常是禁止言论自由的主要理由。所以，"不要挡住我的阳光"还可增加一个含义：不要让政治挡住哲学，不要让群体利益挡住思想自由。

对于那些想受教育却不想学哲学的人，安提斯泰尼有一妙比，说他们就好像一个人看上了女主人，为了图省事却只向女仆求爱。第欧根尼则直截了当地向他们责问道："既然你不在意活得好不好，为什么还要活着呢？"哲学何以能使人活得好呢？依据第欧根尼之例，也许可以这样来理解——哲学能够使我们安心地躺在土地上晒太阳，享受身体和心灵的自由，而对一切妨碍我们这样做的东西说："不要挡住我的阳光！"

2005年3月

第五辑

有灵魂的写作者

古驿道上的失散

杨绛先生出新书，书名叫《我们仨》。书出之前，已听说她在写回忆录并起好了这个书名，当时心中一震。这个书名实在太好，自听说后，我仿佛不停地听见杨先生说这三个字的声音，像在拉家常，但满含自豪的意味。这个书名立刻使我感到，这位老人在给自己漫长的一生做总结时，人世的种种沉浮荣辱都已淡去，她一生一世最重要的成就只是这个三口之家。可是，这个令她如此自豪的家，如今只有她一人存留世上了。在短短两年间，女儿钱瑗和丈夫钱锺书先后病逝。我们都知道这个令人唏嘘的事实，却不敢想象那时已年近九旬的杨先生是如何度过可怕的劫难的，现在她又将如何回首凄怆的往事。

回忆录分作三部。其中，第二部是全书的浓墨，正是写那一段不堪回首的日子的。第一部仅几百字，记一个真实的梦，引出第二部的“万里长梦”。第三部篇幅最大，回忆与钱先生结缡以来及有了女儿后的充满情趣的岁月。前者只写梦，后者只写实，唯有第二部的“万里长梦”，是梦非梦，亦实亦虚，似真似幻。作者采用这样的写法，也许是要给可怕的经历裹上一层梦的外衣，也许是真正感到可怕的经历像梦一样不真实，也许是要借梦说出比可怕的经历更重要的真理。

长梦始于钱先生被一辆来路不明的汽车接走，“我”和阿瑗去寻找，自此一家人走上了一条古驿道，在古驿道上相聚，直至最后失散。这显然是喻指从钱先生住院到去世——其间包括钱瑗的住院和去世——的四年半历程。古驿道上的氛围扑朔迷离乃至荒诞，很像是梦境。然而，“我”在这条道上奔波的疲惫和焦虑是千真万确的，那正是作者数年中奔波于家和两所医院之间境况的写照。一家三口在这条道上的失散也是千真万确的，“梦”醒之后，三里河寓所里分明只剩她孑然一身了。为什么是古驿道呢？因为这是一条自古以来人人要走上的驿道，在这条道上，人们为亲人送行，后亡人把先亡人送上不归路。这条道上从来是一路号哭和泪雨，但在作者笔下没有这些。她也不去描绘催人泪下的细节或裂人肝胆的场面，她的用笔一如既往地节制，却传达了欲哭无泪的大悲恸。

杨先生的确以“我们仨”自豪：“我们仨是不寻常的遇合”，“我们仨都没有虚度此生，因为是我们仨。”这样的话绝不是寻常家庭关系的人能够说出。这样的话也绝不是寻常生命态度的人能够说出。给她的人生打了满分的不是钱先生和她自己的卓著文名，而是“我们仨”的遇合，可见分量之重，从而使最后的失散更显得不可思议。第二部的标题是“我们仨失散了”，第三部的首尾也一再出现此语，这是从心底发出的叹息，多么单纯，又多么凄惶。读整本书时，我听到的始终是这一声仿佛轻声自语的叹息："我们仨失散了，失散了，就这么轻易地失散了……"

失散在古驿道上，这是人世间最寻常的遭遇，但也是最哀痛的经验。《浮生六记》中的沈复和陈芸，一样的书香人家，恩爱夫妻，到头来也是昨欢今悲，生死隔绝。中道相离也罢，白头到老也罢，结果都是一样的。夫妇之间，亲子之间，情太深了，怕的不是死，而是永不再聚的失散，以至于真希望有来世或者天国。佛教说诸法因缘生，教导我们看破无常，不要执著。可是，千世万世只能成就一次的佳缘，不管是遇合的，还是修来的，叫人怎么看得破。更可是，看不破也得看破，这是唯一的解脱之道。我觉得钱先生一定看破了，女儿病危，他并不知情，却忽然在病床上说了这样神秘的话："叫阿圆回去，叫她回到她自己家里去。"杨先生看破了没有？大约正在看破。《我们仨》结尾的一句话是："我清醒地看到以前当作我们家的寓所，只是旅途上的客栈而已。家在哪里，我不知道。我还在寻觅归途。"很可能所有仍正常活着的人都不知道家究竟在哪里，但是，其中有一些人已经看明白，它肯定不在我们暂栖的这个世界上。

2003 年 7 月

生存的现实和寓言

在读了加拿大作家马特尔的小说《少年PI的奇幻漂流》之后，几乎每一个评论者都会谈到它的奇特。一个印度动物园主带着他的家人和动物，搭乘一艘日本货船移居加拿大，不幸海上遇险，货船沉没。最后只剩下两个幸存者，一个是园主的十六岁儿子帕特尔即少年PI，另一个是一只名叫帕克的孟加拉虎，人虎共处于一只小小的救生艇，在无边的大海上漂流了二百二十七天。故事的主体部分便围绕着海上生存和驯虎展开。

这的确是一个奇特的故事。由于这种遭遇是我们感到难以想象的，我们的想象力更被刺激起来了。我们会不由自主地想到，如果类似的遭遇落到自己头上，我们又将如何。事实上，任何人都可能遇上某种灾难，而任何灾难在遇上之前都让人感到难以想象，一旦遇上就又必须接受。本书的主人公不是鲁滨孙式的开拓者，也不是《老人与海》中的硬汉子，而只是海难中一个普通的幸存者，因而我们会更容易设身处地进入他的处境和心境。

在遭遇巨大灾难时，一般人的最初反应是不相信，幻想奇迹出现，自己一定能获救。帕特尔也是如此，不过他很快绝望了，而生存的努力正是从绝望开始的。对于失事的人来说，最致命的错误是抱的希望太大，做的事却太少。帕特尔明白了这一点，他让自己不停地忙碌，甚至不再计算天数，忘记了时间概念本身。不要去想未来，就把漂流当作唯一可能的生活吧，这样反而有勇气活下去了。身陷任何一种绝境，只要还活着，就必须把绝境也当作一种生活，接受它的一切痛苦，也不拒绝它仍然可能有的任何微小的快乐。作者打了一个确切的比方：失事后的生活就像象棋残局，没有几个棋子，输赢不能再多了，可是你仍能从每一步赢棋中获取快乐。你到了地狱底层，仍面带微笑，为什么？因为在你脚下有一条可供充饥的小小的死鱼。总之，“无论生活以怎样的方式向你走来，你都必须接受它，尽可能地享受它。”

海上漂流的生活时常是乏味和恐惧的交替。大海是一个不变的圆圈，时间永无尽头，其单调使人陷入类似昏迷的漠然状态。大海又反复无常，随时变得狂暴，使人恐惧得要发疯。这两种情绪还彼此渗透，乏味下潜伏着恐惧，恐惧时仍感觉乏味。叔本华曾用海上漂流来譬喻人的生存。在本质上，我们每个人都孤独地漂流在人生的大海上，对生的乏味和死的恐惧也都多少有所领略。关于恐惧，帕特尔有一个很好的体会：恐惧是生命真正的对手，必须努力把它表达出来，用语言的光辉照亮它。如果逃避它，让它躲在无语的黑暗中，它就更容易把你打败。我相信我们也应该这样对付死的恐惧。

身处绝境之中，最忌讳的是把绝境与正常生活进行对比，认为它不是生活，这样会一天也忍受不下去。如果要作对比，干脆放大尺度，把自己的苦难放到宇宙的天平上去称一称。漂流在海上，帕特尔很自然地感受到了这种对比。夜晚，天空明净，月轮清晰，星星闪烁，海静静地躺着，他觉得自己仿佛看见了整个宇宙。于是——“我第一次注意到，我的痛苦是在一个宏伟庄严的环境中发生的。我从痛苦本身去看待它，认为它是有限的、不重要的，而我是静止不动的。”生命不过是通向广袤无垠的一个小小的窥孔，既然已经看到了广袤无垠，就别再在乎有没有这个窥孔了。看见宇宙便是融入宇宙，心境发生了根本的改变。面对宇宙，一个生命连同它的痛苦实在微不足道，可以忽略不计。

海上生存已是难事，况且还要对付那头老虎。然而，既出乎我们意料又令我们信服的是，恰恰是这头老虎，成了促使帕特尔活下来的救星。失事之初，帕克的确是他面临的头等难题。一开始船上剩有四只动物，鬣狗吃了斑马和猩猩，老虎又吃了鬣狗，下一个该轮到帕特尔了。因此，他一心盘算如何杀死老虎。但是，帕克在饱食之后的表现使他改变了主意。它专注地看着他，那是一只感到满足的动物的眼神。接着，它哼了一声，又哼了一声，像是在打招呼。作为动物园主的儿子，耳濡目染的经验使他理解了这种友好的表示，做出了驯服它的决定。驯虎的关键是保证其饮食的供应，这使他有大量的事情要做，整天忙于钓鱼、捕杀海龟、使用海水淡化器等，无暇去想死去的亲人和自己的困境，因此保持了心理的健康。如果没有帕克，他将独自面对绝望，那是比老虎更可怕的敌人。他和帕克似乎成了相依为命的伙伴。

可是，请不要以为我们看到了一个人兽相爱的浪漫童话，结束的场景无情地粉碎了这个错觉。船终于漂到了大陆，帕克跃向岸上，它的身体在帕特尔头顶上方的空中伸展开来，仿佛一道飞逝的毛绒绒的彩虹。它径直走向丛林，没有看帕特尔一眼。“在丛林边上，它停下来了。我肯定它会转身对着我。它会看我。它会耷拉下耳朵。它会咆哮。它会以诸如此类的方式为我们之间的关系做一个总结。它没有这么做。它只是目不转睛地看着丛林。然后，理查德·帕克，我忍受折磨时的伴侣，激起我求生意志的可怕猛兽，向前走去，永远从我的生活中消失了。”这一段描写十分精彩，我们又一次感到意外，同时立刻感到无比真实。其实，在作者笔下，帕克始终是一头猛兽，最后仍是如此，产生错觉的是我们，当然，还有帕特尔。他哭了，无法理解在经历了漫长而艰险的共患难之后，帕克怎么能如此无所谓地离他而去，甚至不回头看他一眼。

故事到此已经结束，但更大的意外还在后面。日本来人调查货船失事经过，帕特尔给出了另一个版本：沉船之后，幸存者其实是四个人，除他之外，还有他母亲、一个厨师、一个水手，并没有动物。饥饿驱使厨师杀食了水手和他母亲，既然只有他活下来了，显然他又杀食了厨师。那么，看来动物的故事是他编造出来以掩盖可怕的真相的，其实鬣狗是厨师，斑马是水手，猩猩是他母亲，而老虎就是他自己。

哪一个版本是真的？作者没有这么问，而是让帕特尔问调查员："哪一个故事更好？"调查员答："有动物的故事更好。"帕特尔说："谢谢。和上帝的意见一致。"我们不禁想起了小说的开头，在那里，作者告诉我们，他是从一个印度老人那里听到这个有动物的故事的，当时老人对他说："我有一个故事，它能让你相信上帝。"听完了故事，我们相信上帝了吗？也许，但仅在一个意义上，即上帝是一个必要的寓言。在全书的一头一尾，作者都谈到了动物和宗教。失事之前，在印度，帕特尔一面被父亲引领着认识动物园里猛兽的残忍习性，一面相当搞笑地同时成了三种不同宗教的狂热信徒。失事之后，到了加拿大，帕特尔成了一个大学生，专业是动物学和宗教学。我的理解是，动物学是人的生存的现实，宗教学是人的生存的寓言。在极端残酷的生存斗争中，人成了赤裸裸的动物。可是，上帝不喜欢这样，他把兽性的故事给了动物，而把人性的故事给了我们。我们需要上帝这个寓言，当然不只是为了掩饰我们的兽性，更是为了对我们的人性怀有信心。

2005 年 6 月

经典作家的处女作

——简评小说《追风筝的人》

列那尔把那些还没有以文学为职业的人称作“经典作家”，《追风筝的人》的作者胡赛尼就是这样一个经典作家。他是阿富尔难民，逃到美国后学医并以医生为业，这是他的第一部作品。我发现，近些年来，西方许多优秀小说都属于这种情况，是某一位业余作家的处女作。这不是偶然的，因为第一，这样一位作家尚未被职业的文学写作败坏，列那尔正是在这个意义上称之为经典作家的；第二，在创作处女作时，这个作家往往调动了自己迄今为止生活中最重要也最真实的储备，因而言之有物。

本书也是这样。它是一本好看的小说，故事情节曲折，常常出人意料但又合乎情理，叙述紧凑而流畅，不玩文学的技巧和噱头，能够吸引读者一口气读下来。同时，我们可以感觉到，作者在这部处女作中充分调动了他的生活储备，虚构的情节处处有真实的经历作为支撑。这种真实的经历，一方面是阿富尔二十多年间从苏军入侵到塔利班屠杀的政治动乱，另一方面是在此背景下作者个人的巨大生活变迁和复杂心路历程，二者交织在一起，组成了一幅当今世界中一个边缘民族令人心碎的命运图画。阿富尔的动乱尚未结束，塔利班正在东山再起，本书的描绘无疑有助于我们对世界那个角落里发生的事情获得感性的了解。

当然，作为小说，本书的更重要价值是对人性的描写和揭示。故事围绕着从小一起长大的少爷阿米尔和仆人的儿子哈桑展开。小说的前半部是哈桑的善与阿米尔的恶的对比，所谓恶是人性中可理解的弱点，包括软弱和嫉妒，但阿米尔为此感到深深的良心责备。后半部则是阿米尔的惊心动魄的赎罪过程，在这个过程中，他发现已被塔利班杀害的哈桑其实是他的同父异母兄弟。所以，在深层次上，可以把这本书看作一部道德小说，但它丝毫没有说教的气息，而是表达了对人性的真切的体察。

顺便说一说，有些评论刻意琢磨“风筝”象征什么，我认为毫无必要。书名“追风筝的人”明里指的就是追风筝的能手哈桑，暗里寄托了作者的怀念，怀念被动乱毁灭掉的阿富尔的传统风俗和善良生灵。

2006 年 7 月

人情练达皆文章

——林采宜《肆无忌惮》序

读林采宜的文字，经常会眼前一亮，心中一惊。她是一个女性，但你看这些文字像是一个女性写的吗？——

"被年轻的女性'偷'，同时被年老的女性'管'，成功的男士总是挣扎在诱惑和约束之间。""女子在婚姻上最大的错位就是：上半辈子当'小偷'，下半辈子当'看守'。"

她开导"抢"到了一个优秀男人当丈夫的女子：谁叫你拥有"稀有资源"的，富有的人总要多几分风险，这是经济学。

她说出的话会让许多女性侧目：女子的"爱"一旦变成了一张让男人付出全部自由的账单，这样的美德几乎等同于恶行。

她把"出轨"定位为一种"情感旅游"，分析道：面对男人的外遇，为妻的经典问题是"她哪点比我好"，其实诱惑男人出轨的不是"好"，而是"不同"。接着劝慰道："从渴望出游到渴望回家是人性的本能，游而不归通常是小概率事件。"

本书的书名是《肆无忌惮》。书中有些话的确说得比较肆无忌惮，然而根源却是一种相当彻底的通情达理。在一双善于体察人性的眼睛面前，一切人为设定的道德边界都不复存在了。作者的立足点正是真实的人性，而不是某种性别角色。她对人性的理解已足以使她超越自己性别的眼光，其实也就是被习俗训导出来的眼光，自由地换位思考。如果女人认为她是在长男性的志气，灭女性的威风，肯定是一种误解。提醒一句也许并非多余：如果男人这样认为，则是更严重的误解。

作者善解人类风情，既能入乎其中，洞察幽微，又能超乎其上，静观万象。你看她分析调情的微妙，譬作"一份打印精美却无任何承诺的合作意向书"，又告诫"情感的鸡尾酒，对调酒师的技巧及心理素质要求甚高，一不留神，就会变质、变味，成了偷情或者爱情"，真是异常精当。这时候，她是一个心理学家。你再看她从雨花石说到男人对女人的态度，有人是欣赏家，有人是收藏家，而多少年后，回忆前尘往事，我们会笑着说："石头只是石头……"这时候，她又成了一个哲学家。倘若不是看明白了人类情感悲喜剧的真相，说不出这样的话。她有精致的味觉，品出了人生许多滋味，又有冷静的头脑，能对各种滋味做出缜密的解析。她说感情的死亡："世界上最不可挽回的不是爱恨情仇，而是不知不觉的疏远，疏远是无疾而终的消逝。”说曾经的缘分：“无论怎样的追忆都找不回当年，缘分只是彼时彼地的感应，不是此时此地的找寻。”说乡愁：“故乡不是一座城，不是一间房，甚至不是一些人，它是随着你的足迹到处漂泊的梦境……飘飞的记忆越来越远，故乡，是我永远也无法回归的家园。”这些体验都带一点儿悲凉的味道，但丝毫也不让人感到悲苦，反而富有诗意。这是一个已经了悟人生的限度并且与之和解的人的心态。

从本书中还可以看出，作者是一个性情中人。在这个功利社会中，她鄙夷那些励志类书籍传授的所谓“人际艺术”、“处世技巧”，相信真正经得起推敲的成功必来自正直、贵重的人品。她把人生基本状态分为忙和闲，解“忙”字为“心之亡”，“闲”字为“门内草木生”，并断定应酬是最忙的一种。她阐释“知止不殆”：一是在名利之前知道止步，二是情和德都知道适可而止，做到“情之有度怡人悦己，德之有度人情练达”。写到这里，我忽然想到，作者自己是极善于把握“度”的人，在理性和情感之间进退自如，颇有“人情练达皆文章”之气象。可是，论及“德”，她出言似乎又有些肆无忌惮了，批评荆轲、屈原乃至谭嗣同辈“忠烈过之成愚夫”，断言自古成大事者无一吊死在“忠义”那棵歪脖子树上。其实，这里的肆无忌惮，根源仍是通情达理。她所激烈反对的往往是违背人之常情和事物之常理的偏执，只因为人们对于那种偏执已经习以为常，所以反而可能觉得是她偏激了。

从上面挂一漏万的引述已经可以看出，本书中的文章不但言之有物，而且文字功夫也相当好，许多句子可圈可点。我不得不引述，因为我无法用自己的话说得更好。使我略感惊讶的是，这些好散文出自一位高级经济专家之手，是她在工作之余的自娱之作。我们在全书中完全看不到她的专业可能带来的枯燥，少数文章引入了经济学知识，也是对真实人生体验的别样表述，令人感到新颖有趣。我相信，人是一个整体，一个人能够在职业与性情之间如此游刃有余，就必能使二者相得益彰。我可以想象，作者的真性情是她在职业上获得成功的一个重要因素，而职业上的成功又使她可以轻松地从事业余写作，只为自己的喜欢而写，这反而使她具备了写出好散文的基本条件。

2005 年 7 月

震惊之后是认真

一个在英国生活的中国女子，有一天突发奇想，从西安出发，穿过吉尔吉斯斯坦和巴基斯坦，足迹遍及整个印度，再返回西安，历时将近一年，把一千三百多年前玄奘西行取经之路走了一遍。

两个多月前，我在甘肃安西境内的戈壁滩上见到了这位女子。当时我参加央视“玄奘之路”活动，在大漠戈壁行走四天，刚从英国回来的书云也赶来参加了我们的活动。分别时，她送给每人一本记述她的那次旅行经历的书，就是《万里无云》。

书云动念作这个不寻常的旅行，原因有二。其一，与她最亲的姥姥生前是虔诚的佛教徒，这在当年被视为迷信和落后，现在她试图理解姥姥的信仰。其二，在牛津大学读研究生时，来自印度和日本的同学都熟悉玄奘的事迹，说玄奘是他们最崇敬的中国人，这使她为自己对玄奘的无知而震惊。于是，她决心了解玄奘，并通过玄奘了解佛教。

让我感动的是书云的认真，她下了很大功夫研究相关史料，但不满足于此，一定要亲自沿着玄奘的足迹进行实地考察。我还欣赏她的诚实的写作态度，对于玄奘和佛教，理解到什么程度，清清楚楚写出来，有不理解的地方，也老老实实承认。这是她写的第一本书，先出英文版，编辑向她约稿时，她直摇头，说自己不是作家，写不了文学作品。她没有端文学的架子，反倒写出了一本真实感人的书。也许得益于她长期给英国电视台做专题纪录片，她的文字有很强的画面感，对于所到之地的描绘，在当年玄奘的记载和现在她自己的见闻之间，镜头的切换十分自然，总之读起来很舒服。

据我猜测，书云的认真很可能也是受了玄奘的感染。在中国历史上，像玄奘这样认真的人是少见的，在他身上有着一般中国学者最缺少的执著求真的精神。除了取经、译经的伟大成就之外，他所著的《大唐西域记》为印度和中亚、南亚诸国保存了公元7世纪前的历史，使他成为当地至今仍家喻户晓的人物。在旅途中，玄奘受尊敬的程度常常让书云感到意外。她到达吉尔吉斯斯坦的小镇卡拉库尔，在这样偏僻的地方，她认为不会有人知道玄奘，正在为如何介绍自己的旅行目的而犯难，旅馆女老板拿出了一张当地的大地图，指着右下方玄奘的拓像对她说：“玄奘是我们的英雄，他为我们国家保留了详细准确的记录。”书云在发现自己对玄奘的无知之后感到震惊，但愿她的书能把这种震惊传递给我们，使我们认识到，忘记玄奘，不懂得尊敬我们民族的精神伟人，这是可耻的。

书云一路西行，把看到的景象与玄奘的记述相对照，情形并不令人鼓舞。巴基斯坦境内的白沙瓦，玄奘所倾心的唯识宗的发祥地，现在受塔利班影响，军火兴旺，人人自危。印度的比哈尔，佛陀在此度过一生大部分岁月，玄奘也在此度过旅印大部分光阴，现在因为种姓矛盾陷于混乱，数万人丧生。玄奘西行的目的地那烂陀寺，印度古代最高学府，现在已成一片废墟。触景生情，令人不能不更加怀念玄奘。在玄奘的时代，佛教在印度一带已开始衰微，而现在则完全消亡了。目睹动乱的现状，一个不信佛的人也不禁会想，世界多么需要佛教的和平宽容精神。书云也许仍然弄不懂深奥的佛理，但是，我相信，她一定在这个意义上懂得了她的姥姥以及一切善良人心中的信仰。

2006 年 1 月

有灵魂的写作者

——桑麻《灵魂的守望》序

去年春季的一天，我随我的朋友席殊到邯郸，参加那里一家席殊书屋连锁店的开业活动。刚进店门，在纷杂的人群中，有一个读者在等候我。看见了我，他只是用明澈信任的目光望着我，言语不多。经介绍，我知道他是邯郸县的一名机关干部，喜爱读书，自己也常动笔写点文章。中国有千百万文学爱好者，这情形十分普通，丝毫不足奇怪。

现在，王治中（桑麻）给我寄来了他的部分散文作品，读了以后，我觉得他的身影从千百万文学爱好者的队伍中分离了出来，我在他身上辨认出了精神的个性。我不会因为一个人从事写作而对他产生亲近感，不管他是专业作家还是业余作者。无论以写作为职业，还是以写作为业余爱好，我们都是普通人。人与人的真正区别在于，有的人有灵魂，有的人没有。正是灵魂使得一个普通人成为一个独特的自己，而不仅仅是芸芸众生中的一员。我相信，王治中就是一个有灵魂的业余写作者。

一个农民的儿子，终于走出农村，进入县城，当上了一个部门的负责人。在实际生活中，这样一个人很容易被基层官场的现状所同化和支配，热中于既得利益。可是，在读这些文章时，我鲜明地感到，作者恰恰相反，他始终拥有一种精神上的追求和关注，因而能够对自己所处的现实环境保持清醒的距离。我在这里仅举二例。

在《失去土地》一文中，作者表达了一种深刻的忧思，使我受到震动。我自己也常常对土地消失的现象表示不安，但毕竟是一个城里人的观感，相比之下就显得是隔靴搔痒了。他亲眼看到城市这头怪物对于他从小生长的田园、村庄、土地的一点点蚕食，真正有切肤之痛。在他眼中，“鳞次栉比的高楼像错落的牙齿，在无声地咀嚼着。这咀嚼是冷酷的，有预谋却没有节制。”最不幸的是那些失去土地的农民，他们没有了土地，却又不被城市接受，“像鱼一样被潮汐推向沙滩”，成了没有社会身份和生活位置的人。最可恨的是那些“土地的始乱终弃者”，他们靠掠夺性开采发财进城，留在他们身后的被糟蹋了的土地从此丧失繁育的能力。在我听来，这不啻是受难的土地直接发出的痛苦呼喊。一个人的心灵唯有与土地以及土地上的人民血肉相连，才可能有如此深切的感受。

有一辑专写动物的文章，所写的动物有狗、猫、母鸡、野鸭、鱼、鸟、蟋蟀等，作者对这些动物怀有一种纯正的友情乃至亲情。据我观察，有灵魂的人对动物的生命往往有着同情的了解。灵魂是什么？很可能是原始而又永恒的生命在某一个人身上获得了自我意识和精神表达。因此，一个有灵魂的人决不会只爱自己的生命，他必定能体悟众生一体、万有同源的真理。在《难逃劫数》一文中，作者正是怀着这种对一切生命的体贴之情，站在野兔的立场上，细致地、感同身受地叙述了它们遭到猎杀的苦难，对不义的人类提出了抗议。他完全有理由断定："假如兔子有思想，它宁肯被狼吃掉，也不愿死在枪口之下。因为上帝规定了它是狼的食物，人有什么理由伤害它！"

还有一些很好的文章，我在这里不一一列举了。事实上，作者所涉及的题材相当广泛，他是一个有心人，随时随地都在思考，都有心得。在他的一篇文章中，我读到这样的话："人的终极差别不会是别的，只能是思想。只有思想可以使现实生活中的卑微者变得高不可攀。"这句话印证了我的印象：他是一个有灵魂的业余写作者。据我所知，有许多人之所以从事业余写作，是为了谋求出路，例如成为专业作家。这当然无可非议，因为任何人都有权通过努力来实现自己的正当目的。不过，如果只有这样一个动机，成功的希望反而很小。一个人不是出于灵魂的需要而写作，就很难写出真正的好作品。相反，如果是出于灵魂的需要而写作，那么，当不当专业作家真是无所谓的，一个有灵魂的业余写作者远比那些没有灵魂的专业作家更加属于文学。文学接纳一切有灵魂的写作者，不问写作是否他的职业，拒绝一切没有灵魂的伪写作者，也不问写作是否他的职业。

2002 年 10 月

补记

在我的推荐下，王治中的第一本散文集即将出版，这是一件令我十分高兴的事情。在散文出版方面，今日的普遍情形是争抢和重复出版名家作品，一般作者尤其业余作者的作品殊难问世。我是很少替人荐稿的，实在是觉得治中的文章好，才破例为之。北岳文艺出版社之所以乐于接受，决不只是看在我的面上，起决定作用的是稿子的质量。当然，面对市场的压力，不但不要作者出钱，而且还按正常规则付版税，出版一个业余作者的集子，这个举动本身就不同寻常，表明了出版者的眼光和气度。将近两年前，我写了一篇读后感，现在用来做这本书的序言。治中一直坚持写作，后来又有了一些新的作品，其中围绕父亲的死所写的人生感受和思考甚有深度。我相信，这本书出版后，一定会为作者找到许多像我一样的知音。

2004 年 8 月

有行动力的思考者

两年前，五月的一天，我到云南中甸参加该县改名香格里拉的庆典。那天早餐时，我在自助餐桌旁选取食品，发现一张戴眼镜的黝黑的娃娃脸正迎着我笑，我出于礼貌也笑了笑，然后低头继续选取食品。可是，我忽然感觉有些异样，那张笑脸分明仍迎着我，笑得憨厚、灿烂、执著，镜片后一双闪闪发光的眼睛。我心中纳闷，这么热情的一个人，不记得在哪里见过。刚在餐桌边坐下，他走来向我做了自我介绍，说他是这里主管城建和旅游工作的副县长，读过我好几本书。我略感意外，没想到在这个虽然美丽但毕竟偏远的地方有我的知音，而且是一位政府官员。

第二天，一队人马游高原湖泊蜀都湖，返回时，他拉我坐进他的车，一路闲聊。他带来了一篇已发表的文章，征求我的意见。我又略感意外，没想到这位县太爷还有文墨雅兴。文章写得相当好，有真情实感，无陈词滥调，我遂鼓励他常写、多写。当天下午，我与他匆匆道别，乘车去梅里雪山脚下的德庆。

现在，陈俊明的散文集《守望香格里拉》摆在了我的面前。自从分别后，他官迁迪庆州府，但仍笔耕不辍，两年里有了颇丰厚的积累。对于身在官场而坚持写作的人，我一向怀有极大的好感和敬意。据我观察，这样的人往往是有真性情的，而且是极顽固的真性情，权力和事务都不能把它摧毁，它反能赋予所掌握的权力一种理想，所操办的事务一种格调。一个爱读书和写作的官员是不容易腐败，也不容易昏庸的。写作是回归心灵的时刻，当一个人写作时，他不再是官员，身份和职务都成了身外之物，他获得了一种自由眼光。立足于人生的全景，他知道了怎样做人，因而也知道了怎样做官。陈俊明就是这样，你看他写云南景物的那些文章，哪里像一个把旅游当作例行公务来抓的官员，完全是一个钟情于风物民俗的倜傥才子。正因为如此，当他作为一个曾经主管城建的官员审视刚开始动土改造的中甸古城时，会觉得旧寨子里那几百间老房子如同“几百个百岁老人的无言聚集”，强烈感受到其中有一种穿透时空的震撼人心的力量，因而担忧这种阵势可能“被不计后果的当代人给毁了”。当他作为主管旅游的官员视察藏区时，并不因一些地区旅游业的发达而沾沾自喜，却为那里儿童普遍失学经商而忧心忡忡，因为他知道“读书才是漫长但有效地改变自己的切实办法”。不用我提示，人们自能看出这种见识和眼光的可贵。

这个集子中的文章题材各异，包括记人、写景、叙事、随想等，但有一个共同的特色，这个特色就是作者作为一个人的本色。他对自己文字的评价是朴实而有灵性，我认为是符合事实的。他只是平实地道来，兴之所至，这里那里便有心灵的闪光。文章没有一点儿官腔，不过，我们却可读出作者在官场历练的特殊感悟。有一篇文章是他写给弟弟的一些忠告，其中谈到：做事的前提是做人，做人的原则一是尊敬他人，和睦相处，二是尊敬自己，心平气和；以诚待人，以信立身，但不要轻易地完全相信他人；不完美的行动强于完美的想象，生活允许我们犯错误，但不允许我们只局限于想象。我读后大受启发，觉得也是给我的忠告，虽然我比作者、更比他的弟弟年长得多。在复杂的环境中求生存和发展，一个人或者会走向世故，或者会走向智慧。二者的区别在于，世故是牺牲高贵的灵魂来适应环境，智慧是适应环境来保护高贵的灵魂。作者提倡做“有行动力的思考者”，我感到他自己就是这样的一个人。

2004 年 1 月

今天还有谁爱缪斯？

在人类精神探索和创造的历程中，曾经产生了许多文学艺术的瑰宝。它们珍藏在两个地方，一是散布于世界各地的图书馆和博物馆，这是有形的藏宝所，另一个藏宝所是无形的，就是一代又一代热爱缪斯的人的心灵。倘若一个人心中有这样一个无形的藏宝所，那么，他往往会被相应的有形的藏宝所吸引，一旦条件许可，便不可遏止地要去寻访它们。歌德当年就是这样，魏玛小公国的这位枢密大臣在宫廷里备受优待，过着养尊处优的生活，可是，在第十个年头上，有一天忽然失踪，到意大利隐姓埋名将近两年，在文艺复兴时期绘画大师的作品前流连忘返。这个事例一定给叶廷芳留下了深刻的印象，他在书中两次提到。其实他自己也是一个心中藏了许多珍宝的人，他的专业是德国文学的研究和翻译，同时兴趣广泛，遍及音乐、戏剧、美术、建筑各个艺术门类，自国门开放以来，利用每次出国的机会去寻访所倾心的大师的踪迹，于是有了这本题为《遍寻缪斯》的集子。

叶廷芳是我的师辈，我与他结识已久，印象中是一个勤奋的学者，译著甚丰，为人诚恳谦和。改革开放之初，西方当代文学名著的中译本还很少，我读到的迪抡马特的剧作便是他翻译的。后来，他是卡夫卡的主要译者，并主持了卡夫卡全集的中译工作。在现代德语作家中，他对卡夫卡情有独钟，显示了他的识见。本书中有一篇文章专谈卡夫卡与尼采的精神联系，我读后颇受启发。我和叶老师平时见面很少谈学问，但是，我们的学术工作贯穿着相近的精神取向，这使我感到一种无言胜有言的默契。

叶老师给我的另一个印象是他经常出国，尤其是经常去德国。鉴于他的专业，这当然毫不足怪。当今中国学者出国是常事，不过，据我所知，其中真正的学术之旅为数相当有限，可称为精神文化之旅的就更少了。事实上，一个人无论走到哪里，他都只能看到他的心所选择的东西，凡是在他心中没有一点基础的，无论怎样琳琅满目，他都只能视而无睹，过目即忘。我原先并不知道叶老师出国都做些什么，本书给我提供了部分的答案。我自己是一个懒于远行的人，现在我乐于承认，在一定程度上，我羡慕他的许多次欧洲之行。比如说，他曾到瑞士一个小城迪伦马特的家里做客，曾在柏林参观布莱希特的乡间别墅、晚年故居和墓地，曾去萨尔茨堡参加莫扎特逝世二百周年纪念活动，曾在魏玛参加歌德诞生二百五十周年活动，等等。这些无疑都是有丰富精神文化内涵的旅行。当然，之所以称得上丰富，主要是因为他是有所备而去，他心中有情感和知识的储备，所以能够立刻融入相应的情景之中。否则，就只会是凑热闹罢了。

举例来说，德国有两处最重要的歌德故居，一处在法兰克福，歌德在这里住到二十六岁，另一处在魏玛，是歌德此后度过了大半生的地方。一个普通的旅游者来到这两处故居，看到的想必是许多房间和房间里的一些陈列品而已。相反，在法兰克福的故居，叶老师仿佛能看到魏玛王子奥古斯特的来访，听见他和歌德促膝谈心，第二年刚登基就把歌德请到了魏玛。在魏玛的故居，他会想起斯太因夫人，十年之中，歌德在这里给这位就住在附近的他心仪的女子写了一千六百多封信。他还会注意到房间里没有沙发，只有旧木头椅子，想起歌德说过的任何舒适都违背他的本性的话。由于对歌德怀着超越国界的敬仰，他还想起了歌德曾说，人类的共同性远多于各民族的特殊性，民族仇恨与文化水平恰成反比。当他徜徉在这个原先只有六千人口的小城里时，他的眼前会飘过亦曾在这里居住的赫尔德、席勒、李斯特、尼采等文化巨人的身影。又比如，他造访瑞士南部的穆苏古堡，感受到的是里尔克1922年在这里写下《杜依诺哀歌》和《致俄耳浦斯的十四行诗》时的特殊精神氛围，由此又想到就在这一年，还诞生了艾略特的《荒原》、瓦雷里的《幻美》、乔伊斯的《尤利西斯》、卡夫卡的《城堡》，不由得惊叹："这一系列现代主义文学的扛鼎之作在同一年内的不期而遇纯属巧合，抑或互相间有一条内在的神秘纽带？"

除了文学的本行之外，建筑是叶老师的一大业余爱好，有关文章也是本书中比较好看的内容。他津津乐道欧洲古典建筑的三顶皇冠——教堂、皇宫、城堡，每到欧洲就兴致勃勃地寻访。作为一个学者兼艺术爱好者，他的叙述同样体现了趣味与学识相统一的特点。他不满足于走马看花，偏要寻根究底。比如说，位于德国南部阿尔卑斯山麓的新天鹅石城堡以景色奇丽著称，我也曾到过，听说是巴伐利亚国王路德维希二世为瓦格纳建造的，但不知其详，从本书中才了解了来龙去脉，这位"童话国王"与瓦格纳的动人情谊和他本人的悲剧经历使我深受震动。

本书中还有一些评论文章，是批评国内建筑现状的。我们可以看到，叶廷芳对建筑败笔层出不穷、珍贵文物大批被毁的现象痛心疾首。他原是一个顶温和的人，一个顶温和的人也愤怒了，当然不是因为性格，而是因为文化。我觉得，他身上最可贵的东西就是对文化的热爱，因为热爱而有了一种真正的责任心。在当今这个物质至上的时代，一个爱缪斯的人是难免会痛苦的。遗憾的是，这样的人似乎越来越少了，正是在普遍的无动于衷之中，我们的文化在遭受空前的毁坏。

2005 年 5 月

推荐《城记》

——文津图书奖获奖作品评语

在城市建设方面，我们有极其沉痛的教训。其中，最触目惊心的案例，恰恰是首都北京的明清古城之遭到严重破坏。事实上，从建国初开始，围绕北京的城建规划，一直存在着两个相反方案的激烈斗争。一方面，梁思成力主把“北平城全部”作为全国重要建筑文物加以保护，与陈占祥共同提出保护旧城、在郊区另建新市区的方案。另一方面，在中央政府支持下，苏联专家和部分中国建筑师坚持以改造旧城为主导方向的方案。众所周知，终因敌不过无比强大的长官意志，梁陈方案宣告失败，导致北京的城楼和城墙先后被拆除，旧城风貌遭到了第一次严重破坏。

本书聚光于这一段历史事实，作者王军尽十余年之努力，掌握了丰富翔实的历史资料，并向几乎所有健在的当事人和知情人作了认真的调查，在此基础上，写成这本辛酸的北京城市变迁史。关于梁思成为保护北京旧城的努力及失败，此前已有许多文章谈及，但本书第一次生动具体地展现了整个过程。全书写得情真意切，令人感动，也引人深思。作者有明确的价值取向，但并不武断，他同时也充分表述了与梁陈方案对立一派的人的意见，为读者提供了分析比较的资料。本书文字流畅，图文并茂，极具可读性。

本书并非停留在为昨天的错误悲伤，读者可以感觉到，全书贯穿着强烈的现实关切，是在警示我们吸取昨天的教训，制止今天仍在犯的错误，为北京的明天负责。问题的严重性在于，在今天快速城市化的进程中，昔日的错误仍在可怕地延续。在本书的开头部分，作者对此点到为止，但已足以令人震惊。在这些年的城建开发热潮中，在昨天的破坏中幸存的大片胡同、四合院、胡同里的文物建筑未能逃过劫难，已经和正在被粗暴地拆除，旧城风貌遭到了进一步破坏。考虑到这种拆毁旧城、兴建毫无特色的所谓现代国际城市的模式横行全国，本书无疑具有普遍的警世意义，它促使我们思考一个严峻的问题：如何使中国的城市化进程按照健康的可持续的方式进行，我们将给子孙留下什么？

2005 年 12 月

《梁小斌如是说》简评

这是诗人梁小斌九年思想笔记的精选，由另一位诗人叶匡政编定。从跋中知道，为了让这些使自己震惊的文字问世，叶匡政改行做了出版人。我读这些文字感到的震惊不亚于叶匡政，的确如他所说，在今日中国见不到第二个这样写作的作家。梁小斌不属于任何国家任何时代，只是碰巧来到了这个国家这个时代。他仅仅生活在自己的思想中，外在世界中碰到的一切，他不追求也不拒绝，都只是他思考的由头。他用质询的口气与身边一切庸常之物交谈，其实他始终是在自言自语罢了。读他的文字，你不能不想到卡夫卡和佩索阿，共同之处是以卑微的姿态坚守思想的纯粹。

2006 年 3 月

青春不等于文学

青春拥有许多权利，文学梦是其中之一。但是，我不得不说，青春与文学是两回事。文学对年龄中立，它不问是青春还是金秋，只问是不是文学。在文学的国度里，青春、美女、海归、行走都没有特权，而人们常常在这一点上发生误会。问你会不会拉提琴，如果你回答也许会，但还没有试过，谁都知道你是在开玩笑。然而，问你会不会写作，如果你作同样的回答，你自己和听的人就都会觉得你是严肃的。指出这一点的是托尔斯泰，他就此议论道：任何人都能听出一个没有学过提琴的人拉出的音有多难听，但要区分胡写和真正的文学作品却须有相当的鉴别力。

我读过一些青春写手的文字，总的感觉是空洞、虚假而雷同。有两类青春模式。一是时尚，背景中少不了咖啡厅、酒吧、摇滚，内容大抵是臆想的爱情，从朦胧恋、闪电恋、单恋、失恋到多角恋、畸恋，由于其描写的苍白和不真实，读者不难发现，这一切恋归根到底只是自恋而已。另一是装酷，夸张地显示叛逆姿态，或者刻意地编造惊世骇俗情节。文字则漫无节制，充斥着没有意义的句子，找不到海明威所说的那种“真实的句子”。我们从中看到的是没有实质的情调，没有内涵的想象，对虚构和臆造的混淆，一句话，对文学的彻底误解。所有这些东西与今日普通人的真实生活相去甚远，与作者们的真实生活更相去甚远，因为作者们虽然拥有青春，也仍然只是普通人罢了。也是托尔斯泰说的：在平庸和矫情之间只有一条窄路，那是唯一的正道，而矫情比平庸更可怕。据我看，矫情之所以可怕，原因就在于它是平庸却偏要冒充独特，因而是不老实的平庸。

当然，在被归入青春文学范畴的作品之中，也有一些好的作品。我喜欢的作品，共同之处是有自己的真实感受，在这片土壤上面，奇思、异想、幽默、荒诞才不是纸做的假花。对于写作来说，最重要的是把自己真正感受到的东西写出来，文字功夫是在这个过程之中、而不是在它之外锤炼的。因此，我主张写自己真正熟悉的题材，自己确实体验到的东西，不怕细小，但一定要真实。这是一个积累的过程，到一定的程度，就能从容对付大的题材了。

世上没有青春文学，只有文学。文学有自己的传统和尺度，二者皆由仍然活在传统中的大师构成。对于今天从事写作的人，人们通过其作品可以准确无误地判断，他是受过大师的熏陶，还是对传统全然无知无畏。如果你真喜欢文学，而不只是赶一赶时髦，我建议你记住海明威的话。海明威说他只和死去的作家比，因为“活着的作家多数并不存在，他们的名声是批评家制造出来的”。今日的批评家制造出了青春文学，而我相信，真正能成大器的必是那些跳出了这个范畴的人，他们不以别的青春写手为对手，而是以心目中的大师为对手，不计成败地走在自己的写作之路上。

2004 年 11 月

青春的反抗和自救

——肖睿《一路嚎叫》序

现在我厌烦透了的一件事是有人请我写序，这几乎必然会把我这个软心肠的人逼入两难的境地，不是违心地答应，就是冷酷地拒绝。当我翻阅这部题为《一路嚎叫》的书稿时，我发现这一回比较幸运。这本书的作者，那个我不认识的刚从中学毕业的肖睿，并没有用青春期的空洞嚎叫令我耳聋头昏。读了不多篇幅后我便开始相信，他是一个有天赋爱思考的少年，他的文学才华自如地游刃在荒诞和现实之间，他的思维锋芒常常切中教育和时尚的弊端。我相信他还是善读书的，不说别的，单看他恰到好处地从亨利·米勒、凯鲁亚克、金斯堡、贝克特、昆德拉等人作品中各挑出一段与远行和逃跑相关的话用作各章的题记，就可知他多么了解自己所要处理的主题及其精神谱系了。

青春的愤懑和反叛是一个古老的主题，在不同时代的舞台上不断重演。在今天的时代，作者展示给我们的场景是私立学校里的金钱崇拜和伪劣教育，孩子和父母之间的代沟，朋克和摇滚，游戏机和毛片，男孩子的自慰和性幻想。故事在这个背景下展开，叙述了一个高中男生和他的同伴逃离学校去投奔想象中的天堂——位于城市边缘的一个摇滚人聚居的村子——的经历。这是一个关于逃跑的故事，在现行教育下，无辜的青春备受压抑和羞辱，不得不用逃跑的方式反抗和自救。主人公对这种教育的评价是："未来都很年轻，学校的任务是把他们教老"，亦即把天真的孩子培养成具有所谓"自我保护能力"的圆滑者——老师眼中的"好孩子"。面对在讲台上表现愚蠢而不是传授知识的老师，他发出了一切疑问中一个最大的疑问："你们这帮傻瓜为什么任何疑问都没有。"很显然，这不只是在批判现行教育，更是在批判世俗，批判虚伪和平庸。

在故事的结尾，主人公对想象中的天堂也感到了失望，在那里发现的仍是空虚、无聊和隐约的等级制，终于乖乖地被父母领回到了他所厌恶的学校。那么，他的逃跑岂非徒劳一场？我想不是，因为逃跑仅是寻找的一种形式，而寻找永远是有意义的。寻找什么？借用主人公解释他心目中的朋克的一句话，寻找的是"真实和简单"。与此相应，之所以逃跑，所要逃离的也不是某一所学校，而是主人公最害怕患上的那种叫作"虚伪"的绝症。青春似乎有无数敌人，但是，在某种意义上，学校、老师、家长、社会等等都是假想敌，真正的敌人只有一个，就是虚伪。当一个人变得虚伪之时，便是他的青春终结之日。在成长的过程中，一个人能够抵御住虚伪的侵袭，依然真实，这该是多么非凡的成就。真实不在这个世界的某一个地方，而是我们对这个世界的一种态度，是我们终于为自己找到的一种生活信念和准则。也许逃跑仍然是一种幼稚，在不再逃跑的那一天，我们成熟了。然而，正是在告别幼稚的那个时刻，有的人同时也告别了青春，他的青春在那一天死去，有的人却在那一天开始了他的一生一世的青春，从此能够在他站立的任何地方坚韧地生长了。

2003 年 3 月

写作的现在进行时

人大附中十个学生，都喜欢写作，结成“小作协”，写文章自娱且互娱。现在，其中九人进入了高三，不得不收心向高考冲刺了，遂一起编选了这个集子，作为“小作协”活动的结束和纪念。他们派出代表向我索序，我翻阅后觉得有点意思，欣然命笔。

我最欣赏的一点是，十个作者虽然题材和风格各异，但多能顺应自己的性情，自行其是，直抒胸臆，童言无忌。读他们的文章，我仿佛能看见每一个人的性格和模样。在他们那里，文学还不是一种传统或一门行业，他们因此也许少了一些技巧，但也少了约束和伪饰。其实他们还是一些贪玩的孩子，所以要在不好玩的作文课之外，为了好玩而写一点东西。这使他们在写作时心态十分放松，那直心肠的固然快人快语，心想句成，那慢性子的也尽可曲径通幽，字斟句酌。

捧少年作家是当今的时髦，我丝毫不想赶这一个时髦。他们自己说得好：“我们十人，没有一人会认为出了本书就成了作家。我们不是作家，我们是学生。”这个自我定位是冷静的，客观的，说明他们有自知之明。事实上，这个集子中有几篇十分出色的文章，丝毫不比作家们写的逊色。在他们中间，也完全可能会有人在将来成为作家。但是，重要的是，他们在写作时不把自己当作作家，也不是为了将来成为作家。这正是他们的可贵之处。依我看，这也是能够把作品写好的一个前提，对任何人都不例外。这是写作的现在进行时，写作就是写作，不为了什么，只因为想写、喜欢写。在这样一种状态中，套用我的一个朋友的话来说，就没有人是作家，也没有人不是作家。

那么，这本书是把十个中学生的写作现在进行时展示在世人眼前了。我自己的感觉是，仿佛从一扇窗子里看见了今天中学生的某种原生态，他们的细小却又重要的悲欢，他们对时代的接受和抵制，他们对成人世界的看法，他们对成人世界对他们的看法的看法，如此等等。因此，凡是不论出于什么原因关心这个年龄段孩子的精神状况的人，或许都能从中找到一点收获。至于这些作者的同龄人，不用我来说，就更有感兴趣的理由了。我也是在读中学时喜欢上写作的，这大约带有普遍性，不过当时我的周围没有这样的小氛围，甚感孤单。如果时光倒流，我愿加入“小作协”，那样至少我中学时的习作不会落到只字不留的下场了。

2003年10月

《石相众生》序

某日，友人携一位先生来访。先生名大亮，出示一书，题《石相众生》。书乃南京雨花石之集锦，皆先生藏品。每图大抵二石，叠成人物形象，真个妙趣横生。图下配诗，循千姿百态石相描绘形形色色众生，旨在扬善贬恶，映照世风，劝谕人心。我随手翻看，心中不禁诧异：天下玩石之人多矣，无非闲情逸致罢了，何以玩出了如许严肃的道理？在略知先生的身世后，方若有所悟。先生长于山野之间，对石情有独钟。年少时，正值读书无用之年代，忽一日，鬼使神差，捧读李四光《地质力学概论》，爱不释手。继而学以致用，绘出家乡徐州之地质构造图，令专家刮目。自此一发而不可收，走上了地质矿产勘查和研究之路。改革开放年代，先生年富力强，被举贤为官，转入政界。任职期间，分管城建，凭借地质学家之学识，务实为民之政德，因地制宜，保护和美化家乡古城，成绩斐然，有口皆碑。长期身为一市之长官，先生饱阅人间众生相，而向善疾恶之初衷不改。可以想见，以淳朴之心性，处诡谲之世界，会有多少块垒积压胸中。因此，在调任南京之后，风气所染，公务之余也玩起了雨花石，却到底玩得和别人不一样。斯人也，与石有缘，对众生有情，遂借石相喻众生，宜乎哉。

2004 年 12 月

第六辑

哲学家的思和艺术家的看

哲学家或中蛊者

——记一个为思想而痛苦的农民

一

两年前的一个白天，德国大牌哲学家哈贝马斯在中国社会科学院礼堂作报告，基本座无虚席。我迟到了，到达时报告已近尾声。我有夜间工作的习惯，早上起不来，即使作报告的是苏格拉底，我也无法改变这个习惯。散场后，我去我的办公室，那里坐着一个安徽青年农民，他已经等了很久，执著地要见我。他递给我几张稿纸，以不容置疑的口气要求我立即阅读并表态。

一共是四页，字迹还算端正。第一页是一篇题为《人本质论》的短文。第二、三页是三首小诗，分别题为《思索》、《痛苦》、《理想》。第四页没有标题。内容都是抒发一种哲学性的情绪，我看不出有什么值得表态的新鲜论点。我假装慢慢翻阅，心里琢磨着怎么打发他，却终于想不出恰当的措辞。

我抬起头问："你要我说什么呢？"

这时候我看见了他的眼睛，心中一震。从装束看，他是典型的民工，一身灰暗的旧衣服，和别的民工没有区别。可是，他的非常年轻的脸上的那一双眼睛，却是我在别的民工脸上不曾见过的，在不是民工的人——譬如我们知识分子——脸上也不曾见过的。这是一双潮红发亮的眼睛，闪射着异常单纯的光芒，像被正午阳光照透的湖水，正充满期待地盯着我。

听到我的问话，他显露失望、焦急、不屑的表情，指给我看第四页上的两行字，并且念了出来："自信是人的灵魂；艺术即精神本质。"然后用相当自负的口气问我："你不认为这两句话是真理吗？"

我有些不耐烦了，回答说："我怎么知道它们是不是真理。你不能拿出一、两句孤零零的话，就宣布它们是真理。你至少得阐释和论证。"事实上，在那几页文字中，我觉得就数这两句话最空洞、最不知所云了。

他开始叙述这两句话的来由。据他说，当时他的思绪是混乱的，灼热的，慢慢地沉静下来，于是脑中一片猩红色，在猩红色的荧屏上鲜明地映出这两行金色的字，持续了两天之久。"这不是凭灵感所能达到的，"他总结道，"它们是真理，是自己跑到我的头脑里来的。这真理不属于我，而是属于人类。我知道自己生命的脆弱，我最害怕的是这真理在我死之前没有被人类知道，毁在了我的手里。”

听着这些充满巨大使命感和悲剧感的极其真诚的大话，我感到哭笑不得。这种事我遇见得多了，常有类似的疯子或半疯子给我写信、打电话或直接来找我，声称自己发现了绝对真理，并以偏执狂的执拗劲头强求我承认。

“你一定认为我有精神病吧？”他仿佛猜中了我的心思，苦笑了一下，“我在别人眼中就是一个疯子。但我相信你能够理解我，只有你。我向《天涯》、《读书》和别的一些杂志投过稿，一丝回音也没有。所以，一旦有了点钱，我就亲自前来。我这是第二次来北京了，两次花了一千五百元。这次我去了《读书》杂志社，他们完全不懂。我只能指望你了。”

说到这里，他几乎流泪了，而我也为之神情黯然。我不知说什么好。我不能鼓励他，这等于欺骗他，但我又不忍伤害他。

“我能为你做什么？”我问。

“我要你帮我发表这篇文章。这篇文章比我的命还重要。如果文章不能发表，我真的会发疯。在中国，能帮我发表这种思想的人，也只有你了。”

我无法再拒绝，只好用缓兵之计。我告诉他，文章这样没头没尾是肯定发表不了的，建议他回去写成一个完整的东西寄给我，然后我再想办法。我只能答应到这个程度。最后他仍是带着失望的心情离去的。

二

他回去后，开始不断给我打电话，都是催问文章能否发表，何时发表。我家小保姆已经熟悉他的声音，一接他的电话，就神秘兮兮地告诉我：“又是那个哲学家。”他还隔一些天给我写一封信。电话和信都是从温州发来的，他在那里的一个建筑工地打工。从信上知道，他的名字叫梁自斌，大约出于对我迟迟未能帮他发表文章的不满，最后两封信的署名变成了梁天傲。

正是这些信使我对他产生了莫大的好感和相当的敬意。我发现，他对哲学和精神事物是真有领悟的，就此而论，称他为哲学家就决不是一种嘲讽。我要在这里摘录他信中的若干句子，我不想转述，因为文字表达本身也显示了他的水准。

他这样定义哲学和哲学家——

“哲学就是告诉世人应该怎样做且怎样能做好的学说。哲学家就是站在时代思想的峰巅，看到远方理想的目的地及通往理想目的地的道路的人。至少人类要有路可走，这是哲学家的责任。”

他不满意“民间思想家”的称号，自命“人间哲学家”，解释道：“哲学家和思想家不同。如老子是哲学家，而孔子是思想家。哲学家追求绝对，而思想家追求合理。”

他论述中西哲学的不同——

“中国的哲学是直通车，在风驰电闪之间已到达了终点站——极境如老子的道……西方的哲学是一辆慢车，到了一个站，上来几位哲学家，下去几位哲学家，如此循环。”

“如果没有老子哲学中的道，中国也会变成一个宗教国家，因为人类追根求源，总要问一个为什么。”

他谈论精神世界和人生——

“真理存在于意象物的世界，这个世界由灵感和超意识境界产生。经验现象的世界是零碎的，而意象物的世界是完整的。”

“神性就是精神的纯正性，精神凝重出神性。”

“当一个人处在一种绝对孤独的状态时，可以和上帝相遇。当他走出那种状态时，又发现自己并不能承担起那种责任。”

“人是上帝的碎片，抑或上帝是人的终极。”

“在天为道，在地为路，在人为本，天道和人本都高不可攀，人行走在路上。”

“上帝造人真是太残忍，百年的光阴只够做一件大事情，实现一个理想，真正地爱一个人。”

这些句子闪烁着真知，准确地表达了一个沉浸于精神性思考的人的体悟，而它们的的确确出自一个长年累月在建筑工地上做苦工的农民的笔下。

三

我要继续摘录他的信。这一部分涉及他的自我评价，人们也许会用病理学的眼光看待它们，看出某种精神病的症状，例如一种自大型的妄想症。遗憾的是，我无法否认这一点。不过，人们在尼采的自我评价中也看出了同样的症状。我当然不会无知到把他和尼采相提并论，但仍有一点可比的地方，就是症状都以极富精神性的方式表现出来。

他自己当真把自己和尼采相提并论了，这也许证明了他的无知。然而，他的无知显得何等有气魄而且懂行：“我的思想和尼采的思想是两座互望的高峰，而存在主义不过是两座大山之间奔腾的河流。”

陀思妥耶夫斯基说：“假如没有上帝，人岂不是想怎么做就可以怎么做了。”他认为这句话中的“上帝”应改为“真理”，而这个最高道德难题已在他手中解决，因为“所幸真理已经诞生”。

他这样描述他的思想的产生方式：“我的这些思想都是自动显现的，也许就是康德说的自在之物。借用尼采的话说：情感的天才像镜子一样静静地躺着，以致内在的天地可以在其上反映出来。”他宣布：“在这个星球上，在古往今来的所有哲学家和文学家中，能用超意识写作的，我可能为第一人。”

他不但强烈地感觉到自己是一个先知式的哲学家，而且强烈地感觉到作为一个先知的悲剧性命运。在他的信中，这类悲壮的自许和自怜比比皆是——

“有幸生而为人，却不幸生而为哲学家，是一种哀伤。”

“我是一个不能活下去，也不想活下去，却必须活下去的人，这只能让我体验到屈辱和悲哀。”

“我自认为我的思想天下第一，而在现实中我却如此落魄。”

“忧闷的时候，我对自己说：这个世界不是我的，我只负有限的责任。我觉得世人需要的并不是真理，而是导师和权威。”

“我是为了那篇文章才活到今天的。我受过多少苦呢？不必说。‘他自以为是神之子，以色列的王，所以去钉十字架。’是的，我自以为我的思想是真理，所以，一切的痛苦、屈辱、悲哀我必须承受。如果耶稣愿意和我对换，我情愿去钉十字架，而让他创造出这种思想来。”

“这种思想已经削去了我的整个的精神和一半的肉体。如果不是为了这种思想，在我到达地狱的时候，我就回不来了。那时候，感觉就像走到了自己的坟坑前面，千百次地和自己商量：跳下去吧，跳下去一切都解脱了。不知为什么，突然爆发了强烈的责任心，我对自己说：只要我不意外死亡，我一定要把这种思想带到这个世界上来。我只好绕过坟坑前进。悲惨中看着自己的样子都感到好笑。六七年来，身负真理之重，活得惶惶恐恐。”

有时候，他也会在悲苦中自嘲。他说：“我本不过是井底之蛙，或许正因为是井底之蛙的缘故，反而看到的那一片天更真实。所以我怀着无知者无畏的勇气，想打败一切思想者。”接着注明：“说着玩的，我不就是一农夫吗。”他引尼采的话：“我最大的危险是对人类的厌恶。”然后说：“我连自己也厌恶。早一段时间看电视，报道说，钟馗是我们灵璧人。我们是一对好哥们。”

他偶尔也会怀疑他的思想可能被别人驳倒，如果那样的话，他就不活了，因为：“我怎么能容忍自己历尽千辛万苦带到这个世界上来的竟然是几页废纸。”他心中常常响起帕斯卡尔的呼喊：“上帝，请不要抛弃我！”他表示：“如果我不是一个思想者，我情愿我是一个信仰者，怀着一种宗教性情绪去生活。”他实在太苦闷了，告诉我："我身体不好，心理矛盾，心情不好，有时只想吐两口血才舒服。"

现在我在录入这些话语的时候，心中仍翻涌着强烈的感动和同情。在现实生活中，我极少遇到如此为思想而痛苦的人。他的一些话说得真挚、痛彻肺腑而且漂亮，如果是出现在历史上某位精神伟人的遗稿中，皆可圈可点。然而，如果从一个并无真正重大精神建树的人口中说出，似乎就显得不成比例从而可笑了。尽管如此，我仍不禁肃然起敬。倘若一种精神现象足够纯粹，我们还是不要用结果的大小去衡量它的价值吧。

四

我们的主人公念念不忘的是要发表他的那篇文章，也就是他留给我的四页纸。在一次次的电话催促下，我不得不向他承认，我对此无能为力。但是，我答应可以采用一个变通的办法，即由我写文章来介绍他文章中的思想。现在我实际上正在履行我的诺言。我反复研究这四页纸，仍不觉得多么精彩，还不如他信中的一些内容。不过，我觉得自己能够理解他的基本思路。

在一封信中，他向我追忆他的心路历程："我从小就处在一种孤独封闭的精神状态之中，我走不出那种精神状态，别人也走不入那种精神状态——痴的状态。十来岁时看一本连环画《永生岛》，描写一个王子去寻找永生岛的故事，开头几页的大意是人总要死的，我看了顿时觉得人活着没有意思，心里好像遭受了一次打击。直到产生这种思想之后，我才走出这种状态，看到外面多彩的世界。"这段话向我提供了一把解读他的文章的钥匙。他小时候受死的问题的困扰，对生命的意义失去了信心。他一直试图解决这个问题，而他认为终于在他的文章中解决了，他已经找到了生命的真正意义之所在。

在《人本质论》中，他面对浩瀚宇宙和无尽时空发出了"人是什么"亦即"我是谁"的永恒之问，而结论是："只有精神之光可以穿透宇宙这古老而永恒的存在，为人类找到一个坚实的支点。"

在《思索》中，提出的是同一个问题："四周是盘旋的宇宙，众星唰唰地从眼前一闪而过，置身在这渺漠的星体，我们是什么？"答案也是相似的："我们是宇宙的精灵，我们要表达生命的宏阔。"

然而，人凭借精神虽能贯通宇宙，但并不能真正成为上帝，于是就有了《痛苦》："我知道，你的痛苦源于你是宇宙意识的主人。"

因此，思索和痛苦只是人的灵魂觉醒和寻找的过程，"最终的家园"只能是《理想》。但是，"理想"究竟是什么，似乎不得而知，这首诗只有两句："第一次，第一次抬起思索的头颅，遥望着宇宙的极深处。”莫非答案隐藏在第四页上他最得意的两句话里，譬如说艺术是人的灵魂的归宿？

总起来说，我觉得整篇文章所表达的无非是一个信念：精神是人的最高本质，人唯有凭借精神才能使自己在宇宙中的存在具有意义。事实上，这个信念属于每一个注重精神生活的人，全然不是什么新思想。在这个青年农民的心中，这个信念如此新鲜而强烈，以至于他对表达了这个信念的他的文章做出了不可思议的高估。

五

人类天性中有一种不可消除的冲动，就是要对世界和人生的问题追根究底。这种冲动虽说提升了人类存在的精神品质，但并不有利于人类在生物学意义上的生存。仿佛是为了保护人类的生存，上天就只让这种冲动在少数人身上格外强烈。古往今来，在世界的不同角落里，都有这样一些怀着强烈的形而上学冲动的人，不妨说，他们是一些中了形而上学之蛊的人。这样的人倘若同时具有巨大的才能，就可能成为精神领域里的天才。可是，倘若才能不足以驾御强烈的冲动，情形就惨了，很可能会被冲动所毁而毫无积极的结果。在一般人眼里，凡是痴迷于精神事物的人都有疯狂之嫌，区别在于，有的人同时是天才，有的人却仅仅是疯子。在某种意义上，后者是人类精神追求不得不付出的代价。

我还想起宁夏某县的一个小职员，多年来他不停地给我和另外一些人写信，内容永远是几页复印件，宣告他所发现的宇宙真理。由于内容明显荒唐无稽，我没有理睬。后来，在一封亲笔信中，他告诉我，他为复印和邮寄这些信花费了数千元，已经一贫如洗，为此常被老婆责骂。我不知道中国有多少这样的人，绝对数字一定不小。这无疑是精神病的一个类型，其特征是狂热地相信自己发现了绝对真理。他们往往对于人类思想史一无所知或所知极少，念头一旦固结在某个命题上，就不再转移，从此就为社会承认这个命题以及自己的创始人地位而徒劳努力。事实上，他们多半能够正常应付日常生活，但观念上的偏执已足以使他们潦倒不堪。当这样的人本来就是穷人时，便越发显得可怜了。我希望精神病学家、心理学家、社会学家都来关心这一人群。

不过，我想强调，对于这一人群中的一部分人，我们不能仅仅当作精神病人看待。本文的主人公就是一个典型的例子。我不否认他有一定程度的精神病症候，但是，他的整个精神表现是绝不能用精神病来解释的。他曾向我表示，由于文化水平的限制，他无法使他的思想系统化，因此渴望能够上大学。我不无理由地判断，他的那种偏执症和自大症未必是病理性的，因而知识视野的拓宽可能会把它们治愈。

更重要的是，他的事例向我们提示，在社会底层生活着一些执著于精神事物并且具备相当才能的青年，他们在其生活的环境中完全得不到理解，社会有责任为他们开辟获得理解的渠道。我设想，有一天，在中国社会科学院的讲坛上，他们中的佼佼者为何不能坐在哈贝马斯曾经坐过的位置上，向职业学者们报告自己业余思考的心得呢？如果有那一天，我一定破例改变一次晚起的习惯，做一个准时出席的听众。

2003 年 10 月

现代人与福音

——解读旺忘望的新作

一

现代人有爱吗？现代人有信吗？有的——

一颗鲜红的心，一张崭新的美钞，一枚别针把它们串联在了一起。标题：现代人的爱与信。

那枚别针也是崭新的，它刺穿了那张美钞，然后刺穿了那颗心。我想到了针眼，美钞上的针眼和心上的针眼，美钞紧贴着心，两个针眼几乎是重合的。我还想到了耶稣的话："富人要进入天国，比骆驼穿过针眼还困难。"

那颗心会痛吗？会流血吗？我料想不会，因为那颗心一定是假的，是广告和卡通上常见的那种形态。而且，一颗真的心，一颗只会被丘比特的箭射中的心，它怎么能让自己为了一张美钞而被一枚普通的别针刺穿呢？

可是，我看到，分明有一滴鲜血从针眼里沁了出来。那么，这应该是一颗真的心了。那么，对于它来说，和美钞钉在一起就不是纯然的享受，同时也是一种痛苦、一种刑罚了。从这一滴鲜血中，我看到了现代人的希望。

也许，人们还会发现，与基督被钉在十字架上相比，一颗心被钉在美钞上不但是一种刑罚，更是一种耻辱。

二

在西斯廷小教堂的天蓬组画中，有一幅名画：《亚当的创造》。画面上，左边是亚当，右边是上帝，他们各伸出一只手。亚当的手臂轻放在膝盖上，指头是松弛的。上帝的手臂有力地伸向前，一根食指正在最大限度地向亚当的手靠近。这是创世记中的精彩时刻，神圣的生命从上帝的指尖流向人的尘土之躯。

现在，米开朗琪罗的这一对著名的手在一个简洁然而奇特的场景中再现了。我的眼前出现两台电脑，亚当的手从左边的电脑中伸出，上帝的手从右边的电脑中伸出，两只手仍保持着当初最大限度接近的状态。

标题：比特时代人与神的交接。

对于这幅画的含义，人们可以作不同的解释。譬如，你可以说，在因特网时代，人与神的交接方式发生了根本变化。既然人与人之间能够在网上联络、聊天乃至恋爱，人与神之间有何不能呢？我们确实看到，教堂、佛庙、清真寺都纷纷建立了自己的网站，进行网上传教。也许有一天，只要打开电脑，任何人都可以立即进入虚拟的天国，品尝永生的滋味。事实上，设计这样的软件决非难事。

然而，我宁愿作别种理解。我盯视得越久，越感觉到上帝那一只伸出的手具有一种焦急的姿势。聪明的人类啊，不要被你们自己制造的一切精巧的小物件蒙蔽了，忘记了你们的生命从何而来，缘何神圣。世代交替，万物皆逝，电脑是暂时的，一切都是暂时的，唯有那个时刻是永恒的，就是上帝的手向亚当的手接近的时刻。这个时刻从来不曾结束，尤其在今天，上帝的手格外焦急地向人伸来，因为他发现亚当的生命从未像今天这样脆弱和平庸，但愿网虫亚当先生能够幡然醒悟。

三

耶稣的头像。这大约是受洗不久的三十多岁的耶稣，刚开始他的事业，眼中饱含着智慧和信心，看上去一表人才，几乎是个美男子。此刻，这颗美丽的头颅却被一些复杂的器械笼罩着，那是一些测量微小长度用的仪器，例如卡尺之类，一旁还有标尺的刻度。不用说，某个聪明人正在做一件严肃的工作，要对上帝的这个儿子进行精确的测量。他一定得到了一些不容置疑的数据，又从中推导出了一些重要的结论，不过我们不得而知。

其实，耶稣在世时，这项用人间的尺度对他进行测量的工作就已经开始了。例如，他的本乡人用出身这把尺子量他，得出结论道：“他不是那个木匠的儿子吗？”

这个历史延续至今。人们手持各种尺子，测量出一系列可见的数据，诸如职位、财产、学历、名声之类，据此给每一个人定性。凡是这把尺子测量不出的东西，便被忽略不计。那被忽略了的东西，恰恰是人身上真正使人伟大和高贵的东西，即神性。

假如耶稣生活在今天，我敢断定，他绝无希望被任何一家公司聘用，只能混迹于民工队伍之中。

当然啦，今天有发达的科学，测量工作能够深入到人体最精微的结构之中，比如基因。如果某位科学家宣布，他已破译耶稣的遗传密码，确证玛利亚无性受孕生出的这个儿子原来是最早的克隆人，我相信也不会有人感到惊诧。

人的尺度越是繁复和精致，测出的东西与神就越是不相干。放下人的尺度，这是认识一切神圣之物的前提。

这幅画的标题是：以人的尺度不能认识神。

四

一辆汽车在高速公路上飞驰。我们看不见汽车，只能看见它的宽大气派的后视镜。天空燃烧着火红的晚霞，这晚霞也映照在后视镜里。公路那一边，远方有一大片朦胧璀璨的灯光。真是一个美丽的黄昏。那个驾车者是谁？他的目的地是哪里？都不知道。不过，我们有理由猜测，等待他的将是一个欢乐的不眠夜。

我们看不见他眼中的欣喜、急切或疲惫，只能看见后视镜。我们看见，在这面宽大气派的后视镜里，衬着晚霞的背景，两个人影擦肩而过：迎面走来的是基督耶稣，一袭长袍，步态安详；在耶稣身后，是一个长跑者的穿白背心的背影。

在一辆时速一百二十公里以上的汽车的后视镜里，这个场景必是一瞬间。在这个瞬间，驾车者朝后视镜瞥了一眼没有？或者，在此前的一个瞬间，当汽车刚刚越过朝同一方向行走的耶稣时，他朝车窗外瞥了一眼没有？可是，即使瞥了，他又能看见什么？在那样的车速下，耶稣与路边那一棵棵一闪而过的树没有任何区别。在最好的情形下，假设他注意到了耶稣的异样外表，他会紧急刹车吗？当然不，他一心奔赴前方的欢乐之夜，怎么舍得为路边一个古怪行人浪费他的宝贵时间呢。

那个长跑者是迎着耶稣跑来的，刚才两人曾经相遇。他注意到耶稣了吗？显然也没有，否则，即使出于好奇，他也会停下脚步，回头观望。他全神贯注于健身，义无返顾地沿着固定路线向前跑去，对邂逅的行人不感兴趣。

这幅画的标题是：擦肩而过。耶稣早已说过："他们视而不见，听而不闻。"尤其在我们这个时代，人人都是忙人，擦肩而过更是常规。

忙于什么呢？忙于劳作和消费，健身和享乐，总之，是让身体疲劳和舒服、强壮和损耗的各种活动，人们把这些活动称做生活。

谁和谁擦肩而过？几乎是一切人与一切人。所有人都在为自己的事务忙碌着，凡暂时与自己的事务无关的人皆被视为路人，对之匆忙地瞥上一眼已属奢侈，哪里还有工夫去关注那个永远与自己的事务无关的基督或上帝呢？

于是，奔忙的身体与灵魂擦肩而过，泛滥的信息与真理擦肩而过，频繁的交往与爱擦肩而过，热闹的生活与意义擦肩而过。

五

开始听说旺忘望皈依基督教，我很吃惊，心里想：对于这个连名字也散发着强烈后现代气息的艺术家来说，此举是否又一个后现代的艺术行为呢？后来，在一次朋友聚会时，我和他单独交谈，带着疑团向他提了许多问题，而他则向我追叙了放纵和反叛的空虚，死亡的恐惧，以及信教以后的宁静和充实。经过这次谈话，我的疑团消释了，相信了他的皈依不是一个心血来潮的举动，而是一个真实的灵魂事件。

但是，新的担忧产生了：在他的生命冲动被基督驯服之后，他还能保持原来那种无拘无束的想象力和创造力吗？倘若世上多了一个基督徒，却因此少了一个艺术家，我不认为是一件划算的事。现在，旺忘望的新作又解除了我的这一担忧。出奇制胜的构思和拼接，强烈冲击视觉的画面，表明这些新作仍具有解构传统的后现代风格。但是，在这里，解构本身不复是目的，而成了彰显真理的一种方式，拒绝信仰的后现代在扬弃中奇特地证明了信仰的成立。

我不把旺忘望看作一个宗教画家，成为基督徒仅是他的精神蜕变的一个契机，别的艺术家完全可能遭遇别的契机。真正值得思考的问题是，对于一个现代艺术家来说，信仰和创造究竟具有怎样的关系。

2002 年 10 月

艺术家的看及其他

——谈王小慧和她的摄影

一

十二年前的一天，在一次车祸中，王小慧痛失爱侣，自己重伤住进医院，一对金童玉女就此阴阳隔绝。令人难以置信的是，当她从昏迷中醒来以后，几乎第一件事情就是拿起相机，拍下自己惨不忍睹的情形。尽管悲痛欲绝，尽管动作艰难，尽管美丽的容貌此时面目全非，但这些都不能阻挡她拿起相机自拍。在我看来，这个举动在她一生中具有重大意义，表明摄影已经成为她的第一本能，在她身上有一种东西比生命更强大，同时也使她的生命比死亡更强大，那就是艺术。

从此以后，这个东方美女背起沉重的器材，仿佛受着一种神秘力量的驱使，在世界上不停地走，不停地拍摄，这成了她的恒常的生活方式。通过这种方式，她走出了那个悲剧，越走越远，重获了生存的乐趣。通过这种方式，她又走入了那个悲剧的核心，越走越深，领悟了生存的奥秘。

二

摄影家的本领在善于用镜头看，看见常人看不见的东西。王小慧说，镜头是她的冷静客观的第三只眼。其实，这第三只眼就是她的另一个自我的眼睛，她的灵魂的眼睛。

每个人都睁着眼睛，但不等于每个人都在看世界。许多人几乎不用自己的眼睛看，他们只听别人说，他们看到的世界永远是别人说的样子。人们在人云亦云中视而不见，世界就成了一个雷同的模式。一个人真正用自己的眼睛看，就会看见那些不能用模式概括的东西，看见一个与众不同的世界。

人活在世上，真正有意义的事情是看。看使人区别于动物。动物只是吃喝，它们不看与维持生存无关的事物。动物只是交配，它们不看爱侣眼中的火花和脸上的涟漪。人不但看世间万物和人间百相，而且看这一切背后的意蕴，于是有了艺术、哲学和宗教。

你看到了什么，你也就拥有什么。每个人的生命贮藏是由他看到的东西组成的。“视觉日记”是一个确切的词。不但摄影家，而且一切艺术家，其实都是在写自己的视觉日记。他们只是采用的方式不同，但都是在记录用自己的眼睛看到的世界，记录自己生命航道上的每一处风景。一切优秀的艺术家都具有这种日记意识，他们的每一件作品都是日记中的一页，日记成为一种尺度，凡是有价值的东西都要写进日记，凡是不屑写进日记的东西都没有价值。他们不肯委屈自己去制作自己不愿保藏的东西，正因为如此，他们的作品才对别人也有了价值。

看并且惊喜，这就是艺术，一切艺术都存在于感觉和心情的这种直接性之中。不过，艺术并不因此而易逝，相反，当艺术家为我们提供一种新的看、新的感觉时，他同时也就为我们开启了一个新的却又永存的世界。

三

看的本领就是发现细节的本领。一个看不见细节的人，事实上什么也没有看见。把细节都抹去了，世界就成了一个空洞的概念。每一个细节都是独特的，必包含概念所不能概括的内容，否则就不是细节，而只是概念的一个物证。

王小慧是善于发现细节的。譬如说，看了她的摄影，我才知道，原来花朵里藏着如此丰富的细节。我们也看花，赏花，却不知道这些细节的存在。现在，我们突然发现自己对于花朵是多么陌生。这些细节使花朵不再仅仅是花朵，它们讲述着我们未尝听说过的故事，使我们窥见了一个既陌生又仿佛依稀认得的世界。

细节的发现一开始往往是偶然的，但是，这种偶然性多半只能发生在有心人身上，绝对只能在有心人手中修成正果。在一定意义上，照相机已经长在王小慧的身体上，成为她的一个最警觉、最灵敏、最智慧的器官。她用镜头看、触摸、思考。她甚至用镜头变魔术，把人们熟视无睹的细节变成人们百思不解的图像。这是她的调皮之处，她藉此把创造和游戏统一起来了。

世界的秘密隐藏在细节之中，然而，那个看见了细节的人不是揭开了、而只是感应到了这个秘密。所以，包括王小慧自己，无人能够说清楚她的抽象摄影作品的确切含义。虽然一切优秀的抽象作品都会以其艺术力量诱使人们做出诠释，但是，任何确定的诠释都必定是牵强的。在这些作品面前，我宁可放弃诠释，让它们的含义处在丰富的不确定性之中，让我自己处在面对某种不可言说的秘密时的惊讶和震颤之中。

四

王小慧的工作热情和效率是惊人的，以至于有人说她一个人有七条生命。可是，她自己说对她的人生和艺术影响最大的是道家思想。她的进取和动荡是如何统一于道家的恬淡和静笃的呢？我相信，就统一在顺应她的本性之自然。正因为她在做她今生今世最想做最喜欢做的事，所以能够既全身心地投入，又一无牵挂地放松。

道家主阴柔，但并不排斥阳刚。所谓“知其雄，守其雌”，知雄是守雌的前提，唯有了解、吸纳、善用阳刚之因素，然后才能“柔弱胜刚强”。我几乎要认为，老子心目中的理想人格是一个有内在力量的柔弱女子，难怪王小慧如此喜欢道家。

“道生一，一生二”，这个“二”就是阴与阳。两极之间存在着永恒的冲突，仅在极其幸运的场合达成了和合，于是“二生三，三生万物”，幻化出了绚烂的人性、人生和艺术。

五

第一次离父母远行，你审视着这个熟悉的家，仔细挑选要带走的东西。在屋子的各个角落里，到处藏着一些小物件，也许是幼时玩过的一个布娃娃，上小学时写着歪歪扭扭字迹的练习簿，某一次郊游采集的标本，陪伴你度过了许多寂寞时光的书籍和录音带，一沓沓还没有来得及整理的相片和信。你为你即将走向新的生活而激动，却仍然与昨天的生活难舍难分。这间屋子里藏着你的童年和青春，你多么想把珍贵岁月的一切见证都带走。

一个年轻女子从前方走来，她左手端着烛台，右手小心翼翼地护着摇曳的烛光。她无法阻止蜡烛在时间中渐渐燃尽，但她想让烛光永驻，带着它走向世界，照亮一切时间。

人在世界上行走，在时间中行走，无可奈何地迷失在自己的行走之中。他无法把家乡的泉井带到异乡，把童年的彩霞带到今天，把十八岁生日的烛光带到四十岁的生日。不过，那不能带走的东西未必就永远丢失了。也许他所珍惜的所有往事都藏在某个人迹不至的地方，在一个意想不到的时刻，其中一件或另一件会突然向他显现，就像从前的某一片烛光突然在记忆的夜空中闪亮。

我相信，人生中有些往事是岁月冲不走的，仿佛愈经冲洗就愈加鲜明，始终活在记忆中，我们生前守护着它们，死后便把它们带入了永恒。

2003 年 11 月

全球化时代呼唤中国出大思想家

读邓正来的近作《中国法学向何处去》，为其横空出世的气势所震撼。作为对当代中国法学乃至中国学术的全面反思，本书最发人深省之处在于，作者立足于中国已经进入世界结构之中并承担发言责任的全新形势，对支配中国学术的“现代化范式”提出了根本质疑，开启了中国学术建构自己的“理想图景”进而建构“主体性中国”的重大任务。

近些年来，在全球化的过程中，随着中国加入WTO等国际组织和一系列国际条约，中国与世界的关系正在发生深刻的变化。人们纷纷谈论这个变化给中国政治和经济带来的机会和挑战，然而，似乎少有人阐释这个变化对于中国学术意味着什么。在我阅读所及的范围内，作者是自觉地立足于这个变化思考中国学术新使命的第一人，至少是就此发出最明确最响亮的声音的第一人。

在本书中，作者指出，这个变化的实质在于，中国从此是一个“世界结构中的中国”了。在此之前的中国，由于置身于“世界游戏”之外，因而从未真正地进入到世界结构之中。现在，经由承诺遵守世界结构的规则，中国成了“世界游戏”的一方，因此而进入了世界结构之中。这意味着中国已经获得了“对这种世界结构的正当性或者那些所谓的普遍性价值进行发言的资格”，乃至“参与修改或参与制定世界结构规则的资格”。“对于中国来说，这才是三千年未有之真正的大变局。”

然而，中国所获得的这种资格，眼下还只是一种形式资格，远不等于实质性的权利。要对世界结构规则的修改和制定拥有实质性的发言权，仅凭中国作为主权国家的身份是无济于事的，中国还必须由一个“主权的中国”进而成为一个“主体性的中国”。也就是说，不能停留在以一个主权国家的身份对世界事务说“是”或说“不”，仅仅拥有投赞成票、反对票、弃权票的资格，而应该是拥有中国自己的思想。在世界上发言的不能仅仅是基于民族国家利益的一种态度，还应该是基于成熟核心价值观的一种思想。在本书中，这种核心价值观被称作“中国自己的理想图景”。作者认为，中国能否成为“主体性的中国”，拥有用思想“说话”从而真正参与世界结构规则的修改和制定的实质性权利，在根本上就取决于中国是否具有“中国自己的理想图景”。

正是在这一点上，今日的“三千年未有之真正的大变局”与中国的思想界发生了最密切的关系，向我们提出了全新的使命，这就是“经由中国理想图景的探寻而建构起‘主体性的中国’”。作者指出：“这一探寻中国主体性的努力，可以说是中国当下思想的最为重要的使命之一，也是中国当下思想的全新的使命之一。”按照我的理解，这实际上就是要求中国产生真正世界性的大思想家，向世界提供既蕴涵中国自己成熟的发展观和价值观、又能对世界未来发生重大影响的独特的思想贡献。

正是站在这样一个制高点上，作者以中国当代法学为具体个案，对中国当代学术进行了全面审视和反思。这个制高点的确高，在我眼里高到几乎让人晕眩的地步。我问自己：就凭我们这一代人，行吗？然而，作者的立论中有一种铁的逻辑，迫使我不得不承认，不管能不能行，现在必须开始去做，否则将会是中国学术界全体的失责。

当作者立足于建构“主体性的中国”而认识到关键在于中国必须具有自己的“理想图景”时，他发现，无论在中国法学中，还是在整个中国当代学术中，这个“理想图景”是完全阙如的，相反只有“西方法律理想图景”之类来自西方的“理想图景”。按照他的分析，其原因则在于中国法学乃至整个中国当代学术始终是被形态各异、实质相同的“现代化范式”支配着。因此，在本书中，对于支配中国法学的这种“现代化范式”的揭示、清理和批判就占据了主要的篇幅。

作者对于“现代化范式”的批判，集中在一点上，便是他认为其中贯穿着“一种把西方的地方性知识经由普遍主义的方式扩展成普遍问题（当然也是中国的问题）的共同的基本态度”。作为一位有雄厚西学功底的学者，作者当然不会否认西方经验和理论中含有人类共享的价值。他真正反对的是，在西方“现代化范式”的支配下，人们不去思考一系列极其重要的问题，包括中国区别于西方的现代化道路的可能性，中国作为发展中国家在实现现代化时所面临的特殊情势，人类共享价值在中国特定时空中的特定序列，以及西方理论未涉及的诸多中国现实问题。因为不思考这些问题，就不能形成中国自己的“理想图景”，并且还会不自知地把西方的“理想图景”误当作中国自己的“理想图景”，以之为判准来分析和判断中国问题。

按照我的理解，作者如此看重的“中国自己的理想图景”之涵义，大致上相当于或接近于中国人的核心价值观。一个颇具讽刺意味的事实是，在今天的中国，“核心价值观”一语十分时髦，被管理学家和企业家们纷纷谈论，但要问今日作为整体的中国人的核心价值观是什么，却无人能够回答，或者只说一些陈词滥调。由此可见，“理想图景”问题的提出是极具针对性的。对于学界更是如此，人们往往把现代化问题归结为发展问题，少有人深入其下思考和追究我们所选择或准备选择的社会秩序和根本生活状态的正当性问题。我把这个概念的提出看作一个召唤，召唤我们立足于今日世界结构中的当下中国，参照西方经验和中国传统，认真思考中国人可能和应该以怎样的方式幸福而有尊严地生活这个重大问题。我相信，该书一出，中国学者不管有何不同看法，无人再能够回避作者提出的问题。

2006 年 6 月

心灵究竟是什么？

——龙君《心灵——大脑与内脏的对话》序

读龙君的这本书，是一件开心的事情。我像在听一位民间高人谈哲学，充满来自直觉的智慧，通俗的语言把一些复杂的道理讲得生动而明白。我未必完全赞同他的理论，不过，即使在我不赞同的地方，我仍觉得有趣，欣赏他的想象力。

古今中外的圣贤都告诉我们，人的高贵就在于人是有心灵生活的。我们这些普通人也常常体会到，心灵有比肉体更高的需要和追求，心灵的快乐远比肉体的快乐深刻而美好。可是，心灵究竟是一个什么东西？它与肉体是什么关系？对此有两种常见的回答。一种是把心灵归结为大脑——因而归根结底是肉体——的一种功能，这种回答实际上是把心灵等同于理性思维能力了，作为心灵之核心的那种精神冲动恰恰完全没有得到解释。另一种是宣布，心灵的来源和性质是神秘的，用科学无法解释，我们只能假设或者相信它来自宇宙的某种精神本质，是这种精神本质在我们身上的显现。我承认，我所持的是这后一种看法。作者显然对这种回答仍不满意，他着迷于心灵生活，不甘心让这么一个给人以美妙享受的东西处在不可知之中。因此，在不惑之年，他断然从商界抽身出来，研习哲学，决心弄清楚心灵的来龙去脉，于是有了这本书。

作者找到了一个概念，他相信他藉此掌握了解开心灵之奥秘的钥匙，这个概念就是能量。人不是由精神和肉体两部分组成的，其间还有能量。动物也有能量，但刚够用来维持生存。人的生命中还有多余的能量，推动人去做比维持生存更多的事。人的生命能量分为两部分，一是动物也有的生理能量，二是超出生理需要的多余能量，在精神的作用下——具体地说，在大脑所接受和处理的来自文化环境的信息的作用下——这多余的能量就转化成了人所特有的心灵能量。所以，心灵无非是人的生命能量中受文化影响的那个部分，是冠于这部分能量的一个美名罢了。

在确定了心灵即能量之后，作者便来为现代人诊病了。生命的真正目的是能量而非外物。如果能量不足，人会空虚。如果能量多余而不会用或用不好，人会痛苦。生理能量带来健康，心灵能量带来幸福。幸福作为内心感受，是对能量的感受。心灵能量又叫文化内驱力，文化内驱力得到满足，才有幸福。在生理能量满足后，追求心灵能量应该成为人的主要目的。现代人的毛病是只向外争逐功利，内在的生命能量却遭到了忽视和压抑，结果财富再多也并不幸福。

用这个观点衡量，当今教育的偏差就大了。教育应该着重培养多品种、高品位的文化内驱力。“任何一种乐趣深入到内心中都会形成一种内驱力，这可是幸福的源泉。”尤其在儿童期，对美好感受的记忆最深，最易形成文化内驱力，应该以美育、德育为主，让小学变成艺术的天堂，爱心的乐园。现在却受功利的支配，孩子一面被作业和各种培训班压得喘不过气，另一面又从低层次的感受中寻求放松，结果是心灵萎缩。现在的学生差就差在内驱力的品种太少，品位不高，好像知道得不少，但能从中真正得到乐趣的事情不多。

我从龙君的书中归纳出了上面这些内容，觉得它们十分精彩，深合我意。用能量或内驱力概念解说心灵，也令人感到新颖却不牵强。在相近的意义上，我也曾谈到，在肉体本能之外，人还有精神本能。不过，在我的概念中，心灵能量也罢，精神本能也罢，皆具有比喻性质，只是用来强调精神性也是人性中固有的特质。我未尝想到要在人体中为心灵寻找一个器官，我一直认为，这样的器官是不存在的。因此，当作者断定内脏是产生能量的部位，因而也是心灵的所在地时，我不禁犹豫了。他运用他所了解的自然科学知识对此有一番论证，但不能让我信服。比如说，大肠有与大脑几乎相同数量的神经细胞，据此推断内心感受也许是被记忆在肠内的神经细胞里，心灵活动伴随有各种内脏活动，据此推断心灵活动由内脏活动形成，我认为都太武断。

在把心灵与能量联系起来之后，作者又进而把生命与宇宙联系了起来，给他的哲学画完了形而上学的圆圈。人身体里的能量与宇宙中的能量原是相通的，宇宙中的能量是创造生命的原动力，这个原动力被词不达意地称作上帝、真主、佛等等。它在人的理解之外，不与大脑对话，只与生命对话。所谓终极关怀就是对作为生命之根的这个力量的关怀，要与之沟通，从而觉得我们有来头。一个人唯有在最深处想明白，才能获得最大的踏实感。现代人的又一毛病是与之隔绝，因而生命总是处于无根状态，在世俗中随波逐流，缺乏根本的踏实感。

再细致探究，宇宙中的能量不断聚合和耗散，有其阴阳转换的节奏，人的生命能量也须遵循这个节奏。在这一点上，作者对东西方文化作了一系列比较，大意是西方文化侧重能量的向外耗散，是功利文化，使人紧张，东方文化侧重能量的向内聚合，是超越文化，使人放松，现在的世界被西方文化主导，应该用东方文化来补救。我本人一向不赞同这类对东西方文化的笼统褒贬，在我看来，如果用作者也强调的终极关怀衡量，反倒是中国文化有更鲜明的功利品格，西方文化有更强烈的超越精神。我赞赏他打的这个比方：东方文化和西方文化，一个是女孩，一个是男孩，分别是人类文化的女儿和儿子，没有好坏之分。请允许我加以引伸：虽然没有好坏之分，但两性各有短长，作为女孩，中国文化的功利性是女性式的，关心人事，超越性也是女性式的，回避竞争，西方文化的功利性是男性式的，喜好竞争，超越性也是男性式的，追问终极。

龙君写了一本有趣的书，有趣就有趣在妙论似乎与谬论并存，既促使我们思考，也引起我们质疑。他以一位思想者的认真关注对于现代人来说至关重要的心灵问题，又以一位业余研究者的热情和自信建立起了一个体系，试图系统地解决这个问题。按照我的理解，他的中心论点是：大脑管信息，内脏管能量，大脑与内脏的对话产生了心灵，生命能量与宇宙能量的沟通启示了心灵的终极来源。我欣赏这个体系的逻辑的美，但不妨提醒他，似乎自圆其说的理论也许会因一个关键环节的失误而崩塌。当然，崩塌也没有什么大不了，那些引发理论建构冲动的真知灼见不会一同毁灭，仍将在废墟中闪烁光芒。

2005 年 11 月

疯癫的不同价值

——尼采论疯癫

在历史上，诗人发疯的比比皆是，哲学家发疯的却十分稀少。哲学家的行为往往离奇古怪，容易被俗人看作神经病，但他们并不是真疯。尼采似乎是一个特例，他四十四岁时真疯了，一疯便不治，无用的生命拖了十余年，直到死。其实，在很年轻的时候，他就对德国的疯诗人心领神会，比如克莱斯特、荷尔德林，都是他的挚爱。他诚然是一个大哲学家，但骨子里也是一个疯诗人，而且，他身上的大哲学家救不了他身上的疯诗人，正说明他身上的诗人疯得很厉害。听一听这样一位哲学家对疯癫的看法会是有意思的，他一身兼医生和病人，对疯癫既有理性的分析又有切身的体验，说出的话应该比那些单纯的哲学家医生中肯得多。

一　艺术与神经官能症

说起尼采对疯癫的看法，不能不首先想到酒神狄俄尼索斯。对于希腊神话中这个最不登大雅之堂的神灵，尼采情有独钟。酒神崇拜原是古代世界流传甚广的民间信仰，在此类节庆中，人们群情亢奋，狂欢纵欲，颠倒在尘土中，其场景很像是一种集体疯癫。尼采自己说，他是凭借他“最内在的经验”理解了“奇异的酒神现象”的。（《看哪这人》：《悲剧的诞生》2）他由这种现象推断，酒神冲动深深地植根于人的本性之中，其实质是渴求摆脱个体化的束缚，获得一种众生一体、回归自然之母怀抱的神秘体验。他对酒神现象评价极高，不但不认为是一种病态，反而嘲笑那些视之为病态、以“健康”自满的人是“缺乏体验或感官迟钝”的“可怜虫”，他们的所谓“健康”相形之下显得毫无生气。（《悲剧的诞生》1）

在分析希腊艺术繁荣的原因时，尼采一反启蒙运动的传统，不是强调希腊人天性的和谐和宁静，而是把酒神冲动提到首位，认为正是由于在希腊人身上这种冲动格外强烈，又能用相反的日神冲动加以制约，才诞生了辉煌的悲剧艺术。他的第一部著作《悲剧的诞生》就是围绕着这个论点展开的。

后来，尼采明确地把酒神冲动与疯癫和神经官能症联系了起来，但指出这是一种“健康的神经官能症”：“什么是酒神冲动？……从生理学上看，那种产生出悲剧艺术和喜剧艺术的疯癫，酒神的疯癫，又意味着什么呢？怎么，疯癫也许未必是蜕化、衰退、末日文化的象征？也许有一种——向精神病医生提的一个问题——健康的神经官能症？民族青年期和青春的神经官能症？……用柏拉图的话说，正是疯癫给希腊带来了最大的福祉？”（《自我批判的尝试》4）不但在民族的青年期，而且在个人的青年期，我们都可发现这种健康的疯癫。比如在恋爱中，或在舞会和其他社交场合，当两性亲密接触时，男人和女人岂不都陶醉而至于有些疯癫？酒神冲动一旦发作，人便会进入一种如痴如醉的审美状态，在一定程度上都成了善于创造美和欣赏美的艺术家。尼采为此感叹道：“有时候有点儿疯癫是多么聪明！”（《权力意志》807）

人们习惯于把神经官能症视为病态，尼采指出，健康与病态的区分只是相对的，每一个人在一定程度上都是有病的。关键在于内在的生命力，同样的症状，在生命力乏弱的人身上是病态，在生命力强盛的人身上却是健康。就说神经官能症吧，“正如生命的枯竭一样，生气和精力的充溢也能够带来局部的压抑、感官的幻觉、对暗示的敏感等表征”，区别在于发病的原因和最后的效果。“艺术家属于一个更强壮的种族。对我们来说会造成危害的东西，在我们身上会成为病态的东西，在他身上却是自然。”因此，在艺术家身上，这些症状恰好是“充实而旺盛的生命的标志”。在此意义上，尼采说：“就像如今‘天才’可以被看作神经官能症的一种形式一样，艺术的暗示力量也许可以被同样看待”。然而，在那些病弱的天性身上，这些症状却由于神经的离心倾向而导致极度松弛，成为真正的病态，典型地表现在歇斯底里女人身上，以及在尼采看来“事实上仅仅与歇斯底里女人是一路货色”的“戏子们”即现代艺术家身上。（《权力意志》812）

因此，如果说艺术家是神经官能症患者，则必须区分两种情况：一种是由于生命力过剩而造成的健康的神经官能症，希腊悲剧家是其典范；一种是由于生命力衰竭而造成的病态的神经官能症，尼采认为这正是现代艺术尤其是浪漫主义的症结之所在。“现代艺术家在生理上与歇斯底里血缘最近”，其特征是“整个系统荒谬地易于激动”，如同歇斯底里女人一样，这种激动多半带有表演的性质，往往“把‘戏剧性因素’塞进最微不足道的生活细节里面”，使他们不再是真实的人而只成了“角色的会合”。（《权力意志》813）尼采把瓦格纳当作患这种现代病的典型个案：“瓦格纳的艺术是病态的。他带到舞台上的问题（纯属歇斯底里患者的问题），他的痉挛的激情，他的过度亢奋的敏感，他那要求愈来愈刺激的佐料的趣味，被他美化为原则的他的反复无常，以及他对男女主人公的选择（他们被看作生理类型——一条病人肖像的画廊！）：这一切描绘出一种病象，这是毫无疑问的。瓦格纳是一个神经官能症患者……我们的医生和生理学家可以在瓦格纳身上找到最有趣的、至少是十分完整的病例。既然没有什么比这种综合症、这种神经机制的迟暮和亢奋更为现代的了，那么，瓦格纳正是卓越的现代艺术家，现代的卡里奥斯特。”（《瓦格纳事件》：《1888年都灵通信》5）在尼采看来，现代艺术家的问题就出在缺少真正的生命冲动，远离生命之根本，所以要通过艺术来寻求麻醉和疯癫。从效果看，现代艺术也是“把可怜的精疲力竭的病人从人类痛苦的大道引诱到一旁去”，“向他们提供小小的麻醉和疯癫”。（《快乐的科学》89）由此可见，尼采并非一视同仁地肯定疯癫。有富于创造力的伟大的疯癫，也有作为廉价安慰剂的渺小的疯癫，二者不可同日而语。

二　疯癫在道德史上的意义

这个小标题借自尼采本人，是《朝霞》第14节的原标题。在这一节中，尼采比较集中地论述了疯癫对于文明的意义。在人类历史上，一切群体赖以生活的习俗道德始终居于支配地位，在如此可怕的压力下，新的异端思想何以仍能不断冲破压力，爆发出来呢？尼采指出，靠的就是疯癫：“几乎到处都必是疯癫在为新思想开路，冲破庄严的习俗和迷信的禁令。”古人远比我们懂得：“凡有疯癫之处也就有天才和智慧的种子，——某种‘神性之物’”。“一切出类拔萃者不可遏止地要打破任何一种伦理的束缚，创立新的法则，如果他们原先并非真的疯了，则他们除了把自己弄疯或者假装发疯之外，别无出路”。

一切领域的改革者之所以必须靠疯癫开路，一方面是因为舍此不能震慑占据绝对优势的习俗力量。疯癫是这样一种东西：它声色俱厉，变化无常，使人不得不畏惧；它带着完全不能自主的标记，会被人看成神的面具和传声筒。这些特征赋予了它以震慑作用。另一方面，更重要的是，改革者必须藉疯癫获得自信。疯癫又是这样一种东西：它“使新思想的承载者自己也敬畏和害怕自己，因而不再有良心不安，驱策他去做新思想的先知和殉难者”。因此，如果一个改革者原本不是疯子，又不敢装疯，最令他苦恼的问题便是如何使自己真疯。尼采仿佛听见一切时代最有创造力的人都在孤独和绝望中发出这样的悲叹：“啊，快赐我以疯癫吧，你们这些天神！那使我终于相信自己的疯癫！赐我以谵妄和抽搐，突然的亮光和突然的黑暗，吓我以世人未尝经历过的严寒和酷热，喧嚣和憧憧鬼影，让我咆哮和哭嚎，如兽一样爬行：只要我能在自己身上找到自信！怀疑在吞噬我，我杀死了法则，法则令我惧怕就像尸体令活人惧怕一样：如果我不多于法则，我就是天下最堕落的人了。附在我身上的新精神，如果它不是来自你们，又会来自何方？证明给我看，我是属于你们的；唯有疯癫能给我这证明。”（《朝霞》14）使命之伟大令凡胎肉躯不能承受，唯有疯癫才能使其承受者相信，自己有神灵附体，是神灵驱使他来实现这个使命的。读者不难感到，这些话完全出自尼采之肺腑，一定常常在他心中呼叫。最后，也许正是孤独和怀疑把他逼疯了，而疯癫则使他终于战胜怀疑，获得了空前的自信，竟至于自命为“酒神”、“上帝”、“钉在十字架上的人”。

在其他著作中，尼采还谈到过疯癫对于文明的意义。例如，在谈及欧洲统一的“大政治”理想时，他说过一句话：“也许一切伟大在开始时都是疯癫的！”（《善恶的彼岸》241）在阐述“超人”哲学时，他指出：“人是一种应当被克服的东西”，而为了克服人，就必须有“那用舌头舔食你们的闪电”和“那给你们注射的疯癫剂”。它们在哪里？“看啊，我教你们以超人：他就是这闪电，他就是这疯癫！”与超人相反的是“末人”，“末人”的价值观是：“人人皆平等，谁有不同的感觉，就自愿进疯人院。”（《查拉图斯特拉如是说》前言3、5）在这些地方，疯癫概念看来不含明显的病理学意义，更像是一个譬喻，指的是违背常识、习俗、传统的新思想、新行为、新事物本身。无论如何，一切惊世骇俗的言行即使不是出自疯癫之人，也仍会被世人视为疯癫。

如同在艺术领域里一样，在道德领域里，尼采也区分两种不同的疯癫。比如说，他始终把基督教看作一种负面的疯癫，其性质正相当于艺术中的浪漫主义。他称基督教信仰为“整整千年的疯人院世界”，在其中“阴郁而亢奋的想象占据着支配地位”，他批评道：“基督教必须有疾病，大致相当于希腊精神必须有过剩的健康，——使人生病是教会整个救治程序体系的真正的隐秘意图。而教会本身——它岂非把天主教疯人院当作终极的理想？——归根到底把地球当作疯人院？……凡宗教危机支配一个民族的时代，精神病的流行始终是其特征……基督教当作一切价值中的最高价值强加给人类的‘最高’境界乃是癫痫病症状……无人能够随心所欲地成为基督徒：一个人不能‘皈依’基督教，——他必须病得足以为此……”（《反基督徒》38、21、51）尼采的出发点是生命，他认为基督教作为一种道德，其总体倾向是否定生命，因而对之持激烈的批判态度。在他看来，现在如果有为新思想开路的正面的疯癫，所要冲破的恰好是基督教的习俗道德。

三　天才与疯癫

尼采曾经提出“天才=神经病”（转引自：Martin Heidegger. Nietzsche. Verlag Neske. 1961. Bandl. S.112）的公式。不过，在具体论述天才与疯癫的关系时，他并不一概而论。事实上，天才和疯子的确也不能划等号，只有一部分天才有疯癫的症状或者终于发疯了。

生活在一个平庸的社会里，非凡之人所面临的一般危险是孤独，他们被深深地逼入自我之中，其中有的人就这样被逼疯了。尼采指出："我们的荷尔德林、克莱斯特等人无不是毁于他们的这种非凡，忍受不了所谓德国教育的气候；唯有像贝多芬、歌德、叔本华和瓦格纳这样岩石般的天性才能站住脚。"可见在脆弱的天才之外，还是有天性极其坚强的天才的，他们能够抵御不利的环境而使自己不至于毁灭。（《作为教育家的叔本华》3）其中，歌德堪称天才战胜环境的成功典范。尼采最敬佩的德国人就是歌德，他用赞美的口吻列举歌德的特点："他执著人生，入世甚深……他要的是整体……他训练自己完整地发展，他自我创造……"还说："歌德塑造了一种强健、具有高度文化修养、体态灵巧、有自制力、崇敬自己的人，这种人敢于把大自然的全部领域和财富施予自己，他强健得足以承受这样的自由；一种不是出于软弱、而是出于坚强而忍受的人，因为在平凡天性要毁灭的场合，他仍懂得去获取他的利益；一种无所禁忌的人，除了软弱，不管它被叫作罪恶还是德行……"（《偶像的黄昏》：《一个不合时宜者的漫游》49）很显然，尼采虽然同情而且十分理解荷尔德林、克莱斯特这样脆弱的天才，自己实际上也属于此种类型，但心中真正羡慕的却是歌德这样强健、均衡、全面的天才。在他眼里，平庸的"健康"远远低于疯癫，歌德式的伟大的健康则远远高于疯癫，可惜这个榜样是他能够欣赏却无能效仿的。

作为一个脆弱的、容易毁灭的天才，尼采对于同类型天才的弱点了如指掌。他说："这些大诗人，例如拜伦、缪塞、爱伦·坡、莱奥帕尔迪、克莱斯特、果戈理，——正如他们所是的，也许不得不是这样的人：活在瞬间，兴奋，感性，童心，动辄怀疑或信任……经常与长久的厌恶、与不断显现的无信仰之幽灵搏斗，这幽灵令人毛骨悚然，迫使他们向往光荣……"实在因为同病相怜，尼采才如此入木三分地"猜透"了这些大艺术家的病症，因此感到这些先例如同"刑罚"一样加在了他身上。（《善恶的彼岸》269）在另一处，他也提到拜伦和缪塞，如此描绘这个类型的特征："智力痉挛"，"对自己焦躁而阴郁"，"他们做任何事都像脱缰之马，从自己的创作中仅获得一阵短暂的、几乎使血管崩裂的快乐和热情，接着便是严冬一般的悲凉和忧伤，这种人该如何忍受自己呵！"如此看来，一个天才是脆弱还是强健，不只是性格的问题，在很大程度上取决于神经类型。那种脆弱的天才，其显著特点是神经极其不平衡，容易极度兴奋也容易极度抑郁。当周期性的抑郁来临时，无信仰的幽灵就显现了，于是会严重地怀疑自己，厌倦人生，结局是发疯，如荷尔德林、克莱斯特，或者渴望通过行动来逃避自我，如拜伦。尼采认为："行动欲骨子里也许就是自我逃避……行动欲的最高典范可以证实这个命题。不妨以一个精神病医生的知识和经验公正地考虑一下，历代最渴望行动的四个人——即亚历山大、恺撒、穆罕默德和拿破仑——都是癫痫病患者；拜伦同样也备尝此种痛苦。”（《朝霞》549）所以，不但艺术的天才，而且行动的天才，都有可能是神经病，疯癫在赫赫战功中也可能发生了隐秘的重要作用。

关于天才与疯癫的关系，还有一个情况：有的天才是真疯，有的天才的疯却是半真半假的，或多或少带有装的成分。前面曾谈到，改革者必须靠疯癫开路，其中就包括装疯。不过，尼采对这种装疯好像并不赞赏。在提及擅长此道的萨伏那洛拉、路德、卢梭、罗伯斯庇尔、圣西门时，他把他们称作“与强健自由的心灵相反的类型”，并以明显讽刺的口吻写道：“然而，这些病态心灵、这些概念癫痫患者的伟大姿态对大众很有效果，——狂信者是富有诗情画意的，人类爱看表情胜于爱听理由……”（《反基督徒》54）尼采认为，通过半真半假的疯癫造成的天才迷信有利也有弊。其好处是，使人们相信天才身上有超自然的力量，这是令人振奋的，天才借此发生了巨大影响。然而，坏处是：“在每个自信有神性的‘天才’身上，它终究会随着‘天才’年老而发挥毒性。”拿破仑就是一个典型例子，“这种信念最后转变为一种近乎疯癫的宿命论，夺走了他的敏锐眼光，导致了他的毁灭”。因此，尼采的主张是，天才最好还是对自己力量的纯粹人类来源有一个清醒的认识。（《人性的，太人性的》第1卷164）他的意思似乎是，为了使命不妨向大众装点儿疯，但千万不要把自己也弄糊涂了。

2004 年 11 月

第七辑

可持续的快乐

快感离幸福有多远？

人有一个身体，这个身体有大自然所赋予的欲望。欲望未得满足，身体便会处于失调状态，因欠缺而感到不适乃至痛苦。欲望得到满足，身体便重新进入协调状态，会感到惬意的平静。在二者之间，是欲望得到满足的过程，身体在这过程中所感到的就是快感。所谓快感，是针对身体而言的。食色性也，为了个体的生存和种的延续，大自然在人的身体中安置了这两种主要的欲望，其中又以性欲的满足带来最强烈的快感。

除了欲望，我们的身体还有各种感觉器官，它们的享受也可以归入快感之列。皮肤需要触摸和拥抱，否则会感到饥渴。婴儿贪恋母怀，不仅仅是为了吃奶和获得安全感，必定也感觉到了肌肤相亲的快感。年长之后，皮肤饥渴就常常和性欲混合在一起了。舌之对于美味的快感，当然始终是和食欲相关的。身处山野，我们感到身心愉快，其中包含着新鲜空气给予嗅觉的快感。目之于美景和秀色，耳之于天籁和音乐，其快乐肯定不是纯粹肉体性质的，但也可以算作感官的享受。此外，身体还有其他一些种类的快感，例如体育运动、舞蹈、摇滚时体能的释放和对节奏的享受，疲劳后沐浴、休憩、睡眠所带来的彻底放松，如此等等。

总之，快感是多种多样的，包括一切形式的身体享受。大自然为人安排了一个爱享受的身体，我们没有任何理由谴责身体的这种天性。所以，和文艺复兴时期的意大利人一样，我不赞成禁欲主义。美国舞蹈家邓肯有过许多浪漫的性爱经历，招来了风长流短的议论，她为自己辩护道："我觉得肉体的快乐既天真无邪，又令人欢畅。你有一个身体，它天生要受好多痛苦，既然如此，只要有机会，为什么就不可以从你这个身体上汲取最大的快乐呢？"她说出的是身体的天经地义。事实上，为了从身体上汲取最大快乐，人类已经把快感变成了一门艺术，譬如说，世界各民族历史上几乎都产生了传授性爱技巧的经典著作。何况快感虽然属于身体，其意义却不限于身体。一个人能否自然地享受身体的快乐，往往表明他是否拥有充沛的生命力，而这一点往往又隐秘地支配着他的世界观，决定了他对世界的态度是积极还是消极。正是在这个意义上，主张积极世界观的哲学家尼采一度把自己的哲学命名为"快乐的科学"。

然而，在对快感作了充分肯定之后，我不得不还要指出它的限度。人毕竟不只有一个身体，更有一个灵魂。因此，人不但要追求肉体的快乐，更要追求精神的快乐。许多哲学家都谈到，人的需要是有层次之分的，越是精神性的需要居于越高的层次。所谓高低不是从道德上讲的，我们不能以道德的名义否定肉体的快乐。但是，正如英国哲学家约翰·穆勒所说，凡是体验过两种快乐的人就会知道，精神的快乐更加强烈也更加丰富。所以，肉体的快乐只是起点，如果停留在这个起点上，沉湎于此，局限于此，实际上是蒙受了自己所不知道的巨大损失，把自己的人生限制在了一个可怜的范围内。与快感相比，幸福是一个更高的概念，而要达到幸福的境界就必须有灵魂的参与。其实，即使就快感而言，纯粹肉体性质的快感也是十分有限的，差不多也是比较雷同的，情感的投入才使得快感变得独特而丰富。一个人味觉再发达也不成其为美食家，真正的美食家都是烹调艺术和饮食文化的鉴赏家，鉴赏的快乐大大强化了满足口腹之欲时的快感。同样，最难忘的性爱经验一定是发生在两人都充满激情的场合。

在今天，快感已成为最热门的消费品之一，以制造身体各个部位的快感为营业内容的各色服务行业欣欣向荣。我无意评判这一现象，只想提醒那些热心顾客向自己问两个问题。第一个问题：如果你只能到市场上去购买快感，再没有别的途径，你的身体的快感机制是否出了毛病？第二个问题：单凭这些买来的快感，你真的觉得自己幸福吗？

2003 年 9 月

可持续的快乐

如果一个年轻女性来问我，青春不能错过什么，要我举出十件必须做的事，我大约会这样列举：

一、至少恋爱一次，最多两次。一次也没有，未免辜负了青春。但真恋爱不容易，超过两次，就有赝品之嫌。

二、交若干好朋友，可以是闺中密友，也可以是异性知音。

三、学会烹调，能烧几样好菜。重要的不是手艺本身，而是从中体会日常生活的情趣。

四、每年小旅行一次，隔几年大旅行一次，增长见识，拓宽胸怀。

五、锻炼身体，最好有一种自己喜欢、能够持之以恒的体育项目。

六、争取受良好的教育，精通一门专业知识或技能，掌握足以维持生存的看家本领。尽量按照自己的兴趣选择职业。如果做不到，就以敬业精神对待本职工作，同时在业余发展自己的兴趣。

七、养成高品位的读书爱好，读一批好书，找到属于自己的书中知己。

八、喜欢至少一种艺术，音乐、舞蹈、绘画都行，可以自己创作和参与，也可以只是欣赏。

九、养成写日记的习惯。它可以帮助你学会享受孤独，在孤独中与自己谈心。

十、经历一次较大的挫折而不被打败。只要不被打败，你就会变得比过去强大许多倍。不经历这么一回，你不会知道自己其实多么有力量。

开完这个单子，我再来说一说我的指导思想。我的指导思想很简单，第一条是快乐。青春是人生中生命力最旺盛的时期，快乐是天经地义。我最讨厌那种说教，什么“少壮不努力，老大徒悲伤”，什么“吃得苦中苦，方为人上人”，仿佛青春的全部价值就在于为将来的成功而苦苦奋斗。在所有的人生模式中，为了未来而牺牲现在是最坏的一种，它把幸福永远向后推延，实际上是取消了幸福。人只有一个青春期，要享受青春，也只能是在青春期。有一些享受，过了青春期诚然还可以有，但滋味是不一样的。譬如说，人到中老年仍然可以恋爱，但终归减少了新鲜感和激情。同样是旅行，以青春期的好奇、敏感和精力充沛，也能取得中老年不易有的收获。依我看，“少壮不享乐，老大徒懊丧”至少也是成立的。倘若一个人在年轻时并非因为生活所迫而只知吃苦，拒绝享受，到年老力衰时即使成了人上人，却丧失了享受的能力，那又有什么意思呢。尤其是女性，我衷心希望她们有一个快乐的青春，否则这个世界也不会快乐。

但是，快乐不应该是单一的，短暂的，完全依赖外部条件的，而应该是丰富的，持久的，能够靠自己创造的，否则结果仍是不快乐。所以，我的第二条指导思想是可持续的快乐。这是套用“可持续的发展”一语，用在这里正合适。青春终究会消逝，如果只是及时行乐，毫不为今后考虑，倒真会“老大徒悲伤”了。为今后考虑，一方面是实际的考虑，例如要有真本事，要有健康的身体，等等。另一方面，更重要的是，要使快乐本身不但是快乐，而且具有生长的能力，能够生成新的更多的快乐。我所列举的多数事情都属于此类，它们实际上是一些精神性质的快乐。青春是心智最活泼的时期，也是心智趋于定型的时期。在这个时期，一个人倘若能够通过读书、思考、艺术、写作等等充分领略心灵的快乐，形成一个丰富的内心世界，他在自己的身上就拥有了一个永不枯竭的快乐源泉。这个源泉将泽被整个人生，使他即使在艰难困苦之中仍拥有人类最高级的快乐。在我看来，这是一个人可能在青春期获得的最重大成就。当然，女性同样如此。如果我不这样看，我就是歧视女性。如果哪个女性不这样看，她就未免太自卑了。

2003 年 11 月

花心男女的专一爱情

向天下情侣和仍然相爱的夫妇问一个问题：你能否容忍你的情人、妻子或丈夫在爱你的同时还对别的异性动情？我相信，回答基本上是否定的。这么说来，爱情应该是专一的了。

再问第二个问题：你在爱你的情人、妻子或丈夫的同时，能否保证对别的异性决不动情？我相信，如果你足够诚实，回答基本上也是否定的。这么说来，爱情又很难是专一的了。

那么，爱情到底是不是专一的呢？

首先肯定一点：当我们与一个人真正相爱时，我们要求他（她）全心全意地爱自己，这个要求是合理的。如果他（她）对别的异性也动情，我们就会妒火中烧，这种嫉妒的情绪也是正常的，不可简单地斥为心胸狭隘或占有欲太强。问题在于，在这种情形下，我们对既有爱情的信心必然会发生动摇。第一，爱情总是从动情开始的，如果我的爱人对别人动情了，我如何能断定这动情不会发展成爱情呢？第二，爱情和动情的界限也实在难以划清，说到底不过是程度的差别。事实上，我们确实看到，在此类事件中，那越轨的一方无论怎样信誓旦旦，花言巧语，也很难使受委屈的一方相信自己仍是唯一被爱的人。我们也许还有理由假定，每一个人在性爱方面的能量是一个常数，因此，别的方向支出的增加就意味着既有方向投入的减少。这么看来，爱情在本质上要求一种完整性，要求它自身是不可分割的，专一这个要求是包含在爱情的定义之中的。

然而，专一是爱情的本性，却不是人的本性，不是每一个有血有肉的男人和女人的本性。问题就出在这里。当绝色美女海伦出现在特洛亚宫廷上时，所有在场的男人，不管元老还是大臣，都为她的美貌惊呆和激动了，这才是男人的天性。凡是身心健康的男女，我的意思是说，凡是不用一种不自然的观念来压抑自己的男女，在和异性接触时都会有一种和同性接触所没有的愉快感受，有时这种感受还会比较强烈，成为特别的好感，这乃是一个基于性别差异的必然倾向，这个倾向不会因为一个人已经有了情人或结了婚而完全改变。也许热恋中的人会无暇他顾，目中没有别的异性，但是，热恋毕竟不是常态。正是在对异性的这种愉快感受的基础上，动情就成了有时难免会发生的事。

所以，不妨说，天下的男女在不同程度上都是花心的。那么，天下的爱情岂不都岌岌可危了吗？我想不会的，原因是在每一个人身上，一方面固然可能对不止一个异性发生愉悦之感，另一方面却又希望得到专一的爱情，二者之间产生了一种微妙的平衡。在一定的意义上可以说，忠贞的爱情是靠了克制人性的天然倾向才得以成全的。不过，如果双方都珍惜现有的爱情，这种克制就会是自愿的，并不显得勉强。也有一方没有克制住的情形，我的建议是，如果另一方对于彼此的爱情仍怀有基本的信心，就最好本着对人性的理解而予以原谅。要知道，那种绝对符合定义的完美的爱情只存在于童话中，现实生活中的爱情不免有这样那样的遗憾，但这正是活生生的男人和女人之间的活生生的爱情。当然，万事都有一个限度，如果越轨成为常规，再宽容的人也无法相信爱情的真实存在了，或者有理由怀疑这个风流成性的哥儿姐儿是否具备做伴侣的能力了。

2002 年 12 月

我对女性只有深深的感恩

——《永恒之女性》序

本书汇集了我迄今为止所发表的谈论性、女人、爱情、婚姻的几乎全部文字。这些文字是在二十几年里陆续写下的，趁这次整理的机会重读了一遍。在读的过程中，我明确地感到，倘若要用一句话来概括我在这一领域里的认识，歌德的名句“永恒之女性”是最恰当不过的了，于是用以为书名。

歌德是一个大文豪，也是一个大情种，一生中恋爱不断，在女人身上享尽了艳福，也吃足了苦头，获得了大量灵感，也吸取了许多教训。老天赋予他一个情欲饱满的身体和一颗易感的心，使他一走近女人就春心荡漾，热血沸腾。不过，最后成就的不是一个普通的登徒子，而是一个伟大的诗人。他的天才使他能够把从女人身上得到的全部快乐和痛苦都酿成艺术的酒，他的超乎常人的强大理性又使他能够及时地从每一次艳遇、热恋、失恋、单恋中拔出身来，不在情欲之海中灭顶，反而把这一切经历用作认识的材料。认识什么？认识世界和人生，也认识女性。回过头去看，他所迷恋的那一个个具体的女人都是他的老师，他在她们身边度过的那些要死要活的日子都是他的功课，他经由她们学习这门叫作女性的课程。最后，这个勤奋的学生在八十二岁的时候终于交出了毕业答卷，就是诗剧《浮士德》第二部的结束语：“永恒之女性，引我们上升。”

在我看来，这句话也是歌德一世风流的结束语，是他的女性观的总结。从这句话中，我读出的是他对女性的深深的感恩，与女人之间的所有情感纠葛，一生的爱的纷乱，都在这感恩之中平静下来了。恋爱是短暂的，与每一个女人的肌肤之亲是短暂的，然而，女性是永恒的。这永恒的女性化身为青春少女，引我们迷恋可爱的人生，化身为妻子，引我们执著平凡的人生，又化身为母亲，引我们包容苦难的人生。在这永恒的女性引导下，人类世代延续，生生不息，不断唱响生命的凯歌。

当然，我不是歌德，没有他的天才，也没有他的丰富的阅历。但是，身为男人，我也喜欢女人，也由自己的经历体会和认识女人，而最后的心情也和歌德一样，我对女性只有深深的感恩。男女恩怨，一切怨都会消逝，女性给人生、给世界的恩却将永存。我相信，不但我，一切懂得算总账的男人，都会是这样的心情。希腊神话里的英雄伊阿宋因为美狄亚的复仇而怨恨全部女性，祈愿人类有别的方法生育，使男人可以彻底摆脱女人。我倒希望上天成全他的祈愿，给像他这样的男人另造一个没有女人的世界，让他们去享受无性繁殖的幸福。至于我自己，我无比热爱眼前这个充满着女性魅惑和女性恩惠的世界，无论给我什么报偿，我都决不肯去伊阿宋的理想世界里呆上哪怕一天。

2006 年 8 月

本质的男人

我不善谈男人，正因为我是男人。男人的兴趣和观察总是放在女人身上的。男人不由自主地把女人当作一个性别来评价，他从某个女人那里吃了甜头或苦头，就会迅速上升到抽象的层面，说女性多么可爱或多么可恶。相反，如果他欣赏或者痛恨某个男人，他往往能够个别地对待，一般不会因此对男性这一性别下论断。

男人谈男人还有一种尴尬。如果他赞美男人，当然有自诩之嫌。如果他攻击男人呢，嫌疑就更大了，难道他不会是通过攻击除他之外的一切男人来抬高自己，并且向女人献媚邀宠吗？

所以，我知道自己是在做一件吃力不讨好的事情。为了对付这个难题，我不得不耍一点儿苏格拉底式的小手腕，间接地来接近目标。

男人是什么，或者应该是什么？如果直接问这个问题，也许不易回答。可是，我常常听见人们这样议论他们看不起的男人："某某真不像一个男人！"可见人们对于男人应该怎样是有一个概念的，而问题的答案也就在其中了。什么样的男人会遭人如此小瞧呢？一般有这样一些特点，例如窝囊、怯懦、琐碎。一个窝囊的男人，活在世上一事无成；一个怯懦的男人，面对危难惊慌失措；一个琐碎的男人，眼中尽是鸡毛蒜皮。在所有这些情况下，无论男人女人见了都会觉得他真不像一个男人。

现在答案清楚了。看来，男人应该不窝囊，有奋斗的精神和自立的能力；不怯懦，有坚强的意志和临危不惧的勇气；不琐碎，有开阔的胸怀和眼光。进取，坚毅，大度，这才像一个男人。无论男人女人都会同意这个结论。女人愿意嫁这样的男人，因为这样的男人能够承担责任，靠得住，让她心里踏实。男人愿意和这样的男人来往，因为和这样的男人打交道比较痛快，不婆婆妈妈。

我是否同意这个结论呢？当然同意。我也认为，男人身上应该有一种力量，这种力量使他能够承受人生的压力和挑战，坚定地站立在世界上属于他的那个位置上。人生的本质决非享乐，而是苦难，是要在无情宇宙的一个小小角落里奏响生命的凯歌。就此而言，男人身上的这种力量正是人生的本质所要求于男人的。因此，我把这种力量看作与人生的本质相对应的男人的本质，而把拥有这种力量的男人称作本质的男人。当我们接触这样的男人时，我们确实会感到接触到了某种本质的东西，不虚不假，实实在在。女人当然也可以是很有力量的，但是，相对而言，我们并不要求女人一定如此。不妨说，女人更加具有现象的特征，她善于给人生营造一种美丽、轻松、快乐的外表。我不认为这样说是对女人的贬低，如果人生的本质直露无遗，而不是展现为丰富多彩的现象，人生未免太可怕也太单调了。

最后我要补充一点：看一个男人是否有力量，不能只看外在的表现。真正的力量是不张扬的。有与世无争的进取，内在的坚毅，质朴无华的大度。同样，也有外强中干的成功人士，色厉内荏的呼风唤雨之辈，铢两必较的慈善家。不过，鉴别并非难事，只要不被虚荣蒙蔽眼睛，很少有女人会上那种虚张声势的男人的当。

2002 年 12 月

局外人谈情人节

又要到情人节了吗？我总是听别人提起，然后才明白过来，可见我已经被情人节排除在外了。那么，何妨就作为局外人来议论一下。据我想，真正符合定义的情人，即能够问心无愧地以情人节的主人自居的人，一定是情况各异的，所以应该用不同的方式来过这个节日。如果都是送小礼物或大礼品，都是坐酒吧或听音乐会，未免太缺乏想象力了。我的建议是，不管情况如何，所采取的方式最好都能使这个日子与平时形成鲜明的反差。节日之为节日，就在于打破常规。譬如说，平时各自忙碌的情人，这一天当然应该放下一切俗务，义无返顾地相守，而平时形影不离的情人，这一天却不妨暂时劳燕分飞，体会一下相思的滋味。又譬如说，秘密的情人这一天不妨勇敢亮相，缘尽的情人这一天不妨潇洒分手，如此等等。

那些没有情人的单身男女怎么办呢？从前，按照一切民族古老的传统，一年中最欢乐的节日是属于他们的，那是他们自由寻偶的日子。现在，温室里的情人节取代了田野上的爱神节，实在是一个遗憾。

而且，为什么没有夫妻节呢？情人一旦结了婚，从此就没有自己的节日了吗？不过，倘若真有夫妻节，全世界的夫妻这一天都来海誓山盟，互表忠心，那情形一定非常可笑。所以，还是没有的好。

2002 年 12 月

亲疏随缘

曾有人问我如何处理人际关系，我的回答是：尊重他人，亲疏随缘。这个回答基本上概括了我对待友谊的态度。

人在世上是不能没有朋友的。不论天才，还是普通人，没有朋友都会感到孤单和不幸。事实上，绝大多数人也都会有自己的或大或小的朋友圈子。如果一个人活了一辈子连一个朋友也没有，那么，他很可能怪僻得离谱，使得人人只好敬而远之，或者坏得离谱，以至于人人侧目。

不过，一个人又不可能有许多朋友。所谓朋友遍天下，不是一种诗意的夸张，便是一种浅薄的自负。热中于社交的人往往自诩朋友众多，其实他们心里明白，社交场上的主宰决不是友谊，而是时尚、利益或无聊。真正的友谊是不喧嚣的。根据我的经验，真正的好朋友也不像社交健儿那样频繁相聚。在一切人际关系中，互相尊重是第一美德，而必要的距离又是任何一种尊重的前提。使一种交往具有价值的不是交往本身，而是交往者各自的价值。在交往中，每人所能给予对方的东西，决不可能超出他自己所拥有的。他在对方身上能够看到些什么，大致也取决于他自己拥有些什么。高质量的友谊总是发生在两个优秀的独立人格之间，它的实质是双方互相由衷的欣赏和尊敬。因此，重要的是使自己真正有价值，配得上做一个高质量的朋友，这是一个人能够为友谊所做的首要贡献。

我相信，一切好的友谊都是自然而然形成的，不是刻意求得的。我们身上都有一种直觉，当我们初次与人相识时，只要一开始谈话，就很快能够感觉到彼此是否相投。当两个人的心性非常接近时，或者非常远离时，我们的本能下判断最快，立刻会感到默契或抵牾。对于那些中间状态，我们也许要稍费斟酌，斟酌的快慢是和它们偏向某一端的程度成比例的。这就说明，两个人能否成为朋友，基本上是一件在他们开始交往之前就决定了的事情。也就是说，人与人之间关系的亲疏，并不是由愿望决定的，而是由有关的人各自的心性及其契合程度决定的。愿望也应该出自心性的认同，超出于此，我们就有理由怀疑那是别有用心，多半有利益方面的动机。利益之交也无可厚非，但双方应该心里明白，最好还摆到桌面上讲明白，千万不要顶着友谊的名义。凡是顶着友谊名义的利益之交，最后没有不破裂的，到头来还互相指责对方不够朋友，为友谊的脆弱大表义愤。其实，关友谊什么事呢，所谓友谊一开始就是假的，不过是利益的面具和工具罢了。今天的人们给了它一个恰当的名称，叫感情投资，这就比较诚实了，我希望人们更诚实一步，在投资时把自己的利润指标也通知被投资方。

当然，不能排除一种情况：开始时友谊是真的，只是到了后来，面对利益的引诱，一方对另一方做了不义的事，导致友谊破裂。在今日的商业社会中，这种情况也是司空见惯的。我不想去分析那行不义的一方的人品究竟是本来如此，现在暴露了，还是现在才变坏的，因为这种分析过于复杂。我想说的是，面对这种情况，我们应取的态度也是亲疏随缘，不要企图去挽救什么，更不要陷在已经不存在的昔日友谊中，感到愤愤不平，好像受了天大的委屈。应该知道，一个人的人品是天性和环境的产物，这两者都不是你能够左右的，你只能把它们的产物作为既定事实接受下来。跳出个人的恩怨，做一个认识者，借自己的遭遇认识人生和社会，你就会获得平静的心情。

2002 年 11 月

相貌和心灵

世上很少有人完全不在乎自己的相貌。一般来说，年轻人比年长者更在乎，女人比男人更在乎。女人重视容貌是情有可原的，既然几乎一切民族的文化都把女性的美丽作为一种价值进行讴歌，作为一种标准来评判她们，而在实际生活中，容貌的美丑对于她们的婚爱、社交乃至职业方面的遭遇确实会发生相当的影响，那么，她们似乎也就别无选择。年轻人入世还浅，不免看重人际关系较浅的层面，留意别人对于自己的表面印象，所以在容貌上也比较敏感。

与关心名声相比，关心容貌更是一种虚荣，因为与名声相比，容貌离一个人的真实价值更远。现代整容术已经能够把一张脸变成另一张脸，但在新脸皮下面的仍是那个旧人。如果不通过镜子，人是看不见自己的容貌的，常常也是想不起自己的容貌的，而这并不妨碍他做一切事情。镜子代表着别人的眼光，人一照镜子，就是在用别人的眼光审视自己了，因此，其实他所关心的是别人对自己的观感。按照他的虚荣的程度，这别人可以是某个意中人、一般异性或广大而笼统的人群。

虚荣是难免的，怎奈人生易老，红颜难久，这是谁也逃脱不掉的规律。好在绝大多数人都会随着年龄增长而逐步调整自己的心理，克服在相貌方面的虚荣心。事实上，在不同的年龄段，相貌的内容在发生着变化，人们对相貌的感觉和评价也在随之改变。年龄越小，相貌的美就越具有物质的、生理的性质，因而彼此也越为相似。譬如说，天下的娃娃都一样可爱，那是一种近似小动物的美，表现为稚气的表情、娇嫩的皮肤、憨态可掬的动作。少男少女的美洋溢着相同的青春朝气，但我们已能发现，其中有些人因为正在形成的优秀个性而显得更具魅力。对于一个成年人的外貌，我们一般不会对其物理性方面例如五官的构造、皮肤的质地给予高度评价，而是更加看重其所显现的精神内涵。

叔本华说："人的外表是表现内心的图画，相貌表达并揭示了人的整个性格特征。"至少就成年人的相貌而言，他的这一看法是有道理的。在漫长的时间中，一个人的惯常的心灵状态和行为方式总是伴随着他自己意识不到的表情，这些表情经过无数次的重复，便会铭刻在他的脸上，甚至留下特殊的皱纹。更加难以掩饰的是眼神，一个内心空虚的人绝对装不出睿智的目光。我们大约都遇见过那样的人，他们的粗俗一望而知，仿佛就写在他们的脸上。同样，当我们面对爱因斯坦的肖像时，即使没有读过他的著作，我们从他的宽容、幽默、略带忧伤的神情就能判断他是一位智者。叔本华也举了一个例子：一群高贵的绅士来到维斯孔蒂公爵的宫廷，维斯孔蒂问他的年幼的儿子，谁是最智慧的人，孩子稍作环顾，就去拉着彼特拉克的手，把这位文艺复兴时代的巨人带到了父亲面前。有趣的是，中国的圣人孔子和西方的圣人苏格拉底都是相貌极其古怪的人，但是，历史并未留下人们认为他们丑陋的记载。

总之，在到达成熟的年龄以后，一个人相貌中真正有吸引力的是那些显现了智慧、德行、教养、个性等心灵品质的因素。至少就男人而言，这基本上是共识，聪明的女性也是这样来欣赏男人的。那么，女性是否也应该这样来欣赏自己，或者男性是否也应该这样来欣赏女人呢？我认为是的。哪怕是绝色美人也免不了有迟暮的一天，世界上再高明的美容术也不能使美色永驻。因此，女人在中年之后仍然一心要以色媚人，这至少是不明智的。能够使女人长久保持魅力的也是容貌中的精神特性，一个气质高贵的妇人虽然未必像妙龄美女那样令许多男人神魂颠倒，但却能获得男人和女人的普遍敬慕。请不要说这不是一种女人魅力，无论男人魅力还是女人魅力都决不是纯粹的生理特质，而永远是多种因素的综合。另一方面呢，无论男人还是女人，都必须顺应大自然的安排，在不同的季节收获不同的果实。

2002 年 12 月

日常生活中的危险

日常生活中的危险——这是一个包罗万象的题目。只要不在暴政之下，战争之中，或者不是职业的惊险生涯（例如探险家、间谍、政客），我们无时无刻不在日常生活之中，我们所遭遇的每一种危险都可以归到这个题目下面。

小的危险不去说了，每个人只要留神就可防备的危险也不去说了，这些简直不算是危险。单说真正的危险，其特点是发生前无法预防，发生了会夺人性命。

首先是疾病——潜伏在我们身体里的杀手，它们常常躲藏得非常好，躲过了仪器的探测，也不被主人察觉，有朝一日突然作案。我们知道，相当一部分猝死病人生前从未被查出有心脏病。大部分癌症都是神不知鬼不觉地布下它们的阵地的，当它们擂响战鼓时，我们的生命已经落在包围圈里。艾滋病是异军突起的新恐怖杀手，虽然其出没踪迹明确，但随着它的势力范围迅速扩大，防备也变得日益困难。你可以洁身自好，不吸毒也不淫乱，可是，你无法保证自己永远不需要输血，因而无法杜绝它伺机侵入的可能性。

是的，你会说，血液污染是医疗事故，而医疗事故应该是可以避免的。我正要说到这一点：医疗事故恰恰是我们今天无法防备的又一危险。报纸上披露的许多恶性医疗事故只是冰山一角，往往是因为相关的法律纠纷才引起了媒体的关注。作为病人，我们既然十分熟悉在医院里遭到冷漠对待和粗心处置的滋味，那么，我们对医疗事故频繁怎么会感到奇怪呢？这种冷漠和粗心落在普通病症上未必有明显后果，落在重病急病上往往就意味着死亡。当然，谁是被重大事故选中的倒霉蛋，这也许是偶然的，但是，如果事故相当多，成为倒霉蛋的机会就相当大。

对于现代人来说，交通事故更是习以为常的了。翻阅一下报纸，几乎无日没有关于恶性交通事故的报道，这真正成了我们日常生活的一个组成部分，因而不再使我们震惊。有一个材料说，车祸已经成为今日世界上最主要的致死原因，其杀伤力远超过一切最可怕的疾病。还有一个材料说，中国每年死于车祸的人数已居世界首位。现在上街，无论你是开车的、骑车的或走路的，都不可心存侥幸。在拥挤的车流中，不知何处藏着一个莽撞的二把刀，会驾车撞断高速公路上的隔离栏，然后把行驶在另一侧的你的车撞翻，或者滑入非机动车道，把正在骑车的你的腿压断。我说的可不是我的想象，受害者就在我的耳目所及的范围内。至于空难，就更不是乘客所能防备的了。你不妨选乘最先进的飞机，可是，先进如协和不是也在戴高乐机场上空爆炸了吗？

那么，躲在屋子里不出门吧。然而，从报上读到，在最近不长的时间里，有小学校的楼梯崩塌，有网吧和娱乐场所失火，皆造成重大伤亡，这些灾难都发生在建筑物里面。在自己家里就安全吗？你自己可以万分小心，但你无法保证你的邻人也都小心，而只要有一人不慎，酿成火灾，不被殃及就只能靠运气了。

自从“9·11”以后，恐怖主义成了对于世界和平和人类生命的主要威胁。恐怖主义的本质不是某种极端的政治、宗教或民族立场，而是不管从何种立场出发，把残杀无辜平民作为向敌对者申述其立场的手段。采用这种手段的当然是敌对双方中处于劣势的一方，但我们决不能因此而给予任何同情，而必须毫不含糊地宣布一切此种行为皆是非正义的，反人类的。问题的严重性在于，比起和真正的敌人战斗来，杀害平民过于容易，因此这种卑鄙的做法很容易被仿效。恐怖主义一旦在世界上许多地区得逞，它就不会有国界，必然蔓延开来。所以，无人对它可以袖手旁观，甚至幸灾乐祸，否则，迟早有一天，我们也不得不把恐怖主义列入日常生活中的危险之清单。

除了以上列举的以外，还有社会犯罪猖獗带来的危险，还有各种慢性的、从长远看也是致命的危险，例如生态破坏、环境污染、食品伪劣等等。啊，真是举不胜举，防不胜防。

我发现，所有这些危险，只有极少数是天灾，绝大多数是人祸。不过，对于个人来说，天灾和人祸并无区别，不可抗拒的人祸也具有天灾的性质，一旦落在头上，唯有听天由命。照此看来，人生在世岂不步步陷阱，天天担惊受怕了？才不呢。老实说吧，若不是因为要做这一篇命题作文，我才不去想这么些危险呢。即使想到它们，我也不是在替自己担忧，而是在对人类状况和我们的社会状况进行反省。这倒不是因为我崇高，而是因为我不至于那么傻。耶稣有言：“你们不要为明天忧虑，明天自有明天的忧虑；一天的难处一天担当就够了。”据我看，一个人为自己完全不能支配的、将来某个不确定的时候可能发生也可能不发生的危险担忧，他就的确是一个傻瓜。按照叔本华的描绘，人生的海洋布满暗礁和旋涡，我们即使小心翼翼地躲开了它们，最后的结果仍是不可挽救的船沉。好吧，就算如此，既然结局已定，我们就不必太在意途中是否触礁了，因此也就可以愉快地享受每一个未尝触礁的日子了。

所以，我的文章应该有这样一个题目：好好过日常生活，别在意危险。

2002 年 12 月

把明星还原为普通人

——《艺术人生》序

《艺术人生》是央视的名牌栏目。这个栏目之所以受欢迎，我认为主要原因有二。第一，出场的嘉宾多是腕级明星，著名的导演、演员、歌手、主持人，人气本来就旺，公众的关注度本来就高。公众对明星的幕后生活从来有强烈的好奇，让他们走下舞台，作为普通人谈一谈自己的人生，公众自然不肯错过。但是，第二，他们毕竟仍是在一个电视节目中出现，面对的仍是镜头和观众，公众看到的也仍是他们在一个特定舞台上的表现。因此，能否使他们的表现最大限度地接近于生活中的真实模样，就要看电视制作者的本事了。《艺术人生》摄制组显然有这个本事，靠了节目前对被采访人尽可能充分的了解和沟通，节目中诚恳、质朴而又不失机敏的主持风格，营造出了一种让嘉宾动真情、吐真言的氛围，使这些名人在不同程度上显出了普通人的“原形”。

现在，摄制组从开播以来的节目中选出有代表性的若干期编成这本书，我读了部分内容，觉得也许可以把本书定位为“幕后的幕后”之展示。第一层幕后，是明星们的幕后，朱军把他们的艺术装饰卸除，让我们看艺术背后的他们的人生故事。第二层幕后，是《艺术人生》节目本身的幕后，编者把演播室的道具撤除，让我们看演播背后策划和编导的故事。

“把明星还原为普通人”，这是本书所表述的《艺术人生》节目的核心理念。我很欣赏这个理念，按照我的理解，它应该包含两层意思。第一，明星在成为明星之前本来就是一个普通人，有作为普通人的人生道路和人生故事。第二，明星在成为明星之后仍然是一个普通人，有作为普通人的性格、情感和真实生活状态。节目就是要把明星身上这两个作为普通人的方面显现出来，这不仅仅是为了拉近明星与观众的距离，使观众产生亲切感，更重要的意义是揭示出艺术与人生之间的本质联系。一个明星，如果他不只是一个公众人物，同时也是一个真正的艺术家，他就必定首先是一个真实的人，人性的真实是艺术的真实的前提，他的全部人生经历和他的个性永远是他的艺术植根于其中的土壤。一个遗弃了自己普通人生经历的人，一个不再把自己当作普通人的人，他也许仍是一个明星，但决不是一个艺术家了。

2005 年 8 月

第八辑

让教育回归常识

人文精神是大学一切责任的内核

杨振宁先生近日在乌鲁木齐发表谈话，断言中国大学的教育非常成功。此言一出，舆论哗然，一片反对声。有趣的是，以杨先生的巨大名望，也几乎无一人真正为他辩护，至多只是以他说的是“客气话”替他解嘲。我把这看作民意的一个可靠检测，表明国人对于教育现状的不满已经到了何等普遍和不可调和的地步。

杨先生赞美中国大学教育的理论依据是他对大学责任的看法。虽然他宣称这是全世界的共识，但我不认为全世界在如此复杂的价值观问题上能够达成共识，因此宁可视为他的个人看法。他把大学的责任归结为三项，即教育年轻人、做尖端研究和为社会服务。我想稍微做一点儿分析。

杨先生说，他先后在美国和中国为大一学生上物理课，发现中国学生比美国学生基础更扎实，学习更努力，比如三角方程式能够脱口而出。究其原因，则是因为中国学生在中学时代训练题目做得好。根据这个“亲身体会”，他断言：“中国对学生的中学时代基础教育是成功的”，又进而断言：“从教育年轻人的角度讲，中国大学的本科教育非常成功。”杨先生显然是在赞美中国的应试教育。应试教育当然有其效用，即知识的灌输量大，知识的短时记忆牢固，可是，据此怎么能证明基础教育的成功呢？应试教育所牺牲掉的那些因素，比如好奇心的保护和培养，享受智性快乐的能力，独立思考的能力，分析和解决问题的能力，本应是基础教育更重要的方面，都被杨先生忽略掉了。因此，即使把“教育年轻人”这个角度局限于智育，杨先生对智育的理解也有舍本求末之嫌。

对于一个国家或一所大学来说，其科学研究水平与基础教育水平之间有着直接的联系，基础教育的缺陷必然会在科学研究中反映出来。智育的目标定位于特定知识还是爱因斯坦所说的内在的自由，怀特海所说的在知识面前拥有自由的能力，结果完全不同。从根本上说，西方科学之所以发达，实赖于对于人的智力品质的尊重，对于超越于功利的纯粹智力活动的热爱。在科学研究的领域，中国大学与世界大学的差距悬殊，杨先生无法否认这个有目共睹的事实，但是，由于他回避从文化传统上寻找根源，便简单地把原因归结为“中国经济发展起步较晚”了。

关于大学为社会服务这个责任，杨先生笼统地断言：“中国大学对社会的贡献非常大，这一点不容置疑。”恰恰这一点遭到了最多的质疑，质疑集中在中国大学教育的不公平性上，尤其是学费猛涨导致的对于贫困阶层的歧视，这种歧视每天都在制造悲剧。我还想从另一角度提出质疑：与社会的尺度相比，教育是否还应该有一个更重要的尺度，即人性的尺度？大学诚然要为社会输送人才，问题在于输送怎样的人才。杜威有一个著名论点：教育即生长，在生长之外别无目的。这就是说，衡量教育成败的标准应是受教育者天性和能力的健康生长。事实上，倘若坚持这个标准，大学就能为社会输送本质上真正优秀的人才，无疑是为社会最好的服务。相反，如果用急功近利的近视眼光看待为社会服务，结果就会像今天这样，把大学办成了一个职业培训场。

其实，上面所说的道理皆是常识，杨振宁先生长期受西方文明熏陶并做出了巨大成就，不可能不懂这些道理。因此，我宁可把他对中国教育现状的赞美看作一时失言。他的失言提供了一个机会，使我们得以重新审视中国教育的现状，未必不是好事。我的感觉是，他仿佛在用另一种方式提醒我们：人文精神是大学一切责任的内核，丧失人文精神的大学是最不负责任的大学，因而不再是真正的大学。

2005 年 8 月

让教育回归常识，回归人性

——曹保印《聆听教育的真声音》序

近些年来，媒体报道过大大小小发生在学生身上的悲剧性事件。这些事件既是触目惊心的，又是发人深省的。然而，由触目惊心到发人深省，还必须听者有心。曹保印就是这样一个有心人。在本书中，他选择了相当数量的典型个案，从教育的角度对之进行认真分析。正如他所警告的，倘若人们仅仅把这些事件当作“新闻”看待，过眼即忘，不予重视，就难保自己的孩子有一天不会成为这类“新闻”中的主角。为了我们的孩子，是到全社会关注教育的时候了。

中国现行教育的弊端有目共睹，事实上已成为民众受害最烈、怨声最多的领域之一，引起了越来越多有识之士的忧思。根本的症结当然是在体制上，举其大者，一是教育资源分配不公和市场化名义下的高收费、乱收费，导致大量贫困家庭子女实际上被剥夺受教育的权利；二是应试教育变本加厉；三是教育目标和过程的急功近利。在这三种因素交互作用下，滋生了种种教育腐败现象。体制问题的解决，一方面要靠民意充分表达，另一方面要靠政府痛下决心。自今年两会召开以来，我们在这两个方面都看到了一些积极的迹象。

但是，体制的改革非一日之功，我们不能坐等其完成。我们应看到，即使在现行体制下，老师和家长仍拥有相对的自由，可以为自己的学生和孩子创造一个尽可能好的小环境，把大环境对他们的危害缩小到最低程度。当然，这就要求老师和家长站得足够高，对于现行体制的弊端有清醒的认识，对于教育的理念有正确的理解。可以想象，这样的老师和家长多了，不但其学生和孩子受益，而且本身就能成为促进体制变革的重要力量。说到底，有什么样的人民，就有什么样的制度。

事实上，发生在学生身上的悲剧，虽可追根溯源到体制的弊端，但基本上都有小环境的直接导因。比如说，现在学生自杀事件频繁而且呈低龄化趋势，其中有一大部分，学生的老师或家长难辞其咎。在本书所分析的个案中，就有多起初中学生因为不堪教师的虐待和羞辱而自杀的事例，有的学生在遗书中明言，自杀是为了以死证明他的老师没有资格做老师。因为学习成绩不好或未完成作业，家长对孩子体罚，逼死甚至打死孩子，这样的事情也时有发生。死亡事件只是冰山一角，不知还有多少孩子生活在极端非人性的小环境中，身心遭受着严重摧残，我为所有这些孩子感到悲伤和愤怒。

当然，最后仍无法回避体制的问题，因为在现行应试教育和急功近利的体制下，中国孩子的成长环境在总体上就是非人性的，普遍承受着与年龄极不相称的功课负担和功利期待，其恶果是童年被无情地剥夺，人性遭到扭曲。本书所分析的对生命冷漠和残忍、为小事自杀或杀人、校园暴力等事例说明，相当一些孩子在人性上存在着缺陷。这些事例也只是冰山一角，今日孩子们的心理问题一定是很普遍的，在非人性的总体环境中仍能生长出健全的人性，这只能是幸运的例外。

教育的基本道理并不复杂，其主要使命就是提供一个良好的环境，使受教育者所固有的人性特质得到健康的生长，成为人性健全的人。毫无疑问，一个人唯有人性健全才可能真正幸福，也才可能真正优秀。毫无疑问，一个由这样的人组成的社会才能够是一个真正和谐和生机勃勃的社会。如同作者所说，这本来是一个常识，我们所需要做的只是听从常识的指引，实践这个常识。令人震惊的是，我们的教育在做着与常识相反的事情，这么多的家长和老师在做着与常识相反的事情，而大家似乎都停不下来，被一种莫名的力量推着继续朝前走。当此之际，我愿借本书呼吁：本书所涉及和未涉及的无数悲剧事件早已敲响警钟，应该结束这种大规模的愚昧了，让教育回归常识，回归人性，回归教育之为教育。也许，我们还来得及。

2006 年 4 月

快乐工作的能力

中央电视台经济频道开展“年度雇主调查”活动，并以“快乐工作”为本次雇主调查的年度主题和核心价值观。我觉得“快乐工作”是一个有意思的题目，愿意谈一谈我的理解。

我们在这个世界上生活，快乐是人人都想要的东西。不过，在多数情况下，快乐与工作好像没有什么关系。相反，人们似乎只有在工作之外才能找到快乐，下班之后、双休日、节假日才是一天、一周、一年中的快乐时光。当然，快乐是需要钱的，为此就必须工作，工作的价值似乎只是为工作之外的快乐埋单。

工作本身不快乐，快乐只在工作之外，这种情况相当普遍，但并不合理，因为不合人性。

什么是快乐？快乐是人性或者说人的需要得到满足的一种状态。人性有三个层次。一是生物性，即食色温饱之类生理需要，满足则感到肉体的快乐；二是社会性，比如交往、被关爱、受尊敬的需要，满足则感到情感的快乐；三是精神性，包括头脑和灵魂，头脑有进行智力活动的需要，灵魂有追求和体悟生活意义的需要，二者的满足使人感到的是精神的快乐。

精神性是人的最高属性，正是作为精神性的存在，人与动物有了本质的区别。同样，精神的快乐是人所能获得的最高快乐，远比肉体的快乐更持久也更美好。对于那些禀赋优秀的人来说，这一点是不言而喻的，如果让他们像一个没有头脑和灵魂的东西那样活着，他们宁可不活。获得精神快乐的途径有两类：一类是接受的，比如阅读、欣赏艺术品等；另一类是给予的，就是工作。正是在工作中，人的心智能力得到了积极实现，人感受到了生命的最高意义。如同纪伯伦所说：工作是看得见的爱，通过工作来爱生命，你就领悟了生命的最深刻秘密。

当然，这里所说的工作不同于仅仅作为职业的工作，人们通常把它称作创造或自我实现。但是，就人性而言，这个意义上的工作原是属于一切人的。人人都有天赋的心智能力，区别在于是否得到了充分运用和发展。现在我们明白快乐工作与不快乐工作的界限在哪里了：仅仅作为谋生手段的工作是不快乐的，作为人的心智能力和生命价值的实现的工作是快乐的。用马克思的话说，前者是一个必然王国，后者是一个自由王国。

毫无疑问，在现实生活中，我们都还必须为谋生而工作。最理想的情况是谋生与自我实现达成一致，做自己真正喜欢做的事情，同时又能藉此养活自己。能否做到这一点，在一定程度上要靠运气。不过，我相信，在开放社会中，一个人只要有自己真正的志趣，终归是有许多机会向这个目标接近的。就个人而言，最重要的还是要有自己真正的志趣，机会只可能对这样的人开放。也就是说，一个人首先必须具备快乐工作的愿望和能力，然后才谈得上快乐工作。

正是在这方面，今天青年人的情况令人担忧。中华英才网发起的“中国大学生最佳雇主调查”表明，在大学生对雇主的评价中，摆在首位的是全面薪酬和品牌实力两个因素。择业时考虑薪酬不足怪，我的担心是，许多人也许只有这一类外在标准，没有任何内心要求，对工作的唯一诉求是挣钱，挣钱越多就越是好工作，对于作为自我实现的工作毫无概念，那就十分可悲了。

事实上，工作的快乐与学习的快乐是一脉相承、性质相同的，基本的因素都是好奇心的满足、发现和创造的喜悦、智力的运用和得胜、心灵能力的生长等。一个学生倘若在学校的学习中从未体会过这些快乐，在走出学校之后，他怎么可能向工作要求这些快乐呢？学校教育的使命是让学生学会快乐地学习，为将来快乐地工作打好基础。能够快乐地学习和工作，这是精神上优秀的征兆。说到底，幸福是一种能力，它属于那些有着智慧的头脑和丰富的灵魂的优秀的人。首先要成为一个优秀的人，而只把成功看作优秀的副产品。不求优秀，只求成功，求得的至多是谋生的成功罢了。

毋庸讳言，今日的学校乃至整个社会存在着严重的急功近利倾向，对于培养快乐学习和工作的能力不是一个有利的环境。把大学办成职业培训场，只教给学生一些狭窄的专业知识，结果必然使大多数学生心目中只有就业这一个可怜的目标，只知道作为谋生手段的这一种不快乐的工作。这种做法极其近视，即使从经济发展的角度看，一个社会是由心智自由活泼的成员组成，还是由只知谋生的人组成，何者有更好的前景，答案应是不言而喻的。对于企业来说也是如此，许多企业已经强烈地感觉到，那些只有学历背景和专业技能、整体素质差的大学生完全不能适合其发展的需要。教育与市场直接挂钩，其结果反而是人才的紧缺，这表明市场本身已开始向教育提出质疑，要求它与自己拉开距离。教育应该比市场站得高看得远，培养出人性层面上真正优秀的人才，这样的人才自会给社会——包括企业和市场——增添活力。

近几年来，国内若干人才中介机构和媒体相继举办雇主调查和雇主品牌评选活动，这样的活动无疑是有意义的。不过，我认为，其意义不应限于促进雇主与求职者之间的沟通，更重要的意义也许在于调查研究人才供需脱节的问题及原因，促使人们对今天流行的教育观、人才观、价值观进行深刻的反省。

2005 年 10 月

让家长们结束恐慌

又一个新学年开始了。女儿上小学，这学期升三年级。放暑假前，听说她班上许多家长争相替自己的孩子报名，上各种名目的特长班，有的同时报了四种不同的班，而目的竟是为四年后的“小升初”做准备。“小升初”，就是小学升初中，原是义务教育范围内顺理成章的事情，怎么会让人如此惶恐不安，以至于要在小学三年级就开始做准备？我感到不可思议，就上网搜索，键入“小升初”，找到“小升初网”，才发现其中大有名堂。

按照规定，小升初的原则是“免试就近入学”。但是，原则只是原则，改变不了一个强硬的事实，就是教育资源的分配不平衡，那些拥有雄厚资源的重点学校、名牌学校便成了人心所向。既然允许择校，家长们就趋之若鹜，即使要收取昂贵的择校费，名额仍供不应求。在这种情况下，这类学校就用招收特长生的办法来缓解矛盾。这个办法的妙处是，还可以借势自办或与社会培训机构合办相应的特长班，成为创收的新门路。近些年来，特长生招生的数量和规模逐年增长。对于家长们来说，若想让孩子上好学校，获取各种特长证书是最重要的途径，于是大家一窝蜂地挤在这条道上。据报道，北京市今年的小学毕业生中，家长选择择校的几近半数。特长生测试的那几天，相关学校门口“送子赶考”的场景十分壮观。事实上，家长们心里很无奈，多数是抱着侥幸的心理，带着孩子赶场似地一天跑好几所学校，希冀能被其中的一所相中。由于特长证书是考核的主要凭据，证书的级别和数量就成了录取的关键。有记者看到，在某校报名处，一个家长手里拿着孩子的四十多份证书，引得其他家长羡慕不已，后悔给孩子拿证书拿得太少。可以想象，现场的这种攀比本身是最有力的广告，会促使各种特长班的生意越来越兴旺。

除了小升初的特长生招生，中考和高考也有各种名堂的加分政策，其中包括给在文艺、体育、科技等方面获奖的特长生加分。前不久，新华社、中国青年报等媒体揭露，在执行加分政策的过程中出现了钱权交易、作弊造假等问题，这些媒体因此发出“不能让加分成为腐败通道”的呼吁。据上海《新闻晨报》报道，在这个暑期里，上海甚至兴起了一种专门传授“加分秘籍”的培训班，学费高达三万元，仍吸引了不少家长。

当我面对这些荒谬的现象时，最令我悲哀的是由之反映出的中国家长的普遍恐慌心理。从上小学开始，多数家长就在为孩子将来的逐级考学而恐慌了，直到孩子考上大学，恐慌才告一段落。这种情况在中国可谓史无前例，在当今世界上大约也绝无仅有。正是在这种恐慌心理的支配下，家长们不断做出非理性的选择，眼下千军万马涌向所谓特长生这座独木桥的荒唐情景只是其中一例。音乐、绘画、体育这些才能，从一个方面来看，是特殊的天赋，只有少数人适合于以之为专业，从另一个方面来看，又是全面发展的人的基本素质，每一个人都可以以之为自己的爱好。把所谓特长的考核纳入应试教育体制，其结果一方面是使艺术教育、体育的性质发生了扭曲，把它们由人的天性自由发展的形式蜕变成了应试的工具，另一方面则在原已过于沉重的功课之外又给孩子们增添了新的负担。

家长们之所以普遍产生恐慌心理，根源是今天的教育体制。其中主要的因素是：第一，学校类型单一化，就业与高学历挂钩，上大学几乎成为正常就业的唯一途径；第二，能否上大学和上怎样的大学又取决于高考，高考的威力自上而下笼罩各级教育，高考录取率成为中等教育的唯一目标和评价标准，应试教育得以全面贯彻；第三，重点学校凭借优势资源成为“高考能校”，又以此为资本进行权力寻租，巧立各种名目敛财。这些环节彼此联结，形成了一种逼迫学生和家长进行恶性竞争的态势，于是恐慌弥漫开来。在相当程度上，可以说是一些教育机构在利用现行体制有意地制造恐慌，藉以牟利。事实上，围绕着各级升学考试，已经形成了一个巨大的产业，包括针对中小学生的各种补习班、特长班，针对各级考试直至考研究生的辅导班，泛滥成灾的教辅和考辅书籍及材料。这个产业至少很大一部分是不折不扣的垃圾产业，且不说大量以赚钱为唯一目的的粗制滥造和弄虚作假，即使是所谓“名师”讲授的辅导班和编写的辅导材料，高明之处也无非是押题猜题有一套，与真正的智力教育风马牛不相及。这样一个产业得以兴旺，恰恰证明了现行考试制度的可悲。这是一个寄生在现行考试制度上面的产业，我仿佛看到，在通向高考的窄路上，从小学到中学，关卡林立，商贩密布，强迫或诱骗行人留下买路钱，受害的当然是广大学生及其家长。

那么，为了让家长们结束恐慌，根本的办法还是要革除现行教育体制的弊端。不过，我想在这里强调，对于弊端的革除，家长们也有一份责任。事实上，你们的恐慌也助长了弊端的肆虐，二者之间有一种共谋关系。我要向你们讲两个很简单的道理。第一，在恐慌心理的支配下，你们驱策孩子学各种班，互相攀比，这样做只会在总体上加剧不良竞争，而被录取的人数不会增加，结果多数孩子的班是白学了，获利的只是办班的机构。第二，即使你的孩子在不良竞争中获胜，付出的代价也太大，牺牲掉的是童年的幸福。从长远来看，孩子将来是否有出息，身心的健康生长远比一纸文凭重要。所以，你们自己要保持清醒，拒绝恐慌，拒绝不良竞争，倘若中国的多数家长都有这样的觉悟，现行教育体制想不变也难了。

2006 年 8 月

导师岂能成“老板”

在中国的高校中，研究生把自己的导师称呼为“老板”，已是相当普遍的现象。如此称呼，倘若只是顽皮的戏称，或只是对时尚的表面追随，倒不足为虑。但是，情况看来并非如此。事实上，“老板”称呼在校园里流行开来，有着非常实在的原因，反映了师生关系的某种令人担忧的变化，因此值得我们重视。

当研究生们如此称呼自己的导师时，所表达的是一种打工者的心态，更确切地说，是对自己打工者地位的一种认识。在相关调查中，研究生们对此并不讳言。现在，导师申报课题，然后让学生为其查资料、做调查或实验、写书稿、完成课题，甚至分派学生做各种杂事和家务，决非个别现象。这样做时，导师会从课题经费中拿出一个零头，支付给所“雇佣”的“廉价劳动力”。相关“成果”出版时，学生也许能获得在老师名字后面署名的荣幸，也许只好充当无名英雄。许多研究生表示，他们愿意为老师做事，只希望所做的事情有一定学术含量，能够真正学到一些东西，可惜情况往往不是这样。然而，为了拿到学位和文凭，他们只好接受这种“包身工”的地位。

导师之成为“老板”，一凭手中有决定学生能否毕业的权力，二凭手中有经费。现在的大学教师全然不是从前的贫寒书生了，尤其是那些现行体制的宠儿，除了高额津贴外，还有更高额的课题经费。一个众所周知的事实是，近些年来，在中国，教育和科研经费的投入有了大幅度增加，其中相当一部分通过课题立项的方式发放到了教师个人名下。让我们在这里停留一下，因为正是课题经费的运转机制与今日教育的现状——包括导师变成“老板”——之间有着微妙的联系。

在行政主导的体制下，行政部门掌握着审批课题项目及经费的权力。在审批中，种种非学术的因素，包括申报者的职位、人际关系、公关本领等等，不可避免地会发生作用。然后，按照同样的行政主导逻辑，又以能否得到项目和所得到项目的级别为标准，来衡量教师的科研能力。例如，前不久，吉林大学让四十五名博导下岗，所根据的正是这样的标准。据报道，该大学规定，博导必须承担国家、省部级科研课题或主持其他重要项目，有必要的科研经费，文科项目经费必须每年在三千元以上。在许多大学，通行的是类似的规则。拿不到课题就下岗，或者虽然未必下岗，至少学术地位低下，越是经常拿到课题，课题的级别越高，经费越多，学术地位就越高，这样的评价机制当然会促使教师们竭力向行政权力靠拢，把心思用在争项目和经费上。那些不善于或不屑于这样做的教师，即使有良好的科研能力或教学成绩，仍会被无情地淘汰。

很显然，这样一种机制所鼓励的，不会是脚踏实地的学术研究。竞争中的优胜者，为了保持其优胜地位，必须尽可能快速地完成所拿到的课题，即所谓“结项”，以便投入下一轮的争夺战，不断拿到新的课题。快速完成课题的最现成办法就是让学生们去做，于是，导师成了“包工头”，专管拿项目，学生则成了替老师干活的“劳动力”。研究生扩招为此提供了便利条件，使导师有了充裕的“劳动力”。如今，一个导师带几十个研究生是常事，俨然一个大作坊。有的导师担任官职，容易拿到大项目，自己又是忙人，就更要靠学生来替他完成项目了。

如此制造出来的“成果”究竟有多大价值，应是不难想见的。近年来，学术著作抄袭的丑闻时有曝光，往往还引发了著作权官司，其中不乏上述师生作坊中生产出来的产品。学生反正是在替老师干活，能偷懒就偷懒，有的是能力所限，只好找捷径，还有的可能是恶作剧式的报复。即使老师亲自制作，若以多拿课题为目标，同样不免会粗制滥造，甚或投机取巧。有识之士业已指出，与教育和科研经费大量投入适成对照的是，在同时期，我国教育和科研的水平却明显下降。例如，菲尔兹奖华人唯一得主丘成桐指出：虽然经费大量增加，这十年来北大数学院培养的学生素质比十年前相差很远。国家图书馆前馆长任继愈指出：国家图书馆收存的各学科博士论文水平逐年下降。中国科学院前院长周光召指出：增选院士的总体水平一届不如一届。回顾整个生产线，大量课题经费换来的结果竟是大量学术垃圾，以及一部分教师的“先富起来”。当然，更严重的后果是，在逼良为娼、劣胜优汰的机制下，我们的教师队伍正在发生可怕的蜕变，一届届学生被耽误了，长此以往，真会毁掉我们的教育。

“老板”称呼的流行仅是一个表征，令人痛心的是它所反映的教师职业的异化和师生关系的功利化之趋势。教育原是神圣的精神事业，师生关系本应是最纯粹、最具精神性的关系。现在人们讨论大学改革，依我看，大学教育的核心问题就是要有一批心灵高贵、头脑活跃的学者，靠他们去影响学生，而体制优劣的标准就在于能否吸引和保护这样的学者。怀特海指出：“大学存在的理由是，它使青年和老年人融为一体，对学术进行充满想象力的探索，从而在知识和追求生命的热情之间架起桥梁。”人们不禁要问：在今日的大学中，这样一种美好的师生关系到哪里去寻找，大学又如何来证明其存在的理由？罗素说：教师爱学生应该胜于爱国家和教会。针对今日大学里的情况，我要强调：更应该胜于爱职称和经费。爱学生是教师的第一职业道德，学生是办学校的理由之所在，教师永远要把学生看作目的而不是手段。事实上，对于教师人品和教学的优劣，学生基本上是心中有数的。因此，在评聘教师包括博导时，除了同行评议外，理应更多地听取学生的心声，把那些在心智上真正能给学生以良好熏陶、因而受到学生欢迎的教师选拔上来，而不是像现行体制下时常发生的这样，竟然因为他们拿不到课题就把他们淘汰掉。

2006年1月

研究生为导师“打工”很不正常

我在1月15日《新京报》上发表《导师岂能成“老板”》一文，对现在大学里导师让研究生为自己打工的现象提出批评。1月22日，《新京报》刊登李宝元先生《研究生为导师“打工”很正当》一文，对我的观点表示异议。近几天我把我的文章贴在新浪博客上，引起较大反响，有许多赞同的，也有一些反对的。这使我感到，有必要就这个话题继续阐明我的看法。

李先生在文章中说：“研究生跟随导师做课题是‘研究生’的题中之义，是他们‘天经地义’的分内工作和责任义务，是他们‘上研究生’即研究生教育本身必须经过的‘教学研究环节’。”针对我批评“导师申报课题，然后让学生为其查资料、做调查或实验、写书稿、完成课题”，他认为：让学生做这些事是很正常的，因为“任何科研项目都需要从这些最基本、最基础的工作开始”。博客上也有类似的评论，认为在导师指导下做这些事“才符合研究生的定义”，“故从某种角度来说研究生应该就是帮老师干活的‘劳动力’”。

有一点是清楚的：我当然不会反对研究生在导师指导下从事查资料、做调查或实验、写论文等基本的训练，我反对的是这些事情都围绕着导师的课题来做，把跟随导师做课题作为培养研究生的基本方式。

我的理由之一是，如果导师对于申报课题这件事是认真的，所申报的课题就应该是以他本人长期的知识积累和学术兴趣为基础的，是他的整体研究计划的组成部分。因此，严格地说，这个特定的课题只有他自己能够完成，别人无法代劳。在学术研究中，即使像查资料这样的工作亦决非纯粹工具性、技术性的，在对资料的选择、阅读、甄别、整理的过程中贯穿着紧张的思考，它同时就是研究者形成、拓展、修正思路和解决问题的过程。根据我的经验，我不能想象，如果不是自己查资料，我该怎么研究所选定的论题，如果让别人或学生替我查资料，我又怎么能放心。一般来说，导师的水平应该比学生高许多，如果导师所申报的课题可以主要由学生来完成，我们就有理由怀疑他的学术水平，或者怀疑他所申报的课题的学术价值。不应该把学者的科研课题降低到学生作业的水准，这个道理不言而喻。我不排除有的学生确有能力和兴趣参加导师的课题，在这种情况下，就应该如实地把他们当作合作者而不是打工仔，并给予他们以合作者的待遇。

我的更重要的理由是，研究生在校期间的主要任务是培养独立思考和研究的能力，为在相关专业领域从事研究工作打下扎实的基础。为了实现这个目标，研究生培养理应以学生为本位，根据每个学生的知识结构和兴趣方向制定相应的教学和指导方案。这不是什么难事，事实上，十几年前在中国，现在在许多国家，导师带学生的基本方式一向是以学生的学位论文为中心，把主要精力用在指导学生做论文上。正是在写论文的过程中，学生得到了查资料、做调查或实验、写作等基本的训练。是以导师的课题为中心，还是以学生的学位论文为中心，其间有天大的区别，前者是学生为导师打工，后者是导师为学生服务。李先生责问："不跟导师做课题，来'上研究生'干什么？"其实真正应该问的问题是：不尽心尽力指导学生做论文，招研究生干什么？我读博士生时，导师也有自己的研究计划，但从来不需要我为之做任何事，相反，对于我所选定的论文题域，他虽已相当熟悉，仍为指导我而做了大量阅读和思考，把为学生服务视为自己"天经地义的分内工作和责任义务"。曾几何时，学生为导师打工成了"天经地义的分内工作和责任义务"，真令人感慨世道之巨变。我不否认，打工也能学到一点东西，但是，做什么不能学到一点东西呢？国家投入这么多钱，学生自己花费这么多钱和精力，学到这一点东西就够了吗？

综上所述，我的看法是，研究生培养应该回到导师指导学生写学位论文这个基本方式上来，至于导师的课题，原则上应视为导师自己的事，由导师自己去完成。现在要这样做，肯定会遇到困难。困难之一是，有些导师有太多课题要做，不让学生打工，自己哪里做得过来。可是，这算什么困难呢？做不过来就少申请一点，量力而行，本来就应该只申请自己真正感兴趣而又力所能及的课题。困难之二是，研究生水平普遍太低，用李先生的话说，许多学生连"打工能力"也没有，要指导他们写出高水平学位论文谈何容易。同时，现在一个导师往往带许多学生，哪里指导得过来。这个困难是由这些年的盲目扩招造成的，所以解决的方法也很简单，就是制止盲目扩招，一方面保证招生的质量，另一方面也使招生的规模符合导师的指导能力。请不要以研究生的数量会供不应求为理由来反驳，就研究生而言，市场需要的是有独立研究能力和创新能力的人才，而不是一大批有学历的打工者。

学生为导师打工，导师会从课题经费中拿出一些给学生作为劳务费。据我了解，一个工科研究生每天从早到晚在实验室里干活，一个月可领到二百至三百元。多数学生对此不满，但也有学生表示，这一点收入对于自己是重要的，而给老师打工总比打别的工有益。知道了这些情况，我感到难过。若干年前，所有研究生不但不需要缴费，而且有助学金，无须为生活发愁。这些年来，大学里的一个明显变化是，老师富多了，学生穷多了。也许这是有些学生只好为老师打工的一个原因，但我不认为这是正常的。教育经费的使用应该向学生倾斜，而倘若通过收缩招生和削减课题节省了开支，给每个研究生发放助学金或奖学金，使他们都能专心于学业，就是完全可以办到的事了。

2006 年 2 月

叩问高校经费实情

今年1月5日，武汉市中级人民法院审理了湖北大学原副校长李金和涉嫌受贿一案。在此之前，湖北省纪委通报了近三年来包括李金和在内十名高校贪官的典型案例。高校领导干部经济犯罪的问题由此浮出水面，引起广泛关注。

目前被揭露的主要是主管基建和后勤的官员，这方面的经费收支是硬性的，有账可查，问题比较容易暴露。我们不能不想到，高校还有大量软性的经费收支，其中是否也存在着腐败现象。比如说，高校经费中有一大块是科研经费，其分配时暗箱操作严重，"小项目大审，大项目小审，超大项目不审"，助长了权力寻租、"跑部钱进"、行贿受贿等行为，早已引起教育和科研界正直人士的不满。在分配到课题组或个人之后，经费的使用也缺乏有效的管理，相当一部分实际上变成了个人的灰色收入。按照惯例，一个项目拿到手，个人可以从相关经费中"合法地"提成，其余部分也可以用与科研无关的个人消费单据报账。有时候，往往是在年终，为了结清旧项目和拿到新项目，还会出现突击花钱的情景。至于项目的结项，基本上是走过场，并不需要拿出真正经得起检验的成果。丘成桐院士曾经沉痛地指出：中国这十年来在教育和科研上投了不少钱，投进去以后，却不问成果如何。他举例说：有些人同时在几所大学任职，从不同途径获得大量科研经费，但没有做多少科研工作；北大聘的某著名教授在国内得到的年薪已达一百万以上，却没有履行工作合同，大部分时间根本不在国内。

上述情况表明，加强对高校经费收支的管理和监督，已是刻不容缓之事。去年，国家审计署把教育经费纳入审计范围，实为有的放矢之举。在审计中，不但要清查贪污腐败等犯罪行为，更要清查经费支出的效益，即是否真正用于教育和科研并取得成绩。《审计法》规定，审计监督的内容为"财政收支和财务收支的真实、合法和效益"。李金华审计长最近强调对效益进行审计的重要性，指出：由于决策失误、管理不善，造成效益低下、损失浪费等，这类问题带来的危害有时不亚于贪污腐败。教育领域并不例外，何处对效益漠不关心，何处就为贪污腐败提供了可乘之机。

当然，审计只能起检查和监督的作用，根本解决问题还要靠体制的改革和完善。现行官本位体制的一大弊病是鼓励在位者搞形象工程、政绩工程，而形象工程、政绩工程是最不问效益的，也是最喜欢做出慷国家之慨的"大手笔"的。近些年来形象工程在教育界蔓延的趋势不容低估，决不亚于一些地方政府部门。各地高校通过大合并打造所谓"航空母舰"，争相把院系提级升格，以好几倍的规模急剧扩大招生，纷纷标榜创办世界一流大学，所追求的恰恰是形象而不是效益。衡量教育的效益，第一标准是教育质量，亦即所培养出的合格人才和优秀人才的数量。大量资金投进去，如果产出的只是大校舍、大招牌、大编制，教育质量却降低了，从教育上看就是低效益、大浪费。同样，在科研的管理上，把大量财力投在并无相应社会效益或学术价值的大项目上，用完成项目和发表论著的数量证明领导学术的政绩，其实也是一种形象工程，至于所产出的是真正的成果还是学术垃圾，就非所关心的了。

去年十一月，北京大学主办第二届北京论坛，邀请老布什出场。据报道，举办该论坛共花费一百万美元，其中十分之一花在老布什的出场费上。老布什做了二十分钟演讲，最重要的一句话是："如果中国能够和平崛起，我就对这个世界充满信心。"（《南方周末》2005年11月24日）十万美元，多么昂贵的一句话！当时读到这个报道，我立刻想到的是那些贫困大学生，如果这笔钱用来救助他们，可以使几十人顺利完成学业啊。这些年来，在学界和政界，举办论坛成风，以请到国外名流为荣，一次论坛动辄耗资百万、千万，有的甚至上亿，其中多数效益究竟如何大可质疑，很可能只是一种新形式的形象工程罢了。

问题的严重性在于，中国是一个发展中国家，虽然近些年政府财政预算对教育的投入有大幅度增加，但即使与其他发展中国家相比也仍是偏低的。与此同时，在市场化的名义下，近些年高校收费普遍上涨。高校经费由两块组成，一是国家财政的投入，二是向学生收费。2003年的统计数字是，前者约七百亿元，后者约四百亿元。一个相对贫穷的国家，无论是纳税人的钱，还是学生家长缴的钱，都来之不易，本应扎扎实实用于教育，容不得挥霍。由于学费上涨，加上社会贫富差距扩大，高校贫困生的大量存在已经成为一个严重社会问题，城市贫民和普通农民家庭的子女即使考上大学也无望筹到高额学费，学生家长为此自杀的悲剧时有发生，许多贫困生不得不在入学前放弃或在入学后中断学业，顽强坚持者也往往被债务所困，为维持生存而苦苦挣扎。面对这种情况，我们更应要求高校经费收支做到透明、合理、有效，真正取之于民用之于民。说到底，学生是学校的主体，是办学的理由和目的之所在。因此，在经费的收支上，一方面尽量减轻学生的经济负担，另一方面尽量向学生提供优质的教学和服务，原是当然的道理。我们至少可以相信，如果遏制了经费使用中的腐败、浪费和灰色薪酬，把这些钱用在学生身上，高校贫困生的人数会减少，日子会好过一些。

2006 年 2 月

学术规范化和学者使命

一、学术规范化的前提是学术独立，真正的学术规则是在学术独立的传统中自发形成的，是以学术为志业的学者们之间的约定俗成。在学术具有独立地位的国家和时代，或者，在坚持学术的独立品格的学者群体中，必定有这样的学术规则在发生着作用。相反，如果上述两种情况都不存在，则无论人为地制定多少规则，都不会是真正意义上的学术规则。

在中国长期的专制政治和文化体制下，学术独立的传统始终没有形成。这既表现在统治者对学术的控制和利用，也表现在治学者自觉或不自觉地把学术当作政治的工具。学术独立的观念是清末民初从西方传入中国的，虽有王国维、蔡元培、陈寅恪等大力提倡，但在根深蒂固的儒家传统和剧烈变动的政治现实双重制约下，始终未能形成为可与旧传统抗衡的新传统，建立这个新传统的任务尚有待于完成。

学术独立包含两个方面，一是尊重学术的独立地位，二是坚持学术的独立品格。前者关涉国家的体制，后者关涉学者的自律。这两个方面有联系，但可以相对分开。即使在学术没有独立地位的情况下，有良知的学者仍可坚持学术的独立品格。因此，学术规范化的讨论也应包括两个内容，一是体制的问题，二是学者自身的问题。

二、对于中国当今的学术失范和学术腐败，人们已多有尖锐的批评。我未作深入调查，只能说一说直觉。我的感觉是，当今学界的根本问题是官场化，并且带进了当今官场的一切腐败现象。这也就是一些学者指出的官本位、权力本位。问题的症结在于行政化的学术领导和管理体制。在学术密集之地的大学，教育行政部门决定一切，包括校长的任命、教材的编定、经费的分配等。邹承鲁院士指出，中国的科技管理是典型的人治，行政权力直接掌握大型课题的项目计划和庞大经费，项目和经费的取得取决于研究人员与行政官员的关系，他名之为“处长政治”和“人际政治”。众所周知，社会科学研究机构的情况与此毫无不同。

在这种体制下，决定一个学者的地位和待遇的评定机制基本上是非学术的，起首要作用的是权力、人际关系等官场因素，辅以同样非学术的工作量指标。这两者之间还有着某种联系，比如说，一个人很容易凭借权力掌握一些大型课题，让别人去做具体工作，却也计算入自己的工作量之中。课题立项是行政权力支配学术和分配利益的重要手段。课题分级别，级别越高利益越大，不光经济上如此，级别本身就直接意味着学术地位，重点课题负责人成为当然的学术骨干，从而获得其他各种利益。权力转化为课题，课题又转化为权力，形成了某种利益垄断的格局。

由此造成的后果是，学府不像学府，研究机构不像研究机构，学者不像学者，权力与学术严重错位，学术气氛淡薄。在许多人心目中，最佳选择是做官，其次是成为官的亲信，最倒霉的是与行政权力搞不好关系。人们纷纷把精力放在拉关系、立项目、弄钱上。出现了一批学界强人，手中掌握数目可观的经费，挂着各种学术头衔，不停地举办或参加各种学术名目的活动，却永远坐不下来认真做一点学问。比较本分的或这方面能耐较差的人就只好指望工作量了，心里未必喜欢学问，只把它当作获取职业利益例如职称、津贴、课题经费的手段。

行政权力支配学术的必然结果是劣胜优汰。那些专心于学术的学者，因为不愿逢迎和钻营，往往遭到不同程度的排斥，成为现行学术体制的边缘人，有的人被迫地或自愿地脱离了这个体制。

三、在行政权力支配学术的大前提下，对学术成果所采用的评价标准只能是非学术的。撇开权力和人际关系的非公开因素不谈，工作量往往被用作公开的标准。用工作量即发表论著的字数衡量学术成果，其荒谬性十分明显，却无法改变，原因就在于事有不得不然。对于学术作品，行政权力所能识别的唯有字数，无能对其学术水准做出评价。行政权力喜欢划一的管理，而量化指标是最简便的方法。成果评奖规定一个较短的时间期限，比如五年之内，也是为了便于操作。行政权力才不理会学术成果是否需要较长时间的考验呢，反正到头来它仍判断不了时间考验的结果是什么，而时间指标却是它能够把握的。事实上，评奖基本上成为按照时间、字数等可见指标和权力、人缘等不可见指标分配奖项指标的例行公事。

如果说行政权力在形式方面只能用量化指标来评价学术，那么，在内容方面，它的唯一评价标准是意识形态。学术并不排斥意识形态，但要求意识形态本身也成为学术，即一种可加以检验的知识体系。行政权力当然也不懂得这个意义上的意识形态，它对意识形态的理解是狭隘的，在相当程度上等同于上级布置的当前政治任务。

在上述情况下，低水平知识的大量重复生产就毫不足怪了。我常常为国家每年支出的大量课题经费感到心疼，其中当然会产生一些有意义的成果，但是，也生产出了许多学术垃圾。一个课题一经立项就可以得到经费，完成后出书也就不成问题，而只要出了书就算学术成果，提高了学术地位，亦即增强了继续获取课题经费的资格，如此形成循环。现行课题审批的主要根据是申请者的研究计划，缺乏对其学术能力综合评估的机制，在立项之后，又只根据时间和字数判定项目是否完成，缺乏对质量的评估机制。因此，人们便把心思用在揣摩审批部门的意图，写出能获通过的计划，然后致力于在规定时间内凑足规定字数。可是，有多少人问一下，这样制作出来的所谓学术著作现在和将来究竟有没有人读。事实上，人们都心中有数，许多书刚生产出来就被人遗忘了，其唯一的用处是充当课题立项循环中的必要环节。

公正的学术评价是以学术批评为基础的。一般而言，衡量一部论著的价值，一个学者的水准，要看同行是否重视，怎样评论，在专业领域乃至更广泛领域有无积极影响及影响大小。这就需要有一个严肃而活跃的学术批评的氛围，而现在显然并不具备。在现行评价机制中，学术批评几乎不起作用，因而得不到鼓励，不能有效展开。同时，在学术批评缺席的情况下生产的大量产品，因其质量之低而难以成为学术批评的合格对象。

四、根据以上分析，我认为，要在整体上实现中国学术规范化，关键是改变行政化的学术管理体制，使学术与行政权力脱钩。单凭学者之力当然不可能实现这个目标，但学者并非无能为力。学者至少可以采取明确的立场，阐明正确的理念，对现行体制进行批评，发出清醒的声音，使越来越多的人看到这种体制的弊病。那些在体制内握有一定权力或具有一定影响的有良知的学者，理应在力所能及的范围内坚持学术的原则，抵制非学术因素的作用。事实上，行政权力之所以能够有效地控制学术生产并显得具有正当性，正是以知识分子的合作为条件的，这种合作给行政化管理披上了一件学术外衣。合作当然可以分得一些利益，但是，谁为了利益而放弃良知，他就不配再被称作学者。不合作并非一定要退出体制，而是保持批评的立场，不做行政机器的驯服工具。

对于体制的改变，学者个人的作用毕竟有限。然而，是否坚持学术的独立品格，却是每一个学者可以自主的事情。所谓坚持学术的独立品格，即王国维所言“视学术为目的，而不视为手段”，亦即爱因斯坦所言“为了知识自身的价值而尊重知识”。学术的独立，关键是精神价值对于功利价值的独立，把精神价值自身当作目的，而非获取任何功利价值的手段，不管是国家利益的大功利，还是个人利益的小功利。这个精神价值，在主观上是好奇心的满足、心智的享受、人的本质的实现，在客观上是对真、善、美的追求。因此，对于一个学者来说，学术既是个人的精神家园，又是他对于社会负有的精神使命，二者的统一是他的特殊幸运。学者当然应该担负社会责任，但他的社会使命也必是精神性质的，不是在当下事务中做风云人物，而是立足于人类的基本精神价值，关注和阐明关涉社会发展之全局的重大理论问题。

从长远来说，中国学术规范化有赖于一大批这样的学者的存在，组成一个无形的学者社会。在这样一个学者社会中，自会形成真正的学术规则，不但不受体制的支配，而且将对体制的改变间接产生积极的影响。可把学术规则分为两类，一是学者的职业道德规范，二是学术进步的内在标准，二者的有效建立皆以学者群体和个人的整体素质为条件。就此而言，我们学界的现状令人不能乐观，最大的问题是急功近利，种种学术腐败和失范的行为实根源于此。所以，我认为，为了解决学术规范化问题，我们必须首先思考一个更为本质的问题，即什么是学者的使命。

2005 年 4 月

谁是评判学术水准的权威？

《新京报》10月24日报道，在该报委托下，锐智阳光咨询公司对北京大学等六所北京高校的一百八十三名博士生进行了问卷调查，结果表明，九成以上博士生在读博期间被学校要求必须发表一定数量的学术论文，六成以上博士生要为发表论文交纳发表费。

事实上，不管各高校的规定在细节上有何差异，把发表论文作为衡量研究生学业是否合格的重要指标，这是共同的做法。这种做法实际上又是学校考核教师的通行标准的延伸，在大学和研究机构中，教师和研究人员同样被要求在一定时段内有一定的发表量，以此作为职称晋升的重要依据。

用发表来衡量学业成绩和学术成就，其荒谬性显而易见。已有论者指出，只要稍做计算便可知，如果全国的研究生都按规定发表足够数量的论文，现有的学术期刊即使拿出全部版面也远远供不应求，何况它们主要刊登的是学者的论文。于是，为了学业通过，多数研究生不得不花钱让期刊扩增版面以满足其需要。同样，学者花钱发表论文、出版专著的情况也十分普遍，比学生幸运的是，他们所花的往往不是自己的钱，而是国家的钱，可以用课题经费、出版补贴来支付这笔费用。在这种情况下，期刊上充斥着花钱发表的、专为学业通过和职称评定而写的所谓论文，出版社制作了大量花钱出版的、专为职称评定而写的所谓专著，其中许多质量低下，永远无人阅读，又有什么奇怪呢？如此劳民伤财地生产出许多学术垃圾，其价值仅是维持现有学业和学术评价机制的运转，岂非一件荒谬的事？

荒谬性不止于此。我感到最不可思议的是，这种做法中隐含着一种奇怪的逻辑，就是把期刊和出版社的编辑当成了评判学业和学术水准的权威。一篇论文能否发表，一本书能否出版，决定权当然在期刊和出版社。且不说经济利益、私人关系等因素会发生作用，即使编辑是公正的，他们在总体上是否有这个评判的能力？本来事情应该是，学生的水准由相关的教授来评判，学者的水准由相关的同行来评判，然后，在尊重和听取专家意见的基础上，出版单位选择高水平的论著予以发表。现在事情颠倒了过来，出版单位接受与否成了评判水准的主要指标，而专家们不管愿意不愿意都只能默认，因为他们敌不过支持这种做法的体制。有一些大学甚至设立奖金制度，在核心期刊上发表一篇论文，奖以数千元至一万元的奖金。大学本应是学术的权威机构，竟在学术问题上如此谦卑地仰视出版机构，真是天下奇闻。

前不久，清华大学博士生王垠因为不能忍受学校对发表论文的要求，在网上贴出退学申请，引发了激烈的讨论。我对他的举动持完全同情和理解的立场。现行学业评判机制迫使学生疲于应付考试和写论文，这种做法对于年轻的心智是一种压抑甚至摧残，而禀赋优秀的学生对此的感觉必定格外强烈。在研究生阶段，最重要的是培养和发展独立研究的能力，能够怀着浓厚的兴趣在自己选定的领域里探索。在这个过程中，当然可以写论文，但也可以不写。写了论文当然可以发表，但也可以不发表。探索的成果体现在博士论文中，而博士论文是否能发表，仍不是一件重要的事情。总之，自始至终要把发表放在一个很次要的位置上，不让发表的考虑干扰探索的过程。对于一个正在潜心研究自己感兴趣的课题的人来说，花费精力去写那些必须立即发表的论文，乃是一种可怕的耽误。爱因斯坦从苏黎世工业大学毕业后，不肯留校做研究，也不读研究生，而是在专利局找了一份实际工作。他解释其理由是："学院生活会把一个年轻人置于这样一种被动的地位：不得不去写大量科学论文——结果是趋于浅薄。"他在专利局一干就是七八年，在业余时间埋头于理论物理学的研究，为此感到极大的幸福，因为这正是他一生中"最富于创造性活动"的时期。毫无疑问，如果爱因斯坦在我们的大学里读研究生，他一定也会退学。

也许有人会问：如果发表不能成为标准，我们该用什么来衡量一个研究生的学绩呢？我的看法是，不存在一个简单的尺度，只能根据他的整体情况包括学位论文所体现的思想学术价值进行考察，着重看他的独立研究的能力和贡献。谁来考察？当然是他的老师以及相关领域的专家。如果他的老师缺乏这个水平，或者偏袒他，怎么办呢？我认为，这个问题的提出本身就是荒唐的，或者，如果它是有道理的，则说明我们面临的现状是荒唐的。在指导学生的过程中，老师应该对自己学生的学习和研究状况有充分的了解，并且能够给予符合实际的评价，否则就不配当老师。因此，关键在于老师的才和德，老师自身必须拥有真才实学和高尚人品。怀特海指出，拥有一支充满想象力地探索知识的教师队伍，使学生在知识和智力发展方面受到他们的影响，是大学教育的核心问题。有了这样的教师队伍，学生的学业就有了合格的指导者和权威的评判者。没有这样的教师队伍，无论采取什么别的办法都不能达到培养大批优秀人才的目标。

那么，我们的大学里拥有这样的教师队伍了吗？情况恐怕不容乐观。问题在于，在教师中发生着作用的是同样的机制，即用各种量化指标衡量教师的优劣，决定地位的高下。这里我暂且不去说更糟糕的权力腐败的因素。在这种体制下，教师素质的平庸化是一般趋势，还有多少人能够充满想象力地去探索知识，并且以此影响学生？所以，说到最后，我们又不得不回到一个无法回避的话题，就是必须改变现行教育体制，实行校长治校，教授治学。大学的校长应该是知人善任的教育家，其使命是招才纳贤，组织起一支优秀的教师队伍，为他们提供自由的环境，使他们拥有治学和影响学生的充分权力。校长是真正懂教育的，教授是真正优秀而且有权威的，如今行政化体制下的这一套量化管理办法就不再有存在的必要和可能了。

2005 年 11 月

从院士评选看学界盛行公关风

据《瞭望东方周刊》、《南方周末》等媒体报道，在上月一个有十多名两院院士参加的圆桌会议上，话题不由自主地滑到了院士制度改革的问题上，同济大学教授汪品先院士首先“发难”，中国科协主席周光召院士在总结发言中支持其观点，并建议在适当时候提交一个议案。消息传出，许多未与会的院士立即响应，纷纷对现行院士制度发表批评意见。本月中旬，两院院士本届增选结果公布，中科院院长路甬祥对于上述批评意见积极回应，表示原则上赞成，准备举行研讨会讨论完善院士制度的问题。

近些年来，每逢两年一度院士增选之际，都会响起院士制度改革的呼声。其原因倒不难揣摩，正是增选过程中盛行的潜规则和幕后活动，集中暴露了现行制度的弊病。令人欣慰的是，院士自己率先站出来反思和批评这个制度，表明中国科学家群体的核心仍是具有良知和正义感的。院士制度发生的信誉危机并非孤立的，乃是学术腐败侵蚀到科学家最高阶层的结果和表现。因此，院士话题为我们提供了一个反思整个学术腐败的恰当契机。

对院士制度的诟病集中在选举过程滋生的腐败上。院士本应是所在学科领域里的权威，其学术成就是公认的，在当选院士之前即已享有很高的声誉。因此，至少在多数情况下，一个人能否当上院士，评委和他本人都大抵心中有数，无需推销自己。倘若不够资格，则无论怎样推销也没有用。然而，现在我们看到的情形却是，增选时节，一片繁忙景象，求院士者如同最急切的求职者一样四处出击，层层搞公关活动，这成了两年一度的隐秘风景。前两年还有人为了竞选院士登出广告，一时传为奇闻。在评审的各个环节握有实权的人，直至握有最后投票权的已任院士，这时节便说客盈门，送礼者川流不息，令贪者喜不自禁，清者不胜其烦。其结果必然是相当一些不合格者入选，而有些够格但不屑于干请托勾当的人则被拒之门外。

最具特色的是，不但候选人自己，而且其所在地区和单位，也积极出面大搞公关，为候选人行贿拉票。有的单位以组织学术活动为名，邀请许多院士参加，好生招待，送出场费。有的单位花大钱在媒体搞有偿宣传。当然还有种种幕后交易，难以述其详情。许多大学备有专门的公关费，用于申请院士活动。院士原是个人荣誉，单位何必如此使劲？其中的奥秘在于，在现行制度下，一个单位有无院士及院士人数与单位利益有密切关联。比如说，在申请重大课题项目时，在申请博士点时，如果有院士牵头，就很容易如愿，而这二者都意味着可以获取数目可观的经费。因此，收支相权，得到一个院士名额所带来的收益远远超过了付出的公关费用。

院士头衔有此奇效，自然就身价百倍，在为单位“创收”的同时，给院士自己也带来了巨大的经济利益。院士是终身制，一般享受国家、省市及所在单位的三重津贴。据介绍，在北京之外的一些地方，院士享受相当的特权，年津贴一般不少于十万，有的甚至超过百万，有些地方还给院士分房子、配车、配秘书、配私人医生等等。至于灰色收入就无法计算了，拥有最高学术称号的院士成了各界争相炒作的目标，其中一些人也就何乐不为，频繁出席社会活动，在各种会议上露面，赚取不菲的出场费。可以想见，这样的院士哪里还有兴趣和精力潜心于他们本应从事的科学研究。

现行院士制度的弊端造成的后果是严重的。邹承鲁院士坦陈：现在选出的院士，总体水平一届不如一届。一个值得反省的事实是，随着院士人数的大幅度增加，我国科技竞争力的世界排名却不断下降，由1998年的第十三位降到了2003年的第二十九位。一些正直的科学家对这种现状痛心疾首，有的愤言不如废除院士制度，有的羞于参加院士评选，有的为国家科技事业的前途忧心如焚。

照理说，院士增选规则有明确规定，不许候选人搞公关活动，如违反就要取消候选资格。为何执行不了呢？关键原因恐怕在于现行的行政化评审程序。从候选人的推荐到入选，要经过单位、部门、科学院层层关节，这种复杂的程序一则使得整个评审过程变得扑朔迷离，高深莫测，二则迫使或诱使参选人用学术之外的手段去疏通各个行政关节。因此，如同汪品先院士所指出的，首先需要改革的是院士推荐办法，减少推荐层级，增加透明度，使院士与候选人之间有面对面的交流机会。邹承鲁院士则一再提议，为了透明和公正，应该把所有候选人的资料尤其是具体成果在网上公示，接受全国科学界的监督。毫无疑问，任何改革办法的立足点都是要削弱行政权力对于评审过程的支配和干预，最大限度地把评审权力还给真正有评审能力的科学家共同体。

评审程序的行政化当然不是孤立的现象，而是近些年学界严重官本位倾向的一个组成部分，因此真正的改革必定是整体性的。就院士制度而言，理应恢复院士身份的正确定位，把它与诸如副部级、副省级之类的行政级别脱钩，也与丰厚的物质利益脱钩，使之还原为纯粹的学术荣誉称号。也许有人会问：这样一来，岂不没有人想当院士了吗？是的，那些想通过当院士升官发财的人大约不会再费大力气争当院士了，那么这就对了。现在院士的队伍过于庞大，其中多有名不副实的，正应该大幅度缩减。排除了利益的诱惑，院士增选的压力就大为减轻了，不妨把增选的周期延长，人数减少，确保让品学皆可为人师表者当选。

现行院士制度只是学界的一个缩影，凡在这个金字塔顶显露的弊病，在较低层次无不存在，而且往往更为严重。学界中人都知道，在重大课题项目的评审中，在博士点的评审中，同样通行着各种潜规则，同样盛行着公关之风。根源也是相同的，即评审程序的行政化，体制的官本位倾向，项目及博士点资格与单位、个人的权力地位和经济利益的密切联系。中国社会科学院正在效仿院士制度，开始选举与院士相当的学部委员，从社会科学界的现状看，能否避免院士制度的既有弊端，令人不敢乐观。所以，我相信，汪品先、周光召等院士的改革建议具有更广泛的意义，实际上是科学家的良知向整个学界发出的呼吁。

2005 年 12 月

第九辑

把我们自己娱乐死?

企业家式的能力

读哈耶克的著作，常常会感觉到一种挑战，对我一向具有的某些信念的挑战。由此又引起我的反省，反省的结果往往是，我承认有必要对我的信念进行修正。这里我谈其中的一例。

在现实生活中，我经常发现这样的例子：有一些很有才华的人在社会上始终不成功，相反，有一些资质平平的人却为自己挣得了不错的地位和财产。这个对比使我感到非常不公平，并对前者寄予同情。据我分析，之所以出现这种情形，一个重要原因是前者不善于经营自我，而后者善于。在我的概念中，所谓善于经营自我无非是善于利用人际关系和利用机会为自己谋利，几乎与钻营是同义语，一向为我所鄙夷。我看重真才实学，而认为这种经营自我的能力绝不属于真才实学，并且是有真才实学的人所不屑的。

然而，在《自由秩序原理》中，哈耶克对这种能力给予了充分肯定。他称这种能力为“企业家式的能力”，其特征是善于恰当使用自己既有的能力，为之发现获得最佳运用的机会。他认为，在发现自己能力的最佳用途上，人人都应该是企业家。一个人的成功不是取决于自己既有的才能、知识、技术等等，而是取决于能否成功地将它们转换成“对其他有能力做出回报的人有用的具体的服务”，这正是自由社会的本质之所在。说白了，就是要善于推销自己，为自己找到最好的市场，卖最好的价钱。

这个论点无疑直接触犯了我的一贯的道德信念，因此我在阅读时在旁边打上了问号。但是，经过仔细思考，我不得不信服于哈耶克的论证的逻辑力量。哈耶克也承认，由于企业家式的能力之强弱，造成某一特殊能力相同的人之间报酬悬殊，这种情况被视为不公，引起了极大不满。同时，每个人必须为自己的才能去寻求市场，必然面临风险和不确定性，也就把大多数人置于压力之下，“这是一个自由社会加诸我们的最为严格的也是最为残酷的要求”。但是，哈耶克认为，让每个人自己承担寻求机会的压力是必要的。他的一个最有说服力的论据是，在自由社会中，才智不是特权，任何人无权强制别人使用他的才智，因为这意味着剥夺了别人的选择权利。而且，如果根据才能而不是根据使用才能的有用结果来决定报酬，便意味着必须有某个权力者对才能的等级进行裁决，这必定会导致专制。因此，“如果想替代那种对自己的命运负责而导致的压力，那么可供选择的就只有那种人们必须服从的个人命令所产生的令人更为厌恶的压力。”

的确，我们对这种“令人更为厌恶的压力”记忆犹新。在计划经济体制下，我们每个人的地位和报酬是由权力机构决定的，往往还是由某个直接上司的个人意志决定的。决定的依据在名义上是能力以及被荒谬地等同于能力的资历，事实上搀杂了许多别的因素，包括政治表现、个人恩怨等等。而且，与计划经济配套的人事制度又把我们紧紧地捆绑在某一个单位里，使我们没有哪怕只是选择同样有权决定我们的命运的稍微开明一些的上司的自由。在那种情形下，我们诚然无须承受对自己的命运负责的压力，因为我们的命运完全不在自己的掌握之中，可是，正因为如此，我们所承受的不公正远比现在严重、可恶而且令人绝望。当然，在市场经济体制下，也非事事皆公正。譬如说，我仍然认为，人的能力的性质和发展方向是不同的，必然有一些在某方面很有才能的人却难以学会那种企业家式的能力，让他们因此陷入困境肯定是一种不公正。但是，只要我们坚持市场经济，这种情形就不可能完全避免。市场经济只承认在市场上得到实现的价值，这一条不能改变，否则就不是市场经济了。除了计划经济和市场经济，我们没有别的选择，只能两害相权取其轻。

根据以上的思考，我觉得应该修正我对企业家式的能力的成见，对之也持肯定的评价。具体到文化人，无论作家、学者还是艺术家，都要有市场意识，善于为自己的产品争取好的效益，应该把这看作一种正面的能力，一种对自己的命运负全责的积极的态度。不过，我的修正不是无条件的，我仍坚持两个信念。第一，如果说企业家式的能力是善用自己能力的能力，那么，前一个能力是前提，然后才谈得上善用它，首先必须创造出好的产品，然后才有推销的资本。而且，在两种能力中，我仍认为前一种比后一种价值更高，因为真正的文化价值是靠前者创造的，后者的作用只是传播业已创造出的文化价值和获得世俗的成功罢了。所以，有杰出才能的文化人仍应专注于自己心灵所指示的创造方向，犯不着迎合市场去制造水准较差但销路更好的产品，为此承受相对的贫困或寂寞完全是值得的。事实上，无论何处，最好的作品都不是最畅销的，最畅销的往往是市场嗅觉特别灵的二、三流作者制造的产品，我们对此应当心平气和，视为市场经济条件下的正常情形。第二，企业家式的能力应该是遵循市场规则进行经营的能力，违背商业道德的奸商没有资格称作企业家。因此，譬如说，那些通过媒体的大肆炒作来推销平庸之作的文人，那些在现场音乐会上用假唱来蒙骗听众的歌手，都不能视为真正具备了企业家式的能力，其行为只能算做商业欺诈。按照我的理解，提倡企业家式的能力恰恰是要反对这些现象，大家都卖真货，进行公平竞争，建立起健康的市场经济秩序。

2002 年 9 月

品行与报酬

哈耶克不但反对报酬直接与才智挂钩，而且反对报酬与品行挂钩。我已著文谈前一观点，现在来谈后一观点。我觉得，和前一观点相比，这一观点比较好理解。当然，我们都希望，好人有好报，坏人有坏报，每个人的福分和他的德行之间有一种联系，好像这样才公平。从一种朴素的感情出发，看到老实人吃亏，圆滑之徒占尽便宜，我心中也大为不平。但是，我知道，如果用这种朴素的感情指导经济活动，结果必定大谬。

按照品行分配，必然牵涉谁来对品行做鉴定的问题。无非有三种可能，一是由某个权力机构或权力者来做，二是由社会舆论或所谓“群众反映”、“民主评议”来做，三是由当事人自己来做。我相信，凡有理智的人都不会赞同第三种办法，因为根据每个人的自我评价决定他应得的报酬，等于没有任何标准，完全无法实行。至于采用前两种办法，我们对由此产生的恶果并不陌生。事实上，在计划经济体制中，品行或明或暗是决定报酬的重要因素。当一个负责人有权对其下属的品行做鉴定并且据此来分配经济利益时，所鼓励的往往是效忠、勤勉、服从等消极性质的品行，不可避免地会助长媚上之风。我不否认会有诚心用贤的好官，可是，相对于由体制决定的基本趋势，这种情形无足轻重。把做鉴定的权力交给“群众”，结果也许更糟。当事情涉及每个人的切身利益之时，人们的私心不可能不起作用。且不说别的，单是一般人都难以戒除的嫉妒心，就足以阻止他们都投优秀者的票。通常的情形是，群众评议中的优胜者是那些人缘好的人，而不是贡献大的人。

以上还只是说，按照品行分配不可能做到公正。问题不止于此，在哈耶克看来，要害是这一分配原则必然会毁坏自由社会的基础。他说：“自由人的标志乃是其生活并不依赖于其他人对他品行的看法，而只依赖于他给其他人所提供的产品或服务。”“如果在一个社会中，个人的地位是根据他与人们关于道德品行的观念间的相符程度而加以确定的，那么这个社会就是自由社会的对立面。”在本来的意义上，道德是一个人对如何生活为正当和高尚的理解，是他对自己的要求和为自己立的标准，体现了人的内在自由和精神追求。因此，它本不该是行政的对象，而把它和分配挂钩的做法却是运用强有力的经济手段把它变成了行政的对象。倘若人们的生活状况在很大程度上取决于是否遵循某种道德规范，那么，绝大多数人就范就是必然的结果。这种做法的另一个恶果是，使道德行为丧失了精神性质，变质为纯粹的功利行为。所以，按照品行分配不但搞乱了分配，而且也败坏了品行本身。凡是推行这种做法的地方，必定缺少真正的道德，盛行的是伪善和挂着道德招牌的明争暗斗。

在分配与道德无关这一点上，当代另一位自由主义思想家罗尔斯持相同看法。他特别指出，我们不可混淆法律的正义和分配的正义，以为二者性质一样，作用相辅，前者用于惩恶，后者用于奖善。的确，我们理应分清法律、道德、分配这三个不同的领域。品行属于道德的领域，我们可以对一个人的品行好坏做道德的评价，但是，既不能用法律手段对之惩处，也不能用分配手段对之赏罚。当然，倘若一个人的品行坏到了触犯刑法的地步，法律就该出面了。品行和分配也不是毫无关系，但这种关系只能是间接的，唯有当品行导致经济上的结果时，它才对分配发生影响。譬如说，一个勤勉工作的科学家取得了重大成果，因此得到了优厚报酬，他之能够得到这个报酬，他的勤勉肯定也起了一定作用。但是，很显然，这个报酬是给予他的成果的，而不是给予他的勤勉品行的。也许还有一些同样勤勉甚至更加勤勉的科学家，却没有取得这么重大的成果，也就不能给他们相应的报酬。又譬如说，一个诚信的商人也许会因为好的信誉而获得可靠的市场，相反，一个没有诚信的商人可能会因为信誉太坏而终于破产。不过，诚信与否必须在产品上体现出来，决定成败的仍是产品满足市场需要的情况，人们是为自己所愿意购买的商品付钱，而不是为某个商人的诚信品行付钱。

在市场经济条件下，分配归根到底是由市场上的供求关系决定的。一个人所得报酬的大小，取决于他所提供的产品或服务满足市场需要的程度，而这一程度又是由许多因素决定的，品行至多是其中的一个因素，而且往往是不很重要的因素。像勤勉、诚信这样的品行与报酬多少还有间接的联系，有一些更重要的品行，例如正直和善良，连间接的联系也没有，有时候甚至会给自己带来利益的损害。可是，如果你是一个正直的人，你会企求你的正直给你牟利吗？如果你企求这样，你还是一个正直的人吗？说到底，做人和做事毕竟是有区别的，做人要讲道德，做事要讲效率，讲道德是为了对得起自己的良心，讲效率是为了对得起自己的生命。前一个对得起不必也不能用金钱来衡量，后一个对得起主要指实现自己生命的价值，但在为社会创造价值的意义上有权要求合理的报酬。做这样的区别是不是公正呢？我认为是公正的。

2002 年 9 月

市场经济与性爱自由

在今日中国，人们在性、爱情和婚姻方面已经享有很大的自由，这种自由在二三十年前是不可想象的。那时候，虽然爱情和婚姻的自由也写进了法律，但是，在行政和舆论的强大干预下，这种自由在实践中至少打了极大的折扣，在许多场合实际上被剥夺了。凡是从那个时代走过来的人，应该对两个现象记忆犹新。一是非婚（不论婚前还是婚外）性关系成为行政处罚的对象，并且遭到舆论的普遍歧视和谴责。多少人因为所谓"生活作风问题"——这个词对于今日的青年是多么陌生——而抬不起头，甚至印上了历史污点，影响一生的前途。二是离婚极其困难，不但当事人要经历两败俱伤的持久的消耗战，而且几乎必定会受到来自行政方面、常常还是司法方面的阻挠，并且同样遭到舆论的普遍歧视和谴责。

现在，这两个现象已经基本上成为过去，无论非婚性关系，还是离婚，在相当程度上已被视为个人的私事，人们普遍对之持宽容态度。这是一个重大的进步。事实上，非婚性关系的自由是爱情自由的必要条件和重要内容。对于青年男女来说，婚前的禁欲不但是不人道的，而且往往会造成择偶上的盲目性，因为在这一禁令下，他们一方面可能由于欲望的逼迫而饥不择食，匆忙结婚，另一方面又不得不在缺乏性经验、因而对于性生活是否和谐毫无把握的情形下互订终身。婚外性关系的情况比较复杂，可以肯定的是，原则上这也应是有关当事人的私事，而不应是司法或行政的对象。用法律或行政手段禁止婚外性关系，其合乎逻辑的结果是禁止婚外的爱情，而这又意味着剥夺已婚者的爱情自由。同样，离婚的自由是婚姻自由的必要条件和重要内容，这个道理是不言而喻的。我们的婚姻法把判离婚的根据由过错改为感情破裂，无疑是在保护离婚自由方面迈出了决定性的一步。修改后的现行婚姻法增加了离婚时感情受伤害一方有权要求获得经济赔偿的条款，这一条款十分耐人寻味。我从中读出的潜台词是：从前备受舆论谴责的婚外情不再是一种道德罪恶，而转换成了某种可以在经济上加以计算的权益侵损，这就更加彻底地把婚爱纠葛还原成了当事人之间能以一定方式扯平的私事。

性爱生活是私生活的最重要的组成部分，因而上述变化在一定程度上反映了中国公民生活中一个不受侵犯亦即受到法律保护的私人领域正在逐渐形成。对于这一事实的意义，我们无论怎样估价都不会过分。若问这一重大变化缘何而来，我认为答案只有一个，就是缘自市场经济体制的确立和推进。西方历史表明，那种保护个人自由的社会秩序正是伴随着市场经济的发展而得以建立和健全的。在中国，有识之士早就为性爱的自由大声疾呼，但阻力重重，收效甚微。市场经济一推广，很快以不可阻挡之势解决了人们在理论上争论不休的问题，把一切守旧的声音置于绝对劣势。关键在于，市场经济不但有力地改变了人们的道德观念，而且有效地削弱了行政机构干预人们生活的强制力量。在计划经济体制下，一个人的社会地位和经济收入在很大程度上取决于行政机构对他的评价，这种情形迫使他在私生活领域中也不得不按照行政机构所承认的标准行事。相反，在市场经济体制下，每一个人至少在理论上都拥有选择职业的自由，亦即凭自己的本事找饭吃的自由，而这就意味着任何地方或单位的行政机构都不再能决定他的命运。一个人一旦拥有经济上的自由，他在私生活领域里便也有了相当的自由，这时候，能够约束他的就只有法律了。也就是说，只要他不触犯法律，就没有人能惩处他。当然，他不能不顾忌社会舆论，可是，我们发现，一旦行政权力不再能干预人们的私生活，社会舆论很快就会发生变化。改革开放以来，正是那些首先脱离体制而到市场上去谋生和求发展的人，由于他们摆脱了行政权力的控制，因此在私生活方面也是率先开放。毋庸讳言，其中有种种不良现象，但我认为，从总体上说，这些在体制外的人（例如商人、私营企业家、公司白领、自由艺术家）的生活方式对于改变社会舆论起了非常积极的作用。一种更加合乎人性的新生活方式一旦得到社会的容忍和默认，它必然会迅速传播，以至于当体制内的人起而效仿时，相关的行政权力对之也无可奈何了。这就是我们今天所看到的局面。

想一想在不太久以前，人们谈论起西方的性自由还会感到惊慌或者艳羡，而在今天，中国的性自由水平已经不亚于许多西方国家，变化真是太大了。性自由完全不必是乱交，它在根本上是指，把两性关系看作个人的私事，在不触犯法律的前提下，允许个人在这个领域内自由地选择他自己所喜欢的方式，包括传统型婚姻、开放型婚姻、非婚同居、不禁欲的独身等。在我看来，市场经济在两性关系领域所促成的最重大进步就在于此。

当然，市场经济在这一领域还造成了其他一些重要变化，例如极大地改变了人们在择偶时的价值观念和衡量标准。其中，金钱的作用上升到了一个显著的地位。不必说那些刻意傍大款的人，即使一般的男女，现在在决定嫁娶时也很少有不考虑对方的财产状况的。金钱似乎成了最性感的东西，富人和所谓成功人士在异性世界里往往能得到更多的机会。我觉得，对于这种现象，我们无须大表义愤。事实上，无论在何种体制下，人们在择偶时一般都会考虑自己的实际利益，这是完全正常的。比如说，在过去的时代，阶级出身是人们在择偶时不可忽视的因素，而高官子女和在权力阶梯上居高的人士在婚姻上也必然处于有利的地位。所以，区别只在于，金钱取代权力成了利益权衡的重点。同时我又相信，不论过去和现在，总是有人更加看重感情，而不把权力或财产当作择偶的主要依据的。

我丝毫不想低估伴随着市场经济的发展所出现的种种负面现象，不过，我认为应该对之作具体分析。在转型时期，滞留的旧体制的某些弊病或落后的文化传统与尚不健全的市场经济相结合，往往会有恶性的表现，许多负面现象可以由此得到解释。一个显而易见的事实是，在市场经济发达的西方国家，并不存在诸如大量官员受贿和养情妇、地下或半地下色情业昌盛、拐卖妇女的犯罪活动猖獗等现象。因此，不能把这些现象一股脑儿都算在市场经济的帐上。即使市场经济是原因之一，对它的功过也应该算总帐。我们有理由期望，市场经济的健全发展将会导致一种确保个人自由的法治的建立，而这意味着一方面个人享有充分的性爱自由，另一方面各种性腐败和性犯罪现象将受到有力的遏制。

2002 年 10 月

只有一种文化

约翰·布鲁克曼是许多美国科学家的著作权代理人，大约也是一位科普作家，这是《第三种文化》一书由以产生的两个便利条件。利用前一条件，他采访了二十三位著名科学家，让他们对各自的工作进行阐述，对相关领域内别人的工作加以评论。利用后一条件，他把采访材料组织成了相当生动的叙述文字。

我觉得这是一本有趣的书。首先是话题有趣，全书围绕三个主要话题，依次为生物进化、人工智能和宇宙起源。这三个话题一方面是非常前沿性的，分别涉及进化生物学、计算机科学、理论物理学三个领域中的最新进展，很能反映当代理论自然科学的面貌。另一方面，它们也都是富于哲学性的话题，所欲解开的正是生命、意识、宇宙这三大秘密。其次是角色有趣，参加者都是各自领域中的腕级人物，个个有创见，不同创见之间往往还形成交锋。第三是表达方式有趣，大师们都撇开专业术语，尽量用日常语言谈论深奥的理论，使得像我这样的门外汉不但读得下去，而且好像能摸到一点门道。

然而，门外汉毕竟是门外汉，就这本书涉及的自然科学理论内容而言，我能做的事情只是了解和学习，而不是评论。现在我要评论的是这本书的《引言》，我不得不说，编者给这一本非常有趣的书加了一个相当无聊的引言。我是指他打出的"第三种文化"这面旗帜，所以我的批评也是针对书名，归根到底则是针对编辑此书的意图。请美国科学界的一群俊杰用一般人听得懂的话讲述自己的研究课题，这当然很好，值得提倡和鼓励，甚至值得喝彩。可是，这种做法够得上成为一种新的独立文化吗？我无法不联想到编者的代理人身份，不免在所谓"第三种文化"的吆喝中听出了刺耳的商业广告的调子。

按照布鲁克曼的解释，"第三种文化"的提法是从C.P.斯诺那里借用的。斯诺曾经预言，人文知识分子和科学家分别代表两种不同的文化，而第三种文化将弥合二者之间的鸿沟，实现二者的沟通。不过，布鲁克曼认为，斯诺的预言落空了，他提出的"第三种文化"有着完全不同的涵义。综观他的论述，那涵义其实很简单，就是不要再梦想人文知识分子和科学家之间的沟通，而是既撇开所有的人文知识分子，也撇开那个不屑于理睬大众的自命清高的科学共同体，由那些首先觉悟起来的科学家直接面向大众，最好还占领媒体，来表达和宣传自己的思想。用布鲁克曼自己的话说，就是要把那个传统上叫作"科学"的东西变成"大众文化"，而"第三种文化的思想家就是新兴的大众知识分子"。说得直白一些，无非就是让更多的科学家尤其是大科学家来做科普工作。我不得不再问一声：这当然很好，但够得上成为“第三种文化”吗？

布鲁克曼对“第三种文化”的估价和期望都极高，他宣布，属于这一范畴的知识分子正在取代传统人文知识分子的地位，通过其工作和阐释性写作揭示“人生的意义”、“我们是谁”之类深刻的问题，并把握着我们时代的方向。看来，“第三种文化”不是一面普通的旗帜，而是一面军旗，是一道宣战令，矛头主要指向人文知识分子，要把这批过时的家伙赶下历史舞台。一声令下，若干参与此书工作的科学家便开始大发牢骚，什么占据了文化主导地位的人文知识分子看不起科学家，只和柏拉图、亚里士多德交流呀；一个人不懂古典文学就被视为没学问，对科学一无所知却不算什么呀；某些人文学者以不懂科学自豪，但你永远不会遇到一个以不懂莎士比亚为荣的科学家呀；乃至于文人劫持了文化媒介、科学家被知识界的黑手党踩在脚下之类的指控也出来了。但是，发牢骚不等于论证。事实上，无论在人文圈里还是科学家圈里，都有浅薄之辈，也都有深刻之人，就像若干蔑视人文文化的科学家不足为凭一样，我们也不能根据某些浅薄文人的态度对整个人文文化下论断。我不否认，就现实情况而言，人文知识界确实存在着严重的问题。例如，布鲁克曼尖锐地指出，美国传统知识分子日趋保守，对现代知识进展视若无睹。“这种文化用自己的一套术语在自己的领域里兜圈子。它最主要的特点就是对种种评论进行评论，日渐膨胀的注释条目蜿蜒伸展，越排越长，直到真实的世界无处寻觅。”这一批评可说是击中要害的，对于中国的人文学界同样适用。然而，对人文知识界令人不满的现状进行批评是一回事，试图整个儿取消人文文化及其作用却是另一回事。作为一种传统，人文文化代表着人类对于基本精神价值的追求和思考，它的这种作用不是科学所能够取代的，当然更不是科普哪怕是高级科普所能够取代的。

我比较赞成斯诺的看法：人文知识分子和科学家应该互相沟通。如果说存在两种文化的话，它们之间不应该有鸿沟。不过，我不认为它们的沟通会产生“第三种文化”。无论在两种文化的结合中，还是在两种文化之外，都不存在“第三种文化”。事实上，从人类文化发展的整体来看，人文与科学的沟通是一个不断发生的历史事实，而两者的会合点就是哲学。凡真正伟大的人文学者和艺术家，或真正伟大的科学家，不管自己是否意识到，都必有哲学的关怀，归根到底都是在探索和思考哲学问题，即宇宙和人生的根本问题。正因为此，科学理论的重大突破往往会对哲学发生深刻影响，又通过哲学影响到人文学科。同样，人文思想的巨大变化也会影响到哲学再影响到科学。在我看来，这才是实质上的沟通。一个人文学者对生物学或物理学的新动向有兴趣，一个科学家喜欢莎士比亚或拜伦，这只是个人爱好，对于人类文化的发展毫无意义。需要的不是个人兴趣的广泛，而是思想背景的广阔和深邃，如此方可言沟通。其实，集合在布鲁克曼“第三种文化”旗下的这些科学家大多颇有哲学思考的素养，不知为什么，其中有些人会被引导发出诸如人文学者不懂科学之类的幼稚抱怨。当今人文知识界——包括哲学界——的症结不在这里，而在失去了哲学传统的支撑，只在枝节问题上做复杂的研究。我很欣赏生物学家琼斯发表的见解：“是否有一种让所有受过教育的人都坚守的文化？回答是，如果没有，一定应该有。”他显然是反对“第三种文化”的提法的。遗憾的是，只有他一人发出了不同的声音。我们诚然可以从不同的角度对文化进行分类，但是不应该忘记，无论哪一种分类都只有十分相对的意义。说到底，人类文化是一个整体，只有一种文化，那就是以探究世界和人生的真理为根本目的的文化，对于这种文化，人文知识分子和科学家做出了各自不同的贡献。

2003 年 7 月

把我们自己娱乐死？

美国文化传播学家波兹曼的《娱乐至死》是一篇声讨电视文化的檄文，书名全译出来是“把我们自己娱乐死”，我在后面加上一个问号，用作我的评论的标题。在读这本书的过程中，我确实时时听见一声急切有力的喝问：难道我们要把自己娱乐死？这一声喝问决非危言耸听，我深信它是我们必须认真听取的警告。

电视在今日人类生活中的显著地位有目共睹，以至于难以想象，倘若没有了电视，这个世界该怎么运转，大多数人的日子该怎么过。拥护者们当然可以举出电视带来的种种便利，据此讴歌电视是伟大的文化现象。事实上，无人能否认电视带来的便利，分歧恰恰在于，这种便利在总体上是推进了文化，还是损害了文化。进一步分析，我们会发现，拥护者和反对者所说的文化是两码事，真正的分歧在于对文化的不同理解。

波兹曼有一个重要论点：媒介即认识论。也就是说，媒介的变化导致了并且意味着认识世界的方式的变化。在印刷术发明后的漫长历史中，文字一直是主要媒介，人们主要通过书籍来交流思想和传播信息。作为电视的前史，电报和摄影术的发明标志了新媒介的出现。电报所传播的信息只具有转瞬即逝的性质，摄影术则用图像取代文字作为传播的媒介。电视实现了二者的完美结合，是瞬时和图像的二重奏。正是凭借这两个要素，电视与书籍形成了鲜明的对照。

在书籍中，存在着一个用文字记载的传统，阅读使我们得以进入这个传统。相反，电视是以现时为中心的，所传播的信息越具有当下性似乎就越有价值。作者引美国电视业内一位有识之士的话说：“我担心我的行业会使这个时代充满遗忘症患者。我们美国人似乎知道过去二十四小时里发生的任何事情，而对过去六十个世纪或六十年里发生的事情却知之甚少。”我很佩服这位人士，他能不顾职业利益而站在良知一边，为历史的消失而担忧。书籍区别于电视的另一特点是，文字是抽象的符号，它要求阅读必须同时也是思考，否则就不能理解文字的意义。相反，电视直接用图像影响观众，它甚至忌讳思考，因为思考会妨碍观看。摩西第二诫禁止刻造偶像，作者对此解释道：犹太人的上帝是抽象的神，需要通过语言进行抽象思考方能领悟，而运用图像就是放弃思考，因而就是渎神。我们的确看到，今日沉浸在电视文化中的人已经越来越丧失了领悟抽象的神的能力，对于他们来说，一切讨论严肃精神问题的书籍都难懂如同天书。

由上所述，我们大致可以揣测作者对于文化的理解了。文化有两个必备的要素，一是传统，二是思考。做一个有文化的人，就是置身于人类精神传统之中进行思考。很显然，在他看来，书籍能够帮助我们实现这个目标，电视却会使我们背离这个目标。那么，电视究竟把我们引向何方？引向文化的反面——娱乐。一种迷恋当下和排斥思考的文化，我们只能恰如其分地称之为娱乐。并不是说娱乐和文化一定势不两立，问题不在于电视展示了娱乐性内容，而在于在电视上一切内容都必须以娱乐的方式表现出来。“娱乐是电视上所有话语的超意识形态。”在电视的强势影响下，一切文化都依照其转变成娱乐的程度而被人们接受，因而在不同程度上都转变成了娱乐。“除了娱乐业没有其他行业”——到了这个地步，本来意义上的文化就荡然无存了。

电视把一切都变成了娱乐。新闻是娱乐。电报使用之初，梭罗即已讽刺地指出：“我们满腔热情地在大西洋下开通隧道，把新旧两个世界拉近几个星期，但是到达美国人耳朵里的第一条新闻可能却是阿德雷德公主得了百日咳。”今天我们通过电视能够更迅速地知道世界各地正在发生的事情，然而，其中绝大多数与我们的生活毫无关联，所获得的大量信息既不能回答我们的任何问题，也不需要我们做出任何回答。作者借用柯勒律治的话描述这种失去语境的信息环境：“到处是水却没有一滴水可以喝。”但我们好像并不感到痛苦，反而在信息的泛滥中感到虚假的满足。看电视新闻很像看万花筒，画面在不相干的新闻之间任意切换，看完后几乎留不下任何印象，而插播的广告立刻消解了不论多么严重的新闻的严重性。政治是娱乐。政治家们纷纷涌向电视，化妆术和表演术取代智慧成了政治才能的标志。作者指出，美国前十五位总统走在街上不会有人认出，而现在的总统和议员都争相让自己变得更上镜。宗教是娱乐。神父、大主教都试图通过电视表演取悦公众，《圣经》被改编成了系列电影。教育是娱乐。美国最大的教育产业是在电视机前，电视获得了控制教育的权力，担负起了指导人们读什么样的书、做什么样的人的使命。

波兹曼把美国作为典型对电视文化进行了分析和批判，但是，电视主宰文化、文化变成娱乐的倾向却是世界性的。譬如说，在我们这里，人们现在通过什么学习历史？通过电视剧。历史仅仅作为戏说也就是作为娱乐而存在，再也不可能有比这更加彻底地消灭历史的方式了。又譬如说，在我们这里，电视也成了印刷媒介的榜样，报纸和杂志纷纷向电视看齐，使劲强化自己的娱乐功能，蜕变成了波兹曼所说的“电视型印刷媒介”。且不说那些纯粹娱乐性的时尚杂志，翻开几乎任何一种报纸，你都会看到一个所谓文化版面，所报道的全是娱乐圈的新闻和大小明星的逸闻。这无可辩驳地表明，文化即娱乐已经成为新的约定俗成，只有娱乐才是文化已经成为不言而喻的共识。

奥威尔和赫胥黎都曾预言文化的灭亡，但灭亡的方式不同。在奥威尔看来，其方式是书被禁读，真理被隐瞒，文化成为监狱。在赫胥黎看来，其方式是无人想读书，无人想知道真理，文化成为滑稽戏。作者认为，实现了的是赫胥黎的预言。这个结论也许太悲观了。我相信，只要人类精神存在一天，文化就决不会灭亡。不过，我无法否认，对于文化来说，一个娱乐至上的环境是最坏的环境，其恶劣甚于专制的环境。在这样的环境中，任何严肃的精神活动都不被严肃地看待，人们不能容忍不是娱乐的文化，非把严肃化为娱乐不可，如果做不到，就干脆把戏侮严肃当作一种娱乐。面对这样的行径，我的感觉是，波兹曼的书名听起来像是一种诅咒。

2004 年 7 月

拯救童年

我是怀着强烈期待的心情翻开尼尔·波兹曼的《童年的消逝》一书的，原因有二。一是此前读过这位作者的另一著作《娱乐至死》并深感共鸣，二是该书的主题正是我长期关注和忧虑的问题。读后的感觉是未失所望，但又意犹未尽。

该书的立论与《娱乐至死》一脉相承，也是电视对于文化的负面作用，而童年的消逝基本上被视为此种负面作用的一个特例。作者是在社会学而非生物学意义上定义童年概念的，他认为，这个意义上的童年概念乃是印刷术的产物。在此之前，尤其在漫长的中世纪，童年与成年的界限是模糊不清的。由于儿童死亡率居高不下，使得人们包括一般父母在儿童身上不愿投入感情，尚未形成同情儿童的心理机制。甚至像柏拉图这样的哲学家竟也断言：对儿童只能“用恐吓和棍棒，像对付弯曲的树木一样”。同时，由于主要依靠口头方式传播信息，儿童很早就从成人百无禁忌的谈话中知道了成年的各种秘密包括性秘密，不能培育起羞耻心。总之，在社会的普遍意识中，童年不被看作一个需要给予特殊关心的人生阶段，真正的儿童教育并不存在。儿童之被当作成人对待，从英国法律中可见一斑，直到1780年，二百多项死罪对儿童一视同仁，有一个七岁女孩只因为偷了一条衬裙就被处以绞刑。

如果说医学的发展改变了人们对儿童生命和心灵的麻木态度，那么，印刷术的发明则在人类历史上第一次创造了童年的概念。按照作者的解说，这主要是指，由于信息传播方式由口头转变为文字，社会便获得了一个区分童年和成年的明确标准，就是是否具备阅读能力。童年是从学习识字和阅读开始的，儿童必须接受教育才能应付成人的符号世界，成年变成一个需要经过努力才能达到的目标，为此欧洲建立了现代学校。作为一个重要结果，文字的屏障可使儿童避免接触于他们不宜的信息，保护他们的羞耻心。作者始终强调，羞耻心是童年存在的前提。这是有道理的，因为儿童的天真在相当程度上依赖于羞耻心。

然而，信息传播技术的新革命再一次彻底改变了儿童生活的场景，在作者看来，不啻是消灭了由印刷术所建立的儿童的概念。这就是电视的发明。自上世纪50年代以来，电视在美国的家庭里扎根，接着普及于全世界，成为当代文化的主宰。作者对于电视文化的批判是强有力的。他引美国作家芒福德的话说：钟表消灭了永恒，印刷机使之恢复。依靠印刷的书籍，个人得以摆脱一时一地的控制，扩展了思想自由的疆域。可是，电视似乎又重新消灭了永恒。电视在本质上是娱乐，它旨在制造观众瞬时的兴奋。看电视就好像参加一个聚会，满座是你不认识的人，不断被介绍给你，而你在兴奋之后，完全记不住这些人是谁和说了什么。电视破坏了童年和成年之间界限的历史根基，在电视机前面，童年消逝与成年消逝并行。一方面，看电视不需要、也不开发任何技能，它把成人变成了功能性文盲，儿童化的成人。正如英国哲学家怀特海早就指出的：“文化是思想活动，支离破碎的信息与文化毫不相干。”另一方面，它又把儿童变成了成人化的儿童。孩子们从电视图像上获得五花八门的信息，仿佛无所不知，尚未提问就被给予了一大堆答案，好奇的张力减弱，好奇被自以为是取代。他们还通过电视知道了成人的一切秘密，导致羞耻心消失。作者断言，如今孩子普遍早熟，青春期提前，电视——现在还应该加上网络——对此脱不了干系。当儿童能够任意接触成人的知识禁果时，他们就确实被逐出童年乐园了。令无数家长忧虑的事实是，家长对孩子的信息环境完全失去了控制。玛格丽特·米德把电视称作“第二家长”，我们或许可以把网络称作“第三家长”，而且，这些后来居上的“家长”威力多么巨大，使得许多“第一家长”成了徒有其名的傀儡。

童年消逝的一个重要表征是传统儿童游戏的消失。英国两位历史学家鉴定了几百种传统儿童游戏，其中没有一种是现在的美国儿童仍经常玩的。我们这里的情况并不稍微好一些，不必说上了年纪的人，即使是三四十岁的中年人，记忆中的童年游戏在今日的孩子中间也已难觅踪影。今日的孩子当然也玩，区别于传统游戏，有两个鲜明特征。其一是抽象性，突出表现在电脑游戏，沉湎在虚拟世界里，昏天黑地，不知阳光下还有一个真实的世界。在玩电脑游戏时，人自身也化为抽象的存在，肉体和灵魂皆消失，变成了受电脑程序控制的一个部件。相反，传统游戏总是具体的，环境具体，多半在户外，与自然亲近，人也具体，手脑并用，身心皆投入。其二，传统游戏具有自发性，没有成人的干预，孩子们自然地玩到了一起，自由自在，充满童趣。相反，现在的儿童游戏变得日益职业化了，作者举出美国的例子，组织各种比赛，往往有家长督促和参与，让孩子们经受培训、竞争、媒体宣传的辛苦。在我们这里，则是给孩子报各种班，学各种技能，同样也要参加各种比赛，加上繁重的作业，占据了全部课外时间。可是，当孩子们毫不自由地从事着这些活动时，他们还是在玩吗？当然不是了，他们其实是被绑架进了成人世界的竞争之中。

最后，我说一说为何对这本书感到意犹未尽的理由。作者的基本论点是，电视文化取代印刷文化，这是导致童年消逝的根源。中国当今的现实却是，不但电视文化，而且印刷文化，二者共同导致了孩子们童年的消逝，因而消逝得更为彻底。其实，作者自己曾谈到，在印刷文化的范畴内，也有两种不同的童年概念。洛克派认为：儿童是未成形的人，教育就是通过识字和理性能力的培养使之成形，变成文明的成人。卢梭派则认为：儿童拥有与生俱来的自发能力，教育就是生长，以文字为主导的现行教育却压抑了生长，结果使儿童变成了畸形的成人。不用多说，人们就会感到，卢梭的批评是多么切合今日中国的现状。因此，为了拯救中国孩子的童年，我们不但要警惕电视文化的危害，更要克服印刷文化的弊病，其极端表现就是我们今天的急功近利的应试教育。

2005 年 4 月

谈钱

一　钱对穷人最重要

金钱是衡量生活质量的指标之一。一个起码的道理是，在这个货币社会里，没有钱就无法生存，钱太少就要为生存操心。贫穷肯定是不幸，而金钱可以使人免于贫穷。

不要对我说钱不重要。试试看，让你没有钱，成为中国广大贫困农民中的一员，你还说不说这种话。对于他们来说，钱意味着活命，意味着过最基本的人的生活。因为没有钱，多少人有病不能治，被本来可以治好的病夺去了生命。因为没有钱，多少孩子上不起学，早早辍学，考上大学也只好放弃，有的父母甚至被逼用自杀来逃避学费的难题。因为没有钱，农村天天在上演着有声或无声的悲剧。

让我们记住，对于穷人来说，钱是第一重要的。让我们记住，对于我们的社会来说，让穷人至少有活命的钱是第一重要的。

二　钱的重要性递减

对于不是穷人的人，即基本生活已有保障的人，钱仍有其重要性。道理很简单：有更多的钱，可以买更多的物资和更好的服务，改善衣食住行及医疗、教育、文化、旅游等各方面的条件。但是，钱与生活质量之间的这种正比例关系是有一个限度的。超出了这个限度，钱对于生活质量的作用就呈递减的趋势。原因就在于，一个人的身体构造决定了他真正需要和能够享用的物质生活资料终归是有限的，多出来的部分只是奢华和摆设。

我认为，基本上可以用小康的概念来标示上面所说的限度。从贫困到小康是物质生活的飞跃，从小康再往上，金钱带来的物质生活的满足就逐渐减弱了，直至趋于零。单就个人物质生活来说，一个亿万富翁与一个千万富翁之间不会有什么重要的差别，钱超过了一定数量，便只成了抽象的数字。

至于在提供积极的享受方面，钱的作用就更为有限了。人生最美好的享受都依赖于心灵能力，是钱买不来的。钱能买来名画，买不来欣赏；能买来色情服务，买不来爱情；能买来豪华旅游，买不来旅程中的精神收获。金钱最多只是我们获得幸福的条件之一，但永远不是充分条件，永远不能直接成为幸福。

三　快乐与钱关系不大

以为钱越多快乐就越多，实在是天大的误会。钱太少，不能维持生存，这当然不行。排除了这种情况，我可以断定，钱与快乐之间并无多少联系，更不存在正比例关系。

一对夫妇在法国生活，他们有别墅和花园，最近又搬进了更大的别墅和更大的花园。可是，他们告诉我，新居带来的快乐，最强烈的一次是二十年前在国内时，住了多年集体宿舍，单位终于分给一套一居室，后来住房再大再气派，也没有这样的快乐了。其实，许多人有类似的体验。问那些穷苦过的大款，他们现在经常山珍海味，可有过去吃到一顿普通的红烧肉快乐，回答必是否定的。

快乐与花钱多少无关。有时候，花掉很多钱，结果并不快乐。有时候，花很少的钱，买到情人喜欢的一件小礼物，孩子喜欢的一个小玩具，自己喜欢的一本书，就可以很快乐。得到也是如此。我收到的第一笔稿费只有几元钱，但当时快乐的心情远超过现在收到几千元的稿费。

伊壁鸠鲁早就说过：快乐较多依赖于心理，较少依赖于物质；更多的钱财不会使快乐超过有限钱财已经达到的水平。其实，物质所能带来的快乐终归是有限的，只有精神的快乐才有可能是无限的。

金钱只能带来有限的快乐，却可能带来无限的烦恼。一个看重钱的人，挣钱和花钱都是烦恼，他的心被钱占据，没有给快乐留下多少余地了。天下真正快乐的人，不管他钱多钱少，都必是超脱金钱的人。

四　可怕的不是钱，是贪欲

人们常把金钱称作万恶之源，照我看，这是错怪了金钱。钱本身在道德上是中性的，谈不上善恶。毛病不是出在钱上，而是出在对钱的态度上。可怕的不是钱，而是贪欲，即一种对钱贪得无厌的占有态度。当然，钱可能会刺激起贪欲，但也可能不会。无论在钱多钱少的人中，都有贪者，也都有不贪者。所以，关键还在人的素质。

贪与不贪的界限在哪里？我这么看：一个人如果以金钱本身或者它带来的奢侈生活为人生主要目的，他就是一个被贪欲控制了的人；相反，不贪之人只把金钱当作保证基本生活质量的手段，或者，在这个要求满足以后，把金钱当作实现更高人生理想的手段。

贪欲首先是痛苦之源。正如爱比克泰特所说："导致痛苦的不是贫穷，而是贪欲。”苦乐取决于所求与所得的比例，与所得大小无关。以钱和奢侈为目的，钱多了终归可以更多，生活奢侈了终归可以更奢侈，争逐和烦恼永无宁日。

其次，贪欲不折不扣是万恶之源。在贪欲的驱使下，为官必贪，有权在手就拼命纳贿敛财；为商必不仁，有利可图就不惜草菅人命。贪欲可以使人目中无法纪，心中无良知。今日社会上腐败滋生，不义横行，皆源于贪欲膨胀，当然也迫使人们叩问导致贪欲膨胀的体制之弊病。

贪欲使人堕落，不但表现在攫取金钱时的不仁不义，而且表现在攫得金钱后的纵欲无度。对金钱贪得无厌的人，除了少数守财奴，多是为了享乐，而他们对享乐的唯一理解是放纵肉欲。基本的肉欲是容易满足的，太多的金钱就用来在放纵上玩花样，找刺激，必然的结果是生活糜烂，禽兽不如。有灵魂的人第一讲道德，第二讲品位，贪欲使人二者都不讲，成为没有灵魂的行尸走肉。

五　做钱的主人，不做钱的奴隶

有的人是金钱的主人，无论钱多钱少都拥有人的尊严。有的人是金钱的奴隶，一辈子为钱所役，甚至被钱所毁。

判断一个人是金钱的奴隶还是金钱的主人，不能看他有没有钱，而要看他对金钱的态度。正是当一个人很有钱的时候，我们能够更清楚地看出这一点来。一个穷人必须为生存而操心，我们无权评判他对钱的态度。

做金钱的主人，关键是戒除对金钱的占有欲，抱一种不占有的态度。也就是真正把钱看作身外之物，不管是已到手的还是将到手的，都与之拉开距离，随时可以放弃。只有这样，才能在金钱面前保持自由的心态，做一个自由人。凡是对钱抱占有态度的人，他同时也就被钱占有，成了钱的奴隶，如同古希腊哲学家彼翁在谈到一个富有的守财奴时所说：“他并没有得到财富，而是财富得到了他。”

如何才算是做金钱的主人，哲学家的例子可供参考。苏格拉底说：一无所需最像神。第欧根尼说：一无所需是神的特权，所需甚少是类神之人的特权。这可以说是哲学家的共同信念。多数哲学家安贫乐道，不追求也不积聚钱财。有一些哲学家出身富贵，为了精神的自由而主动放弃财产，比如古代的阿那克萨戈拉和现代的维特根斯坦。古罗马哲学家塞内卡是另一种情况，身为宫廷重臣，他不但不拒绝，而且享尽荣华富贵。不过，在享受的同时，他内心十分清醒，用他的话来说便是：“我把命运女神赐予我的一切——金钱，官位，权势——都搁置在一个地方，我同它们保持很宽的距离，使她可以随时把它们取走，而不必从我身上强行剥走。”他说到做到，后来官场失意，权财尽失，乃至性命不保，始终泰然自若。

六　钱考验人的素质

财富既可促进幸福，也可导致灾祸，取决于人的精神素质。金钱是对人的精神素质的一个考验。拥有的财富越多，考验就越严峻。大财富要求大智慧，素质差者往往被大财富所毁。

看一个人素质的优劣，我们可以看他：获取财富的手段是否正当，能否对不义之财不动心；对已得之财能否保持超脱的心情，看作身外之物；富裕之后是否仍乐于过相对简朴的生活。

后面这一点很重要。奢华不但不能提高生活质量，往往还会降低生活质量，使人耽于物质享受，远离精神生活。只有在那些精神素质极好的人身上，才不会发生这种情况，而这又只因为他们其实并不在乎物质享受，始终把精神生活看得更珍贵。一个人在巨富之后仍乐于过简朴生活，正证明了灵魂的高贵，能够从精神生活中获得更大的快乐。

七　钱尤其考验企业家的素质

财富是我们时代最响亮的一个词，上至政治领袖，下至平民百姓，包括知识分子，都在理直气壮地说这个词了。过去不是这样，传统的宗教、哲学和道德都是谴责财富的，一般俗人即使喜欢财富，也羞于声张。公开讴歌财富，是资本主义造就的新观念。我承认这是财富观的一种进步。

不过，我们应当仔细分辨，这一新的财富观究竟新在哪里。按照韦伯的解释，资本主义精神的特点就在于，一方面把获取财富作为人生的重要成就予以鼓励，另一方面又要求节制物质享受的欲望。这里的关键是把财富的获取和使用加以分离了，获取不再是为了自己使用，在获取时要敬业，在使用时则要节制。很显然，新就新在肯定了财富的获取，只要手段正当，发财是光荣的。在财富的使用上，则继承了历史上宗教、哲学、道德崇尚节俭的传统，不管多么富裕，奢侈和挥霍仍是可耻的。

那么，怎样使用财富才是光荣的呢？既然不应该用于自己包括子孙的消费，当然就只能是回报社会了，民间公益事业因之而发达。事实上，在西方尤其美国的富豪中，前半生聚财、后半生散财已成惯例。在获取财富时，一个个都是精明的资本家，在使用财富时，一个个仿佛又都成了宗教家、哲学家和道德家。当老卡耐基说出“拥巨资而死者以耻辱终”这句箴言时，你不能不承认他的确有一种哲人风范。

就中国目前的情况而言，发展民间公益事业的条件也许还不很成熟。但是，有一个问题是成功的企业家所共同面临的：钱多了以后怎么办？是仍以赚钱乃至奢侈的生活为唯一目标，还是使企业的长远目标、管理方式、投资方向等更多地体现崇高的精神追求和社会使命感，由此最能见出一个企业家素质的优劣。如果说能否赚钱主要靠头脑的聪明，那么，如何花钱主要靠灵魂的高贵。也许企业家没有不爱钱的，但是，一个好的企业家肯定还有远胜于钱的所爱，那就是有意义的人生和有理想的事业。

2005 年 10 月

第十辑

批评空间

探险的精神性和科学性

八月上旬，北京大学五名学生在攀登西藏希夏邦马西峰途中不幸遇难。这一消息披露后，国人众说纷纭，各执是非，誉为英雄壮举者有之，讥为孺子送命者亦有之。我认为，面对这样惨痛的牺牲，喝彩和喝倒彩都是可鄙的，实际上是把自己摆在了看客的位置上。女士们和先生们，这里不是西班牙斗牛场，用不着你们对斗牛士之死叫好或者开骂。如果我们真正痛惜这些年轻的生命，并珍惜现在和未来每一个志愿探险者的生命，就应该以理性的态度总结教训，通过这个事件对我国的探险活动进行一番认真的反省，使它今后能够以一种更加健康的方式开展。

近些年来，我国的民间探险活动有逐渐活跃的迹象，这是值得欢迎的。然而，和许多发达国家相比，我们无论在参加的人数上还是在开展的种类上都仍处于较低水平，我不希望因为这次事故而把它的水平降得更低。在任何名副其实的探险活动中，都不可能完全排除不可预测的危险因素，绝不存在万无一失的安全，否则还叫什么探险呢。中国的文化传统是不鼓励探险的，皮肤毛发因为受之父母，不允许损伤，更不用说冒生命的危险了。这个传统至今仍很有力量。我曾感到奇怪，各国派往南极的考察队多有人员牺牲，为何中国没有。后来，我参加国家考察队在那里生活了两个月，发现我们队里最强调的是安全第一，冒险绝对是大忌，也就解开了这个谜。

我不反对讲究安全，但认为过分讲究安全不是一个好传统。当我这么说时，前提当然是肯定了探险的意义。我把探险的意义概括为：它是用身体实现的精神事业。我的意思是说，探险主要是为了获得精神上的收获，包括对未知的探索，与大自然的交流，生命力的激发，意志的磨练，对日常平庸生活的超越，精神视野的拓宽，等等。在这方面，我推测有些探险者在意识上未必清晰。人们往往把登上某某峰顶之类的具体目标看得过分重要，当成了探险的目的本身，于是就和自己过不去了，在制定目标时但求危险最大化，在实现不了目标时也不肯知难而退。我个人认为，至少在非专业性的探险活动中，目标的选择必须适当，戒除夺冠之类的虚荣心。探险的最高目的是提高生命的质量，保存生命当然是其前提，因此对可预测的危险理应防备，以避免不必要的牺牲。还有一个糊涂观念是所谓征服自然，这个观念会发生一种强迫作用，驱使人在面临危险时硬拼，誓与自然决一胜负。须知大自然永远比人伟大，我们应当怀着对大自然的敬畏之心，懂得人类探险事业的界限之所在。总之，让我们把探险进行下去，但要知道为了什么而探险。

据行家分析，北大学生的这次事故原是可以避免的。在登山前，富有经验的西藏登山协会曾向北大登山队提出三点建议：避开安全隐患较大的七、八月份；聘请高山向导和技术顾问；租用一台海事卫星电话以备急用。然而，由于北大学生是利用暑期来登山的，时间无法更改，后两个建议也因资金有限等原因而未能采纳。看到这一报道，我不禁为那五个年轻生命黯然。假如这些学生得到足够的资金赞助，或者假如东道主在明知危急的情形下肯无偿提供援助，他们很可能就不会枉死了。据我所知，现在西方的探险活动十分讲究科学性，科学性的重要表现之一是设备先进和保护措施充分，而这当然需要钱。可是，叫穷学生到哪里去找这么些钱呢？所以，有关部门除了制定科学的规范外，还应帮助学生解决实际的困难。这真是一个血的教训。

2002 年 8 月

祭孔：大典还是大戏？

9月28日上午，嚷嚷了一些日子的“2005全球联合祭孔”活动如期举行。据媒体报道，最引人注目的是，自新中国成立后，今年的祭孔活动首次由官方举办，在祭孔大典上首次出现公祭。在主会场曲阜，公祭仪式由副市长主持，市长诵读祭文，在市人大主任和市长带领下，政府各级官员和社会各界人士依次祭拜，向孔子像三鞠躬。中央电视台新闻频道对大典进行了直播。媒体曾预告，国家领导人和外国驻华使节将出席曲阜的大典，幸好这种情况并未出现，总算没有把祭孔办成国祭。

我对这些年来越闹越欢的祭孔活动一直心存疑问。祭的对象不外乎神或鬼。大典是把孔子当神来祭吗？众所周知，“子不语怪、力、乱、神”，把孔子当神来祭显然违背孔子的精神，是对孔子的不尊重。再说，以孔子为神，就是以儒学为宗教。即使在有宗教传统的国家中，也都讲究政教分离，我们并无宗教传统，怎么反而把祭孔变成了政府行为？那么，该是把孔子当鬼来祭了。孔子倒不反对祭祖先，他承认“祭之以礼”是孝的表现。不过，他又说了：“非其鬼而祭之，谄也。”我们也许可以对“其鬼”作广义的理解，在文化的意义上把中华民族都看作孔子的后裔。然而，问题又产生了。第一，就其思想的精华而言，我们今天还是孔子的后裔吗？第二，就其思想的糟粕而言，我们今天还应该是孔子的后裔吗？如果答案是否定的，祭孔就有谄媚之嫌。

作为政府主办的大型活动，自然少不了专家们出谋划策，摇旗呐喊。专家们宣称，祭孔的宗旨是复兴传统文化，进而实现中华民族的伟大复兴。的确，孔子思想及其久远影响形成了中国的主流传统文化，可是，对于这样形成的传统文化恰恰是需要认真分析的，不但要把孔子思想中的精华和糟粕加以区分，更要把孔子本人的思想和后来统治者的利用加以区分。事实上，自汉代以降，正是孔子思想中的糟粕部分得到了强化，被立为正统，这就是抹杀人性尊严和个性价值的一整套等级伦理观念。问题的严重性在于，这套观念在今天的中国社会仍在发生作用，阻碍着市场经济秩序的建立和社会公正的实现。专家们津津乐道孔子思想对于建设和谐社会的意义，我不否认诸如“和而不同”之类的思想可以成为一种资源，但是，对于建设和谐社会来说，更重要的事情是批判作为儒家文化之核心的等级伦理观念，倡导尊重一切个人的生命权利和人性尊严的人文精神。就总体而言，儒家文化不可能成为我们今日社会的精神基础，中华民族复兴的基础不可能是儒家文化的复兴，而只能是人文精神指导下的社会经济和政治变革。

然而，专家们还有更大的雄心，他们期望通过祭孔来扩大儒家文化在世界的影响，启迪人们解决当代世界的各种危机。曲阜大典的祭文颂曰：“全球祭孔，五洲同风。”此言不免夸大了吧。其实，海外华人聚集地的祭孔或祭别的中华祖先的活动一直在进行，那是思乡情怀的寄托，也确有增强民族认同感和凝聚力之效。可是，谈不上是“全球祭孔”，更扯不上“五洲同风”。照这种逻辑，早就该有“全球信基督”、“全球颂真主”、“全球念佛”之类的说法了。大话之下，必有自欺。我丝毫不低估孔子的世界性意义，但这种意义肯定不在于向全世界推广儒家文化，就像苏格拉底的意义不在于向全世界推广希腊文化一样。凡是具有世界性意义的精神伟人，其思想必定深入地触及了人类共同的基本问题，孔子也是如此。在人类历史上，迄今为止出现了四位世界性的精神伟人，即苏格拉底、佛陀、孔子、耶稣。按照雅斯贝尔斯的说法，其思想的共同内涵是“对人类基本境况的体验以及对人类使命的阐明”。孔子思想中这种超越于他的时代和民族的内涵集中体现在他的教育思想中，体现在注重个人内在精神追求和人格修养的为学处世态度上。然而，除了在宋儒那里，这个合理内核皆遭忽略，而在历代祭孔闹剧中越发遮蔽不明了。在中国历史上，孔子或者被神化，成为祭拜的偶像，或者被妖魔化，成为打倒的对象，其实都是充当了统治或革命的道具。要正确理解孔子的价值，唯有把他还原成一个人，一个像苏格拉底那样的哲人。从未听说西方人祭苏格拉底，若问西方人是怎样继承苏格拉底的精神遗产的，请看从柏拉图到今天的大师迭出的西方哲学史。

写到这里，我发现自己未免太书生气了。曲阜市已连续多年举办“国际孔子文化节”，从今年开始，在旅游旺季又新增每周一次的祭孔表演。如今各地都在开发旅游资源，曲阜是孔子的出生地，这么好的资源凭什么不让开发？如是观之，所谓祭孔大典也只是一场旅游大戏罢了，而官员们不过是客串了一下演员而已。想必举办者对此也是心中有数的，那么，就不要拔高到精神信仰和民族复兴的高度，阐发出这么重大的文化意义了吧。

2005 年 9 月

尊重生命是最基本的觉悟

若干天前，北京726路公交车上，因为一个微不足道的原因，一名十四岁女孩被一个女售票员掐住脖子殴打，当场昏倒，女孩的母亲请求该车男司机把女孩送往医院，遭拒绝。女孩在好心路人帮助下送到医院时已无生命体征，经抢救无效，宣告死亡。

读了10月4日《新京报》上的这则报道，我至今感到胸口发堵。一个花季少女，兴冲冲随父母进城买书，焉知会无端死于非命。她的父母年事已高，只有这一根独苗，怎么经得住如此横祸。最使我震惊的是，那个女售票员和那个男司机都是普通百姓，不是什么恶人，竟会对一个年轻的生命如此凶狠，或者抱如此冷漠的态度。

这诚然是一个偶然事件，但是，联系到当今社会上相当普遍的对生命的冷漠态度，就不能不令人忧虑。随便翻翻报纸就可看到，残害生命的恶性事件屡有发生：医院认钱不认人，见死不救，或者渎职造成致人死命的医疗事故；矿难频繁，矿主靠牺牲工人的生命大发其财；不法商人制售假药和伪劣食品；素质低劣的执法人员草菅人命；交通肇事者抛下、甚至故意轧死受害者逃逸；当然，还有形形色色的杀人犯罪，其缘由有时小得与一条生命的价值太不相称。在一个普遍对生命冷漠的环境中，人是不可能有安全感的，无人能保证似乎偶然的灾祸不会落到自己头上。

生命的珍贵不言而喻。每个人都只有一条命，每个人的生命都是独一无二、不可重复的。在人生的一切价值中，生命的价值是最基本的价值，其余一切价值都以生命的价值之得到确认为前提。因此，源自古罗马的自然法传统把生命视为人的第一项天赋权利。法治理论的终极出发点就是寻求一种能够最大限度保障每个人生命权利的社会秩序，由此而主张规则下的自由，即一方面人人享有实现其生命权利的充分自由，另一方面不允许任何人侵犯他人的此种相同自由。如果说唯有健全的法治社会才能确保其绝大多数成员的生命得到尊重，那么，同样道理，唯有当社会绝大多数成员具备尊重生命的觉悟之时，才能建成健全的法治社会。

在论证自由和法治原理时，亚当·斯密、斯宾塞等都谈到人的两种本性，一是利己的生命本能，二是同情心。由于同情心，人能够推己及人，由自爱进而尊重他人。这实际上相当于中国儒家所倡导的“仁”，按照孔子的解释，就是“己欲立而立人，己欲达而达人”。然而，值得深思的是，在中国漫长的历史实践中，这种推己及人的仁爱精神并未得到发扬，相反，“能近取譬”被归结成了孝道，由孝及忠，形成了三纲五常一整套等级伦理秩序。在这个秩序中，我们看不到个体生命的地位。问题的根源也许还要到儒家理论中去寻找，忽视个体生命的价值和权利原是这一理论的欠缺。如果每一个人自身生命尊严的意识阙如或得不到支持，那么，推己及人就失去了前提，对他人生命的尊重自然会落空。凡是对自己的生命麻木的人，必然会对他人的生命冷漠。

事实上，在两千年的专制政治下，不必说平民百姓，即使是朝廷命官，个人的生命也是毫无权利可言的。君命臣死，臣不得不死，而且动辄满门抄斩，株连九族，这样的惨案不知发生了多少。其流毒之深远，在历次运动尤其文革中也可见出，造成了许多夺命冤案。严格地说，在我们的文化传统中，始终没有确立生命尊严的普遍意识，对生命的冷漠由来已久。因此，一旦面对经济利益的诱惑，生命在权力面前等于零就很容易转变成了生命在金钱面前等于零。

转型时期的问题是复杂的，每一问题的根本解决既要靠体制的改革和完善，又要靠国民素质的提高，而这两者是彼此制约、相辅相成的。就提高国民素质而言，我认为，亟需把尊重生命列为公民教育的重要内容。从孩子开始，就要培育生命尊严的意识，使他们懂得善待自己的生命，由此推己及人，善待一切生命。当今急功近利的教育恰恰与此相悖，使人目中只有利益，没有生命，把生命当成了利益的工具，其结果真正是堪忧的。

2005 年 10 月

城市化：给子孙留下什么？

中国的城市化进程正在以人类历史上空前的规模和速度向前发展。据报道，在过去十年，中国城市以年均10%的速度扩张，从1978年到2004年，中国城镇化水平由17.9%提高到了41.8%，城市人口由1.7亿增加到了5.4亿。城市化是现代化的题中应有之义，不可阻挡也无可指责。但是，中国城市化现行模式的弊端十分明显，已经引起广泛议论。如何使城市化按照一种健康的可持续的方式进行，是摆在决策者和有关专家面前的严峻课题。

中国人似乎很习惯于大跃进的思维模式。一说大学现代化，就纷纷喊出办世界一流大学的口号，搞大校区、大编制、大资金、大项目，以为这就是一流。一说城市化，就拼命拔高城市定位，中国的城市包括小城市在内共六百六十一个，居然有一百多个提出要建国际化大都市或国际化城市。所谓国际化，也是在"大"字上做文章，无节制地扩大市区面积和人口，搞大广场、大马路、大CBD、大豪华楼等等。

一面是贪大求新，另一面就是盲目对老城区进行成片改造，城市的风貌遭到了灭绝性破坏。走遍中国的城市，到处是巨大的工地，到处标着"拆"字，在拆的热潮中，许多有历史意义和文化价值的建筑及建筑群永远消失了，无数体现各地传统生活方式和建筑特色的民居也永远消失了。

消灭了城市的传统个性，取而代之的新建街区和建筑又毫无新的个性，结果便是城市的雷同化，千篇一律，千城一面。无论到哪一座城市，除了不得不保留的若干重点文物建筑之外，你很难再找到这座城市的历史记忆，而那少数文物建筑也成了高楼密林包围中的孤零零的存在。你想逛一逛本地风味的老街，对不起，没有了，它已被中央大道和豪华商场取代。你想看一看先人建造的城墙，对不起，也没有了，它已被环城公路和立交桥取代。所谓的标志性建筑或者与城市的传统毫无联系，或者只是仓促建成的假古董，不但不能显示城市的特色，相反证明了城市的无名。事实上，当你徘徊在某一个城市的街头时，如果单凭眼前的景观，你的确无法判断自己究竟身在哪一个城市。

多年前，我曾如此写道："一个城市的建筑风格和民俗风情体现了这个城市的个性，它们源于这个城市的特殊的历史和文化传统。消灭了一个城市的个性，差不多就等于是消灭了这个城市的记忆。这样的城市无论多么繁华，对于它的客人都丧失了学习和欣赏的价值，对于它的主人也丧失了家的意义。其实，在一个失去了记忆的城市里，并不存在真正的主人，每一个居民都只是无家可归的外乡人而已。"

这是我的真切感受，我相信也是今天许多城市居民的同感。

现在的城市建设是逐级模仿，中小城市模仿大城市，省会模仿首都。大城市模仿谁？据说是模仿西方。然而，往往是舍其精华、取其糟粕式的模仿。凡是到过欧美的人都亲眼看到，那里许多城市是多么珍视本地的文化传统，在更新城市建筑的同时，把维护城市的历史风貌看得比一切都重要，几近于神圣不可侵犯。同时，在新老建筑之间，在街区和街区之间，在城市和自然环境之间，十分讲究和谐，讲究风格的协调和自然过渡。诚如美国建筑师Kohn所言：建筑应当就像是从它所在的地方生长出来的一样。这种对传统的热爱，对和谐的追求，是我们最应该学习的东西，却遭到了最严重的忽视。街区规划的杂乱无章，建筑形态的抵牾冲突，是比比皆是的现象。许多建筑平庸而丑陋，常常是把西方古代、现代、后现代的表面样式和局部细节取一点儿过来，作为点缀，或者与中国古代样式拼接起来，弄得不伦不类。有人打比方说，结果产生的不是漂亮的混血儿，而像是黄种人染了金发和做了鼻子整容手术。凡此种种，反映出的是文化内涵的贫乏和混乱。

在城市建设方面，我们早已有极其沉痛的教训。众所周知，建国之初，梁思成就力主把“北平城全部”作为全国重要建筑文物加以保护，提出保护明清古城、在郊区另建新市区的方案，终因敌不过无比强大的长官意志而失败。在以改造旧城为主导方向的规划支配下，北京的城楼和城墙先后被拆除，旧城风貌遭到了严重破坏。不过，不幸之中的万幸，当时尚无财力改造民居，大片的胡同和四合院保留下来了，旧城整体性极强的空间格局基本保持住了。令人心痛的是，在这些年的城建开发热潮中，大部分胡同和四合院终于未能逃过劫难，旧城风貌遭到了进一步的破坏。我们并非没有听到清醒的声音，吴良镛院士多年来一直为抢救旧城残存风貌大声疾呼。他曾经愤懑地写道：“高楼和高架桥好像是增添了城市的现代文明，但事实上是中国城市文明瑰宝的蜕变，使北京沦为‘二手货的城市’……为了尽可能最大地取得土地效益，旧城开发项目几乎破坏了地面以上绝大部分的文物建筑、古树名木，抹去了无数的文化史迹。如此无视北京历史文化名城的文化价值，仅仅将其当作‘地皮’来处理，已无异于将传世字画当作‘纸浆’，将商周铜器当作‘废铜’来使用。”（转引自王军《城记》，三联书店2003年10月）观点不可说不鲜明，言辞不可说不尖锐，但是，就像五十多年前的梁思成一样，他的呼吁也未被听取。

为什么未被听取？因为仍是长官意志决定着城市面貌，建设部副部长仇保兴在最近的谈话中称之为长官意志造成的“权力审美”。地方最高长官拥有制定和修改规划的绝对权力，规划师、建筑师处于必须服从的地位。为了显示政绩，长官们热中于搞“形象工程”，大拆大建，旧貌换新颜。在许多地方，“换一届政府换一张规划”已成惯例。问题在于，“形象工程”确实被视为政绩，往往使主事者得到晋升。因此，要解决城市化进程中出现的种种弊端，仍绕不开体制的变革。

在城市化进程中，我们必须经常问自己一个问题：我们将给子孙留下什么？我们是否消灭了该留下的东西，又制造了不该留下的东西？我们把祖宗在这片土地上创造的宝贵遗产糟蹋掉了，把大自然赠与的肥沃田野鲸吞掉了，盖上了大批今后不得不拆的建筑，它们岂不将成为子孙的莫大难题，一份几乎无法偿还的账单？建设的错误是难以弥补的，但愿我们不要成为挨好几代子孙骂的一代人。

2005 年 12 月

建筑的人文品质和开发商的责任

建筑有两个方面，第一是在空间中营造的人居环境，第二是在时间中持存的文化产品。与此相应，我们不能忘记人的两个本质特性：第一人永远是自然之子，不可脱离自然的生态环境；第二人永远是历史之子，不可割断历史的文化传统。因此，衡量建筑的人文品质有两个尺度：一是空间尺度，看它作为人居环境的品质，是否体现了人与自然的和谐关系；二是时间尺度，看它作为文化产品的品质，能否在历史的传承中经受住考验。

用这两个尺度衡量，现状不容乐观。众所周知，城市化正以人类历史上空前的规模和速度在中国大地上进展，房地产开发热火朝天，在此过程中，出现了诸多问题，最严重者恰恰有二，一是自然生态环境的破坏，二是传统建筑的破坏。同时，却涌现了大量生态和文化品质皆低劣的住宅建筑。

谁掌握着城市建筑品质的决定权？第一是进行决策和规划的政府部门，第二是从事投资和操作的开发商，第三是承担设计的建筑师。因此，要保证建筑的人文品质，这三者都负有责任，都必须具有人文的素质和眼光。其中，政府无疑是最关键的一环，政府的决策和规划决定了城市建设的基本面貌。道理很简单，如果政府下令砍伐树林和古木，拆毁老街和传统民居，建设千篇一律的大广场、大马路、大CBD、大豪华楼，那么，无论开发商和建筑师把单个楼盘做得多么精美，都改变不了城市整体面貌的丑陋。在整体上保护城市的生态环境，维护城市的历史风貌，这是政府责无旁贷的责任。另一方面，建筑师的作用也不应低估，如果建筑师普遍缺乏文化底蕴，只知道抄袭西方的建筑符号，模仿中国古代的建筑样式，弄出许多不伦不类的建筑，城市的整体面貌必定是丑上加丑。

不过，我在这里要特别强调开发商的责任。作为投资者和操作者，开发商是处在政府和建筑师之间的中端，对于两端都有重大影响。一方面，开发商对城市的全局要有一种责任心，不应申请和经营会破坏城市生态环境和历史风貌的项目。然而，我们看到的情况恰好相反，几乎所有的破坏性开发项目都是某些唯利是图的开发商幕后运作的产物，在开发商的急功近利与政府的错误决策之间有一种合谋关系。另一方面，开发商对自己所做的项目也要有一种责任心，真正当作文化精品来做，让它经得住时间的检验，能够进入建筑史。要做到这一点，开发商就必须善于选择优秀的建筑师，并且在信任和尊重的基础上与之建立良好的合作关系。然而，现在的普遍情况却是，开发商以牟利为最高目的甚至唯一目的，建筑师成了为此目的服务的打工者，于是劣胜优汰，平庸的建筑师泛滥。

2006 年 9 月

忘记玄奘是可耻的

在中国历史上，世界级的精神伟人屈指可数，玄奘是其中之一。玄奘不但是一位伟大的行者、信仰者，更是一位伟大的学者。在他身上，有着在一般中国学者身上少见的执著求真的精神。去印度之前，他已遍访国内高僧，详细研究了汉传佛教各派学说，发现它们各执一词，互相抵牾。用已有的汉译佛经来检验，又发现译文多模糊之处，不同译本意思大相径庭。因此，他才“誓游西方，以问所惑”，到佛教的发源地寻求原典。他一生只做了一件事，就是求取和翻译佛教经典。其中，取经用了十七年，译经用了十九年。他是一个知道自己要做什么事的人，有极其明确的目标，因而能够不为任何诱惑所动。取经途中，常有国君挽留他定居，担任宗教领袖，均被坚辞。回国以后，唐太宗欣赏其才学，力劝他归俗，“共谋朝政”，也遭婉谢。

超常的悟性加极端的认真，使玄奘在佛学上取得了伟大的成就。他所翻译的佛经，在量和质上皆空前绝后，直到一千三百多年后的今天，仍无人能够超越。他的佛学造诣由一件事可以看出：在印度时，戒日王举行著名的曲女城大会，请他讲大乘有宗学说，到会的数千人包括印度的高僧大德全都叹服，无一人敢提出异议。以访问学者身份成为外国本土文化首屈一指的大师，这在中国历史上找不出第二个例子。作为对比，近百年来，中国学者纷纷谈论和研究西学，但是，不必说在西学造诣上名冠欧美，即使能与那里众多大学者平起平坐的，可有一人？

世界知道玄奘，则多半是因为《大唐西域记》。这本书其实是玄奘西行取经的副产品，仅用一年时间写成，记述了所到各地的概况和见闻。西方考古学者根据此书在新疆、印度等地发掘遗址，皆得到证实，可见玄奘治学的严谨。这本书为印度保存了古代和7世纪前的历史，如果没有它，印度的历史会是一片漆黑，人们甚至不知道佛陀是印度人。正因为如此，玄奘之名在印度家喻户晓，而《大唐西域记》则成了学者们研究印度历史必读的经典。其实，不但在印度，而且在日本和一些亚洲国家，玄奘都是人们最熟悉和崇敬的极少数中国人之一。

我由此想到，这样一位受到许多国家人民崇敬的中国人，今天在自己的国家还有多少人真正知道他？今天许多中国人只知道电视剧上那个娱乐化的唐僧，不知道历史上真实的玄奘，懂得他的伟大的人就更少了。一个民族倘若不懂得尊敬自己历史上的精神伟人，就不可能对世界文化做出新的贡献。应该说，忘记玄奘是可耻的。

2006 年 5 月

值得警惕的网络暴力现象

近两个月来，一个发生在中国多家网站上的“网络追杀”事件引起了国内外舆论的关注。事件的起因是，一个丈夫在网上发帖，谴责妻子与一个网名叫铜须的大学生有一夜情，并且公布了两人的网络聊天记录和铜须的QQ号。他的帖子很快激起了热烈的反应，攻击偷情主角的“哄客”队伍迅速由数百人发展到数万人，相关网站的点击率飙升，该事件一时成为网络上的重大热点。事件发生后，央视站在批评网民的立场上进行了报道，国外媒体也表示严重关切，其中《纽约时报》新闻的标题是“中国网民强加道德批判”，《国际先驱论坛报》新闻的标题是“以键盘为武器的中国暴民”。

在事件的整个进程中，最令人惊诧的情况有以下几点：

第一，在各相关网站，网民的反应几乎是一边倒地愤怒声讨偷情主角，对今日社会已经得到相当宽容看待的个人私情表现出了令人难以置信的超强烈的道德义愤。相反的声音十分微弱，被淹没在众口一词的声讨之中。

第二，一些网民肆无忌惮地侵犯事主的隐私权，通过各种手段搜出铜须的真实姓名、所在学校、手机号、家庭和学校的电话号码、父母的住址，他的求职简历，他在国外的女友的姓名，他的照片，女事主的照片，把这一切都公布在了网上。凭借这些信息，人们对他及其家人进行无休止的骚扰和羞辱，使其身心受到严重伤害。

第三，网民的语言充满暴力色彩，有人叫嚷“以键盘为武器砍下奸夫的头，献给受害的丈夫做祭品”，有人诅咒让偷情者“死无葬身之地”，有人发布“江湖追杀令”，呼吁全社会封杀铜须，堵死他大学毕业后求职的路。一些网民组织虚拟审判，在虚拟世界中以静坐、游行、谩骂、自杀等形式集体声讨事主。

在改革开放已近三十年的今天，出现上述情况的确是令人惊诧的，使我们不能不对网民素质之差和网络管理之乱摇头。但是，我们不能停留在摇头，恰恰应该借这个事件从网民素质和网络管理两个方面进行反思。

这个事件反映出的网民素质究竟差在哪里？我认为主要有三点：

其一，中国曾经有对私人感情进行道德审判的传统，这个事件表明，虽然今日整个社会对各种形式的情爱已经持比过去开明得多的态度，但是，旧的传统的继续存在及其力量仍不可低估。衡量两性关系有两把尺子，一是法律，凡是不违背法律的行为，均应视为私事，他人不得强行干涉；二是道德，对一切真实的感情不可作道德判断，唯有感情上的不诚实或者借感情之名牟利才是不道德的。当然，对于两性私情，人们完全可以持有自己的不同观点包括自己的道德评价，而在这类事情上的道德观念的演进也必然会有一个过程。问题的关键在于，不论道德观念如何不同，作为法治社会的一员，都理应有一个共识，就是不把自己的道德观念强加于人，尊重他人在私人领域中的一切权利，其中包括隐私权。在这一点上，网上讨伐者们距一个法治社会合格公民的觉悟相差何止十万八千里。

其二，网络暴民之所以如此肆无忌惮，依仗的是匿名身份，他们是“无名的大多数”，不必为自己的行为承担任何责任和后果，风险趋近于零。如同一场假面舞会，参加者又都决心放纵自己，就必定会出现大伤风化的场面。可以断定，如果以真实身份出场，其行为就必有所顾忌。网民们以道德的名义讨伐所选中的某一个牺牲品，然而，在事实上，他们自己的行为是最不道德的。真正的道德行为皆出于自律，即在肯定不会受到任何外来惩罚的情况下，仍然凭借自己的良知和信念做事。用这个标准来判断，他们的良知和信念至少是缺席的。回想起中国大地上曾经发生过的“多数人的暴力”的灾难，这种情况尤其值得我们警惕。

其三，与以往不同的是，今天这个“多数人的暴力”事件发生在网络时代，如同娱乐至上是电视和网络时代的显著倾向一样，这个事件本身也带有明显的群体娱乐特征。那些积极的参与者其实未必真的痛恨一夜情、婚外情之类的现象，也许更多地是怀着一种唯恐天下不乱的看客心理，从被追捕的猎物的痛苦中取乐。该事件的参与者大多是某个游戏联盟的成员，看来不是偶然的。事件发展到最后，挑起事端的“苦主”宣称一切皆出于杜撰，给事件打上了一个真假难辨的娱乐的句号。然而，对事主的伤害却已经实实在在地发生。我们不得不思考一个问题：这个娱乐化时代对于生活在其中的一代人的精神素质产生了怎样的负面影响，应当如何抵御这种影响？我们还不得不思考另一个问题：网络上娱乐的边界在哪里，应当如何防阻这一类侵犯他人权利的群体娱乐事件？

这就需要反思网络管理的问题了。毫无疑问，互联网的出现有力地提高了涉及公共利益的信息的透明度，增进了公众维护知情权的可行性，对此应予充分肯定。但是，从陈易卖身救母事件、虐猫女子事件直至这次的铜须事件，最近发生的这一连串事件提示我们，有必要建立起合理的网络规则，其核心是划清言论自由与侵权的界限，对于侵犯个人权利尤其是隐私权的网上言论，应该有一套有效的机制进行监督，使侵权者不能逃脱应负的法律责任。我认为无须担心这会损害网络的言论自由空间，因为一个简单的道理是，无论在网上还是在网下，无论用匿名还是真名，都必须服从同样的法律原则，就是在行使个人自由权利时不得侵犯他人的同等权利。

2006 年 6 月

第十一辑

人物印象

以真性情做真学问

——邓正来印象

在当今中国学术界，邓正来是我特别欣赏的一个人。我之所以欣赏他，一是因为他有真学问，二是因为他有真性情。

今日混迹学界的人多矣，但真学者甚少。我说的真学者，第一是真爱学问，第二是真做学问，第三便是因此而真有学问。常见的情况与此相反，大致有两类。有一些人俨然学界的大名人大忙人，挂着各种学术头衔，不停地举办或参加各种学术名目的活动，却永远坐不下来认真做一点学问。还有一些人仅仅因为职业的需要而在做着学问，但心里并不喜欢，学问只是谋取职业利益例如职称、津贴、课题经费的手段。人们常说，做学问要耐得寂寞，这当然不错，耐不得寂寞的人肯定与学问无缘。可是，倘若一件事本身不能使人感到愉快，所谓耐得寂寞就或者是荒唐的，或者只能用外部因素的逼迫来解释了。一个真爱学问的人其实不只是耐得寂寞，确切地说这种寂寞是他的自觉选择，是他的正常生存状态，他在其中自得其乐，获得最大的心灵满足，你拿世上无论何种热闹去换他的寂寞，他还不肯换给你呢。

邓正来正是这样。他本是一个活动能力极强的人，如果想到社会上折腾一番，一定风光十足，能闹出特大的动静。然而，事实上他比谁都坐得住，十几年如一日地坐在书桌前做学问。他喜欢用“闭关”一词描述他的这种状态，据我了解，他的“闭关”特别是针对各种打着学术旗号的非学术、准学术活动的，决不去搀和这一类热闹。比如说，近些年里，自由主义是理论界的一个热点，也恰好是他的理论兴趣之所在，可是，我们在热点风云人物的行列里看不见他的影子。他在做什么呢？他用了五年时间潜心研究当代最重要的自由主义思想家哈耶克，阅读了哈氏的全部原著以及西方学者研究哈氏的全部重要著作。在这方面，他是一个完美主义者，阅读量惊人，唯恐漏掉一本应该读的书，发现有相关的新书出版，一定要托人从国外买来，哪怕读后发现此书价值不大，也是读了才放心。在此基础上，他写出了多部研究性论著。在对西方思想家的研究中，有两种常见的做法，一是面面俱到地罗列其观点，名曰客观介绍，二是取其一点，便联系中国的实际，加以任意发挥。回想一下前一阵的所谓哈耶克热，这两种做法岂非十分普遍？这些当然都不能算真正的研究。从邓正来的哈耶克研究中，我们也许可以略知何谓真正的研究。这是一种以问题为核心的系统研究，具体地说，便是进入到所研究对象的问题思路之中去，弄清楚他思考的基本问题是什么，他是如何解决这一问题的，他的解决方案的形成过程，是否还留有未解决的疑点或难点，同一问题在思想史上和当代思想界的提出及不同解决方案之间的比较，等等。毫无疑问，要完成这样的研究工作，必须兼具思想的洞见和学术的功底，二者不可缺一。

邓正来虽然“闭关”于书斋，可是，看一看十几年来他所思考和研究的课题，诸如中国市民社会的建构、中国社会科学的自主性、西方自由主义传统等，我们便可知道，其实他是一个有着强烈社会关切的学者。不过，他一般不对当下政治问题发表公开言论，从来不是政治舞台上的新闻人物。他所关注的是与中国社会发展之全局有密切关系的重大理论问题，关注的方式是对这些问题作深入系统的研究。在我看来，这正是一个学者关注社会的基本方式。学者的社会使命不是关注当下的政治事务，而是在理论上阐明并且捍卫那些决定社会基本走向的恒久的一般原则。正如哈耶克所说，当一个学者这样做时，就意味着他已经采取了某种明确的政治立场。我不反对一个学者在他自己认为必要时对当下某个政治问题表态，可是，如果他始终只做这种事，不再做系统扎实的理论研究，那么，你可以说他是一个政论家、时评家、记者、斗士等等，但无论如何不能说他是一个学者了。如果我们的学者都去这样做，中国的政治生活也许会显得比较热闹，但理论的贫乏必定使这种热闹流于表面和无效。学术的独立并不表现为学者们频频发表政治见解，独立的前提是要有真学术，即建立起一个坚实的学术传统。正如自由主义传统对于西方政治的影响所表明的，一个坚实的学术传统对于政治现实的影响是长远的、根本的，基本上也是不可逆转的。

我特别要赞许的是，在研究过程中，邓正来还做了大量的翻译工作。目前业已出版的哈耶克的主要著作，包括《个人主义与经济秩序》、《自由秩序原理》、《法律、立法与自由》和《哈耶克论文集》，都是他翻译或主译的。我认真地读了他的这些译著，读得津津有味，不仅是因为哈耶克本身的思想魅力，而且是因为译文的魅力。由于他是在深入研究的基础上进行翻译的，因此，译文准确而流畅，实为学术译著中的精品。读好的译著时，我们仿佛能够分享到译者在读原著时那种理解和思考的快感，这也正是我读邓正来的译著时的感觉。学界有一些才子不屑于从事翻译，仿佛那是大材小用，他们只喜欢领导翻译，也就是说，自己当主编，开出一个书目，让他们眼中才学较差的人去翻译。邓正来不知道自己是一个大才子吗？当然不，在学术界，他的狂几乎尽人皆知，他看得上的人没有几个。那么，他为什么要乐此不疲地埋头于翻译呢？唯一合理的解释是，他是欲罢不能。他似乎意识到了一种责任，在一定的意义上，哈耶克的翻译非他莫属。这样想好像也很狂，其实是最自然的，当一个人深入研究一位国外思想家并领会了其独特魅力时，就会不由自主地要自己动手翻译其作品，给国人提供一个尽量可靠的汉语文本，同时也防止来自那些浅尝辄止的译手的损害。我完全相信，一切优秀的学术译著是中国学术宝库的重要组成部分，当学界那些弄潮儿统统被人遗忘之时，它们仍将长久被人阅读，滋养一代又一代学子。

现在我要说到邓正来最可爱的地方了，就是他的真性情。乍看起来，他的生活是相当枯燥的，不是潜心做学问，便是和妻子女儿同享天伦之乐。然而，事业和家庭岂非最能见出人的性情的两个领域？他做学问的状态令人羡慕，始终饱满而快乐。用他的话来说，做学问做到最后就是心情，真正成了享受。他是一个多情的父亲，女儿的每一个可爱表现都令他欣喜不已，一看见干女儿——我的五岁的女儿——就忍不住大献殷勤。他舍得在孩子身上费心费力，为了使女儿具备抵制现行教育弊病的能力，他曾让成绩优异的女儿休学一年，每天自己授课。他又是一个极爱朋友的人，与性情投合的朋友相聚时兴高采烈，谈笑风生，喜聚不喜散。他的外表和谈吐皆粗犷，其实心特别细致，对朋友的事常常放心不下，周密思量。与人相交，他褒贬分明，看不上就是看不上，直言己见，从不虚与委蛇，落得了一个狂名，根源却是诚实。

好了，还有没有什么遗漏？当然有，我只补充一点。作为邓正来的好友，我常常有幸在一些私人场合聆听他谈论各种话题，一个鲜明的感觉是，他不但有学问和识见，而且非常善于表达和传授，气势非凡，精彩纷陈，有极强的感染力，使人在享受中获得启迪。这使我想到，他其实不但是一个学问家，而且具备一个优秀教育家的素质，后一种才能未得施展是十分可惜的。所以，最近他应聘担任吉林大学法学教授，恰好弥补了这一遗憾。我有理由期望，通过教学活动，他不但能培养出一批高水平的弟子，而且能有效地倡导和推广一种学风，用一句话来概括这种学风，便是以真性情做真学问。

2004 年 11 月

生命在说什么

——梁和平印象

要解读梁和平，一个核心的关键词是——生命。

很难遇见比和平生命力更旺盛的人了。他似乎有无穷的精力，永远不知疲倦，对一切都感兴趣。他的专长是即兴演奏，他的整个人就像是一种即兴演奏，他的生命总是处在现在进行时态。他随兴所至，或画画，或弹琴作曲，或带着一拨人疯玩，皆有精彩的表现。我们这一拨人有一阵经常进怀柔山里玩，艺术家居多，白天爬山嬉水，晚上长啸短歌，因为夜里睡炕，便戏称为炕联，和平是当然的主席——和当然的大厨。电话铃响了，如果是和平打给我的，准保是两类事，不是发现了一个新的真理，就是发现了一个新的天才，在两种情形下他都激动不已。他在每一个狂人身上看见天才的影子，在每一个怪人身上欣赏生命的奇迹，对隐藏在社会各个角落里的一切特殊人群和特殊个体怀着无止境的爱。他比最敬业的记者更勤奋，在任何场合都举着摄像机，堆积了如山的资料，却始终没有工夫剪辑出一个成品。他绝对是“只知耕耘，不问收获”的模范，在过程中便得到了全部满足，完全不关心结果是什么。他的生命如同一道积聚了太多能量的激流，汹涌地朝各个方向泛滥，他自己也控制不了，好像也不想控制。用我这个吝啬人的眼光来看，有时会觉得这是一种浪费，不免要替他惋惜。

和平是音乐圈子里出名的思想家。我不是音乐圈子里的人，但我也承认他是思想家。他的头脑比他的身体更加闲不下来，时刻都在闪射思想火花，每个月都可能产生出一个新体系。他对思想的那份热情和执著，是我在许多以思想精英自命的人身上看不到的。我们的结识也是缘于思想，那是十八年前，他读了我刚出版的关于尼采的小册子之后感想万千，我们便在一位共同的朋友介绍下见了面。见面没几分钟，他就用带点儿神秘的口吻问我：“中国也有一个尼采，可是人们都不理解他，你知道是谁？”我当然不知道。他说出的答案令我大吃一惊——他说是毛泽东。我揣摩他的意思大约是说，毛泽东也是一个试图彻底改善人类精神状况的大理想主义者。后来听他聊得多了，我就知道，这是典型的梁和平式思维，看似心血来潮的奇思异想其实来自长久的冥思苦想，在乍一听荒谬的论点背后也许隐藏着真知灼见。

和平想得多，谈论得多，却写得甚少。有时候，听他说得精彩，我会忍不住偷一点儿写进我自己的书里。比如这一段：“我倾向于认为，一个人的悟性是天生的，有就是有，没有就是没有，它可以被唤醒，但无法从外面灌输进去。关于这一点，我的一位朋友有一个十分巧妙的说法，大意是：在生命的轮回中，每一个人仿佛在前世修到了一定的年级，因此，不同的人投胎到这个世界上来的时候，已经是站在不同的起点上了。已经达到大学程度的人，你无法让他安于读小学，就像只具备小学程度的人，你无法让他胜任上大学一样。”（《风中的纸屑》，海南出版社，第190页）这里的“一位朋友”就是和平。和平一开口，此类妙语俯拾皆是，不捡白不捡。我常劝和平自己写点东西，一来是觉得流失了可惜，二来也暗含着让他提防如我一类君子窃取的用意。

其实和平很想写东西，他一直琢磨着要写一本书，书名也想好了，叫《生命宣言》。他总觉得自己笔杆子不行，要拉我合作，可是，看了他的一些文字，我相信他完全能够独力完成。倾听自己身上的生命在说什么，然后把听到的告诉人们，他做这件事十分得心应手。他身上有一个活泼的生命，那个生命总是在说着自己的各种感觉和需要，他只要随时把听到的记下来就行了。依我看，这是他作为一个思想家存在的最好方式。我要提醒他一点：他是一个思想家，但肯定不是一个理论家。每当和平试图把他的鲜活的感受提升为无所不包的宇宙理论时，我就开始忧心忡忡，因为我知道，接下来我听到的不再是生命自己的朴素的声音了，而往往是我听不懂的东西，比如一些被他施了魔法的古老语词及其神奇的组合，我马上坠入了五里雾之中。

和平的思想瞬息万变，但忠于生命的立场始终如一，一贯热情洋溢地为生命辩护和呐喊。根据我的理解，他的哲学有两条最重要的原理。第一，对于人来说，生命是最高的、终极的价值，其余的一切，例如政治、经济、文化、科学、宗教等等，都不能代表也不能高于人的生命。第二，生命本身是一个内容丰富的组合体，包含着多种多样的需要、能力、冲动，其中每一种都有独立的存在和价值，都应该得到实现和满足。对于这两条原理，我是完全赞同的。当然，和平是有感而发的。在当今的时代，很少有人还记住这两个基本的道理了，与之违背的现象比比皆是。譬如说，其他种种次要的价值取代生命成了人生的主要目标乃至唯一目标，人们耗尽毕生精力追逐金钱、权力、名声、地位等等，从来不问一下这些东西是否使生命获得了真正的满足，生命真正的需要是什么。又譬如说，多少人的内在潜能没有得到开发，他们的生命早早地就纳入了一条狭窄而固定的轨道，并且以同样的方式把自己的子女也培养成片面的人。

我们不可避免地生活在一个功利的世界上，人人必须为生存而奋斗，这一点决定了生命本身的要求在一定程度上遭到忽视的必然性。可是，我们可以减少这个程度，为生命争取尽可能大的空间。其实，关键在于内在的生命本能是否足够强大，如果是，这样做也是必然的。和平就是这样做的，作为一个艺术家，他不是把艺术当作谋取世俗利益的手段，而是当作满足和发展生命多样化需要的途径。原初意义上的艺术本来就不是一种职业，而是生命的自由表达。和平经常说，艺术能够把人的生命内部的各个通道打通。对此我完全相信，使我深感遗憾的是，我自己由于从小缺少艺术活动，许多通道没有打通，成了某种程度的残疾人。当我置身在一群艺术家中间时，我不免自卑，无比羡慕人的身心能够如此自由解放。不过，一个只为功利目的而学习和从事艺术的人同样可能是残疾人，当今许多父母正在千方百计地把自己的孩子培养成这样的残疾人。当然，我不否认，想必和平也不否认，对于一个职业艺术家来说，形式仍是重要的。如果说艺术是生命的自由表达，那么，艺术家的使命就在于为这一表达寻找最恰当的形式。

在市声尘嚣之中，生命的声音已经久被遮蔽，无人理会。在这个时候，有一个人大声疾呼，代生命立言。你们听到了吗？那么，让我们都安静下来，每个人都向自己身体和心灵的内部倾听，听一听自己的生命在说什么，想一想自己的生命究竟需要什么。

2004 年 11 月

好人活得自在

——田益宾印象

在北京的艺术圈里，老六绝对是知名人士，不认识他的人大约不多。然而，在认识他的人里，没有几人叫得出他的真名。我觉得老六自己也不在乎田益宾。老六爱音乐，吉他、鼓、唱歌皆上乘，但仅限于自得其乐或与朋友同乐，不给田益宾一点儿正式登台的机会。老六善摄影，抽象和人物尤具水平，但只把作品挂在家里或赠送友人，不让田益宾借他的光在摄影界扬名。前不久，老六开了一家很有品位的餐馆，就利用职权频频款待各路朋友，干脆不把总经理田益宾放在眼里。

若干年前，梁和平经常招一帮朋友到郊外玩，其中多音乐家和音乐爱好者。于是，一到晚上，便是音乐狂欢的时间。和平是电子配器高手，弹琴的必是他。崔健在这种场合绝少主唱，喜欢当鼓手。常当鼓手的还有老六。他们击鼓时表情专注而陶醉，仿佛在倾听，我相信他们一定听到了世界心脏跳动的节奏。老崔有时也唱几曲，但更多的情况是，老六一曲又一曲地唱老崔的歌，唱得比老崔更充满感情。女歌唱家赵莉唱梁和平和崔健写的新歌。唱到最后，通常是老六和赵莉、或者和那个精灵一样活泼的姑娘乔颖合唱。词曲都是现编的，其实没有歌词，唱出的全是即兴发明的不属于任何语种的语言，无人能够翻译，却又人人都能听懂。他们竟唱得如此自由，还如此好听。我被镇住了，仿佛听到了本来的歌，看到了原初的语言，它们直接就是情绪的表达。这是我认识老六的开始。

后来我知道，老六是大庆人，他下海做的第一件事是把崔健请到大庆，在那里举办摇滚音乐会。这花掉了他的全部积蓄，但他就是高兴。接触多了，我发现，他是天下最爱才最爱朋友的人。一次聊天，有人发表见解，说崔健是时势造英雄，没有特殊国情就不会这么成功。他听了是那样激动地反驳，句句说得在理，不愧是崔的知音。用世俗眼光看，老六不算成功人士，但他心中依然一片光明，对于成功者没有一丝嫉妒之意，对于他钦佩的成功者更是满怀赤诚。这在他倒是很自然的，他本是性情中人，自己不求功名，在别人身上也就看不到功名，只看到本质。因为喜欢我的书，爱屋及乌，我也常常被他惦念着，有好玩的事一定叫上我，看见喜欢的书往往给我也买一份。自从认识他，我的生活多了一些色彩，我的心里多了许多温暖。

看外表，老六是身材高大的东北汉子，性格也豪爽粗犷，其实内心极善良而至于柔弱。他对人不设防，有时不免遭遇来自冒牌朋友的不义，在需要自卫时也仍然狠不起心来。我曾经目睹这样一个令我愤然恻然的场面，还是不去提它了罢。不过，天下毕竟好人居多，使他能够广结善缘。他去西藏，认识了一位年轻活佛。活佛所在的寺庙破败不堪，苦于无钱修缮，他就替活佛募捐到了所需的高额款项。活佛从未出过西藏，自小的梦想是上五台山一趟，他就带活佛上了五台山。

哈贝马斯来华时，因为偶然的机会，老六出席了一个小型聚会。不久后，他送给我一套照片，是他当时拍摄的这位大哲学家，抓拍得极好，神态各异而皆生动。因此，当另一位哲学大师德里达到中国社会科学院演讲时，我就通知了他，结果有了另一组精彩的肖像。德里达逝世，媒体上登出哲学家生前访华时的照片，比他拍的差得远。我建议他也发表，他露出困惑的表情，我马上明白，那是他压根儿没想过的事。

在我的心目中，老六是一个真正的艺术家，艺术不是他的职业和工具，而是他的全部生活方式。这篇小文题为“田益宾印象”，实际上写的都是老六。既然老六活得这样自在，那么，那个田益宾默默无闻又有何妨。

2004 年 12 月

腼腆的世界冠军

——芮乃伟印象

将近四年前，五月花季，我应邀到云南，参加中甸县改名香格里拉庆典。到达第二天，刚走出宾馆大门，一位先生礼貌地请我留步，把太太介绍给我，落落大方地说："她很喜欢你的书，自己不好意思跟你说。"后来，只要提起当时的情形，先生就会得意地夸口，说太太是靠了他才认识我的。据他说，在机场，太太就看见了我，对他耳语："就是他，就是他。"撺掇他引见，自己却不敢来对我说。

这个如此胆怯的女子是谁？提起这个名字，人们就会向我列举她的赫赫战绩：全国围棋女子个人赛四连冠，世界女子围棋赛多次夺冠，世界上唯一赢过李昌镐、曹薰铉的女围棋手，因此而被媒体冠以魔女的称号。我实在孤陋寡闻，在此之前，竟然不知道著名的九段围棋夫妇江铸久、芮乃伟。在知道了以后，每次相见，乃伟那腼腆的模样仍使我想不起她是一个世界冠军，而且怎么看也和魔女不搭界呀。

当天晚宴时，我和乃伟座位相邻，我们都是拘谨之人，交谈了不多几句。略感意外的是，她说她最喜欢的是我写尼采的那本小册子。她告诉我，有两本书对她的人生发生了重要影响，一本是罗曼·罗兰的《约翰·克利斯多夫》，另一本就是《尼采：在世纪的转折点上》。这两本书都是充满激情和讴歌力量的，而我眼前的这个女子却安静文弱，并且以亟需头脑缜密冷静的围棋为职业，使我感觉到了鲜明的反差。

在那次活动中，嘉宾分作三组去不同地方，我们不在一个组。活动结束后，陈哲邀请两夫妇和我游大理地区，彼此有了更多的接触和了解。在剑川时，参观一家木器厂，厂方要送他们一张围棋盘，是用珍贵木料制作的，标价二千多元。只见夫妇俩用惋惜的眼光打量着这张盘，指出线不直、格子不匀等毛病，这些毛病是我们外行的眼睛根本看不出来的。厂方坚持要送，乃伟急了，说了一句话："我们真的不要，以后你们不要再把这么好的木头做成这么差的棋盘，我们就谢天谢地了。"这句话是脱口而出的，她的眼睛里停留着惋惜的神情，她仍在为被糟蹋了的珍贵木料惋惜。我心想，换了别人，即使不满意，也多半会收下礼物，并且客气一番的。厂方又请我们留墨宝，别人都推辞，乃伟爽快地拿起了毛笔，我发现她写得一手好字。

铸久、乃伟是韩国棋院客座棋士，常年住在韩国。自相识后，他们回中国，只要到北京，我们一定见面。有一回，我去北京一家饭店看他们，乃伟正在进行半决赛，获胜了，一出赛场就被记者团团包围住。我看见她神态窘困，在铸久保驾下才得逃脱。在她与铸久合著的自传《天涯棋客》中，我读到，在挑战曹薰铉的韩国国手战赛前，记者问她是否紧张，她的回答是："有一点，不是因为棋，而是因为有这么多人围着。"这个回答异常真实。她热爱围棋，下棋必有输赢，那是她熟悉的，但她永远习惯不了下棋带来的那些外在的东西，包括名声。她最可爱的一点是，名声再大，她见人紧张依旧，这说明名声对于她的确只是外在的东西，对她的心灵没有发生任何作用。第一次见到她自小崇拜的吴清源，她紧张得说不出话来，直到吴对外说她是自己的学生，她知道了仍不敢相信。吴清源招这样一个不自信的弱女子为关门弟子，真是慧眼识真金。

如果世界上真有天地佳配，江铸久、芮乃伟便是。要谈这一半，就不能不谈另一半。不了解另一半，也就不能真正了解这一半。那么，且听下回分解吧。

2004 年 12 月

君子坦荡荡

——江铸久印象

江铸久是一位大侠，看见天下不平之事，必仗义执言。他和芮乃伟的姻缘，也始于这样一次义举。两人都在豆蔻年华到了国家队，相识多年，一直不“来电”。因为一个莫须有的罪名，乃伟在四连冠后突然被剥夺了参赛资格，含冤离队。这时候，大侠愤怒了，与队领导发生了激烈争吵。乃伟为此感谢他，他说谢什么，又不是为了你，换了别人我也会这样做。谁知才女佩服的正是这等胸怀，心中愈加感动，于是爱神乘虚而入。

后来的事实证明，仿佛冥冥中自有安排，一件体制内司空见惯的荒唐事，发生在彼时彼地，成就了一个多么美满的婚姻。在这以后，铸久和乃伟携起手来，结伴走向世界，走遍五大洲，走在更宽阔的围棋之路和人生之路上。但凡接触了这一对夫妇的人，无不感觉到他们之间的和谐，精神上如此默契，性格上又恰好互补，怎么看都是佳配。

和铸久打交道，那种明朗坦率，让人真感到舒服。比如说，他有一回给我打电话，开头就说：“自从上次分别后，我们从失败走向失败。”他是指乃伟在一次世界赛上夺冠失利，用这种口吻说出，足见心态多么健康。又比如说，他送给我比赛的赠品高丽红参，特地告诉我，是最好的那种，市场上一盒大约四十多美圆，然后解释道：“说这个是为了让你不要送人。”真是君子坦荡荡啊。

相识之初，铸久明确说，他不像乃伟那么喜欢我的书。他自己很关心中国的社会问题，在我的书里却看不到这种关心，因而一再谆谆教导我，要我写一些切中时弊、震醒国人的文章。后来，我送他《安静》一书，他带回韩国看，看到其中《中国人缺少什么》一文，大喜，立刻打来电话，说原来我早已写了，在国际长话中大谈读此文的感想。此后，他又给我布置任务，要我写一本书，把文中表达的思想说透。见面时，他一定会督促我，检查这项工作的进度。我笑说，我本来和乃伟一样，都是关心人生的，现在被他逼着也关心社会，降低了层次。

我不时会接到来自韩国的电话，现在忽然想起，在电话里从来不曾听到过乃伟的声音，总是铸久在那一头侃侃而谈，他也真是健谈而且风趣。不过，每次通话，我都能真切地感觉到乃伟始终在他的身旁，感觉到她有时在向他做一点提示。他俩在韩国生活，除了棋艺，还常切磋各种精神问题，准备回国时和我讨论，按铸久的说法是向我拍几块板砖（抛砖引玉的意思）。可是，见面的时候，乃伟通常也是不说话，在一旁静听。于是铸久就会笑她，说她未见面时准备了许多问题，一见我就什么也说不出了。他夸自己的记忆力。我开玩笑说，是啊，理解力好的人记忆力往往不好，记忆力好的人理解力往往不好，上帝是公平的。我这是在替乃伟也替我自己辩护，我们记忆力都不好，开车都不记路。和我不同的是，她并不以记忆力不好自豪，悄悄对我的妻子说，以后要把问题写下来，拿着纸条问我。唉，这么谦卑，哪里像一个世界冠军嘛。但是，她一旦开口就很有见地，有一次我不禁朝她挥手，说："良师。"铸久抗议："怎么只朝那边挥手？"我赶紧也朝他挥手，说："益友。"解释道："乃伟有以教我，而你只是敢于直言罢了。"

亲切而又有正义感，高智商而处世待人又极单纯，和这一对夫妇相处实在愉快。每次相聚，他们如一阵清风吹来，停留不过三四个小时，留给我的却是许多天的清爽。

2004 年 12 月

没有一丝浮躁和媚俗

——崔健印象

我还清楚地记得与崔健第一次见面的情形。那是十多年前，他的《一无所有》刚刚开始被年轻人传唱，在我也是结识不久的梁和平家里，中央乐团的一间小小的宿舍。我先到达，他进门后，把与他同来的刘元向我作了介绍，我发现站在我面前的两伙伴年轻得还近乎是孩子。第一眼的印象是朴实，有些腼腆，话语不多。我也是话语不多的人，只问了一个有关写歌词的问题，他回答说他文化不高，写词比较费劲。后来，当我一再惊讶于他的歌词的异常表达力之时，我就会不由自主地想起他说的这话。他还告诉我，他不喜欢读书，却喜欢读我的《尼采：在世纪的转折点上》，他的搞摇滚的朋友们也都喜欢。那天有一个摄影家在座，表示要给他照相，做国外一家刊物的封面，他谢绝了，说出名使他感到很疲劳。摄影家强调，他应该意识到他不只是自己，而是一代人的代言人，代表着时代精神，他回答："我不想那些，宁可轻松些，按自己的心愿唱。"寥寥几句，使我感到他是一个真实的人。那天夜晚，他弹着吉他，低吟浅唱了几支歌，脸上是迷醉的表情，像孩子那样快乐，像农夫那样淳朴，这些歌日后成了他的第一张专辑中的名曲。

在那以后，我作为一个观众出席过1989年3月在北京展览馆剧场举办的"新长征路上的摇滚"演唱会，也在私人场合见过几次面，印象一直很好，感觉到他是一个内心非常严肃的人。我在他身上从未发现过浮躁和媚俗，上天挑选这样一个人来做中国摇滚的创始人，幸运地提高了80年代流行音乐的质量，但也注定了他在辉煌之后的寂寞。

三年前，我们合作出版了《自由风格》一书。经常有人问我，我是怎么想到要和崔健做这个对话的。这当然有我一贯对崔健的欣赏为基础，不过，写书的想法则产生于一次餐桌闲聊。1999年一个早春的晚上，我和梁和平、刘雨田去崔健家，崔健请我们在附近一家餐馆吃饭。当时，刘雨田正在筹备横穿克拉玛什干沙漠之行，餐桌上的谈话就很自然地围绕着他的这次探险旅行。他喝多了一点，反复说，在告别生命之前能够与崔健和我在一起，够了。他说，崔健给他生命的冲动，我给他放心和祥和。我觉得他的醉言很可爱，但不赞成他一心去送死的念头，责问他："为了什么呢？因为有许多眼睛盯着你，媒体盯着你？你是为了他们去探险的吗？"崔健则精辟地指出："没有一个厌世的人会去探险。"刘谈到为民族争光，我又表示异议，说：“这与民族有什么关系？这是你自己生命的需要，是个人面对上帝的事情。”这个话题也引出了崔健的一段感想，他沉默了一会儿，突然说起来：“从下面往上看，我们觉得民族很重要，可是跳出来，从上面往下看，民族真是不重要。我觉得，谁真正理解我，谁就是和我有血缘关系，管他是什么民族的。”餐桌上的谈话是断断续续的，但这些片言只语使我感到了一种很深的默契。我的直觉告诉我，他的头脑里有思想的宝藏，便建议他写东西，我乐意做一回他的秘书。

当我们坐下来为写书进行一系列交谈时，崔健已不复是当年那个初出茅庐的小青年，而是一个功成名就的中年人了。他朴实依旧，多了一些沧桑感。然而，他依然是富有激情和活力的。平时沉默寡言的他，一旦谈论起感兴趣的话题，便江河滔滔，精彩纷陈。我自己从这次合作中获得了极大教益，它给我提供了一个机会，得以面对一个人生道路和事业领域与我完全不同的优秀者，聆听他对生活的认识。

2004 年 12 月

特立独行的歌唱家

——范竞马印象

1987年夏天，一大群朋友到平谷县境内的黄松峪水库郊游。夜晚，大家在草地上或坐或躺，窃窃私语之声朦胧成一片。突然，水库那边响起一个男高音的歌声，是意大利语的《我的太阳》。霎时间众声俱寂，唯有这高亢的歌声在夜空下自由伸展。我惊呆了，世上真有这么好的嗓子，这么美的声音，而拥有这笔稀有财富的这个人就站在离我不远处的岸上，他的脚下是一只半浸在水中的小木船。人们的心情想必和我一样，歌声停后仍一片寂静，仿佛那被歌声送往远方的魂久久不能归来。

那天赵越胜也在场，他原是一流的音乐鉴赏家，自然不会放过这个音乐奇才。从此以后，他的艺术气息本来就很浓的沙龙又锦上添花，增加了一对常客，便是范竞马和他的漂亮女友小曾。竞马不但歌唱得好，而且人也可爱，他有非凡的表演才能和语言才能，模仿各种表情动作惟妙惟肖，叙述事情栩栩如生，讲笑话自己不动声色，却已使满座笑倒。有一天晚上，放一盘录音，是他为欧阳江河的长诗《悬棺》做的配乐朗诵，又一次把我们投入到寂静无言的震撼之中。后来我读了原诗，感受的效果大不如听他的朗诵，可见他是融入了自己的独特体验的。

因为父亲被打成右派，发配到凉州，竞马自小在四川山沟里长大，后来考进四川音乐学院。那一年他来北京，是为了跟沈湘学声乐，在宣武区租了一间民屋寄身。我去那里看过，破烂得不能算是屋子，墙壁渗水，四处漏风。冬天，他穷得生不起煤炉，如同住在冰窖里。在如此艰难的条件下，他仍捧回了英国卡迪夫声乐大赛的水晶杯。回来后，沈湘和夫人请他吃饺子，吃完了，他提出一个请求："我能不能在这里多呆一会儿？我那儿太冷了。"沈湘夫人至今提起这件事还要掉泪。

竞马在我的视野里出现了只一年，就去国离乡，到欧美闯荡他的歌剧之路了。他出国前，我和他多半是在朋友聚集的时候碰面，尚没有深入交谈的机会，但已经感觉到了他的特别。诗人阿坚送给他一首诗，其中两句是："你在土著寨子里长大的身体像长工，可你的歌声却像伯爵。"的确，竞马有一张轮廓分明的脸和强壮的体格，同时又有美妙的歌喉。其实不止于此，他整个儿就是一个矛盾的结合体。他十分敏感，但又具有一种内在的坚毅。他极能吃苦，但又热爱享受，可以在底层拼搏，也可以风度翩翩地出现在上流社会的宴席上。他不是一个爱交际的人，常常独来独往，但又善于迅速与陌生人交流，很快就像熟人一样。

1995年夏天，我在巴黎小住，竞马刚好也到法国演出，我们都住越胜家里，阔别后有了一段近距离接触。从交谈中知道，这些年来，在全世界歌剧演员都苦苦挣扎的形势下，他有过辉煌，也历尽了坎坷，但热爱艺术的初衷不改，歌剧之路一条道走到了底。他仍是坚毅的，我看见他用塑料薄膜裹住半裸的身体，站在炎日下，他称之为桑拿。他也仍是聪明而轻松的，来法国累计不到半年，我看见他已能用流利的法语与法国姑娘套近乎。我发现他还是调皮而细心的，我正好在巴黎过生日，他偷走了我的恋人的照片，然后装在一个精美的相框里，在生日晚会上一本正经地送给我，这份特别礼物让我既意外又感动。那次聚面的高潮是，我们和越胜一家出巴黎西行，到达卢瓦河畔的历史名城圣弗罗朗，竞马在那里举办独唱音乐会。他的歌声赢得了以保守著称的旺代人的喝彩，令当地报纸惊叹的是，这个中国人所唱曲目竟然包括意大利语、德语、法语、俄语，而且每种语言都运用自如。

近年来，竞马经常回国，举办个人音乐会或者参加一些会演。他显然对国内演艺界的氛围很不适应，不知如何协调自己的艺术追求和当今的市场需要。他也依然受不了热闹，有一回，一位朋友出资为他举办大型宴会，许多人上台献歌，而作为主角的他却不见了踪影，据说是出去透气了。散会时，他对我说："我最厌恶卡拉OK，对不起，让你受苦了。"我心想，他到底是一个非常独立也非常真实的人。

2004 年 12 月

农夫和艺术家

——刘彦印象

1986年8月，某学术机关在安徽歙县举办讲习班，我在班上讲尼采。课后，一对年轻人飘然而至。这是我第一次见到刘彦，当时他新婚不久，夫妇俩年轻单纯得像一双安琪儿。他告诉我，他是哈尔滨师范大学的物理学教员，自费来听这个班的，发现台上讲课的都是“知识大众”，正感到失望，幸亏有我，才没有白来。他还跟我讲了他对尼采的喜爱，曾专程到北京图书馆复印《查拉图斯特拉如是说》。

其后不久，刘彦辞去了大学教职，到北京画画。和他同期来京的还有好几位东北青年画家，号称北方群体，是京漂族的先锋，在圆明园租农舍居住，后来那里一度发展成了著名的画家村。刘彦常来看我，还把王广义介绍给了我。当时他俩是好朋友，有一阵几乎形影不离。这两人都聪明可爱，我们颇有一见如故之感。广义告诉我，我的《尼采：在世纪的转折点上》一书成了新潮画家的必读书，几乎人手一册。他说：“来见你，有一种拜见名人的感觉。真没想到你是这样的，真好！”刘彦说：“我向人谈国平，不说他的书，只说他的眼睛——国平是个孩子。”广义的目标很明确，就是成功。他说：“如今不是凡·高的时代了，生前出不了名的，死后也出不了名，世人早已把你忘记。”他搞政治波普，用绘画进行文化批判，很快名声大噪，是新潮画家中最早出名和富起来的人之一。他赞赏刘彦，说刘彦很本质，而他自己要成名，然后再回到本质。我感到自己和刘彦非常相通，他和我一样远离时代，追求本真的东西。他这样评论尼采：“古希腊是单纯的，尼采想把基督教的复杂整掉，回到古希腊的单纯。”一句话就把尼采说清楚了。

在那个刚刚开放的年代，面对突然出现的机会，画家们都很兴奋，怀着希冀中彩的心理标新立异。由于现代艺术的裁判和市场都在国外，因此，机敏的画家一开始就瞄准老外，根据可能引起注意的程度确定自己的题材和画风。相比之下，刘彦就显得落伍了。他像凡·高一样与朴素的事物有着血肉的联系，迷恋于画简单的风景和静物，但卖不出去，生活得穷困潦倒。这使他感到困惑，有一次对我说：“过去我独自在树林里坐着，感到非常宁静。现在感觉不对了，朋友们都在挣钱，从他们那里回来，独自一人，有一种凄凉的感觉。好像一个从小离家的孩子，长大后回到家，总觉得不是想象中的家了，怎么那样老旧。”他曾经试图顺应时代，一度改做装置。有一幅大型装置作品，是用胶封住的成百只饺子。我心里暗暗为他着急，觉得那种东西并不合他的性情，但又无能给他指出一条现实的出路。最后，还是他自己内心的呼声占据了上风，指引他回到了他一贯的艺术追求上。

十多年过去了，世事发生了很大变化。现在的刘彦，不再是那个飘然而至的安琪儿，他的模样像一个农夫，留着大胡子，一张憨厚无比的脸。许多年里，他住在北京郊区的一个村子里，过着最简朴的日子，像中世纪的农民一样与世隔绝，安心画他的风景画和静物画，完全不关心这些画能不能卖出去。偶尔进城里，他会感到惶恐，怕迷路，怕晚上回不到在农村的家。他对我说："世界越来越大，但人却好像被捆住了。"还说："人们受话语包括视觉话语的支配，今天人们的生活好像一个巨大的包装，一层层剥开，里面只有很小一点东西，而且并不好吃。"我心想：的确，人们的生活越来越复杂，而内容越来越贫乏了。最近，刘彦告别北京，去了东北的一个渔村，决定在那里定居和画画。他小时候到过那里，从此不能忘怀。我知道，他已经回到了自己朝思暮想的家。

2004 年 11 月

天生的精神贵族

——赵越胜印象

20世纪80年代后期，北京青年知识界有一个别具一格的小型沙龙，沙龙主人名赵越胜。

初识越胜，是在1982年9月，现代外国哲学学会在庐山开会。上山前，几个年轻人到九江烟水亭游玩，窗前是滔滔长江，有人提议买酒喝，他立即赞成，说："我不会喝酒，可是我喜欢看你们喝，你们醉了，我也轻飘飘了。"这句话使我一下子喜欢上了他。后来我发现，他其实酒量惊人。有一回，在我的地下室里喝啤酒，他一人喝了近十瓶，嫌不够，又去打了两暖壶生啤，结果醉了，但也就吐了几口而已。

那些日子里，我们经常一起逛书店。当时新华书店有一些机关门市部，往往隐藏在某一条小街上，打折出售积压的"文革"前出版的书，真正价廉物美。我们专爱寻访这样的宝库，必能满载而归。和越胜逛书店是一件乐事，他爱书，懂书，走进书店嗅一嗅，立刻就知道哪个角落里藏着一本好书。那时候他工资低，还要养女儿，不像我财大气粗，结果是他的发现往往成了我的收获。然而，他从此惦记在心，十多年后，他远在巴黎，还会不断开出书目，要我把某某书让人捎去。不幸的是，他对我们一起买过什么书了如指掌，我赖也赖不掉。

和越胜相识时，我正失恋。他常对我说："书，音乐，酒，朋友，最后才是女人。"我以为他是开导我，其实不尽然。看到恋人回到我身边，他由衷地替我高兴，但仍劝我："浪漫一阵后回到古希腊。在古希腊，女人没有什么地位，男人的天下，你看多宁静。"在一次朋友聚会时，他说自己："我不能再爱，再爱，就从希腊人变成罗马人了。"可是，说了这句话没几分钟，他突然激动地喊道："你们知道不知道，燕走了二十多天了，没有给我一个字！"燕是他的妻子，去法国了，他们后来也分了手。按照他的分析，我这个人易感，包括对女人，是优点也是弱点。一次在镇江开会，某校一个女研究生喜欢我，与我比较亲近，被同来的系领导提前遣回学校了。我很难过，会餐时醉了，一遍遍哭喊："我讨厌你们，你们为什么这样对待一个弱女子！"越胜跑来劝我："人家小年轻抽抽风还可说，你抽什么风？"我破口大骂："你不是人，你是一团概念！"后来他向建英转述，建英大表赞同，气愤地对我说："我们俩一路走，这么多漂亮姑娘，他竟什么也没有看见！”其实这多少有些冤枉他。读着歌德的诗，他会大声感叹：“歌德这老东西，性欲极强！”可见他明白利比多的价值，只是认为不值得浪费在女人身上，而应该升华为艺术。

越胜称得上空灵。诗的国度，水天一色，如果说我在水下，他便是在天上。他在趣味上是天生的精神贵族，生活在莫扎特和歌德的世界中。有一次，我们聊起贵族主义对于文化的必要，某人举出希特勒的例子，他当即驳斥：“希特勒是什么贵族？一个奥地利下士！他怎么会保存高级文化？国家社会主义是搞平均主义，拥护纳粹的都是工人！”能够进入他的圣殿的，唯有少数几个真正的文化伟人。他曾兴奋地向我宣布：“现代文化史上最激动人心的时刻是——贝多芬与歌德的会晤，爱因斯坦与弗洛伊德的通信。”我知道贝多芬与歌德彼此并不投合，但仍不禁欣赏他的激情。在掀起文化热那一阵，普天下的俗物都在高谈文化，他神色黯然地对我说：“就文化这一块干净地方，也呆不得了。”

越胜又是一个极爱朋友的人，一说起朋友来便眉飞色舞，没有了分寸，仿佛个个是天才和完人。因此，80年代中期，在得到了一套新两居之后，他便经常在家里招待朋友，把他的家变成了沙龙。每次举办帕提，他对来宾的选择十分严格，决不许一个俗人混入。他的标准是有没有文化，倘若他说某人“没文化”，那人便从此不在他的视野里了。他说的文化与学历无关，不外是性情趣味之类，凭直觉就能感应到的。某君自命江南第一才子，但在他眼里是一没文化之辈，始终被拒之门外。这成了此君的一个心病，一次酒醉时号啕大哭，倾诉委屈，而他毫不为所动。

他实在是一块做沙龙主人的好料，豪爽而又细心，对每一个客人都照顾周到，但丝毫不露痕迹。一进他的家门，客厅里有一流的音乐，餐厅里有充足的酒和食品，你立刻会感到轻松踏实。倘若是学界朋友为主，我们也不怎么谈学问，多为闲聊，聊往事，聊见闻，聊书，聊到兴会处，一个个神采飞扬，妙语连珠。若干智力相当的人在一起，彼此能互相欣赏，那种氛围着实令人愉快。夜深之时，通常该讲黄段子了，越胜的话题却不可避免地回到古希腊，直抵高雅的顶峰。有时候，我睡着了，朦胧中还听见他在谈论着荷马和海伦。

和我不同的是，越胜虽爱文化，自己却几乎不写东西，满足于当一个鉴赏家。他叹道：“有了歌德，有了波德莱尔，我们还写什么诗！”我常常与他争论，我说：尽管有歌德和波德莱尔，却只有一个我，这个我是歌德和波德莱尔所不能代替的，所以我还是要写。只有一次例外，他克制不住地写了一篇文章。有个当时被媒体称作“中国学术界奇人”的人，撰文批判所谓现代主义思潮，并且仗着某个大人物支持迫使《读书》发表了。可笑的是，他对所批判的对象极其无知，文中充满常识性错误，诸如“胡克的现象学”、“多余人又译局外人”之类。越胜读后满腔怒火，但不便在内容上论争，就写了一篇专门揭露其硬伤的文章，在一家刊物上发表了。不久后，他收到“奇人”一封信，说自己是业余拳击协会会员，什么时候练上一百回合。越胜谈书极精彩，我常常听得入迷，心想这样的人不写作实在可惜，就一再鼓动他写读书随笔。他终于动笔了，越写越好，可惜只写了三篇，他就去法国了。最后一篇谈艾赫玛托夫的《白轮船》，通体高贵而淳朴，活脱脱越胜的心性，读得我潸然泪下。

80年代后期是一段令人怀念的光阴。现在回想起来，那一段时光已经多么遥远。在那以后，发生了太多的事，昔日的沙龙早已不复存在，朋友们各奔前程，许多人的生活场景有了巨大改变。不过，变中也有不变。譬如越胜，他虽已定居巴黎，靠经商维持着生计，但仍一如既往地爱朋友，他的家成了去巴黎的认识或不认识的朋友的免费旅馆。90年代我两次去巴黎，都住在他家。刚到的那些天，他带着我逛巴黎，看博物馆，一路讲述每个地点发生的历史事件，如数家珍。每天晚上，他都打开一至二瓶法国红葡萄酒，与我共饮，常常还发表品尝心得。他在巴黎郊区那所住宅里过着极其平静的日子，除工作外，只与书、音乐、家人为伴。他依然嗜书如命，自从有了网上书店，他每隔一段时间就会挑选一批，让国内的亲人订购了捎去。他对国内的书情比我更熟悉，读得也更多。他显然没有融入法国社会，也无意融入，法语能说但谈不上流利，一直不肯学车，很少出门，出门则须仰仗妻子开车或公交。他是越来越像一个农夫了，甚至外貌也如此，憨厚无比。于是我想，世上的贵族岂不原本就是农夫，也许这正是最适合他本性的生活状态。

2004 年 11 月

第十二辑

本命年纪事

本命年的官司

常听人说，本命年容易有麻烦，一定要小心。还有人叮嘱，最好系一根红腰带，避避邪。我对这类说法基本上不信。可是，今年的确麻烦多多，不说别的，光官司就有三个。这辈子从没有上过法庭，到了这一个本命年，突然就官司缠身了，看来真不能把民间的智慧当成迷信。

我心里当然烦，尤其一开始，发现自己居然与官司搭上了，简直是天大的事。一向过着安静的日子，从此安静不成了，围绕着官司，不得不做许多既不熟悉也不喜欢的事。同时，又少做了许多熟悉而喜欢的事，今年的读书、写作、翻译计划，只完成了一小部分。最不该的是，还害得妻子和女儿跟着担惊受怕。女儿那么小，我是不想让她知道的，可是，律师来，朋友来，大人的谈话难免有几句落进她的耳朵，她就琢磨出了一点名堂。有一次，她写作文，我偷偷看，老天，标题竟是《爸爸的官司（一）》，她写上连载了。那个时刻，我心痛如割。

难过和心烦都没有用，我必须面对。我问自己：上帝让我在本命年遭遇这些磨难，究竟有什么用意？我觉得自己好像慢慢地想明白了，答案是：上帝要让我补课。我这个人，从来喜欢想一些人生和灵魂的问题，不能说我不关心社会，但我只是在精神的层面上关心，离社会的现实还是比较远。现在，这些官司似乎一下子把我和社会的距离拉近了，近到了可以看清楚社会机体上的毛孔和尘垢的程度，近到了被纠缠不休、缠住不放的程度。我对自己说：我不惹社会，但社会要惹我，躲也躲不掉，我就干脆别躲了吧。它这么做也许是有道理的，我对它了解太少，它是在给我补课，我对它关心太少，它是在向我讨债。因为自己的官司，我注意到了天天在发生的许多别人的官司，注意到了种种不公平的现象，注意到了为维权和公正而苦斗的人们。是的，我是欠了社会的债的，作为它的一员，我理应分担它的疾苦和治疗，没有权利置身事外。

人最在乎的是意义，最怕的是没有意义。一旦我相信所遭遇的事情是有意义的，我的心情就豁然开朗了，甚至不再把官司的成败看得很重要。既然问心无愧，不管结果是什么，我都将坦然承受。真正重要的是我正在经历的过程本身，我在这个过程中的观察和思考。上帝让我补课，我一定要珍惜这个机会，不能辜负了我的生命历程中这一段特别的经历。我会把我的所历所思写下来，这是我在社会课堂上的一份学习笔记，也是我担当社会责任的一个实际行动。

2005 年 11 月

与伪书作斗争

在今年一月的北京图书订货会上出现两种署名“周国平”的新书，均已在图书市场上销售。其一是《纯粹的智慧》，中国电影出版社2005年2月第1版，定价二十五元。其二是《读禅有感悟》，金城出版社2005年1月第1版，定价二十九元八角。这两种书皆盗名之作，不是我写的。《纯粹的智慧》一书封面上特意用大号字体标出“周国平著”，《读禅有感悟》一书在订货会征订时打出“周国平新作”广告语，显然都是蓄意制作的伪书。

这两种书的内容和文字风格也与我的作品迥异，十分浅薄和粗糙。《纯粹的智慧》内容尤其荒唐不经，恶俗之至。该书的策划者煞费苦心，设计出这个书名和雅致的蓝色封面，很容易让人以为是我写的书。然而，书中的内容却是一派胡言乱语。看一看此书中的那些小标题吧，比如谈必须具备的觉悟，相关的小标题是：觉悟1，钓鱼和享受钓鱼是不同的；觉悟2，吃肉和享受吃肉是不同的；觉悟3，性行为和享受性爱是不同的；觉悟4，嚼口香糖和享受口香糖是不同的……谈到必须保持的警惕，小标题有：要警惕你正在膨胀的肚皮；要警惕那脖子上的饰物；要警惕你腰上廉价的假名牌皮带；要警惕那紧紧束胸的乳罩；要警惕那婚姻中独自上床的身影……全是诸如此类乱七八糟的东西，与“纯粹的智慧”哪里有一丝一毫的关系。我很不理解出版社怎么会让这样的东西出笼，即使不是伪货，至少也是劣货，不管是谁写的，都不该三审通过。

可是，就是这样的东西，竟然销量极大，上了好些书店书城的畅销书榜，摆在机场、火车站、大商场等人口密集地点的畅销书架上。毫无疑问，这是策划者的手法奏效了，所设计的书名和封面蒙蔽了广大读者，使他们相信是我的又一本新书。我的许多熟人买了这本书，一翻内容，才发现自己上当了，立刻断定不是我写的，有的人则将信将疑，诧异我的水准怎么突然变得不成样子了。可以想象，那些对我了解不多的读者，在他们的心目中，我的形象会被糟蹋到什么地步。不仅我是受害者，名誉受到了严重损害，读者更是受害者，他们冲着我的名字买了这本书，结果却是买了如此让人恶心的垃圾。令人愤慨的是，这两种书正在以我的名义热销，在书店与我的著作摆在一起，在网上列在我的书目之中，某网上书城所销我的11种书中，该二书竟列在最前面。

问题的严重性在于，我的遭遇不是个别的，在此之前已发生多起知名作家被盗名出书的事件，说明图书市场的混乱已达到何种程度。这类事件大致都是不负责任的出版社与不法书商的合谋行为。其实，他们的手法也很简单，都是一个套路：找写手攒出一本书，内容怎么糟糕都无所谓，只要借助某些特征让读者误以为是你写的，能够蒙骗一时就行，反正钱赚到手了；一旦被发现，就弄一张同名同姓之人的身份证，让那个人顶着，那个人往往贫穷而且对法律无知，花几个小钱就可让他甘愿就范。比如说，金城出版社出示的那张“周国平”身份证的复印件，其主人就是湖南的一个农民。在法律面前，这种不法行为很容易被查明，王跃文胜诉就是证明。但是，治本之策还须依靠健全相应的法规，从整体上整治图书市场。

作为个人，既然这种不法行为落到了我的头上，我就不能仅限于表示愤慨，而必须起而与之斗争。当然，我也没有更好的办法，所能做的是两件事：第一，通过媒体揭露真相，避免有更多读者上当；第二，通过法律途径追究当事人的侵权责任。

2005 年 2 月

荒唐的起诉

在今年的图书市场上出现两种署名“周国平”的书，书名分别为《纯粹的智慧》和《读禅有感悟》。现已查明，这两种书皆出自一个名叫叶舟的书商之手，然后由书商李某和曹某分别联系出版社出版。对于书商们出示的同一份湖南农民“周国平”身份证复印件，常德市公安局出具了书面证明，证实该身份证是伪造的。至此，两种书的伪书性质已确凿无疑，我遂起诉相关书商，海淀法院预定在9月26日开庭。

然而，此案尚在审理之中，我突然从媒体上获悉，一个笔名叫李某的人因我对伪书《纯粹的智慧》的评论告我侵犯其名誉权。接着，我收到海淀法院送达的起诉状，读了起诉状全文，我只感到荒唐。

今年2月，在发现伪书后，我曾写《与伪书作斗争》一文，其中批评了《纯粹的智慧》“内容尤其荒唐不经，恶俗之至”。我把该文发给媒体，多家媒体作了摘要报道，有的全文发表。3月31日，央视三套“文化访谈录”播出关于伪书的节目，其中有对我的采访，我指出《纯粹的智慧》“完全是一本垃圾书”。

现在，李某以上述评论为由起诉我。我感到荒唐的是以下四点：

第一，我的评论完全是针对一本冒我的名字出版的伪书的，当时根本不知道李某其人以及他的任何著作的存在。起诉状称：“该书主要内容经认定出自原告的原创著作《体验》”。此话可有两种解释：一，炮制该书的书商剽窃了他的“原创著作”，如果这是事实，他首先应该起诉书商而不是我；二，他默许甚至伙同书商使用他的“原创著作”来炮制这本冒名伪书，如果这是事实，应该是我起诉他而不是他起诉我。

第二，我的评论显然是对事不对人的。即使该书不是一本冒我的名字出版的伪书，作为一个读者，我仍有权对它的内容表达自己的评价。现在，在这个“原创”作者亮相以后，我重读该书，发现仍不得不坚持我的评价。一个作者不同意读者对其作品的评价，可以反驳和争论，怎么能诉诸法庭来禁止他所不喜欢的评价。正是在一种允许批评和反批评的健康环境中，才能净化我们的图书市场，使真正的好书得到传播，改变垃圾书泛滥的可悲现状。

第三，我无法理解法院何以受理这一起诉。在受理之前，法院至少应该审查一下原告与被告之间是否存在着关联。就本案而言，作为名誉侵权案，原告至少应该提供我曾指名道姓侮辱其人格的证据，由于我此前完全不知道李某其人的存在，侮辱其人格之说就根本无从谈起。在正在北京举行的第22届世界法律大会上，北京市高院院长秦正安提议："提高诉讼门槛，或对律师的自我宣传和报酬进行限制，防止滥诉导致司法制度效率低下。"我认为这一提议切中时弊。哪怕仅仅审查一下表面证据，此案的滥诉性质也是一目了然的，本应该一开始就挡在诉讼门槛之外。

第四，设想法院将如何判决此案，我不免担心法院会陷于尴尬的境地。伪书《纯粹的智慧》是否同时也是一本劣书、垃圾书，法院该如何来对此下判决呢？如果判原告胜诉，是否就意味着它不是劣书，反之，是否就意味着它是劣书？很显然，对于一本书的评价，涉及学术标准和审美取向，法院无法做出判决，即使做出了判决也不可能具有真正的效力，因而只应排除在受理范围之外。我不会违背自己作为一个学者的良知，任何人都不可能通过打官司来强迫我把垃圾说成金子。学术是非和趣味优劣自有其内在的化解途径，司法对此应当尊重而不是干预。

鉴于媒体上已大量流传这一官司的消息，我只好出来澄清事实，表明态度。我一向喜欢安静，潜心从事研究和写作，然而，今年一年中，官司接二连三，不胜其扰。我恳切呼吁建设合理的法律秩序，不要再让学者备受滥诉的困扰。我自己一方面渴望还我安静，另一方面不会辜负命运的赐予，将随时写下在各个案子中亲历的事实及我的感受和思考，给历史留下一份真实的记录。

2005 年 9 月

多么简单的道理

李先生在9月22日《新京报》发表《我为什么起诉周国平》一文，他在文中宣布："我是《纯粹的智慧》一书的作者"。这一本冒我的名字畅销而内容低俗的书，现在其真实的作者公开亮相了，这有助于澄清读者的误解，对此我深表欢迎。李先生还宣布："我是以《纯粹的智慧》一书作者的名义去起诉的"。《纯粹的智慧》已被证实是一本伪书，一个人怎么能以一本冒名伪书的作者的名义去起诉被冒名者，这未免令人费解。不过，读了他的整篇文章，我发现，令人费解之处比比皆是，要和这位李先生讲清一些简单的道理还真不是一件容易的事。

我不想去反驳李先生所述的起诉我的理由，只想稍微分析一下支撑其理由的"理论根据"。他的"理论根据"可以归结为两点：第一，"凡是经出版单位三审通过的出版物，在内容上均是合格产品"；第二，对于这些"合格产品"，"你有阅读的自由也有不阅读的自由"，但没有批评（例如批评为"文化垃圾"）的自由，否则就是"对他人创作自由的歧视和干涉"，就是侵权。

先说第一点。众所周知，相当长的时期以来，图书市场的情况十分混乱，一些书商与一些出版社为了各自的利益互相勾结，出版了大量内容低劣的书。这些书恰恰是"经出版单位三审通过"的，但"在内容上"决非"合格产品"。无论什么产品，其生产单位的合法地位与产品质量的合格是两回事，前者并不能担保后者，这是多么简单的道理。李先生强调三审通过即内容合格，特别的用意是要为伪书辩护。他在接受《中国图书商报》（见9月23日该报）采访时声称："打伪书是新闻出版部门和执法部门的事，跟周国平没有任何关系"，"打伪书不包含对内容的评价"，如果评价就是"在维权时明显违规"。这种论调的离谱简直叫人目瞪口呆。打伪书是新闻出版部门和执法部门的事，也是全社会的事，只是各有各的"打"法。作为普通公民，当然不能运用职权去禁止伪书，但可以也应该运用公民权利去揭露伪书，其中包括评价其内容。事实上，伪书往往是书商雇用写手草草炮制，内容多半低劣，伪书和垃圾书乃是共生现象。一本书即使不是伪书，人们仍有评价其内容的权利，何况伪书。

这就要说到第二点了。可是，我实在不好意思说下去了。无论什么公开出版物，读者当然"有阅读的自由也有不阅读的自由"，但是，除此之外，还有批评的自由，这有什么疑问吗？出版自由不是出版物免受批评的自由，相反，批评的自由是出版自由的必要组成部分。李先生居然知道并且引用了伏尔泰的名言："我不赞成你所说的话，但我要拼死捍卫你说话的自由。”他显然没有读懂这句话。我当然不能阻止李先生用他自己的名字而不是我的名字出版任何书，然而，一旦出版了，他就不能禁止我对书中的内容说话，包括他不爱听的话。现在，他不但不肯“拼死捍卫”、反而试图用法律手段剥夺我说话的自由，所做的事恰与伏尔泰的主张背道而驰。

我一直诧异李先生想通过这个荒唐的官司达到什么目的，《中国图书商报》的采访为我解开了谜底，他坦然承认“算是一种自我炒作”，并宣称：“起诉周国平正好为我提供了宣传创商理论的平台和机会。”据他说，他的“这套理论是独一无二的，并注册了商标，它不是一个简单作品，是一套理论发明，不允许别人妄加评判”。这样奇特的逻辑真是闻所未闻。原来我不小心碰上了一个奇人，他手上有一套独一无二的“理论发明”，不过，这个“理论发明”不但需要通过注册商标、而且必须通过起诉我才能让世人接受。我不得不承认，这样的“理论发明”的确是世上独一无二的。

有人冒用五粮液商标销售劣酒，五粮液厂家揭露这不但是假酒，而且是劣酒，于是劣酒的制造者跳出来告厂家侵犯了他的名誉权。我遭遇的就是这么一回事。

2005 年 9 月

靠言论自由还原历史真相

——在法庭上宣读的答辩词

尊敬的法官，请允许我就曹先生对我的起诉做一个简要的答辩。全面的答辩由我的律师代理我进行，我想着重阐明本案的最主要事实和我的立场。

我于2004年7月出版自传性质的作品《岁月与性情》，其中，在对四十几年前大学时代的回忆中，着重描写了对我一生有重要影响的郭世英，曹与郭有密切关系，在写时无法完全避开，有少量篇幅涉及。在写相关内容时，我的目的决不是要追究四十几年前的历史老帐和个人责任，而是为了反思那个时代以及它所造成的人间悲剧。我与曹之间没有任何个人恩怨可言，当年我们的来往不多，后来几乎没有再见面，正如他所说，他从来没有招我惹我。几十年来，我心中始终解不开的困惑是他当年对郭的行为以及由此反映出的他的人品。凡是与郭有所接触的人无不承认，郭是一个极其善良而单纯的人，正因为如此，曹的行为就更令人费解。不过，在写到他时，我的文字仍是很有分寸的，力图从他在当年时代背景下的艰难处境出发给予一种解释，实际上是在努力解答我自己心中的困惑。

当然，书中对曹的叙述毕竟是负面的，为了尽量减少书出版后他可能感到的压力，我在书中用了一个化名。我的用意是，不让一般读者知道所写的那个人是谁，同时期待书中所写的往事能引起他本人的反省。事实上，在书出版后，直到2004年8月5日，这方面的情节并未引起读者的注意。从8月5日起，曹开始频繁在媒体和网站上发表措辞激烈的言论，直接把问题推到了公众面前，使得他本人以及他在X事件中的作用引起了舆论的关注，也迫使其他几位当事人和知情人不得不出面澄清那段历史。

从一开始我就认为，曹公开发表言论对我进行反驳和谈他的看法，这是他的权利，我理应尊重。因此，虽然他的言辞异常激烈，我始终保持沉默，没有在媒体上就此事说一句话，媒体所刊我的言论其实都引自我的书。我希望我们能用一种比较心平气和的方式来讨论问题，把事情闹上法庭，这是我所不愿意的。然而，情形既已如此，我也就只好应对。我心中十分坦然，相信自己做了应该做的事，就是对亡友和历史负责，说出自己所知道的情况。否则，再过一些年，事情的真相或者将石沉大海，或者将被歪曲得面目全非。现在，人们有了关于往事的多份陈述，包括曹自己的陈述，可以互相参证，就更有把握接近事情的真相了。

在本案中，双方争论的焦点是曹是否告发了郭世英及X小组。对于这个问题，我想指出以下几点……（略）

综上所述，我认为，我书中对告发一事的很有分寸的陈述完全不构成对曹的名誉侵权。

尊敬的法官，本案涉及的是四十几年前的历史事件，当时，有几个年轻人组织了一个名为X的文学小团体，从事文学创作和精神探索，在那个特殊的政治环境中，他们因此而遭遇了厄运，被公安机关抓捕，张鹤慈、孙经武被关押多年，郭世英在“文革”中非正常死亡。要弄清这一历史事件的真相，包括曹在其中所起的作用，除了期待相关档案有朝一日解密之外，只有依靠所有当事人、知情人都出来说话。也就是说，解决这一问题的最好方式是言论自由，让每个人把从自己视角看到的历史侧面呈现出来，保存下来，供现在和今后关心这一段历史的人们研究。我愿意把本法庭也看作这样的一个空间。应该允许各人的陈述有差异乃至冲突，这是正常的，四十多年前的事情了，怎么可能记忆和认识都一致。对于这些差异，可以争论而求同，也可以不争论而存异，唯独不可以用强制手段来禁止。曹现在是美国公民，享受着美国法律所赋予的言论自由，同时却仅仅因为言论把我告上中国的法庭，想借助中国的法庭来封住我和别的知情人的嘴，我觉得这不该是一个以学者自居的人做的事。在是否告发的问题上，尽管所有其他当事人、知情人的陈述都是不利于他的，我仍然认为，他说出并且坚持自己的看法是他的神圣权利。法庭在这一问题上不必也无法做结论，所能够和应该做的事情正是保护言论自由，保护包括曹和我在内的每个人回忆、叙述、研究、反思历史的权利。

最后，我想重申，无论在写书时，还是出席本法庭的审理，我都决无追究个人责任的意图。四十多年过去了，所发生的事情已经发生，追究不能挽回什么。我希望所有出庭的人，包括控辩双方及证人，共同以一种既诚实又宽容的态度面对那一段历史。当年我们都只是二十岁上下的年轻人，四十多年后在这个法庭上重聚，我们都已开始步入老年。我本人认为，在这个年龄，人应该比较超脱了，不必再计较个人恩怨，而应把立足点放在反思历史、也反思自己的人生历程上。在围绕本案的纠纷发生以后，我一再向我的证人、X事件的主要受害者孙、张建议，X小组在中国当代文学史上占有重要的一页，希望他们把心态放宽松一些，动笔写相关的回忆，而不要只纠缠于曹对他们做过什么事。曹也曾在媒体上宣布要写回忆录，我对此表示欢迎。从法庭回到书房，拿起笔来写记忆中的历史，这无疑是更符合学者身份的行为，也是更有意义的工作。

我们今天在这里谈论四十几年前的一段历史，我们要对那一段历史负责；与此同时，我们仍在历史中，在场每个人的行为也将成为历史，我们也要对今天的这个历史负责。我愿以这样的态度对待今天的庭审。

谢谢法官。

2005 年 12 月 22 日

接到判决书时的感想

昨天，北京市高级人民法院下达民事判决书，驳回曹先生的上诉，维持北京市中级人民法院的原判。因为我在《岁月与性情》一书中对若干历史事实的回忆，曹缠住我打官司，一诉再诉，长达几近两年，至此终于尘埃落地。

这是终审判决，我在两审中皆胜诉了，虽略感欣慰，但谈不上兴奋。一场本不该发生的官司，耗费掉了多少宝贵的时间和精力。

判决书中有一段话说得非常好："因相关史实历史久远，相关史料多至今尚未公开，故曹与周根据各自回忆对同一事实的描述存在较大争议，应当允许双方在法律的限度内发表各自不同的意见。"这一段话表达了法院判决此案的基本立场，即对于历史事实的回忆和叙述，支持在法律限度内的言论自由，这是最大限度还原历史真相的正确途径。我相信，这一立场的明确表述使得本判决具有了示范的价值。

那么，为了这个范例的诞生，我因这场官司耗费掉一些时间和精力还是很值得的。

2006 年 11 月 24 日

附录：三个官司简介

一　曹某诉我侵犯名誉权

我于2004年7月出版《岁月与性情》，其中，在对四十几年前大学时代的回忆中，着重写了对我一生有重要影响的郭世英，因此又无法不涉及与郭有密切关系的曹某（书中化名为曹秋池）。曹读到以后，频繁向媒体发表谈话和在网站上发表文章，对我进行批驳，措辞极为激烈。2005年5月18日，曹向北京市第二中级人民法院提起诉讼，诉讼请求包括在全国性媒体上赔礼道歉、赔偿精神损失费五十万元、经济损失费一万余元、停止书的发行并销毁库存、不得再版等。

此案于2005年12月22日开庭审理。2006年3月17日，北京市第二中级人民法院下达民事判决书，认定根据证人证言，周国平书中对涉及曹的内容的记述并非凭空杜撰，全文并未使用侮辱、诽谤曹之人格的语言，曹认为该文构成了对其名誉权的侵害证据不足，判决驳回曹之诉讼请求。

其后，曹向北京市高级人民法院提起上诉。北京市高级人民法院于2006年8月22日审理此案，于同年11月23日下达民事判决书，认定周书中并未故意使用侮辱、诽谤性的语言，对双方争议较大的相关事件的记录客观反映了陈、张等历史亲历者当时所要表达的真实意思，不存在歪曲意思、故意侵害曹之名誉权的情形，判决驳回上诉，维持原判。

二　我诉叶某等侵犯著作权和不正当竞争侵权

从2005年年初开始，图书市场上出现两种署名“周国平”的书，书名分别为《纯粹的智慧》（中国电影出版社2005年2月）和《读禅有感悟》（金城出版社2005年1月）。经调查发现，这两种书皆出自书商叶某之手，然后由书商李某和曹某分别联系出版社出版。对于书商们出示的同一份湖南农民“周国平”身份证复印件，常德市公安局出具书面证明，证实该身份证是伪造的。至此，两种书的伪书性质已确凿无疑，我遂于2005年7月20日向海淀区人民法院起诉相关书商。

此案于2005年9月26日开庭审理。2005年12月6日，北京市海淀区人民法院下达民事判决书，认定叶某等故意制作假冒周国平署名的作品，其假冒行为不但会对周的声誉造成损害，而且客观上侵害了周的经济权利，应承担相应的侵权责任，判决被告立即停止侵权，在《纯粹的智慧》、《读禅有感悟》两书上不得使用“周国平”署名；在《图书商报》上刊登声明，向原告公开致歉、消除影响；向原告赔偿经济损失、精神损害抚慰金、合理开支等共七万多元。

（注：因叶某逃匿，相关判决迄今未能执行。）

三　李某诉我侵犯名誉权

在我诉叶某等制作伪书的案子尚未审理之时，我突然因为曾在媒体上批评伪书而成为被告。我曾指出：《纯粹的智慧》“完全是一本垃圾书”，“即使不是伪货，至少也是劣货，不管是谁写的，都不该三审通过”。一个我从来不知其存在的李某出来承认自己是《纯粹的智慧》一书的实际作者，并于2005年8月8日以此名义向海淀区人民法院提起诉讼，指斥我的上述言论侵犯了他的名誉权，提出公开赔礼道歉、赔偿名誉损失费五万元、维权费用一万元等要求。

此案于2005年12月5日开庭审理。2006年3月9日，北京市海淀区人民法院下达民事判决书，指出名誉权保护的主体是自然人或法人、其他组织，而非某种著作及理论，法律并不保护某种著作和理论只能获得他人的正面评价；认定周国平对《纯粹的智慧》一书进行的评价，未直接指向李某，也无证据证明李某所获得的个人名誉方面的社会评价与周上述评价行为有法律上的因果关系，从评价内容分析周并未用侮辱、诽谤等方式损害特定人名誉，其使用“浅薄和粗糙”“垃圾书”“乱七八糟”“糟糕”“一文不值”等用词，完全系其阅读《纯粹的智慧》后的真实感受和评价，其评价对象系针对《纯粹的智慧》一书及其内容，而非李某，故而周的评论并没有侵犯李某的名誉权；判决驳回李某全部诉讼请求。

其后，李向北京市第一中级人民法院提起上诉。经审理后，北京市第一中级人民法院于2006年7月28日下达民事判决书，认定周的相关言论均直接指向《纯粹的智慧》一书的内容，而非该内容的原创作者，该言论对相关理论以及原创作者是否会有不良影响，取决于听者自身对该理论的认知水平以及该理论的实践发展，而并不取决于该言论自身，周的言论本身不足以给李某的名誉造成不良影响，没有侵犯其名誉权；判决驳回上诉，维持原判。

《妞妞》是怎样变成一个“事件”的

一

6月24日，我点开电子信箱，有一封信来自《南方周末》文化部。信中说，他们收到一篇来稿，是一个十五岁癌症少年对《妞妞：一个父亲的札记》的评论。“媒体引起的话题争论，或令您被不情愿地牵入其中，或给您添未可知的烦扰，也属难以预测。这样的知会，我想是我们的必需，或许亦是唯一的所能。”话说得很客气，但也很明白，就是已经决定发表，只是提前告诉我一下，让我有一个心理准备。

既然出了书，别人要评论，完全正常。不过，听那口气，文章好像挺厉害。我接着读附件里的那篇文章。

标题是《让我心痛的妞妞和〈妞妞〉》，作者子尤。子尤！我吃惊了。我不是可以算认识他的吗？在他发病之前，我的好友正来就经常对我说起他，十分赞赏他的才华，正来的女儿、我的干女儿嘟儿还与他通信。他发病的当天，正来就知道了，我们两家人聚在一起，为之心痛悲伤。自他得病后，我时时惦记着他的病情，在心中为他祈祷。前不久，在正来的生日宴会上，我看见了他，瘦弱得仿佛风一吹就会倒的身躯，眉宇间却依然透着灵气。现在，这个我所欣赏和同情的少年要对我的书说些什么呢？

读了正文，我闷了，傻了。论断和语气之偏激，是我无论怎么想象也想不到的。我无法把这篇文章与我见过的那个少年联系起来。我的心情只能用震惊来概括。

按照子尤的解读，《妞妞》中的“哲学家父亲”是一个极端自私和虚伪的人，就差没有说是这个“哲学家父亲”亲手把妞妞害死的了。我不能不感觉到他对“哲学家父亲”的强烈的恨。正是“哲学家父亲”，这个在不长的篇幅中重复了二十二次的词组。我忽然想到，他的父亲也是一个“哲学家父亲”，而现在，在离异之后，只有他的单身母亲和他朝夕相守。我有些明白了：这里有一种也许是无意识的情感的移置，在相当程度上，我成了一个替身。

二

为了描绘出一个令人痛恨的“哲学家父亲”形象，子尤在引证书中内容时常常故意张冠李戴，断章取义。偏激是少年人的特权，我不能要求一个少年人持论公正，使我惊诧的是他的手法上的不公正。

妞妞是在不足满月时被发现患有双眼视网膜母细胞瘤的。当时，我们从医生和医书得到的信息都是悲观的，不能不使我们在是否动手术的问题上犹豫。我和雨儿的态度有所不同，她倾向于不动，而我总想着手术的可能性。书中有许多这方面的对话，其实未必都是原话，有一些是我根据两人态度的差异而创作的，以表达那种悖论性质的困境。这些对话成了子尤的宝贝，大量引证。可是，他是怎样引证的呢？恰恰是把我的话都删去，而把雨儿的话全安在了"哲学家父亲"的头上。其实，我和雨儿的态度差异原本并不重要，只是因为子尤的故意混淆，才有了澄清的必要。

至于断章取义地截取书中的一句话甚至半句话，歪曲其含义，这种情况比比皆是。略举几例。书中有这样一段话：

"我认识一对夫妇，他们的十七岁的独生女儿患了癌症。开始，他们也痛不欲生。可是，时间久了，他们被拖得疲惫不堪，便盼望女儿早日死去，使他们得以解脱。我完全理解这种境况，长期伺候一个绝症病人是令人心烦的。我和妈妈也身心交瘁了。但是，我们不烦……"

在子尤的文章里，引文截取到"我完全理解这种境况"为止，这样一来，意思正好相反了，于是他可以接着议论道："我完全不理解这种情况！也真奇怪，遍视全书，哲学家父亲从别人身上听的所有例子都对他的思想有利，像孩子得癌症家长就很厌烦，甚至弃婴而去之类。"

书中有一节，原文是我自己当法官，又自己当被告，一正一反逼问我在救治妞妞问题上无所作为的责任。其中，法官指出："你不作选择……已经是一种选择，拖延意味着丧失手术机会，顺其自然就是听任疾病一点点发展并终于夺去妞妞的生命。"被告只好承认："这就是说，我实质上已经作了选择：放弃手术，让妞妞在命定的时刻死去。"子尤掐掉"这就是说"及之前的话，截取后面的话，然后下断语："这是命定的吗？这是父亲给女儿定的吧！还没等命运判死刑，他先积极主动地给女儿判了死刑。"

这一节出自书中《无可选择》一章。这一章是我的悔恨之章，我把自己判为向妞妞收紧罗网的死亡阴谋的"同谋犯"，并写道："你注定要遗恨终生。"子尤为了证明我悔恨得不够，常略去我的悔恨之言，代之以他的指控。例如，我已悔恨自己对残疾的偏见，检讨是妞妞"以她的失明使我睁开了眼睛，看到了我以往的浅薄和自负"，他对这些内容皆视而不见，仍用许多篇幅声讨"哲学家父亲对残疾的敌视"。他毕竟无法回避这一章中明显的悔恨之情，可是，在摘出"既然我得不到‘全’，那么就让她‘无’！更有甚者：让她‘无’，以成‘全’我！结果，我活着，妞妞却死了”等句子后，竟然挖苦道：“既然他都悔恨成这样了，把我批评他的话都先拿来主动批评自己了，我还有什么可写的？”老天，我写这些句子的时候，“我批评他的话”在哪里，怎么能叫作“都先拿来主动批评自己了”！我吃惊：胀满他胸中的怒气从何而来？

三

子尤还有另一种移情。他把自己称作“另一个故事版本中的妞妞”，理由是他与妞妞同年同月生，且同患癌症。这个视角赢得了他周围的大人们的喝彩，也被媒体视为他的文章的最大看点。

看啊，现在有了两个妞妞，一个活着的妞妞出来现身说法，告诉人们一个最简单的逻辑：我妈妈不放弃，我还活着，所以我妈妈是真爱我，是高尚的；他们放弃了，妞妞死了，所以他们不是真爱妞妞，是卑鄙的。黑白分明，铁证如山！

我理解子尤的心情。不用说一个十五岁少年，即使一个成人，患了绝症也会害怕被放弃。但是，我仍想告诉他，他不该自比妞妞，那些大人更不该用这个似是而非的类比来煽情。

同为患癌症，生命的境遇千差万别，不是用患癌症就可以划一的。一个简单的事实：妞妞不到满月就被诊断出了癌症，子尤则健康地活到了十四岁才发病。这是重大的差异，必使患者的父母有很不同的感受，而这种不同是不能够用道德来评判的。就说说被子尤揪住不放的放弃手术吧。子尤引以自豪的是，他母亲迅速决定给他动手术。他动的是什么手术？摘除胸纵膈里的一个肿瘤。妞妞要动的是什么手术？摘除眼球。刚满月的妞妞，虽已被查出癌症，眼睛仍然明亮美丽，叫我们如何下得了手！任何家长，在子尤的情况下都不会犹豫，在妞妞的情况下都会犹豫。我们不忍心挖去妞妞的眼睛，但决不肯放弃妞妞，只好病急乱投医，包括找了许多气功师。奇迹没有出现。十五年后，当子尤居高临下地嘲笑“哲学家父亲”在给女儿治病方面“不仅不高明反而愚昧”时，我无言自辩。

回想救治妞妞的过程，我常想起昆德拉的一句话：“人在雾中行走。”我承认我是盲目的，每一步都可能走错。走了几步，回头看看，那里的雾似乎消散了，发现自己走错了路，后悔莫及。其实我仍在雾中，真走了另一条路，未必不是后悔。在子尤眼里，当年我们的路上没有雾，一目了然，他只看见我们一步步把妞妞送向了死亡。我无法否认这个事实：妞妞死了，他活着。当然，他和他的母亲是英雄，我们不是。我不反对以成败论英雄，但我祝愿有一天他会懂得，至少不该以成败论善恶。他们母子全力与死神搏斗的勇气令人敬佩，我不希望看到的是，这种勇气转化成了一种道德上的优越感和审判他人的权力。

四

我把《南方周末》发来的子尤文章转发给了正来和雨儿。正来先后给子尤和他的母亲写信，雨儿给我写信，表达了同一个观点，即应该尊重对生命的不同态度。

正来在给子尤的信中写道："在上帝那里，也就是在我们的生命和对生命的态度的渊源中，生命和对生命的态度，有的只是不同，而不存在道德上的优劣。"正来是在子尤之后不久也被发现患有癌症并动了手术的，他向小病友谈自己的体验："生命，一如死亡，于我都只是一种上帝所赐的经历：死亡的出现才真正意味着生命的存在……对死、对生，在我这里是一样的，都出自于上帝（或者我心中的佛）的规定。因此，在生的过程中，我所能做的便是所谓的行善……而不是去赞美或拒绝任何一种不同的生命或对生命的态度……"最后他恳切地说："我绝不想改变你的任何看法，只是以一种对朋友的严肃责任，真诚地告诉你我的看法，一种不同于你的看法，一种其他人不会向你表达的看法——我之所以能够这样，因为我与你一样都是癌症患者。"

雨儿在给我的信中坦言：对于当年不主张动手术，"我也反思自己，可能在众多的理由之中，隐藏着这样的真实：懦弱的生命在回避太残酷的现实。即便真如此，那也是人之常情。我还假设了，假如残疾的妞妞活下来长大了（暂不考虑她的想法），或许我们会转变想法，拼死不放弃，不过，那也与英雄主义无关，只是血肉相连、长相厮守的爱让我们实在不忍，撒不了手了而已。"她还指出："对待类似妞妞那种境遇的生命争取还是放弃？争取就值得赞美，放弃就该被谴责（尽管事实是我们也争取了）？对这种问题一直就有不同的看法。"

接着，雨儿打电话给正来，托他转告子尤母子，她极其尊重他们对生命的信念，但她自己仍持当年的看法，因此，请他们把雨儿的话归还给雨儿，不要笼统地扣在"哲学家父亲"头上。正来给子尤的母亲写信，转达了这一请求，并表示："希望你们能够理解和尊重她对生命的看法"，"真的要感谢雨儿，感谢她能够这样真诚地为自己的对生命的看法和做法担当。相信你们也会受感动的，因为这是一种对生命的勇气。"信的结尾是："想子尤好，想子尤有更多的从容和平静，在热爱和执著生命的同时，也能够博大地宽容其他对生命的看法和经验。"

我赞同正来和雨儿的见解。在各种复杂的情境中，生命的尊严既可表现为与死神搏斗，也可表现为与死神和解。

五

我知道我无法阻止《南方周末》发表子尤的文章，但我应该表明自己的立场。在给该报的回信中，我清楚地表达了上文所述看法，并指出："子尤和她的母亲是在苦难中，妞妞、我和雨儿当时也是在苦难中，可是你们不在苦难中，你们无权用一个家庭的苦难来审判另一个家庭的苦难。"我请他们"不要做出残忍的事"。对于他们希望我回应的要求，我断然拒绝。我的理由是，第一，子尤的母亲一直在发布子尤病危的消息，我不能与一个正在死亡线上挣扎的孩子辩论；第二，媒体需要制造事件和话题，我不想予以配合。

文章于7月7日发表，作了少许修改，包括把"哲学家父亲"皆改为"父亲"，尾注中说明："为了简略，本文以写札记的'父亲'代指妞妞的家长，即父亲和母亲。"

在那以后，有两个情况值得记录。

其一，子尤周围的那些大人立刻把文章贴到网站上，在那里掀起了一小股谩骂的浪潮，欢呼子尤"活剥了周国平的皮"，诅咒"这个王八蛋根本不配做父亲"，是"虚伪的让人恶心的父亲"，"让周国平这样的人做父亲是对这个伟大词语的侮辱"，不一而足。

其二，不多天后，子尤的书《谁的青春有我狂》出版，母子俩到上海书市亮相，举行首发仪式和签名售书，子尤周围的那些大人纷纷走上前台，撰文庆贺，十分热闹。子尤沐浴在灿烂的阳光之中，"阳光少年"、"金子般的少年"、"青春得没边的少年"之类的赞美声不绝于耳，与周国平之遭诟骂适成对照。

原来是一场预先策划好的戏。我曾经困惑，为什么我会被无端地踩一脚，现在我懂了。这一脚值，能让一个天才少年跃上舞台，我认了。替他呐喊的媒体说得明白：《妞妞》"成为子尤生活里的一次事件"，"让他第一次引起公众关注"。这就是了，需要"一次事件"来"引起公众关注"。当然，子尤只是写了文章，"事件"是大人们的杰作。使我感到意外的是，这些大人中有二三位当年曾亲见妞妞和我们的苦难，对《妞妞》一书说过许多好话，现在他们的观点何以发生了如此大的转折？不对，也许他们现在根本没有观点也不在乎观点，只是在为一个他们看好的产品尽自己作为策划人和出版人的责任而已。应该承认，他们十分敬业。

据报道，子尤新书的扉页上印着他自己的一句话："20世纪出生的天才作家里，女的只有一个，张爱玲；男的就是我，子尤。"子尤周围的大人们对这句话津津乐道，阐释出了诚实、内向、宽容等美德。我同情被这些大人包围的子尤。子尤不是“另一个故事版本中的妞妞”，如果妞妞长大，也不会是另一个故事版本中的子尤，因为在她的周围有不同的大人。

子尤的故事本来可以很纯粹，可惜遭到了媒体时代的歪曲。对于子尤的偏激，我有许多理由给以谅解，其中两个理由是青春的狂妄和病患的恐惧。我相信，以他的资质，随着疾病的解除，阅历的增长，他自能拓宽思考问题的角度。我愿等待。现在我记下了这个“事件”的经过，但不是为了与任何人争论。我只是觉得，上帝让我遭遇此事，一定也是要给我补课，我当珍惜。十二岁的嘟儿读了子尤的文章，随后又读了《妞妞》，撰写《生死与宽容》一文，设身处地体察妞妞和子尤两个故事中每个主人公的处境和心情，最后得出了应该互相宽容的结论。我欣赏她的思路，愿以她的文章的结语来结束本文：“我相信上帝是希望我们从这件事中学会如何想问题，如何做事情，如何宽容别人。”

2005 年 8 月

第十三辑

自序·访谈·杂记

我仍是那个逃课的学生

——《执迷者悟》序

这是我的散文的一个选本。二十年来，我发表散文的字数累计近百万，在大陆出版的各种专集、选集、合集有二十余种，这个选本是在此基础上编辑的，是我在香港出版的第一个散文集。为适合三联文库的要求，我在编选时注意两点，一是篇幅的控制，不选长文；二是题材的均衡，力求用一本小书反映概貌。

全书大致按照内容分为六辑，读者从目录上可以看出，它们所涉及的是人生的各个主题，包括生命、感情、信仰、文化、时代、人性等。我的专业是哲学，在我的散文中无可掩饰地显露了我的这个专业背景。不过，在看了目录后，读者倘若肯去读正文，他们一定会同意，那里面的哲学与课堂上教的哲学是很不同的。许多年前，我是北京大学哲学系的一名学生，那时候我就不是一个安分的学生，我忍受不了课堂上宣讲的那种枯燥的课程，因此常常逃课，躲起来读我感兴趣的书，或者沉入自己的奇思怪想。几十年过去了，我发现我仍然是那个逃课的学生。当然，作为一个专业的哲学研究人员，我是必须做一些业内的工作的，但我也尽量选择我喜欢的事情做，比如翻译和研究尼采的作品。除此之外，我便十分地放任自己了，随兴所至地读书和写作，在专业人士眼里，我的所读所写多属闲书闲文，因而算得上是不务正业了。我对此并不在乎，在我看来，哲学原是存在于一切感悟着人生的心灵中和思考着人生的头脑中的，把它仅仅变成一种正业，至少是对它的缩小。我不信任一个只务正业的哲学家，就像不信任一个从不逃课的学生一样。大陆媒体在采访我时，常常问一个问题：我认为自己是一个哲学家还是一个作家，我从事的究竟是哲学还是文学。唉，这种问题重要吗，在灵魂的层次上哪里有哲学和文学的区分，何必要贴一个什么标签。

在给本书取名时，我颇犯难。我曾想以“逃课的学生”为书名，意思是说，不妨把我的散文看作一个逃课的学生做的课外作业，这些作业是他自己给自己布置的，是他自己乐意做的。可是，和我的文章的基调相比，这个书名显得太轻松了。我的文章在总体上并不轻松，相反是有些沉重的。我对人生有太多的困惑，正是这些困惑逼迫我去思考，我所阐述的种种道理其实都是对自己的一种开导。如果说逃课，那也不只是为了寻求轻松愉快，而是因为我觉得有更紧迫的问题需要我想，使我不能安心坐在课堂上做功课。我在大陆出版的散文集中有一本题为

“迷者的悟”，其实移用来命名本书是非常合适的，但毕竟是两本不同的书，书名不宜重复。最后便用了现在这个略有变化的书名，它出自本书所收《人生寓言》中一篇的标题。我把《迷者的悟》序言中的一段话抄在这里，迄今为止，这段话仍是对我的散文写作的最贴切的自我解说：“我之所以如此喜欢思考和讨论人生问题，并非因为我明白，相反是因为我执迷，由执迷而生出许多迷惑，实在是欲罢不能。所以，如果说我对人生有所悟，也只是一个迷者的悟。我大约永远只能是这样一个迷者了，但我也将永远这样地在迷中求悟。迷者的悟当然不会是大彻大悟，可是我想，一个人彻悟到绝不执迷毫无迷惑的程度，活着也就没有意思了。人活得太糊涂是可怜的，活得太清醒又是可怕的，好在世上多数人都是处在这两端之间。我自知执迷太深，唯有努力用哲学的智慧疏导生命的激情，以慧心训化痴心，才能达到这个别人不求而自得的境界，获得一颗平常心。这大约是贯穿我的多数作品的真正动机吧。”

2002 年 10 月

人性找回自己的语言

——《妞妞》日文版序

这本书记述的是我在十二年前的一段经历。它的中文版出版于1996年，离现在也有七年了。书出版后，我收到许多来信，其中有一些读者向我讲述了自己的类似经历。其实，我何尝不知道，父母失去孩子，中国人所说的白发人送走黑发人，这是发生在成千上万个家庭里的普通事情，意外的灾祸原是我们日常生活的组成部分。我的经历没有任何特别之处，只因为我碰巧是一个有写作习惯的人，于是成了分散在人群中的那些无奈的沉默者的一个证人。

在中文版的后记中，我写了这样一段话："如果有人问，这本书对世界有什么意义，我无言以对。在这个喧闹的时代，一个小生命的生和死，一个小家庭的喜和悲，能有什么意义呢？这本书是不问有什么意义的产物，它是给不问有什么意义的读者看的。"这是有感而发的。政治和意识形态曾经支配了我们生活的一切方面，成为意义的唯一标准，迫使最真实的个人生活长期处于失语状态。后来，中国发生了众所周知的巨大变化。在我看来，这一变化所导致的最有价值的结果之一是，随着意识形态控制的弱化，从前被扭曲的人性逐渐回归正常并且找回了属于自己的语言。当然也可能发生另一种形式的扭曲，例如经济冲动、物质享受、时尚等等被当作了新的意义标准，从而把生命引到实用和浅薄的方向上。但是，毕竟出乎我的意料，我的书迄今在中国获得了几十万"不问有什么意义"的读者，他们向我证明，书中讲述的亲情、苦难和命运的故事也和他们有着最紧密的联系，在时代表层的缤纷光色下面，人心中深藏着对生命本身的无言关切。

承蒙毛丹青先生推荐和泉京鹿小姐翻译，我的书得以在日本出版。我的专业是哲学研究，而现在我却以这样一部非常个人性的作品与日本读者见面，我觉得十分有趣。也许我可以带来一个信息，我希望日本读者看到，中国人的生活远非只是意识形态、乡土风俗加上今天的先锋和另类。人生最基本的境遇和问题是一切民族的人都会面临的，在这一点上，中国人和日本人、西方人并无根本的不同。我从芥川龙之介、川端康成、大江健三郎、柳田邦男等日本作家的作品中知道，日本民族对生命有着异常细腻的感觉和独特的理解。现在，我把我的书呈献在这样一个民族的面前，我的心情是兴奋中夹带着些许的不安。不用说，我多么期望日本读者的接受和共鸣。

我写这篇序言的时候，北京正在流行SARS，昔日拥挤的街道突然变得空荡荡的。人们躲在家里，每天怀着忧虑的心情收看政府公布的最新数字，期盼患病和死亡的人数降下来。这场灾难引出了太多需要反省的问题，包括生态伦理、政治体制、信息公开、医疗卫生等等。我在本书中曾经以亲身经历描述了中国医疗机构的不良现状，现在看来，那不过是整体不良状态中的一个环节罢了。反省和改良尚须待以时日，此时此刻，我谨祈求上苍让瘟疫早日平息。我的眼前历历呈现那些已死和将死的患者，他们不得不在隔离中孤独地死去，即使最亲的亲人，即使同将死于非命，在死前也不能见上一面，那是怎样令人绝望的情景啊。呜呼！相形之下，我在书中叙述的那一个小悲剧已经显得多么微不足道。

2003 年 5 月

姑且当作我的代表作

——《周国平自选集》序

应海南出版社之约，编了这个自选集。

我的写作主要有两类，一类是学术性的论著和翻译，另一类是散文。所谓散文是一个很笼统的说法，我把学术论著之外而又不是小说和诗的文字都算在内。对于我来说，这两类写作是完全统一的，它们不过是我从事哲学思考的不同方式罢了。这个集子所选仅限于后一类。

从我发表第一篇散文至今，已有二十年，这个集子大致反映了二十年来我的作品的基本面貌。有两个情况是我在二十年前没有想到的。第一个情况是，我没有想到我的作品会获得读者相当广泛而持久的喜爱，为我寻得了许多知音，这当然给了我极大的鼓励。然而，第二个情况是，我也没有想到我二十年的写作成绩不过如此，产量不甚高，题材和形式也比较单一。我至今仍不肯放弃一个野心，就是要写出自己最好的作品，真正问心无愧的代表作，它肯定不在已经发表的这些作品之中。可是，同时我不得不清醒地看到，即使上帝再给我二十年的写作生命，没有理由断言一定会比过去的二十年精彩，至少精力不如从前了。所以，读者诸君，不管我自己多么不甘心，你们现在姑且就把这个集子当作我的代表作吧。

2004 年 3 月

我只面向独立的读者

——《我的心灵自传》香港版序

本书在内地出版后，一位朋友对我说了两句话：一，这本书出晚了，因为中国早该有这样的书了；二，这本书出早了，因为中国现在的读者还读不懂它。我明白他的意思。在这个娱乐化的时代，一个人严肃地反思自己的经历，这显得很不合时宜，会使许多人感到不习惯。一开始的情形确乎如此，媒体和舆论把注意力放在所谓的隐私上，种种风言风语扑面而来。然而，在最初的喧嚣过去以后，我终于听到了独立的读者的声音。我所说的独立的读者，是指那些不受媒体和舆论左右的人，他们只用自己的头脑和心来阅读，我的作品从来仅仅是诉诸他们的，我也仅仅看重他们的反应。令我欣慰的是，从他们那里，这本书获得了越来越多的喜欢和理解。

如果我是一个读者，我会认为，知道一个叫周国平的人自幼及长经历了一些什么事，这没有丝毫意义。如果这本书中的确有一些对于读者有价值的东西，那肯定不是这个周国平的任何具体经历，而应该是他对于自己经历的态度。这种态度是任何一个读者都可以采取的，便是既诚实地面对自己的经历，不自欺也不回避，又尽量地跳出来，把自己当作标本认识人性，把经历转变成精神的财富。由于本书主人公亲历了中国社会近几十年的变迁，书中对于思想专制、文革、解冻等时代实景的描述和反思大约也会引起有心人的兴趣。

在本书简体字本问世仅五个月后，三联书店香港有限公司出版了这个繁体字本。我想特别说一说的是，我对本书走向香港读者的方式感到满意。因为第一，这是一个按照原稿印行的全本，把简体字本中被删改的地方都复原了。第二，它是安静地走向读者的，没有媒体的渲染，因而能在更真实的氛围中与它所期待的读者相遇。

2004 年 11 月

珍惜亲情，承担苦难

——《妞妞》台湾版序

本书在中国大陆初版至今，已是第十个年头了。估计总有百十万人读过它了吧，学界外许多人知道我，多半是因为这本书。不过，我要承认，我自己从不去翻开它。对于我来说，它不是一本书，而是一座坟，一段不堪回首的伤心岁月。时光流逝，把我带向前方，但它始终在那里。

现在，张老师文化公司要在台湾出版这本书，让我对台湾的读者说几句话。我说什么好呢？在大陆，常有读者见了我说，为这本书流了许多眼泪。这使我感到不安。在这个世界上，每人都有自己的伤心事，不该再为一个陌生人流泪。所以，我想对你们说，书中讲述的悲情故事发生在十多年前，在那以后，我自己的生活场景有了很大变化，我真的不希望你们太投入到我昨天的故事中去，这是不公平的。如果说这本书在今天仍有一些价值，肯定不在其中讲述的我的特殊经历，而应该在我由这个经历产生的体验和思考，那也许会有一点儿普遍意义。作为一个研习哲学的人，上天把一个特别的灾难降于我，大约就是要我体悟人生的某些基本真理，并且说给更多的人听吧。

本书的主题可以归纳为亲情和苦难。在妞妞这个昙花一现的小生命身上，我的亲情和我的苦难交织在了一起，也许这就是我的经历的特殊之处。苦难使我对亲情有了刻骨铭心的感受，亲情又使我对苦难有了追根究底的思考，我的话因此可能有值得一听的地方。但是，亲情和苦难本身毫不特殊，二者皆以不同方式属于每一个人。我的体会是，人在世上不妨去追求种种幸福，但不要忘了最重要的幸福就在你自己身边，那就是平凡的亲情。人在遭遇苦难时诚然可以去寻求别人的帮助和安慰，但不要忘了唯有一样东西能够使你真正承受苦难，那就是你自己的坚忍。在我看来，一个人懂得珍惜属于自己的那一份亲情，又勇于承担属于自己的那一份苦难，乃是人生的两项伟大成就。我谨以此与每一位读者共勉。

2005 年 4 月

精神浪漫年代的产儿

——《诗人哲学家》新印小序

本书初版于十八年前。十八年，差不多是整整一代人的时间。事实上，本书的作者们当年都还被称为青年学者，今天已纷纷步入中年乃至老年。与生理年龄相比，时代场景的变化更为急剧。回想起上世纪80年代后期，真令人有恍若隔世之感。那时候，国门开放不久，从前被堵在门外的现代西方思潮一股脑儿地涌了进来，人们怀着饥渴陶醉于各种新的或似乎新的思想、理论、观念。在那个年代，笼罩着一种精神浪漫的氛围，思潮即时尚，尼采、弗洛伊德、萨特皆是激动人心的名字。本书是那个年代的产儿，书名本身就散发着那种精神浪漫的气息。“诗人哲学家”——千真万确，在我们眼中，哲学是最有诗意的东西，我们在许多哲学家身上寻找诗人的影子和灵魂，而且果然找到了。曾几何时，一切思潮都消退了，沉寂了。十八年后的今天，物质浪漫取代了精神浪漫，最有诗意的东西是财富，绝对轮不上哲学，时尚成了时代的唯一主角。对于今天的青年来说，那个年代已经成为一个遥远的传说。

那么，现在为何又要来重印这本十八年前的老书呢?

我能想出的理由有两个。

第一个理由：直到现在为止，仍然常有人提起它，怀念它，寻找它。他们大抵是本书作者的同时代人，曾经被本书感动过，多少有一些怀旧情绪。不过，我相信，在一个物质浪漫的时代怀念精神浪漫，就不仅仅是怀旧，更是一种坚持和追求。

第二个理由：我期待本书对于今天的青年也不无价值。至少这是一种交流，上一代青年在本书中向你们说话，倾诉哲学给予他们的激动和快乐，你们不妨听一听。你们不必完全效仿他们，因为你们的生活环境毕竟很不一样了。但是，也许你们会同意，浪漫并不限于物质，在财富的时代也应该给哲学保留一个位置。

2005 年 7 月

困惑与精神生活

——中国盲文出版社两种散文集的序

我喜欢想人生的问题。所谓喜欢想，并不是刻意去想，而是问题自己找上来，躲也躲不掉。我对人生有太多的困惑，归结起来，无非两大类，借用佛家的话说，便是色与空。色代表情感的困惑，包括爱与孤独、男人与女人、欲与情、爱情与婚姻这一类问题。空代表生命意义的困惑，包括生与死、幸福与苦难、肉体与灵魂、世俗与神圣这一类问题。这两类问题，想来想去，到头来还是困惑，想不出一个清楚的结论。不过，想的好处是，在困惑中仿佛有了方向，困惑中的寻求形成了人的精神生活。因为色的诱惑，男人走向女人，女人走向男人，走进彼此的心灵，由色入情，于是有了爱。因为空的疑惑，人类呼唤世界之本相，呼唤神，由空入悟，于是有了哲学和宗教。人的精神生活正是在这两个方向上展开的：一是情感生活，它指向人，其实质是人与人之间的精神联系，使我们在尘世扎下根来；另一是沉思生活或信仰生活，它指向宇宙，其实质是人与宇宙之间的精神联系，使我们有了超越的追求。

我经常说，我之所以写作，是为了安顿我自己，解决我自己的困惑。我说的完全是实话。在我所写的散文中，生命意义问题和情感问题正是最常出现的主题。现在，中国盲文出版社约我选编两个散文集，分别汇辑我的哲理散文和真情散文，我觉得其思路与我的写作路数恰好相符，便欣然同意。在汉文版之后，出版社还将出版音像版和盲文版，那更是我所期待的。我一直相信，盲人有更单纯的心灵，生活在一个更本质的世界里。我愿把我的困惑和思考都交给他们，请他们用内心未被污染的智慧点拨我的困惑，校正我的思考。

2005 年 8 月

共同的人生问题

——《妞妞》韩文版序

在本书的中文版问世恰好十年之际，本书的韩文版与韩国读者见面了。我的书在中国算是比较畅销的，而最畅销的就是这一本，许多普通中国人之知道我皆缘于本书。本书记述的不过是我的生活中的一段真实经历罢了，这段经历诚然悲惨，但人在世间遭遇苦难乃寻常事，人们未必会持久地关注某一桩个别的不幸事件。那么，也许正因为我是一个研习哲学的人，在遭遇苦难的时候，会比常人多一些思考和体悟，才使本书的生命力超出了其中记述的个人经历。通过这一段个人经历，我思考了亲情、苦难、死亡、命运等问题，一个人不论属于哪个民族和国家，只要生而为人，都必定会面临这些共同的人生问题。我想，如果说本书对于韩国读者也有一些价值的话，价值可能就在这里。我愿借此机会向每一个将读到本书的韩国朋友致意。

2006 年 4 月

受制于时间的和超越于时间的

——《妞妞》新版自序

本书初版至今已整整十年。十年来，有许多人为它流眼泪，也有个别人朝它啐唾沫。书有自己的命运，决定这命运的首先是读者，最终是时间，唯独不是作者。我自己的感觉是，随着岁月的流逝，这本书离我越来越远，它不再属于我。也许正因为如此，我反而能够跳出来，比较平静地面对读者的反应。

我想对流泪的读者说：在人世间，每天都有灾难发生，更悲惨的还有的是，请不要为书中讲述的十多年前某个小家庭的悲情故事流泪了。十多年前，我初为人父，偏偏遭遇和自己亲骨肉的生死之别，这使我对父女亲情有了刻骨铭心的体验。然而，我所遭受的境遇虽是特殊的，我所体验到的亲情却是普遍的。读者的反馈告诉我，读了这本书，许多做父母的更加珍惜养儿育女的宝贵经历了，许多做儿女的更加理解父母的爱心了。上天降灾于我，仿佛是为了在我眼前把亲情从平凡的日常生活中剥离出来，让我看清楚它的无比珍贵，并通过我向人们传达。如果说本书还有一点价值，这也许是其中之一。

我还想说：虽然我所遭遇的苦难是特殊的，但是，人生在世，苦难是寻常事，无人能担保自己幸免，区别只在于形式。我相信，在苦难中，一个人能够更深地体悟人生的某些真相，而这也许是本书的另一个价值。我从来不是超然的哲人，相反，永远是带着血肉之躯承受和思考苦难的。置身于一个具体的苦难中，我身上的人性的弱点也一定会暴露出来，盲目、恐惧、软弱、自私等等其实是凡俗之人的苦难的组成部分，我对此毫不避讳。如果那些啐唾沫的读者听得进去，这些话也是对他们说的。

作为一本书的《妞妞》已经不属于我，任凭读者和时间去评判。作为女儿的妞妞始终在我和雨儿的心中，任何评判都与她无关。妞妞永远一岁半，她在时间之外。我的生活没有停留在十多年前的那个苦难上面，它仍在前行，其后又发生了许多事情，这证明我的确是一个受制于时间的凡俗之人。但是，我知道，我心中有一个角落，它是超越于时间的，我能在那里与妞妞见面。我还知道，我前方有一片天地，它也是超越于时间的，我将在那里与妞妞会合。

2006 年 5 月

我还是应该多写少说

——《周国平人文演讲录》自序

在演讲这件事上，我有自知之明，知道自己不是这块料。善演讲的人有三个特点，而我都缺乏。一是记忆力，名言佳例能够信手拈来，脱口而出，而我连自己写的东西也记不住；二是自信心，觉得自己是个人物，老生常谈也能说得绘声绘色，而我却连深思熟虑过的东西说起来也没有信心；三是表演欲，一面对观众就来情绪，而我却一上台就心慌。所以，每接到这类邀请，我的第一反应是推辞，万一心软接受了，灾难便从此开始，直到讲演之日没有一天心安。从实践看，我的讲演也基本上是一个失败的历史，经常是怀着对自己沮丧和对听众歉疚的心情走下讲台的。

我的讲演也有似乎成功的时候，不过那要感谢听众，他们的情绪实在太好，把我的情绪也调动起来了，使我仿佛变了一个人，竟然也能口若悬河了。这是一种美好的体验，台下数百上千个座位座无虚席，所有的空间站满了人，重重叠叠的年轻的脸都洋溢着笑容，亮晶晶的眼睛热情地注视着你，听到会心处，大笑、鼓掌、跺脚。你知道孩子们喜欢你，随时会给你友好的回应，于是你的心的闸门打开了，那些最想讲的话源源不断地涌流出来，台上台下仿佛形成了一个共同的磁场。这种情景多半出现在大学校园里，青年学子对精神营养的渴求令人感动，好些学生怕没有座位，提前几个小时来到会场，会场挤得水泄不通，不得不开放第二会场，都是经常有的事情。到大学讲演，我才知道我有这么多可爱的年轻读者，这对于我的写作是多么有力的激励。

近些年来，除了学校，我还在另外一些场合做讲演，其中有面向社会公众的讲座，有企业或企业家论坛，也有党政机关论坛和培训班。如果是开放的讲座，台下有许多我的读者，面对面的交流也常有热烈的时候。如果是面向某一界的讲座，就更需要平静的交流，内容必须有针对性。我所讲的无非是一些哲学道理，为了使不同领域的听众对我讲的东西感兴趣，我就必须了解相关领域的情况，寻找两者的结合点。事实上，正是做这些讲座的需要，推动了我更多地关注和思考现实问题，这对于我自己来说未尝不是一个收获。

话说回来，虽然有快乐，有收获，我仍认为自己不是一块做讲演的料。我的本能告诉我，坐在家里静静地读书和写作，这是我最舒服的状态。读者的反馈也告诉我，普遍的感觉是读我的书比听我的讲演舒服。既然如此，我想我还是应该多写少说，这样自己舒服，别人也舒服。最合理的次序是，读书和思考第一，写作第二，讲演第三，把读和思的精华写到书里，把书里的精华讲给人听，岂不皆大欢喜。

那么，为什么我还要出版这个讲演集呢？正因为不擅讲演，我对每次讲座就特别认真，不敢敷衍，花了许多工夫备课，自己觉得内容还是比较充实的，听众一般也这样认为。所以，不妨把它们整理出来，可以对我的文字作品形成补充和参照，同时也让那些没有听我讲演的读者看一看我的另一种状态。不过，倘若不是上海文艺出版社来向我约这部稿子，我还想不到要做这件事。本以为这是一件容易的事，一旦着手做，才知道大不然。最大的麻烦是各次讲演的内容会有交叉，在做讲演的当时，由于是不同的场合和不同的听众，这不成为问题，可是汇集在同一本书里，就重复得让人讨厌了。怎样一方面尽量减少重复，另一方面尽量保持各篇的连贯性，我与这个难题展开了凶多吉少的搏斗。还有一个困难是，每次讲演我只有一个备课提纲，讲完就算了，其中有一些，主办方事后把录音稿或速记稿发给了我，许多没有发的，我就只好根据备课提纲和记忆整理，等于是重写讲稿，实在是吃力不讨好的活。我在这里要向给我录音稿或速记稿的主办方表示感谢，同时希望今后邀请我的单位照此办理。

好了，这部稿子就这样交给出版社了，就这样走到读者中间去了。我说什么都已经没有用，那么就让我听你们说吧。

2006 年 7 月

诚实地面对自己的内心世界

——关于《守望的距离》答卓越网站客户问

问：你曾在初版序中写到你很喜欢“守望者”这个名称。那么，成为“守望者”是不是你人生的一个目标？你觉得你离它还有多远？

答：“守望者”与其说是我的一个目标，不如说是我给自己的一个定位。在社会各种角色中，我觉得这个定位比较适合于哲学家，也比较适合于我的性情。对于我来说，保持这个“守望的距离”几乎已成本能，失去了这个距离，我会感到很不舒服。

问：对大多数人而言，死亡是一个很遥远又很敏感的词语，不会轻易地提起。那么究竟是什么使得你能够用一种泰然平和的心态去走近和理解这个话题？

答：哪里泰然平和啊，你不知道这个话题曾使我多么痛苦。只是因为回避不了，只好面对，面对得多了，就有了泰然平和的假象。

问：初见《守望的距离》一书，我惊奇地发现，你作为一个哲学家理解的存在和死亡，使我对人生有了新的认识。你如何会有这样的睿智想法？

答：这是逼出来的，我从小就被死亡问题困扰，如同患了一种病。最后我发现，只有两种药能治这种病，一是智慧，二是信仰。目前我还只找到了智慧这种药。

问：你在书中作为一个普通人平和地追求生活的本质，你认为“生活的本质”是什么？

答：好大的问题，几句话哪里说得清。简单地说，我会说“生活的本质”是虚无（很悲观吧），因而也就是要对抗虚无，用自己一生的追求证明生命比虚无更强大（也很积极吧）。

问：拜读《守望的距离》，生活的本质在我的脑海中渐渐清晰，而我又对这种清晰感到了迷茫。请问你认为对生活应报以怎样的态度？是明白还是糊涂？

答：其实我也常常感到迷茫。我想，在每一个人身上，明白和糊涂都是交替的。太明白也不好，会像哈姆雷特那样失掉生活的动力。人沉湎在生活中的时候往往是糊涂的，有时能跳出来明白一下，这就够了。

问：在这本书中，是否有你对生活的守望与等待，它与你的距离远吗？

答：对生活应该既能投入，又能跳出。我愿意品尝生活的一切滋味，但我不愿意在生活中随波逐流。

问：好的文字作品离不开生活，我作为一个文学爱好者，我想知道是什么让你穿梭在生活本质里从容地写下了《守望的距离》呢？我们都在生活着，有时人生在世很简单有时却很烦琐，我很想知道你是如何在作品中权衡的呢？

答：说一句大话，使我穿梭在生活本质里而仍然从容的是灵魂。的确说大了，因为我远非如此从容。但我真的觉得灵魂很重要，所谓灵魂，就是内心深处始终忠实于自己的那个核心。不管生活怎样琐碎，灵魂自己会权衡，选择它认为重要的而淘汰它认为不重要的。

问：这本书中的《生命本来没有名字》，我看了很多遍，你说“此生此世，当不当思想家或散文家，写不写出漂亮文章，真的不重要”，这是真心话吗？

答：绝对是真心话。我觉得，人生在世第一重要的是生活得真实而充实。说那些东西不重要，是和这第一重要的东西相比较而言。我也有虚荣心，但我注意不让它成为支配我的主要动机。

问：你是否将你生活的影子折射于这本书中了？

答：当然，我要努力使我的写作与我的生活相一致。这和崇高什么的无关，关键在于，有了这种一致，写作才会成为使我真正感到愉快的事情。

问：漆黑的夜闪烁星光，犹如书中的“守望者”寻找到那永恒的价值。请问永恒的价值是什么？人与人之间的距离咫尺之近，但心灵的距离是那么遥远。你却以“守望者”的身份拉近了心灵的联系，那么你的灵感是哪里得来的？

答：你的形容已是答案，永恒的价值犹如那星光，只可仰望和意会，不能用言辞概括。如果说我真的拉近了心灵的联系，其灵感也许是来自将心比心。我相信，人性是相通的，一个人若能诚实地面对自己的内心世界，他必能发现人类心灵的某些共同秘密。

2003 年 9 月

记忆和哀思

在北大读哲学系时，徐远和是我的同年级同学，但不同班，我们只是常常在课堂上或宿舍的走廊上相遇。二十年后，在中国社会科学院工作，我们是哲学研究所的同事，但不在一个研究室，仍然只是在办公楼的走廊上相遇，匆忙打一个招呼，擦肩而过。我自己是一个喜欢安静的人，我觉得他也是这样，两个人都不擅长交际，这使得我们之间也少了深入接触的机缘。在学术的园地里，我们像两个老农，各自耕种着自己的一亩三分地，仅在倚锄休憩时互相问候一声。

然而，人与人之间未必熟稔才相知，我更相信我的直觉。世上有一种人，你只要见到他就会信任他，徐远和就是这样的人。在我的记忆中，无论何时看见他，他的表情永远是平静而友善的。我知道，有这样表情的人，他的内心也一定正直而善良。

徐远和的专业是中国哲学史，听说他颇有建树，惭愧的是我不曾读过他的著作。有一回，老同学相聚，在餐桌上，一向寡言的他突然对我发感慨说："其实，在我们这些人里，今后真正能够留得下的是你的作品。"听了这话，我心中的惭愧更重了。同时我也对他生出了一种敬意，文人相轻是通病，我不敢说我能完全免俗，在他身上却丝毫没有。

我平时过着近乎隐居的生活，竟然不知道他患癌症的消息，直到有一天，接到林建初报信的电话，才急忙赶到医院去看望他。那时候，他已在弥留之际，早被疾病折磨得面目全非了。凡在这样的场合，我是既不会用空话劝解，也不肯用谎言安慰的，于是只能悲伤无言。仅仅两天以后，他便离开了人间。在今天，五十九岁仍是盛年，以他的勤奋和专心于学术，一定有许多未竟之业和未了之愿，他是含恨离去的。

在他去世以后，我脑中常常出现病房中的那一幕，与他健康时的形象怎么也不能统一。健康是多么不可靠，人的生命是多么脆弱啊。我后悔没有及早得知他的病讯，否则的话——可是，否则的话，我又能给他什么实质性的帮助呢？——然而，我还是感到后悔，我至少可以早些去看望他。假如我早些去看望他，我会对他说什么？也许仍是沉默。唉，人生无常，英年早逝，天地何其不仁也！

2003 年 3 月

无法告别的告别

很久没有见到王炜了，一直以为，不定在什么时间，什么场合，又会遇见他，没想到他就走了。那天的告别仪式，因为堵车，我没有赶上。其实，即使赶上了，我也无法与他告别。我赞同苏格拉底的看法：灵魂已走，遗体与逝者没有任何关系。

与王炜经常见面，是在上世纪80年代后期。那时候，甘阳组织一拨人搞丛书，王炜是主力，他承担了大量组稿、看稿的工作，还兼管编委会的财务。在我的印象中，他是一个踏实而谦和的人，默默地做事，甘当无名英雄，从不张扬自己，脸上总是挂着和蔼的笑容。也许因为他的稳重，虽然他比我年轻，我总觉得他像是一位兄长。

后来见面就不多了。他办风入松书店时，我曾奉命去书店里签名售书。接着听说他的家庭和书店发生了变故，接着又听说他突发了脑溢血，我为他的命运多舛而扼腕叹息。有一年，南京举办全国书市，我在那里遇见他，他仍是和蔼地笑着，随便聊了几句，口气很平和，我略微感到了放心。最后一次见他，已是四年前了，他来我家里向我约一部书稿。我知道他还一直做着书的事情，因为没有了自己的公司，好像是在和别人合作。直到噩耗传来，听人议论，我才知道他正筹办一家新的书店，规模比风入松还大，马上要开业了，却被死神抢在了前面。

从二十来年前办丛书，到十来年前办风入松，到临走前办新的书店，王炜可谓对书业情有独钟，始终不渝。他是新时期学者从事书业的先行者，对于学术的出版和传播有兴趣，有眼光，也有一种责任感，对此我十分赞赏。但是，我隐约感到，他这几年的烦劳，除了原有的事业心之外，是否增加了赌气的成分。他是一个老实人，老实人在这个世界上难免受欺负，不同方面的挫折使他郁结于心，而正因为是一个老实人，他似乎只能用实干的业绩来证明自己，一舒心中的闷气。于是，他铆着劲拼命干，他实在是气死的，累死的。

呜呼王炜，你本应该把心放宽一些，把世事看淡一些的。人活在世上，对得起自己足矣，争什么高低，赌什么气！现在我说这些话已经晚了，可是，这些话是我一直想对你说的，我也只能用这些话来与你告别了。所幸在另一个世界里，虽然没有了吸引你奋斗的事业，却也没有了逼迫你玩命的是非，一切皆归于宁静。

安息吧，王炜。

2005 年 7 月

我的博客观

我的博客观肯定是十分落伍的。对于一个从来不到网上聊天的人，你不能指望是别的样子。新浪为我注册了这个博客，我的感觉是，我突然有了一间开放的客厅，可是不知道拿它做什么用。我知道我是它的名义上的主人，因此而有了一种权利，也有了一种责任，但不清楚具体是什么。现在我能想到的是以下几条，说出来向朋友们请教。

一，既然是主人，我至少应该经常走进这间客厅，看一看来了什么客人，听一听客人在聊什么。在现实中，我不健谈，倒是比较善听，估计在这里也改不了这种性格。当然，我不至于一言不发。

二，凡进我的客厅者，皆我的客人，我当以礼相待。我不会驱逐任何人，但我希望客人自重，请百无聊赖的胡闹之徒自觉地不要进我的客厅。

三，我把这间客厅看作一个文学沙龙，凡在这里发表的文章皆可视为未定稿，请你们提出意见，帮助修改。

四，我的主要时间仍将呆在我的书房里，不会为了人气旺而来这里使劲表演。我不在乎人气，我的最大奢望是有几十个稳定的客人，结识几个知心的朋友。

2005 年 11 月

感谢博客

我开博客至今已四个月，在围绕博客的一片争议声中，我想说，我感谢博客。至少，我喜欢我的博客，喜欢这里的坦诚交流的气氛。因为博客，那些特别想对我说话的人有了一个说话的地方，他们的话语能够迅速而可靠地传递给我。同时，对我说话的人彼此之间又有呼应、切磋或争论，使我领略到一种生动的现场感。迄今为止，还没有别的手段可以把这做得更好。

我对来我的博客留言的朋友也深怀感激。读到那么多情真意切的话语，我心中充满温暖。有几个名字已经刻在我的脑中，觉得已经相识相知很久了一样。我还读到了一些精当的评论，有肯定我的，也有批评我的。不论褒贬，只要准确命中，都会使我心动，暗暗叫好。我惭愧我不能一一回复，但是，我会把这些话存档，如同一本友人赠言的纪念册。

当然，也有个别人谩骂。我心想，让那些特别想骂我的人有一个骂的地方，而且如同他们所希望的被我听到，这是博客的又一个好处。女儿说：你可以把它们删掉。我说：我不删。女儿问：你没有自尊心吗？我向她解释：这就是爸爸的自尊心，不怕别人骂。别人骂几句就受不了，这样的自尊心不是太脆弱了吗？就让它们呆在那里，是善意还是恶意，大家一看就明白。我只有一点希望：骂一遍就行了，同样的话反复贴，未免无聊。

我还有一点说明：最好不要通过博客请我看稿、写序或向我约稿、采访。没有博客，诸如此类的事已经够多的了，而我基本上都不能接受。我相信，按照我自己的计划做事，我自己最愉快，实际上对社会也最有益。

没有什么，只是想告诉大家，我对我的博客的状况感到满意，你们的评论和留言我都看，一条都不会遗漏，只是请原谅我现在只能用这样的方式回复。

2006 年 4 月

我别无选择

一个最没有料到的情况发生了：我不得不中断“玄奘之路”的行程，退出了这个活动。

我别无选择。

经过连续十来天的奔波，车队到达国内段的最后一站喀什。10月24日傍晚，在我们下榻的其尼瓦克宾馆门外，翌日早晨将出境的队员们正在忙碌地整理装备，此次活动的主办人走到我的面前，向我宣布一个消息。他告诉我，田益宾的签证没有办下来，明天不能出境。

我一下子懵了。

田益宾是我的好友，一个真性情的艺术家，朋友们叫他老六。他是经我的推荐参加这个活动的。对我的承诺是，让他自费参加A（国内）、C（印度）段，同时办好B段（中、南亚四国）的签证，到时候如可能也让他自费参加。而现在，就在出境的前夜，怎么突然宣布他的签证（包括印度的签证）没有办下来呢？签证能否办下来，这是早该知道的，为什么现在才宣布？究竟是没有办下来，还是根本没有给他办？我无法排除一种受欺骗和被耍弄的感觉。

在A段旅途中，老六以豪爽、热情、开朗、率真的个性赢得了几乎所有队员的喜爱。无论他自己，还是别的队员，都一直以为他是会走全程的。听到这个消息，他一脸困惑，别的许多队员也皆表示惊诧。

就在主办人向我宣布这个消息的瞬间，我立刻明白，我也不会继续参加这个活动了，我一定陪老六回去。如果我把老六一人撇下，我就是一个共谋者，我会把自己永远钉在耻辱柱上。这件事不只关系友情，更关系做人，我迈不过这个坎。

当初参加这个活动，我有自己的目标，计划写一本书表达我对玄奘精神的理解，为此做了许多功课。虽然我很不适应现在这种媒体主导和基本赶路的方式，但是我知道，任何合作都需要妥协，主办方为我提供了走全程的便利，我对主办方的各项要求也尽量予以配合。国内段快速赶路，一些与玄奘有关的重要地点未能参观，我之所以尚可忍受，正是因为前面有我自己不易到达的境外段吸引着我。现在出境在即，我的护照上各国签证齐全，我有一百个继续前行的理由。可是，在一个理由面前，这一百个理由已经轻若鸿毛。这一个理由就是：第一重要的是做人。

我别无选择。

不过，我不放弃写书的计划。我一直在阅读相关史料和佛教书籍，将继续做这一项使我深感兴趣的工作。在适当的时候，我也许会自己去与玄奘有关的若干关键地点进行考察，虽然艰难一些，但会纯粹得多。

由于我走全程的消息早已在媒体上和朋友间广为传播，现在中途生变，我必须给关心此行的读者和朋友一个交代，所以写了这篇本不想写的文章。

玄奘之路是信仰之路。信仰的要义是做一个真诚和善良的人。我深知组织一个大型活动殊为不易，衷心祝愿“玄奘之路”活动不违初衷，名实相副，圆满成功。

2006年10月

博客上的附言

此文写了快一个月了，当时“玄奘之路”活动正在进行中，我不愿因为我而对之有任何不利的影响，所以现在才发表在我的博客上。这个活动已经顺利结束，我表示祝贺。我的退出只是小事，与活动本身无甚关系。当然，倘若相关的人肯于反省，也许会发现与其今后的做人和做事未必毫无关系。

本来不想发表此文了，但是，不断有记者和网友向我询问走“玄奘之路”的感想，我处在一个不能不说话的境地，而我又不愿说假话，那么，就说真话吧。其实事情挺简单的，说出来了，知道了，就此打住。让我们继续关注玄奘，如果“玄奘之路”活动终于起到这个作用，我依然认为是莫大的功绩。

2006 年 11 月

鸡年说鸡

——应《娱乐信报》之约而写

我属鸡，男性。雄鸡有两大特点。第一善叫，叫声嘹亮，“雄鸡一唱天下白”，威风十足。第二好斗，动辄竖起全身羽毛，“好斗的公鸡”遂常用来形容剑拔弩张之人。我却既不善叫，也不好斗，木讷而窝囊。因此，我深感有负于我的属相。

汉语中有许多与鸡有关的成语，多为贬义。“偷鸡摸狗”，鸡即使作为被偷的对象也上不了档次，因而偷鸡是令人鄙夷的行为，何况还可能“偷鸡不着蚀把米”呢。“鸡鸣狗盗”，“斗鸡走狗”，形容市井无赖，街巷二流子，皆不入流之辈。“鸡飞狗跳”，鸡最没有修养，遇事率先惊惶，造成混乱局面。这几个成语都是鸡狗并提，而在今天的现实中，狗是宠物，鸡的最高荣誉仍只是盘中美餐。“手无缚鸡之力”，反证鸡的软弱可欺。“杀鸡焉用牛刀”，“杀鸡给猴子看”，明示鸡的软弱可欺，只配做最低等的牺牲品。“黄鼠狼给鸡拜年”，虽是揭露黄鼠狼的不怀好意，但同样也对照出了鸡的软弱可欺。“鹤立鸡群”，鸡成了平庸之辈的象征。众所周知，在俗语中，鸡还是别种象征，其义猥亵，分别指向男性某物和女性某业。总而言之，鸡似乎是一种上不得台面也成不了气候的东西。这么说来，我的属相又有负于我了。

当然，以上只是说着玩儿。认真说来，属相与我何干，鸡的毁誉与我何干。今年是鸡年，不管是不是属鸡，这一年人人有份，我祝愿大家鸡年快乐。

2005 年 2 月

短信文学五则

——应约而写的戏作

自卑

女儿六岁，正和同伴疯玩，我企图加入，说："我来当你们的大王。"她说："你当不了大王。"我问："我能当什么？"她狡黠一笑，答："你什么也当不了，你就当你的著名作家周国平吧！"言毕，把我撂在一旁，继续与同伴疯玩。我灰溜溜回到书房，坐在电脑前，感到无比自卑，一个字也敲不出来。

下冰雹即景

Party结束，人们走到院子里，准备离去。突然，狂风大作，下起了冰雹。人们急忙退到屋檐下，三五成群聊天，有几人拿出了手机，开始打电话，或读、发短信息。当然，不能让冰雹浪费了宝贵的时间。

只有一个小女孩仍在院子里，她兴奋地奔跑，跳跃，伸手接冰雹，每接着一颗就笑出声来。

冰雹停了。回家的路上，小女孩用惋惜的口吻对她的妈妈说："妈妈，你们浪费了冰雹。"

无辜的邻人

半夜，我被一种奇怪的声音吵醒。这声音显然来自楼上，像是一颗小玻璃球落在地板上，接着又弹跳几下，哒勒勒勒……隔一小会儿，就重复一次。我睡不着了，坐起来，抬眼盯着天花板，想象着楼上人家半夜玩小玻璃球的情景，为其行为的荒唐而愤怒。我正琢磨要不要上楼去抗议，视线偶然扫过窗户，瞥见竹帘被风吹动，轻轻飘起又落下，哒勒勒勒……原来如此！

发生使我们不愉快的事情时，我们多么容易首先从邻人身上寻找原因。

成功术

世人渴望成功，传授成功术的励志类书籍因之畅销。某书商决定如法炮制，为节省成本，以极低廉价格雇一倒霉蛋为写手。书出，果然畅销，书商获大利，读者纷纷从倒霉蛋的文字中领悟成功秘籍，皆如何被赏识、如何发财之类，而倒霉蛋依然过着无人赏识、穷困潦倒的失败生活。

互换生活

商人忙于理财，学者忙于著书，各安于其业。有一日，一个商人和一个学者都对自己的生活感到了厌倦，便向天神请求互换生活，得到了准许。于是，商人整日伏案，学者累月奔波，两人都不能适应新的生活，苦不堪言。不久，他们来到天神前，请求换回自己的生活。天神沉吟道："我有一个办法，让你们都对新的生活满意。"他悄悄把两人的自我也互换了。果然，从此以后，那个商人忙于著书，那个学者忙于理财，各安于对方之业。

当然，天神心里明白，其实一切恢复了原样，什么变化也没有发生。

2005 年 6 月